네가 있는_____요일

창비청소년문학 121

네가 있는 요일

초판 1쇄 발행 | 2023년 9월 8일

지은이 | 박소영
펴낸이 | 강일우
책임편집 | 김준성 김유경
조판 | 황숙화
펴낸곳 | (주)창비
등록 | 1986년 8월 5일 제85호
주소 | 10881 경기도 파주시 회동길 184
전화 | 031-955-3333
팩스 | 영업 031-955-3399 편집 031-955-3400
홈페이지 | www.changbi.com
전자우편 | ya@changbi.com

네가 있는———요일

박소영 장편소설

007 프롤로그: 어느 수요일 밤

1부────── 013 수요일마다 받는 쪽지

033 캐비어와 라면의 맛

049 이 세계가 굴러가는 방식

060 생일 전야

071 더는 존재하지 않는 얼굴

077 들리지 않는 목소리

086 파란 혀

095 종합 선물 세트

104 버려진 도로를 달려서

115 날파리 리스트

126 여덟 개의 문신

2부────── 139 말도 안 되는 부탁

163 한배를 탄 사이

179 부처님의 시선 아래

187 행방

193 목요일이라는 세상

200 캠핑카를 탄 무법자들

214 모든 것이 달라진 날

230 진실의 조각

247 은도끼의 값

254 끈질긴 악연

262 기억 과부하

차
례

3부————— 285 다른 경우의 수

298 이번에는 너의 선택으로

303 마지막의 마지막까지

311 금요일의 노란 고양이

326 사랑을 끝낸 대가

340 열기구를 타고

349 그림자 없는 행복

365 서울에 비가 내리면

377 그때로 다시 돌아가도

389 너와 나는 반드시

399 에필로그

402 작가의 말

프롤로그: 어느 수요일 밤

"저는 문제가 많은 엄마예요. 아이가 잘못된 사상을 갖도록 방치
했죠."

아늑한 바 안, 핀 조명이 동그랗게 떨어지는 무대 위에 홀로 선
코미디언이 객석을 향해 말했다.

"어느 날 제 딸이 고백하더라고요." 코미디언은 도저히 믿을 수
없다는 듯 덧붙였다. "엄마, 나는 화요일이 좋아."

관중들 사이에서 놀라움과 탄식이 번졌다.

"엄마로서, 저는 진실을 말해야 했어요."

코미디언은 다섯 살짜리 딸아이에게 말할 때처럼 다정한 표정을
지었다.

"내 어여쁜 딸아, 네가 열일곱 살이 되면 너는 화요일을 싫어하
게 될 거야. 네가 수요일마다 겪는 모든 불편은 화요일에서 비롯될
것이거든. 하지만 네가 화요일을 골탕 먹일 방법은 없지."

예닐곱 개의 테이블을 가득 채운 손님들이 그녀의 말에 공감하

며 박수 치고 웃었다. 그녀는 오로지 수요일 밤에만 스탠드업 코미디 공연을 펼쳤지만 그동안 누적된 공연 횟수가 적지 않았고, 숙련된 프로답게 관객의 반응을 잠시 즐기다가 이내 마이크를 고쳐 잡았다.

"그날 이후로 저희 남편은 아이가 수요일에 소속감을 느낄 만한 얘기를 자주 해 줘요."

코미디언이 목소리의 톤을 낮추고 남편 흉내를 내기 시작했다. "월요일 사람은 잘난 척이 심하고, 화요일 사람은 배려심이 부족하단다. 목요일 사람은 우리를 싫어하고, 금요일 사람은 사치가 심해. 토요일 사람은 재미없고, 일요일 사람은 게으르지."

모든 테이블에서 환호 섞인 웃음이 터져 나왔다.

"결국 우리 부부의 세뇌는 성공했습니다. 딸아이가 말했죠. 나 이제 화요일 안 좋아해."

어린아이의 해맑은 미소를 따라 하던 코미디언이 금세 불만스러운 표정을 지었다.

"이제 목요일이 좋아. 목요일마다 모든 큰 빌딩 벽에 크리스마스 트리가 생기거든."

손님들은 이번에도 크게 웃었지만 방금 전과는 결이 달랐다. 미약한 부러움이 묻어났다고 할까. 지금 이곳에 앉아 있는 그 누구도 목요일의 풍경을 볼 수 없으므로.

"제 친구는 애를 차별주의자로 키우지 말라고 잔소리를 해요. 팔십 대인 저희 팀장님은 세상이 다시 예전으로 돌아가면 좋겠다고 말씀하시고요. 사람들이 요일별로 나뉘지 않았던 시절 말이에요."

코미디언이 눈을 크게 뜨고 고개를 저었다.

"존경하는 팀장님, 제발 그런 소원은 집어치워요. 그렇게 되면 저는 '불금'이니 '월요병'이니 하는 고대 용어들을 다시 공부하면서 새로운 개그를 짜야 한다고요."

코미디언이 곤혹스러운 감정을 과장되게 드러내자 손님들이 하하하 웃었다.

코미디언이 표정을 풀며 자연스럽게 주제를 환기했다.

"물론 우리는 서로를 사랑해야 합니다. 사랑이 부족하고, 사랑이 꼬이고, 사랑이 맞닿지 않으면 돌이킬 수 없는 불행이 벌어지거든요."

코미디언이 한껏 진지하게 말했다.

"진짜예요. 제가 사랑만 받고 자랐다면, 그래서 제 안에 사랑이 넘쳐 났다면, 굳이 한 남자와 영원한 사랑을 맹세하는 일 따위는 하지 않았을 거라고요."

모두가 웃었다.

하지만 코미디언이 말한 사랑의 속성은 결코 농담이 아닌, 그녀의 어여쁜 딸에게 일어날 모든 일의 발단이었다.

인간 **7부제** 사전 동의서

주요 내용: 일곱 명이 신체 하나를 하루씩 돌아가며 사용한다. 공유되는 신체 외의 나머지 신체는 (뇌를 제외하고) 폐기한다.

시행 목적: 인간 개체 수를 적정하게 유지해 환경 파괴와 식량난 등 지구적 문제를 해결하고 나아가 인류의 공멸을 막는다.

동의 사항:

(1) 신청자 본인은 17세부터 7부제에 종속된다.

(2) 신청자는 **자신의 지정 요일에만 신체를 사용할 수 있다.**

(3) 신청자의 신체는 평가 기준에 따라 폐기되거나 타인의 공유 신체로 양도된다.

　　　본인은 위 내용을 모두 이해했으며 이에 동의합니다.

　　　　　　　　　　　년　　　월　　　일

대상자 본인　　　　　　　성명:　　　　　　　(서명)

　　　　　　　　　　생년월일:

　　　　　　　　　아이디(ID):

1부

수요일마다 받는 쪽지

화요일에서 수요일로 넘어가기 직전이었다.

"저희도 슬슬 준비하겠습니다."

열정적인 연말 공연을 선보인 밴드 보컬이 후련한 표정을 지었다.

"오늘도 정말 끝내주는 화요일이었어요. 모든 화인들께, 뜨겁고 강렬한 새해를 맞이하길 기원합니다."

무대 위의 또 다른 주인공인 기타리스트와 베이시스트, 그리고 드러머가 각자의 주머니에서 새끼손가락만 한 유리병을 꺼냈다. 병 뚜껑을 열자 그 밑으로 오일이 묻어 번들거리는, 가늘고 긴 스포이드가 보였다.

"화인 만세!"

밴드 멤버들이 동시에 유리병 뚜껑을 던지며 크게 외쳤다. 이어 각자 병에 든 오일을 얼굴에 전부 쏟아부었다. 붉은 오일로 젖은 그들의 얼굴은 환한 무대 조명을 받아 반짝이는 피를 흘리는 것처럼 보였다.

"화인!"

"화인!"

"화인!"

무대 아래를 가득 채운 관객들도 '화인'을 연호하며 작은 오일 병을 꺼내 들었다. 개중엔 밴드 멤버처럼 오일을 얼굴에 붓는 사람도 있었고, 머뭇거리다 그냥 얌전히 손목에 바르는 사람도 있었다.

"자! 그럼 다들 낙원에서 만납시다!" 보컬의 얼굴이 붉은 오일로 번쩍거렸다.

밴드 멤버 전원이 참아 왔던 숨을 깊게 들이마셨다.

무대 아래 관객들은 옆 사람과 눈빛을 주고받으며 크게 숨을 들이마셨다. "화인 만세!"

이러한 열기에 동참하지 못하는 이들은 '화인', 즉 화요일 사람이 아닌 관객이었다. 아무 요일에도 속하지 않는 이들은 가, 나, 다, 라, 마로 구분된 스탠딩 객석 중 한강과 가장 가까운 마 구역에 모여 있었고, 붉게 번들거리는 오일을 바르지 않았다.

"저기, 쓰러졌다!" 마 구역에 있던 어느 학생이 곁에 선 동생의 옷깃을 잡아끌며 외쳤다.

무대 위에서 보컬이 가장 먼저 고꾸라졌고 이어 도미노처럼 베이시스트, 드러머, 기타리스트가 차례로 쿵 쓰러졌다.

그들이 얼굴에 바른 액체의 정식 명칭은 브링 오일Bring Oil로, 육안으로는 볼 수 없는 미세 입자가 섞여 있다. 이 입자는 강하게 들이마시는 호흡을 통해 활성화되어 급속도로 뇌까지 도달하고, 뇌에 이식된 낙원NAKWON 칩과 연결된다.

"봐, 우리 옆에도 쓰러진다!" 마 구역의 학생이 동생의 팔을 잡아당겼다.

여의도 한강공원에 모인 수많은 화인이 동시에 의식을 잃고 휘청였다. 사방이 투명한 유리로 막힌 관람 구역 안에 촘촘히 붙어 서 있다가 쓰러진 그들의 몸이 하나의 덩어리처럼 울렁였다.

마 구역의 관객들은 그 모습을 보려 목을 빼고 이리저리 고개를 돌렸다. 저렇게 많은 사람들이 단체로 의식을 잃고 허물어지다니, 진귀한 광경이었다. 사람의 혼^{Hon}이 바뀌는 순간이었으므로.

하늘에서는 수백 대의 드론이 계속해서 대형을 바꾸며 새로운 숫자를 만들었다. 100, 99, 98, 97, 96······.

드론이 숫자 82를 만들 때쯤, 차가운 무대 바닥에 쓰러져 있던 보컬이 무거운 눈꺼풀을 들어 올렸다. 영하의 날씨에도 청바지에 붉은색 반팔 티셔츠만 입은 그녀는 하늘을 가득 메운 커다란 숫자를 보면서 서서히 몸을 일으켰다. 바닥에 쓰러지면서 부딪힌 팔꿈치가 그새 빨갛게 부어 있었다.

"······아주 또 지랄을 했구나." 보컬은, 살짝 예상은 했지만 이 정도로 무식할 줄은 몰랐다는 얼굴로 미간을 확 구겼다. "이게 저 혼자 쓰는 몸이냐고!"

보컬이 무대 뒤편에 놓인 빨간 패딩을 발견하고 그쪽으로 걸음을 옮기려는데, 마찬가지로 이제 막 정신을 차린 베이시스트가 물었다. "너 얼굴 꼴이 왜 그래."

보컬도 묻고 싶은 말이었다. "네 얼굴이야말로 기름투성이······." 보컬이 말끝을 흐리며 얼굴을 훔치자 미끈한 오일이 손에 흥건하게 묻어났다. "어쩐지 어디서 탄내가 난다 했다!" 보컬의 얼굴에 묻은 브링 오일은 스모키 우드 향이었다.

무대 아래에서도 어느덧 수인(수요일 사람)으로 혼이 바뀐 사람들이 하나둘 정신을 차리고 얼굴을 닦아 냈다.

"아, 무식하게 브링 오일을 왜 얼굴에 뿌려!"

"이럴 거면 주머니에 휴지라도 넣어 두든가!"

"하여간 화인들은 모아 놓으면 안 된다니까. 뭉쳐 있으면 애들이 머리에 나사가 하나씩 빠져."

어느 요일에도 속하지 않은 마 구역의 관객들은 유리 벽 너머의 수인들을 지켜보느라 온 정신이 팔려 있었다. '저기, 쓰러졌다'라고 외치던 학생과 동생도 대놓고 건너편 수인을 쳐다보았다.

남매의 시선을 한 몸에 받고 있는 현울림은 자신이 왜 새해맞이 행사장에서 눈을 떴는지 의아해하던 참이었다. 그러다 이쪽을 뚫어지게 쳐다보는 학생과 눈이 마주쳤고, 울림이 먼저 말을 꺼냈다. "뭘 봐." 인사보다는 시비에 가까웠다.

학생은 울림의 탐탁지 않은 표정을 보고는 샐쭉 웃으며 목소리를 키웠다. "7부제 분들이 혼을 바꾸는 순간을 실제로 보는 건 처음이라 신기해서요!"

학생 옆에서 동생이 같은 마음이라는 듯 신난 얼굴로 고개를 끄덕였다. 울림이 고개를 삐딱하게 기울였다.

"신기? 내가 너희 눈요깃거리야?"

이제는 확실히 시비로 굳어진 울림의 태도에 당황한 학생이 하늘에 떠오른 숫자 57을 힐끔 보며 과장된 코웃음을 쳤다. "아니, 뭐,

바로 옆에 있는데 좀 보면 안 돼요? 우리가 본다고 잘못되는 것도 아니고."

울림은 고급스러운 가죽 장갑을 낀 검지로 자신과 학생 사이에 놓인 유리 벽을 꾹 눌렀다. "네가 이거 믿고 까부나 본데, 난 유치원생도 어리다고 봐주지 않거든?"

오빠의 선전을 바라고 있을 동생의 시선을 애써 모른 척하며 학생이 혼잣말인 양 크게 중얼거렸다. "참 나…… 나이도 많으면서 유치하긴."

울림의 한쪽 눈썹이 비죽 솟았다. "그래, 내가 너보다 어른이라서 귀찮지만 굳이 예절을 가르친다. 네가 길 가다 자빠졌는데 사람들이 옆에서 재미있다고 빤히 쳐다보면 기분 더럽겠지? 우리도 마찬가지야. 혼이 바뀌면서 의식도 없는 가장 취약한 순간을 너희가 무슨 구경거리처럼 지켜보면서 즐거워하는 거, 더럽게 불쾌해."

'365'의 자녀만 입학할 수 있는 명문 사립고에 다니는 학생으로선 '7부제'에 속한 이 실패한 어른에게 잔소리를 듣고 있다는 사실이 기분 나빴다. 하지만 딱히 반박할 말이 생각나지 않아 주먹만 꾹 쥐었다 펴길 반복했다.

울림은 할 말을 다 해 속이 시원하다는 얼굴로, 두꺼운 코듀로이 점퍼를 더듬으며 핸드폰을 찾았다. "보아하니 너도 곧 열일곱 살 되겠는데, 당해 보면 이해할 거야."

아래로 처지는가 싶던 학생의 입꼬리가 슬쩍 올라갔다. 학생이 의기양양한 얼굴로 울림을 똑바로 응시했다. "저는 열일곱 살 돼도 7부제 같은 거 안 하는데요."

거의 모든 사람이 일곱 명씩 보디메이트body-mate로 묶여 하나의 신체를 요일별로 공유하는 인간 7부제의 시대였다. 그럼에도 7부제에 속하지 않는 부류는 존재했다.

지금 여기 한강공원에 대기하고 있는 의료진처럼 사회 필수 인력으로 분류되는 전문직,

17세 미만의 미성년자,

임신부,

36개월 미만의 아이를 키우는 양육자,

그리고

'환경 부담금'을 내면서 살아갈 정도의 재력을 가진 자.

우쭐한 표정으로 울림을 마주 보는 이 학생은 자신이 마지막 분류에 속한다고 주장하는 중이었다.

학생은 이 싸움이 처음부터 자신의 승리로 끝날 수밖에 없었다는 걸 뒤늦게 깨달았다. 교장 선생님 훈화 말씀에 자주 나오지 않던가. 7부제는 자기 몸 하나 소유하고 유지할 돈조차 없는 이들을 위한 제도라고. 7부제에 종속되지 않고, 공유 신체가 아닌 자신의 신체로 평생을 살아가는 '365'는 사회를 이끌어 나가는 계층으로서 자부심과 책임감을 느껴야 한다고.

학생의 눈에 지금 자신을 보며 입술을 비트는 이 여자는 그저 365 계층을 향한 열등감과 패배감을 이기지 못하고 시비를 걸고 있는 게 분명했다. 일주일에 하루는 오프라인에서 신체를 가지고

살아가고 나머지 엿새 동안은 가상 현실 '낙원'에서 살아가는 삶이 딱히 나쁠 건 없는데도, 7부제에 속한 사람들은 365들을 부러워하는 동시에 곱지 않게 보는 경향이 있었다. 자신에게는 없는 자유, 그러니까 가상 현실과 오프라인을 요일에 상관없이 자유롭게 오갈 수 있는 선택권이 365에게는 있기 때문에.

학생은 의기양양해하며 팔짱을 꼈다. 그래, 당신도 365가 될 내가 부러운 거겠지, 하는 표정을 지으며.

울림의 입술이 한 번 더 비틀어졌다. 이 어린놈의 코를 납작하게 해 줄 생각에 신난 마음을 들키지 않으려는 듯.

"아, 너는 고등학교 졸업해도 7부제를 안 해? 너희 집 부자인가 보네. 부모님이 네 환경 부담금을 내줄 정도로?"

울림은 진짜 돈 걱정 없는 사람들이 어떻게 새해를 맞이하는지 잘 알고 있었다.

"근데 너희 집이 진짜 부자면 연말 공연이랑 새해 불꽃놀이 보겠다고 이 추운 데서 덜덜 떨고 있을 게 아니라, 저기 한강이 보이는 아파트에서 안락하게 관람하고 있어야지. 아니면 저쪽 호텔에 방 하나 잡고 샴페인을 따고 있거나. 안 그래?"

그 순간 학생의 눈동자가 흔들리는 걸 울림은 놓치지 않았다.

"아마 너희 부모님이 너한테 이런 얘기까지는 안 할 텐데, 소득세 내랴 환경 부담금 내랴, 아마 너희 키우면서 등골 많이 휘셨을걸. 그래도 너희를 너무 사랑해서, 너희를 공공 보육원에 맡기지 않고 끝까지 키워 내고 싶어서 365의 삶을 택하셨을 텐데. 그런데 설마, 네 환경 부담금까지 부모님이 대신 내주길 바라고 있는 건 아니지?"

학생이 뒤늦게 동생의 귀를 두 손으로 막았고, 동생은 무시무시한 괴담을 들은 표정으로 엄마를 목청껏 불렀다.

그때 하늘에 떠오른 숫자가 10이 되었고, 여의도 한강공원에 모인 모두의 목소리가 하나로 합쳐졌다. "십!"

연이어 "구!"와 "팔!"을 외치는 목소리 사이로 사람들의 들뜬 기운이 뒤섞여 더 이상의 대화는 불가능했다. 학생은 열심히 인파를 헤치고 제 동생과 함께 사라졌다. 그 뒤로 보이는 남산타워의 기둥을 감싼 스크린에서 모닥불이 활활 타올랐다.

이제 세상은 새해 첫날을 맞이하고 있었다.

"삼…… 이…… 일!"

수천 발의 폭죽이 하늘을 깰 듯한 굉음과 함께 날아올랐다. 이와 함께 여의도 한강공원에서 보이는 고층 빌딩의 외관이 화요일을 상징하는 불에서 수요일을 상징하는 물로 순식간에 바뀌었다.

거대한 벽난로가 사라진 63빌딩의 외벽 스크린에 하얀 눈이 내리기 시작했고, 남산타워의 기둥에서는 귀여운 눈사람이 나뭇가지로 만들어진 양팔을 흔들며 새해 인사를 전했다. 저 멀리 보이는 월드타워 외벽을 뒤덮은 스크린에서는 푸른 눈꽃이 떨어졌다.

마포대교도 파란색과 하늘색이 교차하는 체크무늬 조명으로 옷을 갈아입었으며, 원효대교는 바다를 닮은 민트색이 되었다. 횃불처럼 타올라 한강공원을 밝히던 가로등 안에서 부유하는 육각형 눈 결정이 하얀 조명을 받아 반짝거렸다.

화요일의 붉은 열기로 그득했던 도시가 푸른 수요일로 단장을 하는 사이, 화려한 새해 불꽃놀이가 눈부시게 밤하늘을 물들였다.

검은 밤하늘에서 파란 눈 결정이 반짝이며 쏟아지자 사람들이 팔을 위로 뻗고 크게 환호했다.

"와, 이거 찍어서 애들 보여 줘야겠다." 장갑을 벗고 옷에 달린 주머니를 하나씩 뒤지며 핸드폰을 찾던 울림은 쪽지 모양으로 접혀 있는 영수증 한 장을 발견했다. 영수증을 펴자 결제 내역 뒷면에 빼곡히 들어찬 둥글둥글한 글씨가 보였다.

강지나의 쪽지를 읽는 울림의 눈이 가늘어졌다.

현울림,
새해 복 많이 받아.
내가 이따 여의도로 가서
혼 바꿀 테니까,
새해 불꽃놀이도 재미있게 즐기고.
앞으로 6년 동안 못 볼 장관이잖아.

그리고 1월 8일도 수요일이더라?
네가 올해 운이 좋은가 봐.
오래도록 잊지 못할 선물을 준비해 둘게.
내 선물을 받은 네 표정을
직접 볼 수 없다는 게 참 아쉽다.
뭐 아무튼, 기대하도록!

너의 화요일 보디메이트,
지나

연말 분위기로 화려하게 치장한 여의도 한강공원에서 화요일에 가장 잘나가는 밴드 '튜즈데이 튠'의 공연을 보는 일이 대부분의 화인에게는 오프라인에서 12월 31일을 즐길 수 있는 좋은 방법 중 하나이겠지만, 강지나에게는 아니었다. 마음만 먹으면 자신의 스물두 번째 생일 파티에 이 밴드를 초대 가수로 부를 수도 있는 강지나가, 조금만 오래 서 있어도 발에 가시가 돋친다며 젤라토 가게의 주문 대기 줄에도 서는 법이 없고 사이즈가 맞지 않는 겨울 코트를 교환하는 일조차 고생스럽다며 비싼 코트를 그냥 옷장에 처박아 버리는 바로 그 강지나가 어쩌다 이 추위 속에 서 있다가 자신과 혼을 바꾸게 되었는지, 울림은 이해되지 않던 참이었다. 그런데 그 이유가 생각지도 못하게, 울림에게 새해 불꽃놀이를 보여 주고 싶어서였다니.

펑, 퍼 — 펑, 펑펑펑. 화려하게 터지는 불꽃을 멍하니 바라보는 울림의 미간이 좁아졌다.

강지나가 나에게 호의를 베푼다고?

걔가 왜?

돌았어?

대가리에 총 맞았나?

혹시 죽을병 걸렸…… 아니, 이건 안 되지.

강지나와 울림은 하나의 신체를 공유하는 사이이므로 강지나가 죽을병에 걸려서는 안 될 일이었고, 이 몸은 원체 면역력이 좋아 그 흔한 감기도 쉬이 걸리지 않았다.

울림은 무심코 강지나의 쪽지를 뒤집어 보았다. 쪽지는 몇 시간 전 백화점에서 털 부츠와 목도리, 그리고 장갑을 사고 받은 영수증이었다. 발을 내려다보니 무릎 아래까지 올라오는 긴 털 부츠가 신겨져 있었다. 털 좀 달렸다고 거 되게 비싸네. 그렇게 중얼거리며 울림은 새삼 강지나가 얼마나 많은 돈을 쓸 수 있는지 생각했고, 강지나가 낮부터 고생스럽게 이 자리를 선점하고 있었을 리 없다는 결론에 도달했다. 하루 동안 자리를 대신 맡아 주는 일일 아르바이트쯤 얼마든지 구할 수 있었을 테고, 강지나라면 반드시 그렇게 했을 테니까.

생각이 거기까지 미치자 울림은 의혹이 조금 해소되는 기분이었다. 강지나는 새해맞이 불꽃놀이를 가까이서 볼 수 있는 기회를 그저 돈 주고 사서 울림에게 선심 쓰듯 쥐여 준 거고, 이런 일은 강지나가 자주 하는 짓이었다.

술을 진탕 마셔 알코올에 전 몸을 넘기거나 말도 안 되는 장소에서 혼을 바꿀 때마다 강지나는 울림에게 끼치는 피해를 돈으로 해결하려 했다. '하우스'에 가지 말고 자신의 집에서 편하게 자라며 현관문 비밀번호를 알려 준다든지, 울림의 이름으로 비싼 레스토랑에 선결제 예약을 걸어 두는 식이었다. 물론 울림이 그런 호의를 원해서 받은 적은 단 한 번도 없었다.

울림은 강지나의 쪽지를 다시 읽었다.

그리고 1월 8일도 수요일이더라?

네가 올해 운이 좋은가 봐.

오래도록 잊지 못할 선물을 준비해 둘게.

"지가 내 생일을 왜 챙겨. 우리가 그럴 사이냐고."

울림은 강지나의 쪽지를 손으로 확 구겨 주머니에 쑤셔 넣었다.

불꽃놀이는 쉬지 않고 이어졌고, 울림은 겉옷 안주머니에 들어 있던 핸드폰을 찾아 꺼냈다. 검은색 잠금 화면에 아이디와 비밀번호를 입력하고 지문 확인란에 오른손 엄지를 대자 울림이 사용하는 잠금 화면으로 바뀌었다. 바탕 화면은 열네 살 때 엄마 아빠와 함께 찍은 사진이었다. 수요일마다 울림의 엄마가 스탠드업 공연을 펼치곤 했던 작은 무대에서 세 사람이 서로의 볼을 맞댄 채 환히 웃고 있었다. 이어 핸드폰의 잠금이 풀리면서 울림이 자주 사용하는 앱이 화면에 주르륵 나타났다.

울림이 핸드폰 카메라를 켜려는 순간, 때마침 김달에게서 전화가 걸려 왔다.

─너 어디야. 왜 이렇게 시끄러워?

"나 지금 여의도 한강공원! 새해 불꽃놀이 보고 있어!" 울림이 한쪽 귀를 막고 목소리를 크게 냈다.

─뭐? 왜 거기 있어?

"강지나가 여기서 혼을 바꿨어."

─별일이네. 31일이라 비싸고 좋은 데서 파티하기 바쁠 것 같던 애가.

"자세한 건 만나서 얘기할 테니까 일단 끊어 봐. 지금 불꽃놀이 예쁘다, 찍어서 보내 줄게."

—됐으니까, 빨리 오기나 해. R버스에서 만나.

"알았어, 불꽃놀이 조금만 보다 갈게."

—아니, 왜 말귀를 못 알아들어. 지금 당장 오라고.

다정함의 치사량이 5그램 정도밖에 안 되는 김달이긴 하지만, 오늘따라 유독 까슬까슬했다.

"너 무슨 일 있어?"

—어. 심각해.

울림은 이성이 감정을 지배하는 김달의 취향을 반영해 질문을 바꿨다.

"1월 1일이 다시 수요일이 되려면 앞으로 육 년을 기다려야 해. 이 불꽃놀이를 포기하고 갈 정도로 중요한 일이야?"

—어.

당연히 그건 아니라고 할 줄 알았는데. 울림은 몸을 돌려 여기서 벗어날 길을 찾았다. 눈길이 닿는 곳마다 어김없이 사람이 꽉꽉 들어차 있었다.

"너 어디 아프거나 사고 난 거 아니지?"

대답이 없었다.

"여보세요? 야, 김달. 안 들려?" 울림은 핸드폰을 귀에서 떼고 전화가 끊어졌는지 확인했다.

핸드폰의 신호 감지 표시가 전부 꺼져 있었다. 주변에서 통화를 하던 사람들도 핸드폰에 대고 계속 "여보세요?"를 반복했다.

울림이 제 앞을 가로막고 선 사람들 사이로 두 손을 집어넣으며 힘껏 간격을 벌렸다. "잠시만요, 지나갈게요!"

불꽃놀이에 정신이 팔려 제자리에 뿌리를 내린 사람들 사이를 울림이 부지런히 헤치고 지났다. 다들 촘촘히 붙어 있긴 해도 두꺼운 패딩들이 차지하는 공간만큼 틈이 있었고, 울림은 그 틈 사이로 미끄러지듯이 움직였다(그에 따른 정전기는 덤이었다). 이내 행사 구역을 벗어나자 사람들의 밀도가 낮아져 가볍게 뛰듯이 걸을 수 있었다. 울림은 금방 마포대교 진입로로 들어섰다.

마포대교 인도에 죽 늘어서서 불꽃놀이를 지켜보는 인파를 뚫고 지나가며 울림은 재차 김달에게 전화를 걸었다. 이제 신호는 돌아왔는데 김달이 전화를 받지 않았다.

퍼―엉, 펑펑. 불꽃놀이는 마지막 절정을 향해 나아가는 듯했고, 화려한 피날레를 놓칠 생각이 없는 사람들을 지나 울림은 마포대교의 한가운데에 도착했다. '둥둥섬 선착장'이라고 적힌 커다란 전광판이 마포대교로 다가오는 둥둥섬의 실시간 정보를 알려 주었다.

대여점, 곧 도착 (혼잡)

울림은 전광판 옆으로 난 계단을 따라 마포대교 아래로 내려갔다. 불꽃이 반사돼 알록달록 빛나는 한강의 수면과 맞닿은 지점에 버스 정류장처럼 생긴 선착장이 있었다. 울림 뒤로 계단을 내려온 사람들이 핸드폰을 꺼내 불꽃놀이를 찍었다.

"와, 지금 진짜 멋있다." 잘 익은 계란 노른자같이 동그란 머리를 한 사람이 말했다. 그러자 발목까지 오는 긴 흰색 패딩을 입은 사람이 옆에서 입을 비죽거렸다. "작년에 낙원에서 본 새해 유성 쇼에 비하면 전체적으로 시시한데."

"그럼 넌 왜 찍냐."

"그래도 우리가 처음으로 같이 보는 오프라인 불꽃놀이잖아."

"맞아, 그래서 더 예쁘다." 노른자 머리가 흰 패딩의 어깨에 다정하게 기댔다.

한 쌍의 오붓한 계란 프라이 같네. 울림은 그런 생각을 하며 조용히 웃었다. 저들이 아까부터 자신의 근처를 맴돌며 가발과 옷차림을 바꾸고 있다는 건 전혀 눈치채지 못한 채.

곧이어 선착장으로 둥둥섬 하나가 다가왔다. 둥둥섬은 각양각색의 인공 섬 모양을 한 이동 수단으로, 한강을 따라 움직였다.

'대여점'이라는 네온사인을 단 둥둥섬이 푸른 조명으로 유리 돔을 밝히며 마포대교 승강장에 멈춰 섰다. 대여점 둥둥섬의 하차 문이 열리자 열댓 명의 승객이 쏟아져 나왔다. 울림은 승차 문에 달린 요금 결제기에 핸드폰을 가져다 댔다. 곧 계좌에서 탑승 요금이 지불되며 초록불이 켜졌고, 울림은 회전문을 밀어 안으로 들어섰다.

입구와 연결된 긴 복도를 따라 대여 물품 자판기가 쭉 늘어서 있었다. 핸드폰 자판기, 신발 자판기, 상의 자판기, 하의 자판기, 속옷 자판기, 겉옷 자판기, 가방 자판기, 액세서리 자판기, 양말 자판기, 안경 자판기 등이 복도의 좌우로 줄지어 각각 한 대씩 놓여 있었다.

울림은 쓰고 있던 핸드폰의 잔여 배터리가 6퍼센트인 걸 확인하고는 잠금 화면 상단에 있는 로그아웃 버튼을 터치했다. '로그아웃

하시겠습니까?'라는 팝업 창에 뜬 '예' 버튼을 오른손 엄지로 꾹 눌렀다. 열네 살의 울림이 엄마 아빠와 환하게 웃고 있는 사진이 사라지고 잠금 화면은 다시 검은 배경에 오늘의 날짜와 현재 시각을 표시했다.

계란 노른자 머리를 한 사람이 좌측 핸드폰 자판기를 차지하고 있어 울림은 반대편으로 갔다. 울림이 자판기 옆면에 달린 서랍 손잡이를 잡아당겨, 쓰던 핸드폰을 철제 서랍 안에 집어넣고 닫았다. 자판기 화면에서 '반납' 버튼을 누르자 방금 울림이 넣은 핸드폰의 모습이 보였다. 울림은 '계속하기'를 눌렀고, 핸드폰이 서랍에서 떨어져 반납구로 들어가는 소리가 들렸다.

다른 핸드폰을 대여하시겠습니까?

울림은 자판기 버튼을 계속 눌러 화면을 넘겨 가며 시간당 대여 비용이 가장 저렴한 모델을 골랐다. 결제 창에 계좌 비밀번호를 입력하고 오른손 엄지 지문을 찍었다. 곧이어 '물품 나오는 곳'이라고 적힌 플라스틱 덮개 너머로 핸드폰 하나가 툭 떨어졌다.

울림은 100퍼센트 충전된 새 핸드폰의 전원을 켜며 속옷 자판기로 걸음을 옮겼다. 이어 사이즈를 선택하고 기본형의 저렴한 팬티를 골랐다.

결제가 완료되었습니다.

불투명 플라스틱 팩에 담긴 팬티를 든 울림이 빈 탈의실 칸을 찾아 들어갔다. 울림은 입고 있던 옷가지를 하나씩 벗으며 옷에 달린 라벨을 일일이 확인했다. 가죽 장갑과 털 부츠부터 목도리, 두툼한 코듀로이 점퍼, 터틀넥 스웨터, 기모 청바지, 부드러운 내의와 위아래 속옷까지. 대여 물품임을 나타내는 'RENT' 도장이 찍힌 라벨이 하나도 보이지 않았다. 점퍼에 코를 대고 킁킁대니 대여점 물건 특유의 세제 향이 아닌 새 옷 냄새가 났다.

"하여간 돈도 많아." 울림은 자판기에서 대여한 팬티를 입으며 중얼거렸다. "잘됐다. 그냥 입어야지."

하필 강지나를 화요일 보디메이트로 만나 지난 오 년 동안 매주 신체를 넘겨받으면서 그나마 좋았던 점을 굳이 찾자면, 강지나는 웬만하면 직접 구매한 옷을 입는다는 점이었다. 처음에는 강지나 소유의 옷을 입고 다니는 게 괜히 꺼림칙하고 불쾌했지만, "걔 덕분에 의류 대여비 굳잖아. 어차피 수요일 하루만 입고 다니는 건데, 감정에 휩쓸리지 말고 효율을 따져."라는 김달의 말에 일리가 있다고 받아들인 뒤로는 웬만하면 그냥 입고 다녔다. 강지나가 울림의 심기를 심히 건드리지 않는 이상.

다시 겉옷까지 다 챙겨 입은 울림은 갈아입은 팬티, 그러니까 강지나가 돈을 주고 산 팬티를 플라스틱 팩에 싸서 속옷 자판기에 넣고 반납했다.

울림이 이런 식으로 대여점 자판기에 **버린** 강지나의 첫 물건은 굽 높이가 한 뼘은 되는 가죽 부츠였다. 강지나가 그 부츠를 신고 얼마나 신명 나게 춤을 춰 댔는지, 클럽 화장실에서 신체를 건네받은 울림은 제자리에 서는 것조차 힘들었다. 그래서 클럽 입구에 설치된 신발 자판기 반납구에 부츠를 처넣고 가장 저렴한 슬리퍼를 대여했다. 곧 이 사실을 알게 된 강지나는 일곱 명의 보디메이트가 유일하게 소통할 수 있는 메신저 앱 '세븐 메이츠7 MATES'에서 울림을 공개 저격했다. 내 소중한 생일 선물을 네 마음대로 버리면 어떡하느냐, 네 알바비 한 달 치를 모아도 못 사는 한정품이다, 하며 똑같은 걸 다시 구해 오라고 길길이 날뛰었다. 텍스트로만 소통할 수 있는 공간임에도 강지나의 분노가 눈앞에 펼쳐지듯 생생했다. 그 일과 상관없는 나머지 보디메이트 다섯은 '읽고 씹기' 전략으로 조용히 상황을 관망했고, 아르바이트가 끝난 뒤 뒤늦게 메시지를 확인한 울림은 강지나가 보낸 글자 수의 딱 절반 분량으로 답장했다.

어쩌라고. 그렇게 소중한 물건이면 네가 네 집에 잘 갖다 두고 혼을 바꿨어야지. 앞으로도 네 물건은 네가 알아서 챙겨. 난 피곤하고 짜증 나면 다 갖다 버릴 거니까. 그 소중한 한정판 부츠는 정 되찾고 싶으면 세탁 공장 가서 열심히 뒤져 보든지.

이러한 내용에 강지나는 답장하지 않았다. 그 대신 누가 봐도 명백히 의도적일 만큼 더 멋대로 행동했다. 이후 수요일마다 오프라인에서 눈을 뜰 때면 울림은 매번 생각지도 못한 곳에 있었다. 낯선 아저씨들과 합석 중인 술집 테이블. 빗물로 젖은 길바닥(에 누운 채로 눈을 떴다). 일본 오사카 국제공항의 출발 게이트 앞(비행기 탑승 시간이 세 시간이나 남아 있었지). 빈방이 하나도 없는 경주의 어느 하우스 입구. 지리산 장터목 대피소. 장대비가 내리는 날 택시 호출도 안 되는 웬 시골 폐가. 클럽 화장실, 술집, 오물로 범벅이 된 벤치 위⋯⋯. 그중 절반은 술을 잔뜩 마신 상태였고, 두세 번은 눈을 떠 보니 이미 수요일 오후가 되어 있었다. 강지나가 술에 취해 잠들기 직전 혼을 바꾼 탓이었다.

그래도 울림은 굴하지 않았다. 강지나가 재물 손괴로 고소하겠다며 으름장을 놓아도 자신의 심기를 건드린 이상 강지나의 물건을 버리고 또 버렸다. 온갖 명품 가방과 그 안에 든 물건, 강지나의 엄마가 물려준 값비싼 옷과 할머니가 줬다는 목걸이까지 ─ 이때쯤 강지나는 매주 주머니에 쪽지를 남겨 이렇게 소중한 물건을 설마 버릴 거냐는 식으로 나왔는데, 그러거나 말거나 ─ 울림은 모두 대여 자판기 반납구에 집어넣었다.

미안하거나 찜찜한 적이 있었느냐고? 그럴 리가. 평생 제 몸뚱이 하나 온전히 소유하기도 어려운 시대에 강지나에게는 너무 많은 소유품이 있었고, 그게 강지나의 업보였다. 대여점 물품이 아닌 걸 반납구에 집어넣었다고 해서 문제가 된 적도 없었다. 그럴 수밖에. 대여점 입장에서는 빌려준 적도 없는 금도끼를 가만히 앉아 돌려받은 셈이었으니.

결국 강지나는 구매해 입고 두르는 물건의 가격을 슬금슬금 낮추더니, 울림의 눈치를 보며 행동해야 한다는 게 짜증이 났는지 ─ 혹은 결국 울림에게 항복했다는 사실이 분했는지 ─ 어느 날은 신체를 받은 울림이 눈을 뜨자마자 확인할 수 있도록 입에 쪽지를 문 채로 혼을 바꾸었다. 울림은 분홍색 립글로스가 입술 모양으로 묻은 하얀 종이를 퉤, 뱉었다.

내가 누구 때문에 7부제를 하게 됐는데!
너 나한테 안 미안해? 너만 아니었어도
나는 지금도 계속 내 몸으로 일주일 내내 살 수 있었어.
네가 내 인생을 망쳤잖아.
내가 술 좀 먹는다고
놀러 가서 아무렇게나 너한테 몸을 넘겨준다고
그게 그렇게 억울해?
현울림 네가 나보다 억울하냐고!

울림은 쪽지를 확 구겨 쥔 손으로 립글로스가 진득하게 묻어나는 입술을 세차게 문질렀다. 자신의 눈앞에서 숨이 끊어져 가던 열여섯 살 강지나의 모습을 애써 지우려는 듯이.

캐비어와 라면의 맛

"저기요, 자판기 쓰시는 거예요?"

"아." 과거 기억에 잠시 머물러 있던 울림은 빨간 목도리 위로 눈만 내놓은 사람에게 자리를 내주며 옆으로 비켜섰다. "쓰세요."

그와 동시에 김달에게서 문자 메시지가 왔다.

—우리 곧 동호대교. 여기서 놓치면 택시 타고 쫓아와.

울림이 고개를 들자 천장에 달린 긴 스크린에 큰 글자가 지나갔다. **이번 정거장: 동호대교.**

동호대교의 둥둥섬 선착장은 내려오는 계단까지 사람들이 빼곡히 서 있을 만큼 북적거렸다. 울림은 분주히 계단을 밟아 동호대교 위로 올라갔다. 멀리, 2층짜리 R140번 버스가 정류장에서 손님을 태우고 있었다. 울림은 민트색 버스를 향해 양팔을 휘저으며 달렸다. "최 사장! 나도 태우고 가!"

혁혁, 숨을 몰아쉬며 R140번 버스에 오른 울림이 운전석에 앉은 칠십 대 여성에게 웃어 보였다. "우리 최 사장, 후아, 새해 복 많이 받아!"

"오냐, 올해는 나도 그놈의 복 좀 받아 보자." 최 사장이 커다란 핸들을 잡고 버스 뒤쪽을 보았다. "김달이, 현울림이 왔다!"

운전석 바로 옆 대시 보드 위에는 동그란 어항이 놓여 있었고, 3분의 2쯤 채워진 물속에서 금붕어 한 마리가 유유히 헤엄치고 있었다.

"해피, 너도 새해 복 많이 받고." 울림과 눈이 마주친 금붕어가 답인사를 하듯 양 지느러미를 살랑거렸다. "응, 나야 당연히 복 많이 받지."

버스 2층 내부를 비추는 모니터 화면을 지켜보던 최 사장이 가볍게 액셀을 밟았다. "자, 그럼 갑니다."

해피라는 이름의 금붕어가 수영하는 어항 속 물이 묵직하게 출렁였다. 해피가 꼬리를 흔들며 전방을 응시했다.

버스 2층으로 올라가는 계단 뒤편에는 제법 커다란 부엌이 있었는데, 버스 구조에 맞춰 직사각형으로 만들어진 조리 공간에서 볼이 발갛게 달아오른 남자가 분주하게 달걀지단을 썰었다. 울림이 의아한 얼굴로 다가섰다.

"왜 젤리 네가 요리하고 있어? 응 셸은?" 울림의 질문에 화답하는 소리가 조리대 안쪽에서 들려왔다. "으흥, 나 여기이⋯⋯."

울림이 조리대와 이어진 바 테이블을 짚고 건너편 바닥을 내려다보았다. 얼굴의 절반이 까끌까끌한 수염으로 뒤덮인 거구의 남자가 창백한 안색으로 바닥에 늘어져, 곧 젤리의 발에 밟히고는 꾸엑, 묵직한 신음을 뱉었다.

"으악! 셸, 죄송해요!" 젤리가 뽀얀 떡만둣국 위에 잘게 썬 달걀지단을 올리며, 울림이 짚고 서 있는 바 테이블을 턱 끝으로 가리켰다. "그러게 저기 의자에 앉아 계시지."

"내가 죽상을 하고, 후…… 저기 앉아 있으면, 흐하…… 손님들 입맛 떨어져…… 안 돼."

"응 셸, 술 마셨어?" 울림이 바닥에 늘어진 임한웅을 보며 미간을 좁혔다. 젤리는 그를 밟지 않으려 조심스럽게 움직였다.

"내가 마신 게 아니라…… 손정수 그놈이…… 12월 31일이라고 신나서…… 후아, 망할 놈……. 나는 오늘 일해야 한다고, 흐하…… 분명히 말했는데."

울림이 임한웅을 보며 혀를 찼다. "연말은 연말이구나."

울림이 보기에 임한웅의 보디메이트들은 모두 착했다. 다른 메이트에게 피해를 주는 법이 없달까. 하긴, 강지나와 자신이 특이한 케이스였다. 7부제에 속한 대부분은 본인과 기질이 비슷한 이들과 보디메이트로 묶이는 게 일반적이었다. 한집에 사는 사람끼리 성향이 달라도 피곤한데, 하나의 몸을 공유하는 사이에 개성이 제각각이면 불편이 이만저만이 아니므로. 바로 자신과 강지나처럼.

땡! 나무 쟁반에 난 홈에 떡만둣국 그릇을 딱 맞게 끼워 고정시킨 젤리가 작은 벨을 울렸다. 음식이 완성됐으니 가져가라는 뜻이었다. 다음 순간 조리대 옆 직원 전용 계단으로, 딱 떨어지는 단발 머리를 한 여자가 내려왔다.

"떡국 네 개, 떡만둣국 다섯 개, 콜라 하나, 사이다 하나, 따뜻한 커피 둘." 김달이 주문서를 보며 읊었다.

"힉, 아홉 그릇이나?"

김달이 뭘 놀라느냐는 얼굴로 젤리를 보았다. "원래 떡국 넷, 떡만둣국 넷, 팬케이크 하나였는데 내가 다 떡국 계열로 통일시킨 거야. 아니, 자기 혼자 팬케이크 먹겠다는 게 말이 되니. 바빠 죽겠는데." 김달이 울림을 빤히 바라보았다. "뭐 해, 떡국 분다. 5번 테이블에 가져다줘."

1월 1일이라 평소보다 손님이 많을 거라 예상했고, 그래서 울림과 김달도 손을 보태기로 했었다.

"난 이제 여기서 지단 올리고 김가루 뿌릴 테니까, 현울림 네가 서빙해."

"와, 나한테 빨리 오라고 분위기 잡은 이유가 이거였어? 일 떠넘기려고?"

"뭘 떠넘겨. 내가 지금 커피도 만들 건데."

"아무나 좋으니까, 서빙 좀!" 젤리가 사골 국물에 가래떡을 쏟으며 초조한 목소리를 냈다.

"내가…… 갈게." 임한웅이 커다란 몸집을 어쩌지 못해 끙끙거리며 울림에게 팔을 뻗었다. "나 좀 일으켜 줘라."

"2층 올라가다 계단에 끼지 말고 셴은 그냥 쉬어." 울림이 김달을 보며 눈에 힘을 주었다. "삼십 분 뒤에 교대하는 거다."

울림이 떡만둣국 쟁반을 들고 2층에 올랐다. 최 사장이 모는 버스는 오늘도 안정적이고 부드러웠다. 5번 테이블 손님은 냄비 받침처럼 생긴 고무 패드를 펼쳐 두고 대기 중이었다. 울림이 고무 패드 위에 쟁반을 내려놓고 살짝 밀어 보았다. 쟁반이 꼼짝도 하지 않고 제자리에 잘 고정됐다.

바로 앞 4번 테이블에 앉은 손님 셋이 연신 맛있다는 말을 주고받으며 열심히 떡국을 먹고 있었다. 그사이 울림과 같은 정류장에서 올라탄 사람들은 주문한 메뉴를 기다리며 천장에 달린 텔레비전을 보았다. 서울보다 먼저 1월 1일을 맞이한 다른 도시의 새해맞이 풍경이 나왔다. 파란 조명으로 치장한 시드니 오페라 하우스 옆 하버 브리지가 화려한 불꽃으로 타올랐다.

어차피 김달이 손님들 주문도 다 받았겠다, 울림은 잠시 빈 테이블에 앉아 시드니의 새해 불꽃놀이를 감상했다. 하늘을 가득 메운 아홉 개의 푸른 원 모양의 불꽃이 군데군데 사그라드는가 싶더니 WEDNESDAY^{수요일}라는 글자를 만들었다.

건너편 테이블에 앉은 손님 둘이 텔레비전 화면에서 눈을 떼지 못하며 말을 주고받았다.

"내년에는 시드니 맵^{map}에서 저거 한번 봐야겠다. 멋있네."

"그래. 낙원 버전은 더 멋있을 테니까."

"호주도 새해에 먹는 음식이 있나?"

"있겠지? 우리가 그 맛을 제대로 느끼진 못하겠지만."

"하긴, 나 어제 연말 분위기 내려고 토성 아이스링크장 갔는데……."

"야, 너는 수인이 왜 토성에 가나? 수성에 가야지."

"그러는 너는 뼛속까지 수인이라 크리스마스에 화성 온천 갔냐?"

두 사람의 대화를 엿듣고 있던 울림이 콧구멍으로 웃음을 뱉었다. 토성 아이스링크장이라면 울림도 지난 생일에 김달, 젤리와 함께 다녀온 곳이었다. 실제보다 훨씬 가깝게 배치된 행성들을 보며 토성의 고리를 따라 가볍게 미끄러져 달렸다.

"지금 여기서 화성 온천 얘기가 왜 나와? 그래서 토성 아이스링크장에서 뭐 했는데." 화성 온천에 다녀온 사람이 민망한 듯 말을 돌리자 대화는 다시 본래의 궤도로 돌아갔다.

"아니, 내가 그날 토성에서 스케이트 타고 저녁도 거기서 먹었거든? 연말 특선 메뉴라고 파스타에 캐비어가 듬뿍 올라가 있더라고. 근데 내가 캐비어를 먹어 본 적이 없잖아. 그래서 캐비어를 보면서, 뭐 그냥 물에 불린 검은깨 같네, 이런 생각을 했거든? 그랬더니 곧바로 캐비어 파스타에서 깨 맛이 나는 거야. 순간 아차 싶어서, 이건 뚱뚱한 검은깨가 아니라고 아무리 생각해도 점점 더 깨 맛밖에 안 나! 와, 미치겠더라."

누구나 청바지에 티셔츠 하나 걸치고 토성 고리에서 스케이트를 탈 수 있는 가상 현실 낙원은 **정신의 세계**였다. 정신, 생각, 믿음, 상상력이 감각을 지배했다.

"푸하하, 원래 생각하지 않으려고 할수록 더 강해지는 거 몰라? 너 학교 다닐 때 수업 안 듣고 잤지?"

"이 자식이. 하여간 그래서 결국 근처 위성에 있는 편의점 가서 컵라면 사 먹었잖아. 라면은 어찌나 맛있던지."

별도의 감각 장치를 사용하지 않는 낙원에서 라면 맛까지 생생하게 느낄 수 있는 이유는, 사용자의 뇌가 라면이라는 시각 정보와 관련된 청각, 후각, 미각, 촉각의 **기억 정보**를 불러들이기 때문이다. 그리하여 라면을 자주 먹는 사람은 낙원에서 가상의 라면을 먹을 때도 후루룩 면발을 삼키는 소리와 따뜻한 라면 그릇에서 손끝으로 전해지는 온기까지 고스란히 느낄 수 있다. 반면 라면을 먹어 본 적 없는 사람은 그와 비슷한 다른 음식의 맛을 느끼거나 아예 아무런 맛도 느끼지 못한다.

그래서 울림은 토성 아이스링크장에 가기 전 김달, 젤리와 함께 서울시청 앞 스케이트장에 가서 미리 스케이트를 타 보았다. 갓 태어난 사슴처럼 다리를 부들거리는 젤리를 보고 웃을 때마다 울림은 추위에 얼얼해진 코와 볼이 뻑뻑하게 당기는 것을 느꼈다. 단단한 링크장에 꽈당꽈당하기 바쁜 엉덩이는 욱신거렸고, 사이즈가 제대로 맞지 않는 스케이트화에 눌린 복숭아뼈도 점점 아려 왔다. 귀마개를 깜빡한 젤리에게 자기 것을 빌려준 김달은 귀가 시리다 못해 고막이 동상에 걸린 것 같다고 했다. 그럼에도 서로가 서로의 손을 잡아 일으켜 주는 든든함이 다정했고, 서로 "나 좀 늘었어. 봐봐!"라고 외칠 때마다 신난 웃음이 터져 나왔다.

며칠 뒤 세 사람은 낙원의 토성 아이스링크장에서 비슷한 것들을 비슷한 강도로 느낄 수 있었다. 낙원에는 '온도'라는 개념이 없지만, 셋은 시간이 지날수록 점점 코끝이 시리고 볼이 차가워지는 기분을 느꼈다. 세 사람은 귓가에 희미하게 울리는 얼음의 노랫소리—사삭사각—에 맞춰 발을 움직였다. 경이로운 우주 행성을 보며 몇 시간을 달려도 누구 하나 배고프거나 피곤하지 않았다.

땡, 땡, 땡. 아래층에서 들려오는 종소리에 울림은 자리에서 벌떡 일어나 계단을 내려갔다.

"안 내려오고 위에서 뭐 해?" 뚜껑을 닫은 커피 두 잔을 건네며 김달이 가볍게 타박했다.

"어어, 만두 떨어졌어! 달, 바닥에 만두 좀 주워 줘!" 젤리가 소란을 떨자 김달이 귀찮아 죽겠다는 얼굴로 눈을 굴렸다. "쟤는 손에 기름을 발랐나."

울림은 풋, 웃으며 커피 두 잔을 들고 2층으로 올라갔다. 허술한 일일 주방장의 시중을 드느니 서빙이 더 편할 것 같았다.

그렇게 어느덧 새벽 4시 반. 떡국을 두 그릇이나 비운 마지막 손님이 종점에서 내리자 최 사장이 조용해진 이층 버스를 몰고 충전소로 향했다.

"이제 우리도 밥 먹자."

충전소 한쪽에 마련된 버스 전용 주차장에 R140번이 멈춰 섰다.

"떡만둣국 다섯 개 나왔습니다." 임한웅이 바 테이블에 음식을 내놓으며 겸연쩍은 얼굴로 수염을 문질렀다.

"우리 웅이가 만든 올해 첫 떡국을 우리가 맛보네?"

바 테이블로 와서 곁에 선 최 사장을 보며 임한웅이 머쓱한 듯 고개를 숙였다. "죄송해요, 사장님."

최 사장이 임한웅의 옆구리를 가볍게 툭 쳤다. "왜 네가 죄송해. 젤리가 잘 메워 줘서 난 평소랑 다를 거 없었어."

"얘가 잘 메워 줬다고요?" 김달이 눈을 휘둥그레 뜨자 최 사장이 희끄무레하게 웃었다. "우리 김달이랑 현울림이는 말할 것도 없어. 최고야." 최 사장이 엄지를 치켜세웠다. "자, 따뜻할 때 먹자."

"으, 좋다." 떡만둣국 첫술을 뜬 울림이 온천에 몸을 담근 것처럼 낮은 감탄사를 내뱉었다. 떡을 씹는 김달도 그새 얼굴이 풀어졌고, 사골 육수를 해장국처럼 들이켠 임한웅의 광대도 만족스럽게 솟아올랐다.

"와, 역시 우리 사장님 만두 최고!" 젤리는 박수까지 치면서 좋아했다.

"너희랑 이렇게 복작거리니까 그래도 새해 느낌 난다." 최 사장의 메마른 눈가에 깊은 주름이 잡혔다. 그 지친 미소를 보며 모두 잠시 조용해졌다.

최 사장에게는 십칠 년 전에 실종된 딸이 하나 있다. 정부 기관에서 일하며 365로 잘 살고 있던 딸이 아무런 전조 증상도 없이 사라져 버렸지만, 수사 기관에서는 단순 잠적으로 쉽게 결론 내렸다. 서른 살에 난데없이 사춘기가 와서 가출이라도 한 거냐고, 말이 되는 소리를 하라며 난동을 부리는 최 사장에게 경찰은 딸의 어릴 적 일기장을 보여 주었다. 행여 자신의 기록이 클라우드에 저장될까 걱정하며 펜으로 직접 꾹꾹 눌러쓴 스프링 노트였다. 그 일기에는 엄마, 그러니까 최 사장의 통제 아래 고통받던 딸의 속내가 고스란히 적혀 있었다.

맨날 공부해라, 공부해라. 그래야 365로 살 수 있다. 그래야 네 신체를 지킬 수 있다. 지겨워……. 엄마한테 말하고 싶다. 내 신체는 그렇게 열심히 지킬 가치가 없다고. 난 내 얼굴이 싫다고. 하지만 그러면 엄마가 상처를 받겠지. 하…….

우리 엄마 아빠도 7부제면 좋았을 텐데. 엄마와 떨어져 살고 싶다. 공공 보육원에 사는 친구들이 부러워.

엄마는 왜 자기가 나를 위한다고 착각하지?

경제적으로 독립하는 순간 엄마한테서 벗어날 거야.

딸이 십 대 시절에 쓴 일기장이, 자부심을 가지고 일하던 직장을 하루아침에 그만두고 사라진 근거가 된다는 걸 최 사장은 처음에 납득할 수 없었다. 하지만 딸은 실종 직전 사직서를 제출했고, 최 사장은 딸의 일기를 읽을수록 이 모든 비극이 자신의 잘못에서 비롯되었다는 생각을 지울 수 없었다.

최 사장은 운영하던 식당을 처분하고 지금 이 레스토랑 버스를 샀다. 오랜 시간 함께 일하며 자연스럽게 친구가 된 지선 씨가 주방을 맡아 주었고, 최 사장은 운전대를 잡았다. 잠자리에 누워 눈을 감으면 더 선명해지는 딸의 얼굴을 찾아, 매년 버스 노선을 바꿔 가며 하루도 쉬지 않고 달렸다. 언젠가 딸이 우연히 이 버스에 오르기를, 이 못난 엄마의 뒤늦은 사과를 받고 매몰차게 자신의 삶으로 돌아가도 좋으니 그렇게 살아만 있어 주기를 바라며.

"근데 사장님 건강은 정말 괜찮으세요? 벌써 몇 년째 하루도 쉬지를 않으시니……." 임한웅이 조심스럽게 물었다. 최 사장이 쉴 수 없는 이유를 잘 알기에 오히려 더 마음이 쓰였다.

젤리도 수저로 만두를 자르다 말고 거들었다. "맞아요, 선 셸은 그나마 일주일에 하루라도 쉬시는데……."

"근데 최 사장 남편도 수인이라며, 그 아저씨는 수요일마다 어디서 뭐 해?" 어쩌면 그 순간 모두가 하고 싶었을 질문을 울림이 망설임 없이 내리꽂았다. "둘이 낳은 자식인데 왜 매일 최 사장 혼자만 찾아?"

최 사장이 바 테이블에 젓가락을 툭 내려놓았다. "새해 벽두부터 그 인간 얘기는 왜 꺼내. 밥맛 떨어지게."

최 사장은 남편이 낙원에서 제멋대로 딸을 되살린 이후 남편과 급격히 사이가 틀어졌다.

여보, 어제는 우리 수현이랑 쥐라기 시대에 다녀왔어. 기억나지? 수현이가 열일곱 살 되면 낙원에서 제일 해 보고 싶은 게 쥐라기 맵에서 공룡을 보는 일이라고 했잖아. 어제 수현이가 정말 좋아했어. 진작 데려갈걸.

영혼도 생명도 없는 낙원 속 아바타를 '우리 수현이'라 부르며 저 혼자 마음의 구원을 얻어 낸 남편이 불쌍한 만큼 끔찍했다.

최 사장이 조끼 주머니에서 담뱃갑을 꺼냈다. "오늘 젤리가 고생 많이 했으니까, 물탱크는 웅이가 맡아."

"네, 그럼요. 전력 충전도 제가 할게요."

임한웅이 그릇에 남은 만두 두 개를 입 안에 욱여넣고는 분주히 하차 문으로 가서 수동 개폐기 버튼을 눌렀다.

"셸, 후식으로 커피 드실 거죠?" 젤리가 임한웅의 등 뒤에 대고 물었다.

"난 아직 속이 좀 쓰려서 찬 바람이나 쐬려고."

"웅아, 문 닫지 마. 나도 나가자."

문밖으로 나서는 최 사장의 등 뒤로는 울림의 가벼운 참견이 따라붙었다. "피울 때마다 기침하면서 뭐가 좋다고 자꾸 피워? 최 사장 오래 살아야지."

"잔소리하지 마. 내 유일한 돈지랄이야."

입에 담배를 문 최 사장이 버스 밖에서 수동 개폐기 버튼을 눌러 문을 닫고는 하얀 연기와 함께 천천히 멀어져 갔다.

덩그러니 남은 울림과 김달, 젤리는 잠시 그 모습을 바라보다 남은 떡국을 해치웠다.

젤리가 식기세척기를 돌리고는 곧장 운전석 옆 대시 보드로 가 그 위에 놓인 어항을 들고 왔다. "해피야." 금붕어 해피가 젤리를 보며 팔딱거렸다. "미안해. 형이 오늘 바빠서 해피한테 가 볼 시간이 없었어. 그래도 사장님이랑 재미있게 드라이브했지?" 해피가 양 지느러미를 살랑였다.

울림이 바 테이블에 고무 패드를 깔자 젤리가 그 위에 어항을 내려놓았다. 젤리가 어항 안에 먹이를 뿌리니 해피가 작고 동그란 먹이를 뻐끔거리며 하나씩 삼켰다.

"이렇게 서로 좋아 죽는데 밥도 옆에 끼고 먹지." 김달이 그 광경을 심드렁하게 바라보며 말했다.

"애 고문하는 것도 아니고, 옆에 두고 우리끼리만 맛있는 거 먹으면 미안하잖아."

"로봇이 무슨 사람 음식을 먹고 싶어 해."

김달의 말에 젤리가 눈을 가늘게 떴다.

"몇 번을 말하니, 우리 해피 진짜 금붕어라고. 로봇 아니라니까."

"진짜 금붕어가 인간 말을 이렇게 잘 알아들어? 봐 봐, 애 지금도 나 째려본다. 자기한테 뭐라 했다고."

해피가 꼬리지느러미를 유유히 저으며 김달을 응시했다.

"동물적 본능으로 느끼는 거야, 김건달 네가 자기 싫어하는 거. 그렇지 해피야, 이 누나 성격 완전 더럽지?"

젤리가 허리를 숙여 눈을 맞추자 해피가 제자리에서 유영하며 양 지느러미를 두어 번 살랑였다.

"봐 봐. 해피도 김건달 너 성격 더럽대." 젤리가 설핏 웃으며 커피 머신으로 다가갔다. "다들 커피 마실 거지?"

"난 아이스…… 아니다, 핫초코. 덜 달게."

"네가 웬일? 단거 싫어하는 애가. 그럼 나도 핫초코에 샷 추가." 울림이 배를 두드리며 말했다.

김달의 덜 단 핫초코와 울림의 에스프레소 샷이 들어간 핫초코, 그리고 젤리 몫의 휘핑크림이 듬뿍 올라간 핫초코가 허공에서 맞부딪쳤다. 짠!

"우리 새해 복 많이 받자!"

울림과 젤리가 신난 얼굴로 외치자 김달도 이를 훤히 드러내며 웃었다. 젤리는 해피를 향해 한 번 더 잔을 들어 보였다. 해피가 팔딱거리며 헤엄쳤다.

"아, 맞다!" 울림이 벽에 걸어 두었던 코듀로이 점퍼에서 구겨진 영수증을 꺼내 왔다. "오늘 강지나가 쓴 쪽지 좀 봐 봐."

"……흐음." 쪽지 내용을 읽으며 두 사람이 눈을 가늘게 뜨고 갸웃거렸다.

"강지나가 네 생일 선물을 준비한다고?"

"얘 너한테 뭐 또 민폐 끼쳤어?"

울림이 박수를 짝 쳤다.

"이거 봐, 너희가 봐도 이상하지? 근데 더 이상한 건, 얘가 요즘 두 달 정도? 짜증 나는 짓을 한 번도 안 했다는 거야. 근데 왜 나한테 선물을 줘? 그것도 생일 선물을."

"철든 거 아닐까?"

젤리의 말에 김달이 짧고 굵은 웃음을 터뜨렸다.

"야, 사람 그렇게 쉽게 안 바뀌어." 김달이 바로 웃음기를 싹 거두며 미간을 좁혔다. "내가 볼 땐 강지나 얘 뭔가 준비 중이야."

"뭘?"

"현울림에게 거대한 똥을 투척할 만한 일이 있는 거지."

"똥?" 울림이 오만상을 지었다.

"그래. 길바닥에 쓰러져서 혼 바꾸고, 만취한 몸을 넘겨주는 것보다 훨씬 큰 똥. 그래서 미리 네 마음을 좀 풀어 주려고 이 수작을 벌이는 거지. 일종의 뇌물."

울림이 이마를 짚었다. 김달의 감은 부정적일 때 항상 잘 들어맞았다. 울림은 곧바로 핸드폰을 움켜쥐었다. 강지나가 영수증 뒤편에 적은 쪽지를 울림에게 처음 남긴 날부터 둘은 서로에게 하는 얘기를 지극히 사적인 영역으로 유지해 왔다. 세븐 메이츠 앱에서는 보디메이트 일곱 사람이 다 같이 있는 단체 채팅방으로만 소통할 수 있었기에, 강지나는 매번 옷 주머니에 쪽지를 남겼고 울림은 우체국에서 강지나의 집으로 엽서를 보냈다.

"매번 우체국 가는 것도 귀찮고 어차피 다른 애들도 우리 사이 안 좋은 거 다 아는데, 뭐. 그냥 채팅방에 말할래. 선물 줘도 버린다고. 그냥 아무 짓도 하지 말라고."

세븐 메이츠 앱을 켜는 울림의 손을 김달이 가로막았다.

"걔랑 또 감정 소모하기 전에, 말짱한 정신으로 내 얘기 먼저 들어."

"뭔데? 나 이거 보내는 거 몇 초면 돼."

"나 임신했어."

울림은 세븐 메이츠 채팅 창에 나 임신했어,라고 따라 적다가 삐걱삐걱 눈동자를 돌려 김달을 보았다. 하마터면 이 말도 안 되는 문장을 그대로 전송할 뻔했다.

"……뭐라고?" 울림이 괴상한 꿈에서 깨어난 듯한 얼굴로 물었다.

젤리는 윗입술에 하얀 휘핑크림을 산타클로스 수염처럼 얹고 눈을 깜빡거렸다. 표정을 보니 아무래도 숨 쉬는 법을 잊은 모양이었다.

"결국 사고 쳤다고."

김달이 입고 있는 조끼 주머니에서 플라스틱 막대기를 꺼내 바 테이블 위에 탁 내려놓았다. 막대기 중앙의 작은 창 안에 빨간 줄이 두 개 그어져 있었다. 아주 선명하게. 해피마저 그 빨간 줄을 빤히 쳐다봤다.

"정자 기증받았어."

울림과 젤리는 입을 헤벌린 채 아무 말도 하지 못했고, 김달은 친구들의 이해를 도우려 오래된 얘기를 다시 꺼낼 수밖에 없었다.

"알잖아. 우리 엄마랑 울림이 부모님이 그렇게 한날한시에 세상에서 **지워진** 뒤로 나 정말 생각 많았던 거."

이 세계가 굴러가는 방식

칠 년 전 화요일이었다. 수요일 사람들의 혼, 그러니까 수인들의 뇌를 보관하는 데이터 센터 4에서 화재가 났다. 빠르게 초동 대응이 이뤄졌지만, 뇌를 보관하는 유리관 아홉 개가 전소됐다. 다음 날 낙원일보는 불에 완전히 그을린 뇌 사진을 단독 보도했다. 불에 탄 유리관 중 하나에 들어 있던, 사망한 46세 수인의 뇌였다. 하교 후 보육원으로 돌아온 김달과 울림은 검은 정장을 입은 방문객으로부터 각자의 엄마와 부모님이 해당 화재 사고로 세상을 떠났다는 소식을 들었다.

합동 분향소에서 김달은 엄마의 관을 보며 웃긴다고 생각했다. 엄마의 신체는 7부제에 들어가면서 이미 옛날에 폐기돼 사라졌는데. 불에 타고 절반만 남은 엄마의 뇌를 담는 데는 손바닥만 한 상자면 충분할 텐데. 정부에서 마련한 관은 비효율적일 만큼 크고 값비싸 보였다. 어차피 남은 뇌마저 또 불에 태울 거면서. 그렇게 속으로 모든 걸 비웃고 있던 김달의 눈앞에 엄마의 목요일 보디메이트가 나타났다. 엄마가 사용하던 공유 신체가 장례식장으로 천천히 걸어 들어와 김달을 안아 주었다. 김달은 낯설고도 익숙한 품에서 최대한 숨죽여 울었다.

이후 몇 년간 여러 시민 단체와 야당이 목소리를 높였다. 실시간 데이터 백업을 시행하라, 시행하라! 추가 저장 장치를 지급하라, 지급하라! 하지만 사람의 뇌 데이터처럼 방대한 데이터를 가장 효율적으로 수용할 수 있는 최고의 저장처는 결국 인간의 뇌였다. 고도의 기술력으로 만든 저장 기기가 이미 상용화되어 있긴 했지만(본인의 신체를 공유 신체로 제공한 사람은 자신의 뇌 역시 공유 신체로 사용되므로 외부 저장 기기에 뇌 데이터를 저장했다), 모든 사람의 뇌 데이터를 **실시간으로** 백업하자면 천문학적인 비용이 들었고 이는 각자가 고스란히 지불해야 할 빚이었다.

그래? 그럼 어쩔 수 없네. 어차피 그런 사고가 또 일어날 것도 아니니까. 백업 같은 대안 마련 없이는 자신의 뇌 데이터도 파손될까 우려하던 사람들마저 그렇게 점차 그날의 사고를 잊어버렸다.

"내가 엄마랑 똑같은 일로 사망할 가능성은 벼락에 맞아 죽을 확률보다 낮다는 걸, 분명 머리로는 알아. 근데…… 7부제를 시작할 때, 나 속으로는 계속 도망치고 싶었어. 무서웠거든."

김달이 무섭다는 표현을 입 밖으로 꺼낸 건 처음이었다.

"그런 나를 한심하게 생각하면서, 굳이 환경 부담금까지 내 가며 일주일 내내 오프라인에 사는 건 비효율적이고 비합리적이라고 계속 스스로를 설득했어. 나도 엄마처럼 그렇게 허무하게 죽을지도 모른다는 불안이 떠오를 때면 뇌과학 책을 읽고 일기를 쓰고 상담도 받았어.”

울림과 젤리는 말없이 고개를 끄덕였다. 김달의 오랜 불안과 반복된 노력을 잘 알고 있었다.

“근데 시간이 갈수록 오히려 선명해져. 불에 타고 남은 엄마의 검은 뇌. 내 인생도 그렇게 끝나 버릴 수 있다는 공포가.”

대부분의 성인이 그러하듯 김달도 일주일에 하루는 오프라인에서, 나머지 엿새는 낙원에서 살아간다. 물론 그 엿새 동안 김달이 정말 낙원에 **존재**하는 건 아니다. 뇌 데이터, 혼, 영혼, 정신, 그걸 뭐라고 부르든 김달의 **실체**는 데이터 센터에 보관된 김달의 뇌 안에 들어 있고, 그것이 서버를 통해 낙원에 접속할 뿐이다. 그 실체라는 것이 지금은, 광대뼈가 도드라진 이 공유 신체의 뇌 속에 들어 있는 거고.

김달은 다른 수인들의 뇌와 함께 데이터 센터에 나란히 배열돼 있는 자신의 뇌를 생각할 때마다 가슴이 짓눌렸다. 보호액에 든 뇌가 불타고 쪼그라들고 산산히 부서지는 상상을 멈출 수가 없었다.

“팔다리가 있는 상태에서 불이 나면 도망쳐 볼 수라도 있지. 유리관 안에 갇힌 뇌는 불길이 다가오는 걸 보면서도, 아니 보지도 못한 채로 가만히 그 자리에서 불타 버리잖아. 난 그렇게 죽기 싫어.”

김달의 마음을 누구보다 잘 알고 있기에, 울림이 조심스레 입을 뗐다.

“그래서 임신한 거야?”

일곱 사람이 공유하는 신체가 임신을 하면 어떻게 될까? 간단하

다. 임신의 주체만 남고 나머지는 **방을 뺀다**. 보딜리스^{bodiless} 신세가
된 이들에게는 새로운 신체가 배정되고, 임신부는 출산할 때까지
매일 오프라인에서 지내게 된다. 보디메이트들이 사라진 신체를
오롯이 혼자 사용하면서, 환경 부담금을 내기는커녕 오히려 각종
혜택을 지원받으며. 출산 이후에는 아이를 바로 공공 보육원에 보
낼 수도 있고, 36개월까지 직접 양육할 수도 있다.

"아이를 세 살까지 키운다고 해도 임신 기간 포함해 사 년도 안
돼. 어차피 그 뒤에는 다시 7부제로 돌아가야 하고, 그럼 네 불안은
다시 시작되는 건데……."

"아니." 김달이 울림의 말을 끊었다. "나 7부제로 안 돌아가."

"뭐?" 울림의 미간이 좁아졌다.

"이미 오래전에 알아봤던 건데, 낙원에서 의대를 졸업한 사람은
오프라인 의대 본과 1학년으로 편입할 수 있어. 아이 낳고 바로 들
어가려고. 그동안 내가 낙원 아바타들 팔다리를 잘랐다 붙였다 온
갖 성형 수술을 하면서 번 돈으로 의대 본과 사 년 등록금이랑 생활
비도 충분해."

김달은 모든 계획이 세워져 있었다.

"의대 졸업하면 목 좋은 데 소아과 차려서, 환경 부담금 내는 게
전혀 부담스럽지 않을 만큼 벌 거야." 김달이 자신의 배를 가리켰
다. "애는 한평생 365로 살 수 있도록, 제 몸으로 살면서 본인이 원
할 때만 낙원에 접속하는 삶을 살 수 있도록, 내가 그렇게 해 주려
고."

젤리가 그제야 손등으로 휘핑크림을 슥 닦아 냈다.

"결국, 김달 너 자신을 위해서 아이를 낳겠다는 거잖아." 목소리는 단호했지만 손끝이 살짝 떨렸다. "7부제에서 벗어나기 위해서 아이를 낳겠다는 거잖아."

7부제는 한번 종속되면 쉽게 벗어날 수 없었다. 7부제 계약 파기는 언제든 신청 가능하지만, 신청인의 예전 신체는 이미 폐기되었거나 다른 이들의 공유 신체가 되었기에 새로운 신체를 배정받아야 하는데, 단순 변심으로 7부제에서 벗어나려는 사람에게 그 차례가 오기까지는 사실상 무기한의 시간이 걸렸다.

"그래, 네 말이 맞아." 김달은 순순히 인정했다. "이런 계기가 아니었다면 함부로 아이 키울 생각 같은 건 안 했을 거야."

"네 결정이 이기적이라고 생각 안 해?" 젤리의 눈빛과 목소리가 김달을 나무라고 있었다.

울림은 젤리와 김달 사이에 껴서 조용히 눈치를 보았다. 젤리가 말로 누군가를 찌르는 걸 보는 건 처음이었다.

김달이 시선을 내리고 호흡을 고른 뒤 다시 젤리를 바라보았다. "인류가 번식해 온 이래로, 하늘이 감동할 만큼 헌신적이고 자식밖에 모르는 부모조차 아이의 동의를 구한 뒤에 아이를 낳은 경우는 없어. 너도 나도 태어나고 싶어서 태어난 거 아니잖아. 그저 우릴 낳은 이들의 결정이었어. 그중에 이기적이지 않은 결정이 어디 있는데? 나를 닮은 작은 존재를 낳아 무한한 사랑을 줘야지, 아이를 낳아 가정을 이루고 싶다, 뭐 이런 결심은 덜 이기적인 거야?"

"……절대적으로 바람직하지 않은 결정은 존재해." 젤리는 기억조차 나지 않는 자신의 부모를 생각하며 단어 하나하나를 꾹꾹 눌러 뱉었다.

젤리의 부모는 태어난 지 백 일도 안 된 아들을 낡은 중고 소파에 방치한 채 낙원에 접속해 하루 대부분의 시간을 보냈다. 실수로 생긴 아이 덕분에 아주 저렴한 월세의 임대 아파트를 비롯해 온갖 지원과 혜택을 받는 데다 애가 워낙 순해 사람을 귀찮게 하지도 않아서, 두 사람은 안락한 집에서 마음껏 낙원에 빠져 있다가 하루에 한 번 배달 음식으로 끼니를 해결했다. 역시 혀에 닿는 자극은 낙원이 오프라인을 못 따라와, 그런 말을 씨불이면서. 그들은 국가가 고용해 준 베이비시터의 방문을 점차 거절했는데, 책임감 강한 베이비시터는 다른 집 아이를 돌보고 퇴근하는 길에 이따금 젤리네 집을 찾았고, 그러던 어느 날 우연히 열려 있던 현관문을 박차고 들어가 영양실조로 죽어 가던 젤리를 구해 냈다. 이후 젤리는 수인인 부모가 낳은 아이, 그러니까 장차 수인이 될 아이들을 수용하는 공공 보육원에서 자랐다. 그로부터 약 삼 년 뒤 김달과 울림이 같은 공공 보육원에 맡겨졌다. 울림과 김달에게는 각자 수요일마다 찾아오는 엄마와 부모가 있었지만, 젤리를 찾아오는 이는 아무도 없었다.

김달이 자리에서 벌떡 일어나 바 테이블 반대편으로 건너갔다. 그러더니 젤리의 손을 잡아 자신의 배에 턱 올려놓았다.

"예찬아."

젤리가 살짝 놀란 얼굴로 김달을 올려다보며 상체를 가만히 뒤로 뺐다. 울림은 조용히 눈알에 힘을 줬다. 김달이 젤리를 본명으로

부를 때는 분명 이유가 있었다.

"너 지금 애 걱정돼서 그러는 거지? 혹시라도 네가 겪었던 일을 애도 겪을까 봐."

젤리가 동의의 의미로 천천히 고개를 끄덕였다. 그러자 다음 순간, 빡! 젤리의 머리에서 잘 익은 수박을 때렸을 때 나는 소리가 났다.

"야! 왜 갑자기 애를 때려?" 울림이 놀라서 벌떡 일어섰다.

"이 자식이 지금 사람 모욕하잖아. 내가 그 인간 말종들을 얼마나 싫어하는지 뻔히 알면서, 내가 그 쓰레기들처럼 애를 키울까 봐 걱정된다잖아. 나 참 기가 막혀서." 그렇게 말하면서도 김달은 자신의 배에 올려진 젤리의 손을 놓지 않았고, 젤리도 가만히 손을 잡힌 채 눈꼬리를 늘어뜨렸다.

"아니, 달 네가 절대 그럴 사람이 아닌 건 아는데……."

"서예찬. 네가 웬 일회용 컵에다 저 로봇 금붕어 넣고 온 날 기억나?"

"로봇 아니라니까."

"내가 너한테 욕했잖아. 그렇게 좁은 데다 넣고 다니면 어떡하냐고."

"지금 그게 뭐."

"나는 남이 로봇 금붕어를 허투루 키우는 것도 싫은 사람이라고. 이런 내가 살아 있는 인간 아기한테는 좀 잘하겠니?"

길지 않은 적막 뒤에 젤리가 무거운 헛웃음을 터뜨렸다. 해피를 무생물로 평가 절하하는 김달의 태도에 입술을 삐죽거렸고, 자신을 무책임하게 버린 사람들이 떠올라 머릿속이 상쾌하지는 않았지만, 결국 젤리의 두 눈이 부드럽게 휘어졌다.

"내가 계속 지켜볼 거야." 젤리가 김달의 배를 바라보았다. "이 아이가 행복한지 아닌지."

김달도 자신의 배를 내려다보았다. "넌 좋겠다. 아직 세포분열도 안 끝난 주제에, 평생 같이 살아온 내 친구가 나보다 너를 더 챙긴다."

"애한테는 말 좀 다정하게 하지?"

"애 아직 귀 없어."

"하, 네가 이러니까 내가 걱정하지."

젤리와 김달이 서로 어이없다는 듯 웃음을 터뜨렸다. 울림은 제자리로 돌아와 앉은 김달에게 진지하게 물었다.

"김달 너 정말 자신 있어? 아무리 베이비시터가 있다고 해도 의대 공부랑 육아를 같이 하려면 진짜 힘들 텐데."

"맞아, 진짜 힘들지." 김달은 이번에도 순순히 인정하고는 울림에게 악수를 청하듯 손을 뻗었다. "그러니까 현울림 네가 도와줘."

"당연히 젤리랑 내가 수요일마다 너한테 가……." 울림이 말끝을 흐렸다. "아니, 잠깐만, 설마?"

김달이 눈썹을 치켜올리며 씩 웃었다. "응. 현울림, 네가 이 아이의 공동 양육자가 되어 줘."

이 당연한 전개를 왜 눈치채지 못했을까. 젤리 역시 입을 벌리고 소리 없는 박수를 쳤다. 김달은 꼼꼼하고 철저하다. 공동 양육자에 대해서도 당연히 생각해 두었을 테고, 젤리냐 현울림이냐 묻는다면 당연히 현울림을 택할 터였다.

"젤리 너 서운한 거 아니지? 내 마음 알지?"

"당연하지." 젤리가 헤실거렸다. 거짓 한 가닥 섞이지 않은 진심이었다.

김달이 울림과 눈을 맞췄다. "내가 지긋지긋한 불안을 끝내고 싶어서 오프라인으로 돌아오고 싶은 거라면, 현울림 넌 정말로 이 세계를 좋아하잖아. 이 세계가 굴러가는 방식을."

최 사장 같은 옛날 사람들이 여전히 '현실'이라 부르는 이 세계가 굴러가는 법칙은 간단했다.

노력은 쉽게 틀어지고 간절한 바람은 가볍게 짓밟힌다. 그 무엇도 영원하지 않으며 아름다운 것은 찰나의 순간. 사랑하는 것에도 반드시 끝은 있다.

마지막 원리만큼은 울림도 마음에 들지 않았다. 그래도 마냥 억울하진 않은 게, 낙원에도 영원한 사랑은 없었다. 낙원에서는 노을이 종일 지지 않는 바닷가에서 서로가 꿈꿔 왔던 얼굴로 영원히 사랑을 속삭일 수 있지만, 그런 일은 잘 들려오지 않았다. 한 사람과 영원을 함께한다는 건 역시 지루한 일인 건지, 사람들은 낙원에서도 새로운 사랑을 계속해서 찾아 나섰다. 애초에 영원한 사랑이란 인간의 시간이 영원하지 않을 때에만 가능한 건지도 몰랐다.

울림은 한껏 식어 버린 핫초코를 내려다보았다.

오프라인에서는 사랑뿐 아니라 모든 게 금방 끝났다. 오색찬란한 노을, 만개한 벚꽃, 싱그러운 새순, 아무도 밟지 않은 새하얀 눈, 순수했던 어린 시절, 엄마 아빠와 함께한 시간…… 아름다운 장면,

행복한 순간을 저장해 두었다가 그 안으로 다시 들어가는 일도 불가능했다.

그래서 모든 게 귀중했다. 노을은 다음 수요일에 또 볼 수 있지만 오늘과 같지 않다. 벚꽃과 새순을 다시 만나려면 일 년을 기다려야 하고, 보드랍게 쌓인 눈을 가장 먼저 밟으려면 부지런해야 한다. 어린 시절은 돌아오지 않기에 더 소중하고 애틋하며, 엄마와 아빠를 다시 만날 수 없게 된 뒤로는 나도 어느 날 갑자기 죽을 수 있다는 걸 알았다. 그러니 내게 주어진 지금이 행복해야 한다는 걸 배웠다. 길가에 핀 흔한 들꽃조차 다시 볼 수 없을지 모른다는 생각이 들면 괜스레 한 번 더 뒤돌아보게 되었다. 그러면 들꽃은 낙원에서만 볼 수 있는 대단한 꽃 못지않게 특별해졌다. 이 들꽃은 매년 가을마다 피어나겠지만, 어느 가을부터는 더 이상 내가 존재하지 않을 테니까.

반면 낙원에서는 사람의 목숨마저 영원할 수 있다. 모든 게 가능하고 쉽다. 스케이트를 신어 본 적 없는 사람도 살짝 얼린 토성 고리를 달리다 트리플 악셀을 해낼 수 있다. 그 모습을 선명하게 상상하고 자신의 마음을 잘 컨트롤할 수만 있다면. 그래서 지난 생일에 울림도 토성 고리 위에서 온갖 묘기를 부렸다. 하지만 서울시청 앞 광장 스케이트장에서 '이렇게 타면 되는구나' 하는 감각을 처음 느낀 순간의 짜릿함에 비하면 시시했다.

낙원에서는 부단히 노력하고, 간절히 바라고, 결국 실패하는 일이 잘 없었다. 뭐든 쉬웠고, 그래서 뭐 하나 굉장하지 않았다.

"왜 대답이 없어?"

설마 애가 거절하려는 건가. 김달의 확신이 미세하게 흔들리는 순간 울림이 씩 웃었다.

"오프라인은 뭐든 쉽게 안 돼야 제맛인데, 김달 너는 어쩜 그렇게 다 네 뜻대로 해내냐? 나처럼 훌륭한 공동 양육자도 단박에 구하고."

김달이 고른 치아를 훤히 드러내며 자리에서 일어섰다. "하겠다는 거지?"

"당연하지. 내가 안 하면 누가 해."

누가 먼저랄 것도 없이 셋은 서로를 껴안았다.

"그럼 이제 강지나와도 안녕이네?" 젤리가 신난 얼굴로 중요한 지점을 짚었다.

김달은 아이를 임신한 지금의 몸을 계속 쓰고, 울림은 공동 양육자로서 일주일 내내 쓸 수 있는 새 신체를 얻게 된다. 그러면 당연하게 지금의 모든 보디메이트와는 안녕이었다.

"그러네? 강지나 뒤치다꺼리도 이제 끝이네?" 울림이 두 발을 구르며 좋아했다. "야, 김달 네가 내 구원자다!"

곧이어 최 사장과 한웅이 버스로 돌아왔고, 몇 마디가 오간 뒤 다섯 사람은 또 서로를 얼싸안았다.

하지만 현실은 생각처럼 흘러가지 않는다.

그것 또한 이 세상의 법칙.

그래서 일주일 뒤, 김달은 공동 양육자를 잃었다.

생일 전야

모든 일이 산산조각 나 허물어지기까지 고작 일주일이 남아 있던 그날, 김달은 R140번 버스에서 내리자마자 울림과 젤리의 손을 잡고 산부인과를 찾았다. 병원에서는 김달이 임신했다는 진단서를 작성해 주었고, 김달은 서울시청 인구과에 가서 진단서를 제출했다. 인구과 담당 공무원은 김달에게 스물한 살이냐고 재차 확인한 뒤 어린 나이에 대단한 결정을 했다며 추켜세웠다. 울림은 공무원 옆에 놓인 텀블러를 탐탁지 않은 얼굴로 보고 있었다. 텀블러에 프린트된 무늬가 강지나의 그림과 비슷해 보였다.

"이런 건 어디서 사신 거예요?"

"아, 저희 국장님이 종무식 때 전 직원에게 하나씩 선물하셨요. 요즘 뜨는 작가라면서요. 정체가 베일에 싸인 천재라던데요?"

베일에 싸인 천재 운운하는 걸 보니 강지나의 그림이 맞는 모양이었다.

"다 연줄이고 마케팅이죠, 뭐. 천재는 무슨."

"이 작가에 대해 잘 아시나 봐요. 저는 미술에 영 관심이 없어서요." 공무원은 자신의 말을 증명하듯 대화 주제를 다시 본인의 관심사로 돌렸다.

"근데 갈수록 진짜 문제예요. 인구 절벽으로 나라가 없어지든 말든 내가 왜 열 달이나 고생해서 애를 낳아야 하냐, 그 부분은 저도 동의해요. 저도 애 하나 낳곤 안 낳았거든요."

공무원이 입과 손을 동시에 바삐 움직였다.

"어르신들이 요즘은 육아가 취미 생활이나 다름없지 않느냐고 우스갯소리처럼 말하지만, 낙원에서 해 본 육아에 비하면, 어휴, 애 키우는 거 진짜 힘들어요."

낙원에서도 분유를 제때 먹이지 않으면 하얀 동공을 가진 아이가 죽었지만(낙원에서 만들어진 NPC^{Non-player Character}는 인간 아바타와 구분하기 위해 반드시 동공이 하얀색으로 지정된다), 무슨 짓을 해도 아이가 울음을 멈추지 않아 진을 빼는 일은 겪지 않아도 됐다. 아이의 민감도를 자신이 원하는 대로 설정해 두면 그만이니까.

"어쨌든 서버랑 데이터를 관리할 새로운 인력이 계속 태어나야 낙원도 유지가 되잖아요. 만약 그런 일을 기계가 다 한다고 생각해 보세요. 걔네가 갑자기 반란을 일으켜서 데이터 센터 전원을 싹 다 내리면 우리 모두 동시에 죽는 거잖아요. 그 예전에, 데이터 센터 화재 사건처럼요." 공무원은 그 사건을 생각하면 여전히 마음이 아프다는 듯 말했지만, 여전히 호사가 같은 눈빛을 띠었다.

김달과 울림의 오래된 생채기가 따끔거렸다. 젤리는 종이에 손이 베인 듯 얼굴을 구기며 김달과 울림의 뒤에서 둘의 어깨를 살포시 안았다.

"세 분은 어릴 때 일이었겠지만 그래도 기억나시죠? 데이터 센터 4에 저장된 수인들 뇌가 불타서 사망한……."

"네, 아주 잘 알아요. 이 친구 어머니랑 저희 부모님이 그 화재로 돌아가셨거든요." 울림이 공무원을 빤히 쳐다보고 말했다.

그러자 입에 모터를 단 듯 떠들던 공무원이 처음으로 입을 다물고 슬며시 눈을 들었다.

김달이 탐탁지 않은 표정으로 그 눈길을 낚아챘다. "그렇게 계속 떠들면서 일하다가 실수로 뭐 누락하시는 건 아니죠?"

옆자리에 앉은 동료가 입 모터 공무원을 힐끔 쳐다보았다. 너 그렇게 떠들어 대다 또 실수할 줄 알았다는 표정으로.

"아……. 이제 다 됐어요." 입 모터 공무원이 어색한 미소를 보이며 김달에게 마지막으로 지문 확인이 필요하다고 했다.

접수인 창구에 있는 지문 인식기에 김달이 오른손 엄지를 꾹 눌렀다. 공무원은 김달이 임신한 지금의 몸을 오롯이 혼자 사용하게 되는 시점은 대략 삼 주 뒤가 될 거라고 말했다. 서류 심사가 끝나고 다른 보디메이트에게 새로운 신체가 배정되는 데 보통 그 정도 걸린다며. 그러면서 공무원은 김달에게 공동 양육자가 있느냐고 물었고, 김달은 울림을 보았다. 울림은 곧바로 자신이 공동 양육자라고 말했다.

하지만 공동 양육자의 지위는 쉽게 얻어지지 않았다. 두 사람의 관계를 증명할 근거가 필요했다.

"이렇게나 필요한 게 많아요?"

울림의 질문에 입 모터 공무원은 내가 더 떠들어도 되겠느냐는 표정을 짓는가 싶더니 또다시 봇물처럼 말을 쏟아 냈다.

"요즘 그런 사기가 좀 많아야죠. 원래는 서로 알지도 못하는 사이면서, 사 년 동안 매일 몸을 쓰고 싶다는 이유로 임신부에게 돈을 주고 공동 양육자 지위를 얻는 사람이 꽤 있어요. 임신부 중에도 공동 양육자가 없거나 아예 필요 없다고 여기는 경우가 꽤 되다 보니, 차라리 공동 양육자 자리를 팔아서 돈이나 벌자고 생각하는 사례가 나오더라고요. 그래서 공동 양육자 지위 심사가 점점 더 까다로워지는 추세예요."

그러면서 입 모터 공무원은 5기가바이트에 달하는 증빙 자료 제출을 요구했다. 울림과 김달의 관계를 보증해 줄 세 사람의 편지(각 2000자 이상), 둘의 관계를 증명하는 사진과 영상이 필요했다. 심지어 서로에 대해 어떻게 생각하는지도 편지로 적어 내야 했다. 김달이 부모로서 자격이 있다고 판단하는지, 공동 양육자로서 현 울림이 왜 적합한지(각 6000자 이상) 등, 그 밖에도 별의별 요청 자료가 많았다.

"제가 보니까, 편지 내용이 심사에 꽤 많은 영향을 미치더라고요. 그러니 적당히 글자 수만 채우지 마시고, 진심을 담아 써서 제출하시길 추천드릴게요. 김달 님의 임신부 지위 획득 심사는 정상적으로 접수되었으니 다음 주 수요일에 다시 오셔서 양육자 지위만 신청하시면 돼요."

낙원에서의 목금토일월화는 쏜살같이 지나갔다.

김달과 울림의 관계를 보증해 줄 사람은 둘이 함께 자란 보육원의 선생님 두 분과 젤리로 일찌감치 정했고, 울림과 김달이 같이 나오는 사진과 영상은 두 사람이 젤리의 젤리를 빼앗아 먹던 시절부터 시작해 연도별로 수백 개 넘게 쌓여 있었다.

"김달, 이거 넣을까? 네가 선생님 책상 의자 타고 놀다가 자빠져서 앞니 빠진 날."

"난 서럽게 울고 있고 넌 옆에서 그런 나를 보고 재미있어 죽겠다는 듯이 웃고 있는데, 이게 잘도 우리의 돈독한 관계를 증명하겠다."

"아니, 네가 자꾸 입천장이 잘린 것 같다는 헛소리를 하니까. 나도 처음에는 당연히 놀라고 걱정했지." 킥킥대던 울림이 문득 사진을 유심히 바라보았다. "근데 우리 옛날 얼굴, 오랜만에 보니까 기분 이상하네."

이후 울림과 김달은 사진 하나에 세 마디씩, 영상에는 다섯 마디씩 얹어 가며 신나게 제출 자료를 골랐고, 서로의 훌륭한 자질을 늘어놓는 편지를 쓸 때는 내장이 간지럽고 화장실에 가고 싶은 것처럼 몸이 배배 꼬여 고통의 시간을 보냈다. 그렇게 둘은 공동 양육자 지위 획득 심사를 위한 모든 자료를 준비했다.

젤리는 이걸 열어 보면 자신이 수치사로 사망한다고 말하며 보증인 편지를 건넸다. 그때가 1월 7일 화요일 저녁 10시쯤이었고, 세 사람은 울림의 생일 전야제를 하기 위해 낙원의 목성에 가 있었다. 셋을 태운 양탄자가 목성의 북극을 뒤덮은 푸른 오로라를 파도 타듯 부드럽게 날았다. 마치 푸르스름하게 빛나는 바닷속을 가르는 기분이 들기도 했는데, 그런 생각을 하자 울림은 얼굴이 점점 축축해지는 기분이 들었다. 울림은 가볍게 심호흡하며 최대한 바다는 떠올리지 않으려 노력했다.

"내일도 R버스로 올 거지? 사장님이 현울림이 생일이라고 미역국 끓여 준대."

"하여간 다들 날 좋아하기는." 울림은 바다 같은 오로라 속에서 느껴지는 긴장감을 풀기 위해 부러 과장되게 웃었다.

그런데 다음 순간 난데없이 졸음이 몰려오며 울림이 크게 하품했다. 이어 울림의 몸, 그러니까 내일 스물두 번째 생일을 맞아 김달이 손가락을 더 길게 성형해 준 아바타가 눈에 띄게 투명해졌다.

"뭐야, 벌써?" 김달이 손을 펼쳐 들자 손바닥에 현재 시각이 은은하게 떠올랐다. "수요일 되려면 아직 두 시간도 더 남았는데, 강지나가 벌써 혼을 바꾼다고?"

자정 이후에 신체를 넘기면 규율 위반이지만, 자정 이전에 혼을 미리 바꾸는 건 법적으로 문제 되지 않았다. 다만, 낙원에 있는 다음 타자가 하던 일을 방해받을 수 있으므로 통상적인 신체 교대 시간 ─ 오후 11시 반에서 자정 사이 ─ 을 지키는 게 매너이며, 강지나는 매번 오프라인에서 일분일초라도 더 놀고 싶어 했다.

"안 돼, 생일 케이크 하고 가야지!" 젤리가 손바닥만 한 가방에서 머리통만 한 케이크를 급히 꺼냈다. 불덩어리 같은 태양을 중심으로, 초코볼을 품은 행성들이 각자의 자전과 공전 속도에 맞춰 빙빙 돌아가는 케이크였다.

"초라도 불고 가." 김달은 연신 하품을 해 대는 울림의 투명한 팔을 잡았고, 젤리는 가방에서 검지손가락 두께의 초 두 개를 꺼냈다. 초의 심지를 태양 케이크 표면에 대고 긁자 초에 불이 붙으면서 생일 축하 노래 멜로디가 재생됐다. "노래 끝나면 불꽃도 터지는데."

하지만 이미 울림의 몸이 너무도 흐릿해져 있었다.

"하여간 강지나…… 도움이 안……" 돼. 나 소원 빌고 촛불 꺼야 되는데.

천근만근 무거워진 눈꺼풀을 감자마자 울림의 아바타가 양탄자에서 완전히 사라졌다.

◑

울림은 누가 풀로 붙여 둔 것 같은 눈꺼풀을 힘겹게 들어 올렸다. 낙원에서 오프라인으로 넘어온 직후에는 정신이 맑은 게 보통인데 이상했다. 설마 강지나 얘 또 술 마셨어?

재차 눈을 깜빡여 봐도 초점이 잘 잡히지 않았다. 혼이 바뀌기 직전처럼 저항할 수 없는 졸음이 쏟아졌다. 대체 얼마나 마신 거야? 그 순간 몸이 기우뚱했다. 얼굴에 닿는 공기가 아주 습했고 온몸이 갑갑했다.

눈은 어느새 또 감겨 있었다. 그대로 까무룩 잠들 뻔했지만 울림은 모든 기운을 눈꺼풀에 끌어모아 강하게 들어 올렸다.

여기는…… 요트?

흐릿한 시야에 다이빙 슈트, 오리발, 호흡기, 산소통 같은 장비로 무장한 사람들이 보였다. 그 사이에서 짧은 빨간 머리의 여자가 말하고 있었다.

"자, 여기 양 옆구리에 하나씩 달린 포켓 있죠? 지퍼를 열면 안에ㅡㅡㅡㅡ이 들어 있어요. 비행기 조종사 사출 좌석 같은 거예요. 정말 죽겠다 싶을 때만 쓰셔야 합니다. 잘못 사용했다가는 ㅡㅡㅡㅡㅡ. 다들 낙원상조에 가입은 하셨죠? 물론 오늘 밤에 쓰실 일은 없을 테니 걱정 마시고요. 자, 그럼 ㅡㅡㅡㅡㅡ ㅡ."

집중력이 자꾸 흐트러져 말소리가 제대로 들리지 않는 와중에도 빨간 머리 여자의 입 모양과 귀에 들리는 소리가 다른 건 알 수 있었다. 울림은 자신이 통역 이어폰을 끼고 있는지 확인하려 했지만 도저히 팔에 힘이 들어가지 않았다.

그때 또 한 번 요트가 가볍게 출렁였고, 울림은 보았다. 배에 달린 환한 조명 너머 잔잔하게 일렁이는 검은 물결을.

물이다.

손끝과 발끝이 찌릿해지고, 겨울잠에 빠져든 곰처럼 느리게 뛰던 심장이 빠르게 속도를 높였다. 울림은 번쩍 정신이 들었다. 뭐라 말을 하려는데 입에 뭔가가 꽉 들어차 있어 입을 움직일 수 없었다. 그제야 자신의 몸을 둘러보니 다른 사람들처럼 다이빙 슈트를 입고 발에는 오리발을 끼고 있었다. 입에 든 건 산소 호흡기였다.

스쿠버 다이빙을 끝내자마자 나랑 혼을 바꾼 거야? 내가 물 무서

위하는 걸 알면서.

하지만 울림의 생각은 틀렸다. 야간 다이빙은 이제 시작이었다.

첨벙첨벙. 사람들이 하나둘 밤바다로 뛰어들었고, 울림도 누군가에 의해 요트 밖으로 밀려났다. 이제껏 어떻게 서 있었던 건지 신기할 정도로 몸이 축 늘어진 울림은 미약한 저항 한번 해 보지 못한 채 검은 수면 아래로 풍덩 빠져 버렸다.

산소 호흡기를 입에 물고 있는데도 숨이 가빴다. 설상가상 물에 대한 공포심에 눈물까지 나면서 시야가 더 흐려졌다. 다이버들의 헤드 랜턴이 비추는 바다가 어지러이 뭉개졌다. 패닉에 빠진 울림은 어떻게든 물 밖으로 올라가고 싶었지만, 바람 빠진 풍선처럼 축 늘어진 몸은 허우적거리는 몸짓마저도 생각처럼 되지 않았다.

그때 누군가가 울림의 산소통을 잡았다. 울림은 잇몸이 짓눌릴 정도로 산소 호흡기 입구를 세게 물며 제발 살려 달라고, 소리 없는 아우성을 끊임없이 반복했다. 옆으로 다가온 다이버가 시선을 맞추더니 엄지와 검지를 맞대며 동그라미를 만들었다. 오케이, 괜찮다는 사인이었다.

아니야, 안 괜찮아!

울림의 공포와 불안이 극에 치달았다. 호흡은 더 다급해졌고 머리가 깨질 듯이 아팠다. 그사이 상대는 울림을 유유히 잡아끌어 고래상어 무리가 있는 쪽으로 데려갔다.

다른 다이버들은 어느새 헤드 랜턴을 야간 모드로 전환해, 바다에서 가장 큰 어류와 함께 천천히 유영했다. 울림을 잡은 다이버가 친절히 울림의 랜턴 조명도 조작해 주었다. 눈앞이 한층 어두워졌고, 다이버들의 랜턴에 비친 고래상어의 하얀 무늬가 초록, 보라, 분홍 등 야광색으로 은은하게 빛났다.

이윽고 자신을 잡고 있던 다이버마저 고래상어 무리와 섞여 앞으로 나아가는 모습을 울림은 그저 바라만 보았다. 저들이 멀어지는 건지 내가 가라앉고 있는 건지. 고래상어의 은은한 무늬가 멀어져 점점 더 작은 점이 되어 갔다.

어느덧 울림의 눈앞에는 자신이 뱉어 내는 검은 기포밖에 보이지 않았다. 믿을 수 없을 만큼 차분하고 편안했다. 이대로 영원히 있으라고 해도 있을 수 있었다.

그때 문득 머릿속에 한 가지가 떠올랐다. 산소 중독. 물을 사랑했던 엄마가 해 주었던 얘기.

다이빙 중에 다량의 질소가 산소와 함께 혈액에 녹아 들면 마취 상태의 기분에 들어. 그럼 그 편안한 기분에 젖어 자신이 위험하다는 생각조차 못 하게 되지. 그러다 죽는 거야.

엄마는 이를 두고 너무 황홀해서 무서운 죽음이라고 했다. 자신이 죽는 줄도 모르면서 죽어 갈 수가 있다니. 울림은 그 얘기를 잊을 수 없었다.

울림은 손가락 마디 하나마다 힘을 주었다. 여전히 힘이 들어가지 않았지만 이렇게 죽기는 싫었다. 제아무리 황홀하고 안락한 죽음이라 해도 울림은 여전히 살아 있고 싶었다.

'자, 여기 양 옆구리에 하나씩 달린 포켓 있죠? 정말 죽겠다 싶을 때만 쓰셔야 합니다.'

울림은 옆구리에 달린 작은 주머니를 더듬었다. 지퍼를 열 힘조차 부족했다. 이제 초조한 마음 따위는 들지 않았다. 물에 떠 있다는 게 이렇게 좋은 기분이구나. 그냥 이대로 있으면 편할 텐데. 아주 추운 겨울날 따뜻한 이불 속에 들어와 있는 기분. 또 서서히 눈이 감겼다.

그런데 곧 숨이 턱에 닿으며 안락하다는 착각이 산산조각 나고, 정체 모를 어류들이 지나가며 일으키는 검은 물결에 소름이 돋았다.

울림은 죽을힘을 다해 지퍼를 열었다. 매끈한 유리병 하나가 손에 잡혔다. 브링 오일이었다. 병 뚜껑을 열지 않고도 오일을 흡입할 수 있도록 짧고 단단한 빨대가 달려 있었지만, 코를 덮고 있는 마스크를 벗어 낼 힘이 남아 있지 않았다. 울림은 입을 벌리고 혀로 천천히 호흡기를 밀어냈다. 이어 입으로 오일을 빨아들였다.

다음 순간 울림의 입에서 마지막 기포가 새어 나왔고, 이후로 울림의 시신은 물 위로 영영 떠오르지 않았다.

더는 존재하지 않는 얼굴

울림이 다시 눈을 뜬 곳은 경복궁 근정전 앞이었다. 추적추적 비가 내려 어두운 낮. 울림은 자기 머리 위에 씌워진 우산을 올려다보았다. 들기름을 먹인 하얀 한지를 떠받치는 곧은 대나무 살이 눈에 들어왔다.

"현울림 님."

울림은 뒤를 돌아 우산을 씌워 준 사람과 마주 보았고, 귀신이라도 본 것처럼 몸을 움찔거렸다. 울림이 졸업한 고등학교의 하늘색 동계 교복(수인이 다니는 학교의 교복은 전부 푸른색 계열이다)을 입은 여자애가 울림에게 지우산을 건넸지만, 울림은 받자마자 그대로 떨어뜨렸다. 여자애가 지우산을 주워 울림의 손에 단단히 쥐여 주었다.

"저를 만나 많이 반가운가요?" 여자애가 친절한 미소를 띠었다.

이걸 반갑다고 해야 하나? 십육 년 동안 사용했던 내 옛날 얼굴을 마주한 기분을 뭐라고 설명해야 하지?

"너, 뭐야."

"저는 인공지능 오지Aussie입니다. 현울림 님께서 열여섯 살에 찍어 둔 사진 5274장과 동영상 338개를 조합해 현울림 님의 당시 신체 외관을 92퍼센트까지 재현해 보았습니다. 이는 낙원상조에서 제공하는 서비스로, 별도의 추가 요금이 들지 않음을 공지드립니다."

"내 사진첩을 다 뒤졌다고?" 울림이 꽂힌 건 이 부분이었다.

열여섯 살 때면 강이룬과 함께 찍은 사진, 강이룬을 찍은 영상이 가장 많았을 시절인데. 제아무리 인공지능이라도 그 사진과 영상을 보았다는 게 소름 끼치게 싫었다.

"네가 뭔데 내 흑역사를 봐. 너 내가 고소할 거……."

"해당 서비스에 가입할 때 동의하신 내용입니다."

"무슨 서비스. 난 기억 없……."

"현울림 님의 어머니 현정윤 님께서 십 년 전 현울림 님 명의로 가입하셨습니다."

"아……." 근데 이게 깍듯한 말투로 은근 사람 말 다 잘라 먹네. 내 옛날 얼굴만 아니었어도, 너 내가 안 봐줬다.

"뭐 그렇다 치고. 그래서 뭔 서비스라고?"

"안심 사망 통보 서비스입니다."

"……뭔 통보?"

"제 모습이 이런 이유는 지금부터 제가 전해 드릴 얘기를 현울림 님께서 되도록 편안하게 받아들이실 수 있도록 하기 위함입니다. 이곳 경복궁 맵 역시 평소 현울림 님께서 낙원에서 즐겨 방문한 맵이라서 선택되었습니다."

세상에 더는 존재하지 않는 사람의 얼굴을 한 인공지능이 계속 이상한 소리를 이어 갔다.

"현울림 님께서는 긴급 브링 오일을 사용해 공유 신체에서 혼만 빠져나왔으며, 낙원 시스템으로 돌아온 지 50시간이 지났습니다. 현울림 님의 사망 소식은 여섯 명의 다른 보디메이트에게 공지되었으며, 그분들에게는 곧 새로운 신체가 배정될 예정입니다."

"내가…… 죽었다고?"

빗물이 고인 웅덩이를 보는 울림의 심장이 세차게 뛰었다. 마치 꿈속의 일처럼 기억이 짧게 짧게 조각나 있었지만, 검은 바닷속에서 숨을 쉴 수 없던 공포와 고통만큼은 아직도 생생하게 가슴을 짓눌렀다. 울림이 주먹을 꽉 쥐었다.

"대체, 나한테 무슨 일이 일어난 거야?"

"현울림 님께서는 필리핀 보홀 수역에서 스쿠버 다이빙을 하던 중 무리에서 이탈, 이후 실종 48시간이 경과되어 사고사 처리되었습니다."

"필리핀?" 울림이 숨을 몰아쉬었다. 정신이 없어서 미처 생각할 겨를이 없었다. 1월의 바다가 차갑지 않았던 이유를.

"오프라인에서는 사망하였지만, 낙원에서는 아직 기회가 남아 있습니다." 울림의 열여섯 살 얼굴을 한 오지가 친절한 미소를 띠었다. "낙원에서 혼으로 계속 살아가시겠습니까? 데이터 관리비와 서버 이용비만 매달 지불하면 원하는 만큼 삶을 연장하실 수……"

"되지도 않는 소리 지껄이지 마."

"……있습니다." 울림의 비협조적인 반응에도 오지는 제 할 말을 끝까지 마쳤다. 인공지능은 위축되거나 흥분하지 않으므로.

"낙원에서 혼으로 살아갈 때 가장 큰 단점과 장점을 말씀드리겠습니다. 이미 알고 계시겠지만, 일주일에 한 번씩 오프라인으로 나가 신체를 사용하지 않는 혼은 감각이 점차 무뎌지게 됩니다. 후각을 가장 먼저 잃게 되고 이어 촉각, 미각, 마지막으로 청각과 시각 순입니다."

오감을 느끼지 못하는 혼이라는 건 구천을 떠도는 귀신이나 마찬가지였고, 오지는 울림에게 이제부터 남은 삶을 인간이 아닌 귀신으로 살아가라 말하고 있었다.

"그러나 아직까지 시각을 완전히 잃은 혼은 없다는 사실을 말씀드립니다." 오지가 치아를 드러내지 않으며 환히 웃었다.

울림은 흠칫 놀랐다. 한때 나였던 얼굴에 이렇게까지 거부감이 들 수 있다니.

"네가 입력값대로 지껄여야 하는 건 알겠는데, 웃지는 마라. 나, 내가 웃는 얼굴 좋아했었어. 망치지 마."

오지는 바로 미소를 거두며 말을 이어 갔다.

"낙원에서 혼으로 살아갈 때 가장 큰 장점은 단연 영생입니다. 뇌 데이터인 '혼'은 병에 걸리지 않으며 심장 마비를 일으키지도, 익사하지도 않습니다. 지금처럼 낙원에서 일하며 돈을 벌고 데이버 관리비와 서버 이용비만 지불하면, 모든 것이 가능한 낙원에서 영원히 살아갈 수 있습니다."

"너 이게 되게 남는 장사인 것처럼 말한다."

"현울림 님 입장에서는 손해 볼 것이 하나도 없습니다."

"그래?" 이제 울림이 할 말을 할 차례였다.

"나는 내 공유 신체를 선택할 때 오로지 예상 수명만 보고 결정했어. 각종 질병 유전자가 없어서 96세까지 건강하게 수명을 유지할 거라고 해서 골랐지. 근데 내가 지금 스물하나, 아 그새 내 생일 지났지? 그래 봤자 고작 스물둘에 그 건강한 신체가 죽어 버렸는데."

"예상 수명은 말 그대로 예측값에 불과⋯⋯."

울림은 벽에 붙은 모기를 눌러 죽이듯이 손바닥으로 오지의 입을 꾹 눌러 버렸다.

"내 말 들어. 그러니까, 칠십 년 넘게 오프라인에서 세상을 감각할 수 있었던 내 창창한 앞날이 날아가 버렸고, 내가 이 젊은 나이에 벌써부터 감각이 하나씩 무뎌질 걸 걱정하며 살아가게 생겼는데. 앞으로는 낙원에서 라면을 먹어도 뭔 맛인지 모르게 생겼는데! 네 그 똑똑한 대가리로는 이게 남는 장사 같냐? 난 지금 당장도 빗방울이 이 우산에 떨어지는 소리가 안 들려. 왜? 내 정신이, 내 혼이 지금 빗소리 따위에 집중을 안 하니까. 비가 와도 빗소리를 들을 수 없는 세계가 낙원이야. 이딴 식의 영생이 뭐가 그렇게 좋은 건데?"

오지가 다시 말을 하려 하자 울림이 눈에 힘을 주었다.

"난 저런 빗물 웅덩이도 안 밟아. 갑자기 밑으로 몸이 쑥 꺼질까 봐. 그 정도로 물 공포증이 심한 내가 스쿠버 다이빙을 하다 죽었대. 네 똑똑한 대가리로 생각해 봐. 이게 앞뒤가 맞아? 난 자발적으로 물에 들어가지 않았어! 강지나가 거기서 혼을 바꾸는 바람에 강제로 바다에 들어가게 됐다고!"

　그리고 무엇보다

"강지나도 내가 세상에서 유일하게 무서워하는 게 물이라는 걸 알아. 그러니까……."

　울림은 열여섯 살의 강지나를 떠올렸다.

현울림 쟤 일부러 그랬어. 쟤 때문에 내가 이렇게 된 거라고!

　악다구니를 쓰며 허공을 노려보던 강지나의 눈빛. 그건 살의였다.

"그러니까 결국……." 울림이 멍하니 읊조렸다. "강지나가 날 죽인 거야……. 기어코."

들리지 않는 목소리

울림 같은 사람을 위한 절차가 있었다.

비행기 추락 직전 혼만 낙원으로 탈출한 사람도, '묻지마 칼부림'에 찔려 죽어 가며 가까스로 혼이 빠져나온 사람도 신체를 잃어 억울하기는 마찬가지지만 보디메이트에 의한 사망은 다른 차원이었다. 이는 7부제 시스템의 근간을 흔드는 문제였다. 오프라인에서 사망 처리가 확정되기 전 문제의 보디메이트끼리 재판정에 서서 죽음에 대한 책임 소재를 분명히 할 기회가 주어졌다.

인공지능 오지로부터 이러한 절차에 대해 고지를 받은 울림은 고민할 것도 없이 강지나를 고소했고, 법이 판가름할 부분은 명확했다.

누가 사망해야 하는가.

국가는 소중한 공유 신체를 하나 잃었고, 이에 대한 책임을 누군가는 지어야 했다. 그 죽음에 진짜로 책임이 있는 자가.

공유 신체 사망은 오프라인 세계의 일이었으므로 재판도 오프라인에서 진행되었다.

첫 공판 기일은 익사 사고 삼 주 뒤 수요일이었다. 고소인 울림의 입장은 검사가 변론했고 피고소인 신분의 강지나는 변호사와 함께 법정에 착석했는데, 아직 강지나에게 새로운 공유 신체가 배정되지 않은 관계로 피고소인 자리에는 강지나의 뇌가 놓였다. 보호액이 채워진 투명한 유리 상자 안에 뇌가 들어 있었고, 유리 상자에는 360도로 돌아가는 작은 카메라 렌즈와 아담한 블루투스 스피커가 연결되었다.

방청석은 각 언론사에서 보낸 속기사 기기와 바퀴 달린 무인 카메라로 채워졌다. 재판부는 속기사 기기에 인권 보호 프로그램을 설치하고 일일이 확인했다. 국민의 알 권리를 위해 재판은 투명하게 공개돼야 하지만, 고소인과 피고소인의 개인 정보는 철저하게 보호됐다. 곧 재판이 시작되었고, 강지나의 변호사는 검사가 제기한 공소 사실이 모두 날조라고 맞섰다.

"피고 강지나는 고소인 현울림의 주장을 전면 부인하는 바입니다."

각 언론사의 속기사 기기에 '피고 B는 고소인 A의 주장을 전면 부인하는 바입니다.'라고 적혔다. 개인 정보 보호를 위해 '강지나'와 '현울림'이라는 단어가 익명으로 자동 대체됐다.

강지나의 변호사는 결백을 호소하듯 언론사의 무인 카메라를 향해 제 두 손을 가지런히 맞대고 힘주어 흔들었다.

"피고가 일부러 현울림을 죽이려 했다는 건 전혀 사실이 아닙니다. 피고는 보디메이트로 만나기 전부터 가까운 사이였던 현울림의 생일을 맞아 특별한 경험을 선물해 주려 했을 뿐입니다."

판사는 강지나에게 변호사의 말에 동의하는지 물었고, 파란색 블루투스 스피커에서는 강지나의 예전 목소리를 99퍼센트 구현한 목소리가 흘러나왔다. "맞습니다."

뭔 개소리야! 울림의 뇌 역시 방청석의 맨 앞 줄에서 이를 지켜보았지만, 울림의 뇌가 담긴 유리 상자에는 블루투스 스피커가 연결돼 있지 않아 울림은 개소리를 지껄이지 말라고 소리칠 수 없었다. 팔다리가 없기에 강지나의 자리로 달려가 멱살을 잡는 것도 불가능했다. 강지나에게도 잡힐 멱살이 없기는 마찬가지였지만.

◐

삼 주 뒤 두 번째 공판.

자동 번역 프로그램이 설치된 해외 언론사의 속기사 기기까지 합류하면서 법정 방청석이 빈자리 없이 채워졌다. 이번에는 검찰 측 증인으로서 참석한 울림의 유리 상자에도 블루투스 스피커가 연결됐다. 강지나의 변호사가 증인석에 놓인 울림의 뇌를 향해 호기롭게 다가왔다.

"고소인."

울림의 뇌와 연결된 카메라 렌즈가 미동 없이 강지나의 변호사를 바라보았다. 지금 울림에겐 눈꺼풀이 없으므로, 오만한 미소를 머금은 이 변호사와의 눈싸움에서 지려야 질 수가 없었다.

"본인이 물에 자발적으로 들어가지 않았다고 주장하는 근거가 뭐죠?"

울림은 침착하자고 생각하며 입을 뗐다.

"물 공포증이 심합니다."

울림의 옛날 목소리를 재현한 소리가 블루투스 스피커에서 무겁게 흘러나왔다.

"일곱 살 때 물에 빠져 죽을 뻔한 뒤로는 낙원에서조차 수영을 하지 않아요. 그런 제가 자발적으로, 그것도 깊은 물속에 몇십 분씩 들어가 있는 스쿠버 다이빙을 할 리가 없죠."

"자살 의사가 전혀 없었다는 건가요?"

"자살요?" 블루투스 스피커에서 황당하다는 숨소리가 새어나왔다.

"고소인에게 살고 싶은 의지가 있었다면, 주변 다이버들에게 도움 요청 신호를 보낼 수 있었을 텐데요."

강지나의 변호사가 파일 하나를 들어 보였다.

"그런데 그날 바다에 함께 있던 사람 중 고소인의 구조 신호를 본 사람은 없습니다. 여덟 명의 증언이 모두 일치하죠."

판사도 강지나의 변호사가 든 것과 같은 자료를 다시 훑어보았다.

"다이빙 수신호 따위 모릅니다. 그리고 그날 강지나는 혼을 바꾸기 전에 분명히 뭔 약물을 먹었어요. 몸을 제대로 가눌 수조차 없었다고요!"

"아예 움직일 수 없었던 건 아니지 않습니까? 그날 요트 위에서 핸드폰에 로그인은 멀쩡히 했으니까요."

"그건……."

검사에게 이미 전해 들은 얘기였다. 그날 혼이 바뀐 뒤 울림은 멀쩡히 핸드폰에 아이디와 비빌번호를 입력해 로그인했고, 다이빙 중 발생하는 모든 사고에 책임을 진다는 온라인 동의서에 오른손 엄지 지문까지 찍었다고 했다.

울림은 누군가 자신의 아이디와 비밀번호를 대신 입력했을 거라 주장하고 싶었지만, 검사의 지시대로 가장 정확한 진실을 말했다. "저는 기억나지 않는 부분입니다."

울림은 1월 1일에 마주쳤던 계란 프라이 커플을 떠올렸다. 노란 머리와 흰 패딩. 혹은 그날 대여점 자판기에서 마주친 빨간 목도리 여자. 혹은 다른 날 마주친 무수히 많은 사람들. 그들이 울림의 아이디와 비밀번호를 훔쳐보고 강지나에게 넘겼을 가능성.

"피고 강지나가 혼을 바꾸기 전 약물을 먹었다는 증거는요?"

"……."

없었다. 부검할 시신도, 강지나가 약물을 구입한 기록도 찾지 못했으니까.

"네, 그런 증거는 없습니다." 강지나의 변호사가 또 다른 자료를 꺼냈다. "오히려 고소인이 물을 무서워한다는 말이 위증이라는 증거는 있죠."

변호사가 울림의 눈앞에 들이민 것은 수영장 회원 등록 기록과 스쿠버 다이빙 교육 결제 내역이었다.

"고등학생 시절 현울림 씨는 동네에 있는 수영장을 일 년이나 다녔습니다. 중간에 스쿠버 다이빙 교육도 받았죠."

"강지나가 같이 가 달라고 해서 그런 거예요!" 스피커에서 흘러 나오는 울림의 목소리가 다급해졌다. "강지나가 자기 부모님 눈을 피해 딴짓을 하고 싶어서 수영장에 다니는 척했어요. 그러면서 저를 끌어들였다고요."

울림의 카메라가 판사에게 향했다. 판사는 울림의 주장을 듣고는 있는 건지, 계속해서 강지나 측 증거를 훑어보았다. 울림은 무슨 말이든 해야 했다.

"강지나는 저를 싫어해요. 제가 자기 인생을 망쳤다고 생각합니다. 그런 애가 저한테 생일 선물을 주고 싶었다고요? 이건 그저, 열여섯 살 때 일어난 사고에 대한 복수라고요!"

울림은 강지나의 자리를 바라보았다. 유리 상자 안에 담긴 강지나의 뇌는 아무런 표정도 짓지 않았다.

"그런가요?" 강지나의 변호사가 또 다른 파일철을 집어 들었다. "저희가 제출한 증거에 따르면 피고는 현울림 씨와 공유 신체를 함께 사용하는 동안 여러 차례 현울림 씨의 이름으로 고급 레스토랑에 예약하고 대신 음식값을 지불하였습니다. 현울림 씨의 지인 두 사람도 매번 그 자리에 함께했죠."

변호사가 판사를 바라보며 공손한 태도를 취했다. "싫어하는 사람에게 이런 호의를 베푼다는 건 일반적인 상식에 맞지 않는 일입니다."

"눈을 뜨자마자 레스토랑 의자에 앉아 있었어요! 음식은 이미 줄

줄이 나오고 있었고, 내가 그 음식을 먹든 안 먹든 돈은 이미 다 지불된 상태였다고요!"

"그렇다면 이건 어떻게 봐야 할까요."

강지나의 변호사가 엽서 한 장을 들어 보였다.

"현울림 씨가 피고의 집으로 보낸 엽서입니다. 물론 모든 필적 감정을 거쳤죠. 이 엽서에는, 그래 고마워 그거 재미있겠네 기대된다, 이렇게 적혀 있습니다."

변호사가 엽서를 뒤집었다.

"현울림 씨가 고마워한 내용은 엽서의 앞면에 적혀 있죠."

우편엽서

보내는 사람 현울림

현울림,
네 생일 전날 내가 필리핀 보홀에 가 있을게.
거기 야간 다이빙이 정말 멋지다니까 한번 해 봐.
어차피 나도 거기 사는 친구 만날 겸 가는 거니까
부담스러워하지 말고.
미리 생일 축하해.
　　너의 화요일 바디메이트, 지나

받는 사람 강지나
서울시 용산구 독서당로 123, 504호
0 4 3 2 1

"이 역시 피고의 필적이 맞다는 감정 결과를 받아 증거로 제출하였습니다."

"무슨 소리예요!" 울림은 증인석을 두 팔로 내리치며 벌떡 일어서는 상상을 했지만, 실제로는 아무 일도 일어나지 않았다.

"강지나는 항상 영수증 뒤에 쪽지를 써요. 저 엽서는 제가 강지나한테 보낸 거라고요! 보홀이 어쩌고 하는 내용 따위는 엽서에 쓰여 있지 않았⋯⋯." 울림은 존재하지도 않는 목덜미의 털이 곤두섰다.

⋯⋯나한테 엽서를 받고 내 답장에 맞춰서 교묘하게 이야기를 끼워 맞춘 거야.

이건⋯⋯ 계획 살인이라고.

"존경하는 재판장님." 강지나 측 변호사의 증인 심문 동안 침묵을 지키고 있던 울림 측 검사가 드디어 의욕적으로 자리에서 일어섰다. "다음 공판에 맞춰 피고 강지나의 실제 편지를 증거 자료로 제출하겠습니다."

울림은 자신에게 입술이 있다면 지금 이 순간 피가 나도록 깨물어 버리고 싶었다. 강지나에게 받은 쪽지 따위를 보관해 둔 적이 없었기에.

◐

최종 공판에서 울림은 결국 패했다.

"기존 공유 신체를 잃은 피고 강지나에게 새로운 공유 신체를 지급하고, 고소인 현울림은 오프라인 사회에서 영구 사망을 확정한다."

누가 사망해야 하는가.

법은 현울림이라고 답했다.

그날 역시 수요일이었고, 울림은 방청석에 앉은 김달과 젤리의 표정을 보았다. 내게 지금 얼굴이 있다면 나도 저런 표정을 짓고 있겠지.

울림이 강지나를 향해 괴성을 지르자, 판사가 조용히 하라고 말했다. 그래도 울림은 멈추지 않았고, 울림의 뇌를 책임지고 운반하는 경찰이 울림의 스피커 전원을 껐다.

울림은 계속해서 아우성쳤지만 그 소리는 아무에게도 들리지 않았다.

파란 혀

신체 보관소에서 검은 승합차 한 대가 출발했다.

차 안에서 울림은 수갑이 채워진 두 손을 내려다보았다. 칼에 베였다 아문 상처가 여기저기 보였다.

"사형수였던 스페어 보디 spare body 입니다." 울림의 맞은편에 앉은 담당관이 재킷 안주머니에 손을 넣고 더듬었다. "아시죠? 사형 집행 때 사형수의 혼은 낙원의 보관 서버로 이전되고 신체는 국가에 귀속되는 절차요. 그 신체를 보관했다가 이런 식의 공무 수행에 사용합니다."

울림은 자신이 이 몸을 쓰게 된 경위 따위는 전혀 궁금하지 않았다. 울림은 금속 같은 벨트로 호송차 좌석에 단단하게 고정된 제 허리와 발목을 찬찬히 내려다보았다. 수갑이 채워진 손은 허리를 고정한 금속에 자석처럼 붙어 떨어지지 않았다.

담당관은 재킷 안주머니에서 꺼낸 검은 유리병을 들어 보였다. 엄지손가락만 한 크기였다.

"차에서 내리기 전에 이걸 삼키셔야 합니다."

담당관이 유리병 뚜껑을 엄지로 꾹 누르자 딸깍 소리가 났다. 그가 유리병 안에 든 내용물을 꺼내 보였다. 투명한 캡슐에 새파랗고 작은 알맹이들이 가득 담겨 있었다.

"아마 대략적인 얘기만 들으셨을 텐데, 지금부터 자세하게 설명 드리겠습니다."

담당관이 유리병에 캡슐을 다시 집어넣었다.

"사이안화 칼륨이 든 캡슐입니다. 흔히 청산가리라 부르는 맹독성 물질이죠."

담당관이 물병에 빨대를 꽂아 울림에게 내밀었다.

"나머지 설명은 일단 선생님께서 이 캡슐을 삼킨 다음에 하겠습니다."

울림의 눈이 커졌다. "나보고 청산가리 캡슐을 삼키라고요? 미쳤어요?"

여기는 낙원이 아니었다. 핼러윈에 다 같이 공동묘지에 모여 청산가리 모히토를 마시고 피를 토하며 춤추는 세계가 아니라는 얘기다.

"안 죽습니다, 당장은." 담당관은 표정 하나 변하지 않고 울림의 입 바로 앞에 빨대를 들이밀었다.

"아니, 국가 공무원이 시민을 이런 식으로 상대해도 되는 거예요? 자세한 설명도 없이 대뜸 청산가리 캡슐을 삼키라니!"

"이렇게 비협조적으로 나오시면 이대로 차 돌려 신체 보관소로 돌아가겠습니다."

울림이 강지나에게 패소한 날로부터 일주일이 지났다. 울림은 '오프라인에서의 사망 신고를 사망자 본인이나 사망자가 위임한 대리인 또는 사망 장소의 관리인이 할 수 있다'는 관련 법률을 들먹이며 자기 사망 신고를 직접 하겠다고 주장했다. 울림의 열여섯 살 얼굴을 한 인공지능 오지는 대리인에게 사망 신고를 맡기는 편이 모두에게 간편하다고 말했고, 울림은 시민에게 주어진 권리를 제대로 행사하지 못하게 한다면 이번에는 국가를 상대로 소송을 제기하겠다고 맞붙었다. 그렇게라도 울림은 오프라인에 한 번 더 나가야 했다.

"캡슐을 거부하고 이대로 다시 낙원으로 돌아가시겠어요, 아니면 마지막으로 오프라인에서 맛있는 점심 한 끼라도 하실래요. 전적으로 선생님의 선택입니다."

담당관이 마지막 제안이라는 어투로 말했다. 울림은 어깨를 늘어뜨리며 눈을 굴렸다. 다른 선택지가 없었다.

곧이어 담당관이 울림의 입에 청산가리 캡슐을 털어 넣었고, 울림은 빨대로 천천히 물을 삼켰다. 이 캡슐을 삼키지 않고 혀 밑에 넣어 뒀다가 나중에 뱉을 수 있지 않을까. 그런 다음에 이 신체를 가지고 도망가는 거야. 그런 생각을 하기가 무섭게 담당관이 입을 벌리게 했다.

"선생님의 혀가 파란색이 되지 않았다면 그 캡슐을 삼키지 않았다는 뜻이 됩니다. 혀가 파란색이 아니라면 이대로 차 돌리겠습니다."

……이 나라 일 처리가 언제부터 이렇게 치밀하게 돌아가고 있었지. 하, 진짜 싫다.

"담당관님, 우리 다음에 낙원에서 한번 만나요. 제가 청산가리 모히토 한잔 진하게 대접할 테니까."

담당관의 왼쪽 입꼬리가 아주 미세하게 씰룩였고, 울림은 눈을 질끈 감은 채 캡슐을 삼켰다.

울림이 혀를 쭉 내밀었다. 담당관이 든 접이식 거울에 비친 혀가 물감에 넣었다 뺀 것처럼 파랬다. 울림은 자신이 잠시 빌린 얼굴을 작은 거울 속에서 처음 마주했다. 삼십 대 후반 정도로 보이는 여자였는데 퀭한 두 눈이 거뭇했다. 신체 보관소에서 누군가에게 얻어맞은 게 아닌가 싶을 정도로 심각한 다크서클이었다. 너구리 눈에 파란 혀라니. 울림이 몸을 부르르 떨었다. 이 세상에 태어나 사용해 보는 세 번째 신체인데 이번에는 정말로 남의 몸을 차지하고 있다는 느낌이 들었다.

"혀가 점점 본래의 색으로 돌아올수록 캡슐이 녹는 시간이 가까워졌다는 뜻입니다. 파란색이 옅어지면 저에게 연락하세요." 담당관이 울림 옆에 핸드폰 한 대를 내려놓았다. "0번을 꾹 누르면 저에게 연결됩니다."

울림이 갑갑한 얼굴로 핸드폰을 내려다보았다.

"만에 하나 선생님이 계신 위치까지 제가 제때 도착하지 못하게 되면," 담당관이 새끼손가락 크기의 유리병을 울림의 손에 쥐어 주었다. "긴급 브링 오일입니다. 혼을 교대하는 일반 브링 오일과 달리, 긴급 브링 오일은 사용자의 혼만 낙원에 복귀시켜요. 업로드 시간도 비교할 수 없을 만큼 빠르고요."

울림도 이미 사용해 본 적 있는 물건이었지만 그 생김새를 제대로 보는 건 이번이 처음이었다. 일반적인 갈색 브링 오일 병과 똑같이 생기긴 했지만, 표면에 별 가루라도 뿌린 것처럼 반짝거렸다.

"청산가리가 몸에 퍼져 숨이 끊기기 전에 긴급 오일을 사용하셔야 합니다. 스페어 보디도 국가의 재산이기 때문에 이 보디가 사망하면 그 비용이 청구되니 유의하시고요. 청산가리가 몸에 퍼지면 고통 때문에 오일 병을 열기도 힘들 거예요. 그러다 때를 놓치면 신체와 함께 혼도 같이 사망합니다. 명심하세요."

"그때가 몇 분 뒤예요? 몸속에서 청산가리 캡슐이 녹는 게."

"사람마다 다르지만, 두 시간에서 최대 다섯 시간 뒤입니다."

사형수처럼 수송되곤 있지만 정말 범죄자는 아니었으므로, 오프라인의 사법부가 울림에게 베푸는 마지막 복지 혜택이었다.

"다섯 시간요?" 울림의 거뭇한 눈가에 화색이 돌았다.

잠시 후 호송차가 서울시청 앞에 멈춰 섰다. 건물 외관을 감싼 스크린에서 파란 솜털 같은 민들레 씨앗들이 천천히 날아다녔다. 근처 고층 건물도 전부 붓꽃이나 수국 같은 푸른 꽃의 무늬로 한껏 화려하게 치장한 채 오늘이 수요일임을 알렸다. 울림의 세계는 깊은 바다로 가라앉은 그날에 멈춰 버렸지만, 세상은 아랑곳하지 않고 봄이 되어 있었다.

"사망 신고 먼저 하고 식사하시면 됩니다. 신고가 처리되는 데 걸리는 시간이 있어서 오늘 하루 동안은 결제 시스템을 사용하실 수 있어요."

"그것 참 감사한 얘기네요."

수갑까지 다 벗은 울림이 밖에서 보기에는 평범하기 그지없는 검은 승합차에서 내렸다. 울림의 차림새 역시 주변에 자연스럽게 녹아드는 평범한 청바지와 셔츠였다.

"그럼 가세요. 청산가리 모히토 당길 때 낙원시청 영생과로 찾아오시고요. 저 거기서 목, 금, 토 일해요."

일분일초가 아까운 울림이 대충 손을 흔들고 시청으로 걸음을 옮기려는데 담당관의 목소리가 따라붙었다.

"혹시나 해서 말씀드리지만, 특수하게 제조된 물질이라 지구 끝까지 가도 해독제 같은 건 못 찾습니다. 그 캡슐은 신체 보관소에서만 꺼낼 수 있고요."

스페어 보디를 가지고 도망갈 생각은 애초에 하지도 말라는 경고였다.

"아, 맞다." 울림이 몸을 돌려 담당관에게 손을 뻗었다. "거울 좀 주세요."

"거울요?"

울림이 재차 손을 흔들었다.

"네, 가지고 다니면서 계속 혀 색깔 좀 확인하게요."

"이 거울은 제 개인 소지품입니다만."

"그거 얼마나 한다고. 이따 만나서 돌려드릴게요."

거짓말이었다.

울림은 오늘 객사할 계획이었다. 청산가리가 몸에 퍼질 때까지, 그러니까 이 신체를 쓸 수 있는 마지막의 마지막 순간까지 오프라인 세계를 누비다 낙원으로 돌아갈 생각이었다.

"적당히 시간 되면 저한테 연락하세요. 고통스러운 죽음은 한 번으로 충분하지 않습니까."

울림은 담당관이 건넨 손거울을 말없이 받았다.

검은 호송차가 시야에서 사라지자 울림은 옆에 있는 쓰레기통에 담당관이 준 핸드폰을 미련 없이 버렸다.

시청 입구에 김달이 웬 남자와 함께 나란히 서 있었다. 단정한 봄 코트에 백팩을 멘 남자는 김달보다 머리 두 개만큼 컸고 몸은 전체적으로 호리호리했는데, 배만 불뚝 튀어나왔다.

울림이 남자를 코앞에서 올려다보며 눈에 힘을 주었다.

"누구세요? 우리 김달이 남자랑 이렇게 나란히 서 있는 건 처음 보는데."

"현울림?" 옆에 선 김달의 눈이 커졌다. "너야?"

울림이 대답하기도 전에 낯선 남자가 한 팔로 냅다 울림을 껴안았다. 그러자 코트 앞섶이 벌어지면서 남자가 다른 팔로 붙잡고 있는 어항이 보였다. 금붕어 한 마리가 꼬리를 낮추고 머리를 들어 올려 울림을 바라보았다. "해피?"

"그럼 너 젤리야?" 울림이 받아들일 수 없다는 얼굴로 되물었다. "네가 젤리야?"

울림과 함께 보육원에서 자란 젤리는 끝내 김달보다 키가 커지지 않았고, 이후 젤리가 배정받은 공유 신체 역시 자그마해 젤리의 본래 모습과 크게 다르지 않았다.

"응, 나! 예찬이!" 젤리답지 않게 손가락마저 긴 남자가 자신의 가슴팍을 가볍게 두드리며 웃었다. 미소만큼은 여전히 순수하고 해사하게.

"네가 일단 젤리로 공동 양육자 신청해 두라고 해서 했더니, 이 신체로 배정돼서 어제 바꼈어." 그렇게 말하며 김달이 미안한 기색을 비쳤다.

김달은 끝까지 울림을 기다려 주고 싶었다. 울림의 사망 선고가 번복되기를 매일 기도했다. 이 소원을 들어주면 신을 한번 믿어 보겠다고까지 맹세했는데. 이제 평생 신을 찾을 일은 없게 됐다.

"잘했어." 울림이 김달을 안고 가볍게 등을 두드렸다. "임신 초기에 너 혼자 지내는 거, 영 마음에 걸렸어."

"그 와중에 쓸데없이 내 걱정을 왜 해." 김달은 차마 울림을 안지도 못했다.

이 모습을 지켜보던 젤리의 눈가가 촉촉해졌다. 이윽고 세 사람은 서로를 부둥켜안았다. 김달이 임신 소식을 고백하던 날 신나게 얼싸안은 뒤로 석 달 반 만에. 이번에는 들뜬 목소리 대신 눈물을 삼키는 침묵이 무겁게 가라앉았다.

"근데 울림이 네 혀…… 임시 신체라는 표식으로 가짜 혀라도 꽂아 둔 거야?" 물기 젖은 젤리의 시선이 울림의 새파란 혀를 의아하게 내려다보았다.

"아, 청산가리."

세 사람은 여전히 서로를 안아 원형을 이루고 있었고, 울림이 그 안에서 낮은 목소리로 설명을 이어 갔다.

"뭐?" 울림의 설명이 미처 끝나기도 전에 젤리가 대형에서 벗어났다. "그러지 않아도 억울한 사람을 이렇게 걸어 다니는 시한폭탄으로 만들어야 속이 시원하대?" 젤리가 몸을 획 돌려 시청 건물을 향해 삿대질하자 해피가 헤엄치는 물이 가볍게 출렁였다.

울림은 화가 나지 않았다. 국가는 법에 따라, 증거가 가리키는 답을 찾아냈을 뿐. 문제는 그 증거를 조작한 인물이었다.

"가자."

울림의 말에 김달이 가볍게 고개를 끄덕였다.

"그래, 여기서 우리끼리 분노해 봐야 달라지는 거 없어. 얼른 신고 처리하고 남은 시간 동안 현울림 네가 하고 싶은 거 다 하자. 오늘은 사진 백 장 찍자고 해도 다 찍어 줄게."

시청 입구로 들어가려는 김달의 옷깃을 울림이 뒤에서 잡아끌었다. "아니, 그 방향 말고."

"여기 맞아. 사망 신청도 인구과에서 접수해."

"나 강지나네 집부터 갈 거야."

"응?" 젤리의 눈이 커졌다. 그러다 이내 입이 살짝 벌어지고 아, 하는 소리가 흘러나왔다. 울림 성격에 이렇게 고분고분 넘어갈 리가 없었다. 근데 "가서 뭘 어쩌게?"

울림이 깊은 심호흡을 했다. 너구리 같은 두 눈이 결연하게 빛났다.

"감히 날 죽여? 그럼 걔는 죽어서 지옥 불 한가운데 던져져야 내가 낙원에서 두 발 뻗고 잘까 말까야."

젤리가 침을 꿀꺽 삼키며 조심스럽게 물었다. "울림 너, 사람 죽이게?"

"몰라, 나도." 울림이 뻣뻣한 머리카락을 쓸어 넘겼다.

종합 선물 세트

정확히 딱 사십 분 뒤, 365만 입주 가능한 고급 주택가의 입구.

바닥에 주저앉은 울림을 향해 김달이 혀를 찼다. "봐, 내가 이럴 거 같더라. 강지나가 곱게 너를 기다리고 있겠니."

"와, 그새 이사까지……." 울림이 자리에서 벌떡 일어섰다. "얘 지금 찔려서 이사까지 갔잖아! 내가 찾아올 걸 알았겠지. 하, 이거 어디 가서 찾지 진짜?"

김달이 새콤달콤을 까서 입 안에 넣고 우물거렸다. 잔잔한 파도처럼 하루 종일 울렁거리는 입덧이 거대한 쓰나미로 이어지지 않게, 새콤달콤으로 둑을 쌓아야 했다. "강지나 핸드폰 번호는 모르고?"

"화인이랑 수인이 통화할 일이 있었겠냐고."

"그럼 끝이네. 주소도 연락처도, 이제는 얼굴도 모르는 사람을 어떻게 찾아. 걔 어디 가서 일도 안 하잖아. 빨리 정신 차리고 가서 사망 신고나 하자."

울림이 서운한 눈초리로 김달을 홱 돌아보았다.

"김달 너는 네 일 아니라서 강지나가 용서될지 몰라도 나는 아니거든. 나는 걔를 죽이든 지지고 볶든 해야……."

"넌 이미 경험하고도 배운 게 없어?"

"내가 뭘!"

"너희 부모님, 우리 엄마 죽었을 때 많은 사람들이 우리 억울함을 풀어 주겠다고 나섰어. 근데 뭐가 달라졌는데? 그 일로 죗값 치른 사람 있어? 그때 데이터 센터 대표는 아직도 동종 업계에서 되지도 않게 많은 돈 처받으면서 365로 살잖아."

젤리가 조용히 입술을 깨물며 울림과 김달을 번갈아 바라보았다.

"나도 네가 당한 일 생각하면 피가 거꾸로 솟구쳐서 이러다 유산하는 거 아닌가 싶을 정도야. 근데 우리가 뭘 어쩔 수 있어? 걔네 엄마는 낙원코리아 대표고 걔네 아빠는 학계에서 내로라하는 뇌과학자라며. 걔 부모한테는 돈, 사회적 영향력, 인맥이 다 있어. 네가 걔 건드려 봐야 다치는 건 너라고. 너랑 걘 출발선이 다르다는 거 정말 아직도 모르겠어? 걔네 엄마가 너 괘씸하다고 낙원 서버에 장난질이라도 치면 어쩔 건데? 내 자식이 태어나자마자 제 이모랑 못 만나는 것도 억울한데, 얘 아예 이모 없는 애 만들래?"

울림은 말없이 김달을 노려보았다.

사실 호송차 안에서 담당관 역시 울림에게 강지나를 찾아갈 생각은 하지도 말라고 했다. 울림이 오프라인에 나와 있는 동안 강지나에 대한 신변 보호 조치가 이뤄진다면서. 그러니까 울림도 강지나를 만날 수 없을 거란 걸 모르지 않았다. 그저, 아무것도 하지 않고 이대로 현실을 받아들일 수는 없었을 뿐.

◑

　다시 시청으로 돌아가 울림이 사망 신고를 접수하는 동안 모두가 침묵을 지켰다. 셋이 마지막으로 함께하는 오프라인에서의 시간을 이렇게 보내면 후회할지 모른다는 걸 알면서도 말이 쉽사리 나오지 않았다. 지금이 마지막이라는 걸 자각할수록 가벼운 얘기는 시간만 아까웠고 슬픔은 꼭꼭 감추고 싶었다. 서로의 손을 잡고 오래도록 그 온기를 기억하기에는 젤리의 새로운 신체와 울림의 낯선 모습이 괜스레 멀게만 느껴지기도 했다.

　"현울림 님 사망 신고, 정상적으로 접수되었습니다. 이제 가셔도 돼요."

　인구과 공무원의 말에 젤리가 습관적으로 감사합니다,라고 말했다가 울림의 눈총을 받았다. 내 사망 처리가 넌 고맙냐? 그 모습을 본 김달이 여전히 딱딱한 얼굴로 콧바람을 짧게 내뿜었고, 인구과 사무실을 나서는 세 사람의 발걸음은 사뭇 평소와 비슷해져 있었다.

　"오늘 며칠이지?" 울림이 인사과 앞 복도를 걸으며 물었다.

　"4월 23일."

　"그럼 내년부터 4월 23일에 내 제삿상 차려 줄 거지? 난 고춧가루 안 무서워하는 귀신이니까 상에 잘 익은 빨간 김치 올려 줘. 이왕이면 배추김치로."

"실없는 소리 좀 하지 마."

김달이 울림을 한심하다는 듯이 바라보는데 누군가 김달을 알아보고 반갑게 다가왔다.

"어머, 오늘은 또 무슨 일로 오셨어요?" 인구과에서 임신부와 공동 양육자 지위 신청 접수를 담당하는, 쓸데없이 말이 많은 그 공무원이었다.

"아, 예." 김달이 대답 같지도 않은 대답과 함께 대충 외면하려는데, 쓸데없이 붙임성까지 좋은 공무원은 가던 방향까지 뒤집으며 김달과 나란히 걸었다.

"인구과에 제가 없어서 찾으셨나? 사실 저 이번에 인사 발령 나서 다른 부서로 옮겼거든요."

"……."

"무국적자들 관리하는 부서예요. 시민으로 위장하고 돌아다니는 무국적자를 발견하시면 언제든 117번으로 신고 주세요."

김달은 말 많은 공무원에게 시선도 주지 않은 채 새콤달콤을 입에 집어넣었다. "저희가 바빠서요."

김달의 무시에 마음이 불편해진 건 눈치없는 공무원이 아니라 사교성 좋은 젤리였다. "네, 무국적자 보이면 꼭 신고할게요. 117번." 젤리가 어색한 미소를 지어 보였다.

"네, 우리 모두 경각심을 가져야 해요." 오늘도 입에 모터를 단 공무원이 젤리와 눈을 맞추며 말했다. "요즘 무국적자들이 온갖 브로커로 활개 치고 다니는 거 아시죠? 부자들한테 돈 받고 폐기 직전의 젊은 신체를 구해다 준다는 소문이 파다해요."

울림이 귀를 쫑긋 세웠다. "신체를, 구해다 준다고요?"

재 왜 관심 보여? 김달은 불안한 기운을 감지했고, 멍석을 깔아 주면 더 잘 떠드는 공무원은 쉬지 않고 말했다.

"그뿐이게요? 사람 뒷조사에 청부 살인은 기본이고, 이미 신체 없이 낙원에서 혼으로만 살아가는 사람들에게도 불법적으로 새 신체를 구해다 준대요. 제가 이 일을 시작한 지 얼마 안 돼서 대체 그런 걸 어떻게 하는지는 모르겠는데, 뭐 돈이 되는 건 다 하는 거죠. 사회 질서를 아주 쑥대밭으로 만들어 놓고. 하여간 진짜 나쁜 놈들이에요."

"……그러네요."

하여간 진짜, 어쩜 이렇게까지, 지금 딱 현울림에게 필요한 모든 서비스를 종합 선물 세트처럼 제공할 수가 있지? 그 사실이 젤리는 신기했고, 김달은 두려웠으며, 울림은 이 기회를 놓칠 수 없다고 생각했다.

"그 무국 브로커요, 주로 어디서 활개 치고 다닌대요?"

"너 미쳤어? 그거 불법이라고. 국가에서 긴급 신고 전화까지 홍보하면서 단속하는 불법. 잡히면 돈 받은 놈도, 돈 준 놈도 다 콩밥 먹는 불법!"

서울시청 앞 잔디 광장을 빠르게 가로지르는 울림을 따라붙으며, 김달은 행여 누군가 들을까 싶어 목소리를 크게 내지도 못했다. 이렇게 말해서는 알아먹을 현울림이 아닌데.

아니나 다를까, "너희는 모르는 일로 해. 김달 너는 이제 집으로 가서 태교하고 젤리 너는 그 옆에서 김달 수발들어. 무국 브로커한 테는 나 혼자 가."

김달이 이마를 짚었다. 애를 진짜 어떡하면 좋지? 김달은 울림이 그냥 빨리 낙원에 들어가 버리면 좋겠다는 생각까지 들었다.

"너 못 들었어?" 김달이 재차 목소리를 줄였다. "제대로 된 브로커랑 연결되려면 잔챙이 건달 양아치를 두세 명 거쳐야 한다잖아. 너 청산가리 마신 지 벌써 한 시간 지났어. 무국 브로커 만나기도 전에 피 토하고 뒤진다고."

"난 그렇게 답답하게 안 돌아가지." 울림이 씩 웃었다. "이 몸은 무국적자들의 본거지로 바로 간다."

"거기가 어딘지 모르잖아." 젤리조차 우려 섞인 목소리를 냈다. 평소라면 그래 일단 가 보자고 외쳤겠지만, 지금은 그새 좀 옅어진 듯한 울림의 파란 혀도 걸렸고 김달이 받는 스트레스도 신경 써야 했다.

"뭘 몰라. 대한민국에서 무국적자 제일 많은 동네가 여울시인 거 모르는 사람이 어디 있다고. 아, 근데 거기까지 가려면 시간이 진짜 빠듯하긴 하겠다. 거기 완전 땅끝이잖아, 맞지? 이거 봐, 내가 다 알잖아."

울림이 젤리의 코트 주머니에서 핸드폰을 꺼내 젤리 얼굴 앞에 들이대자 얼굴 인식으로 잠금 화면이 풀렸다. 하지만 울림이 여울시까지 가는 길을 알아보려 지도 앱을 열기도 전에 김달이 핸드폰을 낚아챘다.

"여울시 어떻게 가게? 설마 기차 편 알아보냐."

울림은 눈알을 굴리며 대답하지 않았다.

"거기까지 가는 교통편이 없는 것도 모르면서 가긴 어딜 가!"

"그거야, 평소에 먹고살기도 바쁜데 내가 그런 인간들 사는 곳에 관심이 있었겠냐고. 그럼 택시 타고 가면……."

지나가는 택시를 향해 손을 흔드는 울림을 김달이 거칠게 돌려세웠다.

"택시고 나발이고 거기 못 간다고."

"왜 못 가, 왜? 내가 간다는데!"

"잠깐! 둘 다 진정!" 젤리가 두 손으로 잡은 어항을 울림과 김달의 얼굴 사이에 쑥 집어넣었다. 서로를 매섭게 노려보고 선 울림과 김달은 어항 물의 왜곡으로 우스꽝스럽게 일그러진 상대의 모습을 끝까지 째렸다.

"달, 넌 배 속 샘물이 생각해서 일단 진정해."

"아, 누가 샘물이야. 나 그런 태명 싫다니까?"

젤리가 김달의 트집을 가볍게 무시하며 울림을 보았다.

"그리고 울림, 여울시에 못 간다는 거 진짜야. 거기 지도 앱이나 내비게이션에 나오지도 않고, 운 좋게 근처까지 가더라도 계속 길만 헤매다 결국은 완전 엉뚱한 곳에 도착한대."

울림이 어이없는 코웃음을 쳤다. "그래서? 여울시가 실제로는 존재하지 않는다는 거야?"

"아마도?" 젤리가 어깨를 으쓱였다.

"웃기지 마."

울림은 흔들리지 않았다. 여울시는 엄마와 아빠가 태어난 곳이니까. 어딜 가도 바다가 펼쳐진 섬에서 유년 시절을 보낸 엄마 아빠는 자연스럽게 물과 친구가 됐다고 했다. 그래서 울림은 일부러 더 여울시에 무관심했다. 어린 엄마 아빠가 여울시에서 헤엄치는 모습을 상상할 때 무국적자의 이미지가 겹쳐지는 게 싫어서.

그럼에도 여울시에 대한 온갖 소문은 잊을 만하면 들려왔다. 인터넷에 여울시를 검색만 해도 다음 날 경찰에서 연락이 온다더라, 호기심에 여울시를 찾아간 사람들 중에 절반이 돌아오지 못했다더라 등 전부 진실을 확인할 수 없는 가십성 얘기였다.

"내가 어떻게든 갈 테니까, 너희는 신경 꺼." 울림이 김달의 손에 들린 핸드폰을 다시 뺏어 드는데 진동이 울렸다. 울림이 재빨리 전화를 받았다. "어, 최 사장. 젤리가 이따 전화할 거야."

—뭐야, 현울림이?

최 사장의 놀란 듯한 목소리가 금방 반가운 기색으로 바뀌었다.

—안 그래도 아까 젤리가 너 그거 신고하는 데 같이 간다고 해서 전화해 봤는데.

이제는 안쓰럽고 미안한 기색.

—그래…… 다 했어?

"응, 했어. 잘."

울림은 여전히 김달을 쏘아보며 이게 최 사장과의 마지막 대화일까 싶었다. 최 사장은 매달 환경 부담금을 내기 위해 쉬는 날도 없이 버스를 몰았고, 삶의 모든 순간을 실종된 딸을 찾는 데 쓰고 있었다. 낙원에 접속할 시간 같은 건 없었다. 혹여 딸이 신체를 버리고 낙원에서 영구 거주 중이라는 증거가 나오면 모를까, 현재로서는 오프라인에서 딸을 찾는 게 그나마 현실적인 접근 방식이었다.

─ 그럼 이제 가 봐야 해?

"뭐, 점심 먹을 시간은 주더라고."

─ 잘됐네. 오늘 장사 끝났으니까 와서 밥 먹고 가. 뭐 먹고 싶어? 얼른 장 봐 올게.

"아, 그게⋯⋯."

─ 젊은 애들 노는 데 눈치 없이 안 껴. 밥만 차려 줄게. 마지막 끼니는 집밥으로 먹어야지.

마지막일 수도 있는 만남과 따뜻한 마음을 거절하려니 편치 않지만⋯⋯ 어쩌겠어.

"최 사장 내가 지금 좀 바빠. 여울시에 가야 해서."

김달이 울림을 보며 미간을 구겼다.

─ 여울시?

"미안. 내가 가는 길에 다시 전화할게."

울림이 전화를 끊으려는데 다급한 목소리가 따라붙었다.

─ 데려다줄게!

최 사장이 얼마나 크게 말했는지 김달과 젤리에게도 다 들릴 정도였다. 울림이 다시 핸드폰을 귀에 가져다 댔다.

"최 사장, 방금 뭐라고?"

말소리는 제대로 들었지만 그 뜻을 제대로 이해한 건지 헷갈렸다.

내려진 도로를 달려서

잠원 한강공원 주차장에 이층 버스 한 대가 세워져 있었다. 외관 스크린을 꺼 온통 검은색이었고 버스 노선 번호도 보이지 않았다.

"저 버스 맞지?" 울림이 젤리를 보고 물었다.

"맞아, 저 번호판." 차 번호판을 보고 김달이 먼저 최 사장의 R140번 버스를 알아보았다.

세 사람이 다가가자 최 사장이 승차 문을 열고 나타났다. "낯선 얼굴이 하나 더 늘었네."

최 사장의 인사에 울림이 싱겁게 웃었다.

"너희 셋 다 가?" 최 사장이 버스 입구를 가로막듯이 기대고 서서 물었다.

"그러게." 울림도 궁금하다는 얼굴로 김달과 젤리를 보았다.

"난 샘물이 공동 양육자이자 달의 보호자니까, 달이 어디로 가느냐에 따라서." 젤리가 거기까지 말하고 김달을 보았다.

김달은 복잡한 심경으로 울림의 너구리 같은 눈을 바라보았다.

"네가 이렇게 생각 없이 앞뒤 안 가리고 들이박다가 온전히 네 잘 못으로 죽은 거였으면, 고민도 없이 진작 서울시청에서 돌아섰는데."

"그럼 이 늙은이가 대신 정해 줄게. 김달이는 집으로 가."

"왜요?" 김달이 내키지 않는다는 듯이 물었다.

최 사장이 주차장 귀퉁이에 설치된 핸드폰 자판기를 턱 끝으로 가리켰다. "우리가 가진 핸드폰들 다 저기 반납하고 갈 거야. 인터넷을 기반으로 한 버스 기능도 전부 차단할 거고, GPS며 위급 상황 시 자동 SOS 기능도 싹 다 끄고 갈 거야."

"왜?" 울림이 퀭한 눈을 크게 떴다.

"그래야 여울시에 갈 수 있어." 최 사장이 미동 없는 표정으로 말했다.

젤리가 걱정스러운 눈짓을 했다. "그럼 가다가 달이 어디 안 좋기라도 하면……."

"그러니 젤리 네가 김달이 데리고 집으로 가."

젤리가 김달을 보았고, 김달은 주머니에서 핸드폰을 꺼내 울림에게 건넸다. "네가 자판기에 내 거까지 반납하고 와."

"뭐, 너 가려고?"

"어차피 집에 누워 있나 차를 타고 있나 계속 경미한 멀미 상태야."

"그래도 속이 더 울렁거리지 않을까."

"너 하는 짓 보고 있으면 속이 더 뒤집히긴 하지."

김달이 검지와 중지를 현울림의 턱에 대고 밑으로 내렸다. 파란 플라스틱으로 만든 게 아닌가 싶을 정도로 시퍼랬던 혀가 이제는 그냥 파란 사탕을 많이 먹은 혀처럼 보였다.

"근데 너 혼자 보내면 시간 개념 없이 팔랑대다 혼까지 스페어 보디랑 같이 뒤질 거 같아." 김달이 짜증스러운 눈빛으로 울림을 바라보았다. "네가 죽으면 내 정신 건강이 안 좋아지고 그거야말로 샘, 아니, 아기한테 큰 문제잖아. 그러니까 어떡해. 내가 같이 가는 수밖에."

"거마어." 울림이 김달의 손에 눌려 턱이 벌어진 채 웃었다. 다 함께 가게 되어 다행이라 생각하며 젤리도 소리 없는 웃음을 지었다.

울림이 버스에 오르자 최 사장이 두껍고 커다란 책 한 권을 펼쳐 건넸다. 어느 박물관에 전시된 걸 훔쳐 온 게 아닌가 싶을 정도로 낡은 책이었다.

"우리 목적지는 여기, 여울대교 입구야."

옅은 하늘색으로 칠해진 바다 위에 구불구불한 등고선으로 이뤄진 섬 하나. 최 사장의 검지 손톱이 그 섬 끄트머리와 육지를 연결하는, '여울대교'라고 적힌 주황색 선을 가리켰다. 울림은 건네받은 책의 표지를 확인했다. 『전국도로지도』라는 책 제목 위에 '최신 개정판'이라 적혀 있었다. 최 사장이 십 년 전쯤 두 달이나 발품을 판 끝에 부산시 중고 시장에서 겨우 찾아낸 물건이었다.

"사장님 근데 이 책요," 울림의 손에 들린 지도책 뒷부분을 훑어보던 김달이 말했다. "발행 날짜가 백 년 전인데요?"

최 사장이 운전석에 앉으며 대수롭지 않게 말했다. "지방은 백 년 전이나 지금이나 별반 달라진 게 없어서, 쓸 만해."

"최 사장 근데, 그러지 않아도 찾기 어렵다는 여울시를 내비게이션도 없이 이 낡은 지도책만 가지고 어떻게 가겠다는…… 어?" 최 사장이 펼쳐 준 페이지를 다시 확인한 울림의 눈이 커졌다. 등고선으로 이뤄진 작은 섬 옆에 떡하니 여울시라고 적혀 있었다. "여울시다!"

운전석 바로 옆 대시 보드 위 해피 전용석에 어항을 단단히 고정한 젤리가 울림 옆으로 다가왔다. "있어?"

"확실히 있긴 있었네." 김달이 눈을 가늘게 떴다. "백 년 전에는."

"다들 얼른 앉아. 김달이는 피곤하면 2층 가서 바닥에 내 침낭 깔고 눕고." 어느새 선글라스를 꺼내 쓴 최 사장이 버스에 시동을 걸었다.

'안녕히 가십시오, 서울특별시'라고 적힌 초록색 도로 표지판이 창밖으로 빠르게 지나갔다. 그렇게 서울을 벗어나자 승용차를 보기 힘들어졌고, 경기도를 벗어난 뒤에는 최 사장의 버스만이 도로를 달렸다. 최 사장은 텅 빈 고속도로를 달리면서도 혹시 모를 야생동물의 등장에 대비해 긴장을 놓지 않았다. 자율 주행 모드가 켜져 있었다면 신경 쓰지 않아도 될 부분이었다.

승차 문 바로 앞 좌석에 앉아 손거울로 혀 색깔을 관찰하던 울림이 무릎 위 『전국도로지도』를 힐끔 내려다보며 최 사장에게 물었다. "지도책 없어도 잘 가네?"

"선명시까지는 표지판만 잘 보고 따라가면 돼."

더는 아무도 살지 않아 선명시 도시 자체는 사라졌지만 표지판에 적힌 이름은 여전히 남아 있었다.

"여울시 가는 길을 어쩜 그렇게 잘 알아?"

최 사장이 뜸을 들이다 답했다.

"우리 딸 찾으려고 가 봤지. 혹시 거기 가면 있을까 싶어서."

"무국 브로커들이 돈 떼먹고 도망간 사람도 찾아 주고 그런다던데, 거기까지 갔으면 한번 의뢰해 보지 그랬어."

"그러고 싶었는데, 번번이 아무도 만나질 못했어."

"역시 그 사람들 만나기가 좀 힘든가?" 울림이 손거울을 셔츠 주머니에 집어넣었다. "근데 최 사장은 내가 왜 여울시에 가는지 안 궁금해? 공범되기 싫어서 안 물어보는 거야?"

그때 최 사장이 브레이크를 강하게 밟았다.

주방에서 토마토수프를 만들고 있던 젤리가 재빨리 몸을 뻗어 바 테이블 건너편에 앉은 김달의 팔을 잡았다. 김달이 한 알씩 떼어 놓고 있었던 한라봉이 그릇에서 쭉 미끄러져 바닥으로 떨어졌다.

최 사장은 핸들을 좌우로 유연하게 돌리면서 브레이크를 짧게 밟았다 놓기를 반복했다. 폭격이라도 맞은 듯 곳곳이 크게 파인 도로를 버스가 덜컹거리며 지나갔다. 버스 바닥에 떨어진 한라봉 알들이 폴짝폴짝 점프했고, 뚜껑 덮힌 어항 안에서 해피가 출렁거렸다.

"괜찮아?"

"어, 그렇게 세게 안 잡아도 돼." 김달은 젤리에게 잡힌 팔이 살짝 아팠지만 그만큼 안전한 기분이 들었다.

서울에서 멀어질수록 도로 상태는 더 나빠졌다. 지진이라도 났던 건지 흩어진 퍼즐처럼 아스팔트가 심하게 뒤틀린 곳도 있었고, 버려진 자동차나 냉장고, 소파 같은 커다란 쓰레기도 길을 방해했다. 이곳을 지나는 차량이 거의 없으니 보수가 이뤄지지 않는 모양이었다.

승차감이 점점 나빠져도 김달은 용케 멀쩡했다. 젤리가 깜빡하고 치킨스톡을 넣지 않은 밍밍한 토마토수프를 먹으니 혀는 즐겁지 않아도 속이 편안했다.

"으……." 사투를 벌이는 쪽은 오히려 울림의 위장이었다. "죽겠다." 울림은 버스 창문을 열고 창틀에 얼굴을 받쳤다. 머리카락이 바람에 강아지 털처럼 휘날렸다.

"멀미에 취약한 신체인가 봐." 젤리가 울림의 입 안에 멀미약 하나를 넣어 주었다. "삼키지 말고 껌처럼 씹어." 젤리가 허리를 숙여 울림의 혀 색을 유심히 바라보았다. "설마 몸 안에서 캡슐이 녹고 있는 건 아니겠지?"

물 한 방울 섞이지 않은 페인트처럼 진했던 혀 색이 유리 세정제 같은 옅은 파란색으로 바뀌어 있었다.

"사장님, 아직 멀었어요?" 젤리가 초조하게 물었다.

"이제 금방이야." 쿨럭, 최 사장이 가볍게 기침했다. "젤리야, 가서 냉장고 옆에 검은 봉지 있는 거 가져와. 빨리."

김달은 운전석 바로 뒤 좌석에 앉아 지나가는 표지판을 주시했다. 선명이라고 적힌 표지판이 더는 없는 걸로 봐서 여기가 선명시인 듯했다. 여기까지 오는 동안 여울시가 표시된 도로 표지판은 보이지 않았다.

"현울림, 너 브로커 못 만나면 어떡할래?" 김달이 새콤달콤을 까서 입에 넣었다. "실패할 경우를 생각은 해 봤어? 안 했지?"

울림은 건너편 창틀에 머리를 얹고 멀미약을 질겅질겅 씹었다. "답 아는 거 묻지 마라. 힘들다, 지금."

그사이 젤리가 운전석 쪽으로 돌아오며 커다란 검은 봉지 안에 든 물건을 꺼냈다. "사장님, 이거 방독면이에요?"

동그란 정화통 필터가 좌우로 하나씩 달린 검은색 방독면이었는데, 오토바이 헬멧처럼 머리에 쓰도록 만들어져 있었다.

"어서 하나씩 써." 최 사장이 선글라스를 집어 던지듯이 벗고는 젤리의 손에 들린 방독면 헬멧을 가져가 머리에 썼다.

무국적자들이 나타나서 독가스 폭탄이라도 던지나, 하고 생각하며 젤리는 김달의 머리에 먼저 방독면 헬멧을 씌웠다.

"어? 근데 사장님, 우리 해피는요? 해피는 방독면을 못 쓰는데……."

"해피가 헛것을 본다고 해서 우리한테 다른 길로 가자고 말하진 않을 테니, 괜찮아."

"헛것을 본다고요?"

방독면 헬멧을 쓴 울림이 녹아내리는 아이스크림처럼 흐물거렸다. "난 이거 벗을래. 진짜 토할 거 같아."

방독면을 쓰자 숨 쉬기가 더 힘들어졌고 위장이 더 뒤틀리는 느낌이었다. 울림이 방독면 헬멧을 벗으려 하자 최 사장이 다급하게 소리쳤다.

"안 돼! 너 그거 벗으면 여울시 못 가. 참아."

"지금 이 안에 토하게 생겼다니까?"

"그렇게 의지가 약해서 뭘 하겠다는 거야. 죽은 목숨 되살리는 일이 그렇게 만만할 줄 알았어?"

굳이 묻지 않아도 최 사장은 울림이 여울시에 가는 목적을 알고 있었다. 세상에서 증발해 버린 딸을 찾는 엄마, 남은 삶을 억울하게 빼앗긴 젊은이가 불법 브로커를 찾아갈 이유는 뻔했다. 간절함만으로는 되찾을 수 없는 것을 돌려받을 수만 있다면 악마와라도 거래를 하겠다는 것.

왠지 모르게 꼬리의 움직임이 둔해진 것 같은 해피를 지켜보고 있던 젤리가 말없이 울림을 바라보았다. 방독면에 입이 가려 보이지 않았지만, 울림이 죽을힘을 다해 구역질을 참아 내고 있는 게 느껴졌다. 분명 의지만으로는 참아 낼 수 없는 것을 어떻게든 억눌러 삼키고 있었다.

그로부터 삼십 분쯤 지나 최 사장이 버스를 세웠고 울림이 곧장 밖으로 튀어 나갔다.

"방독면은 벗으면 안 돼!"

울림이 알겠다는 듯 힘없이 손사래 치며 딱딱한 콘크리트 바닥에 대자로 뻗었다. 돌덩이처럼 굴러다니는 아스팔트 조각에 등과 허리가 배겼지만, 일단 바닥이 움직이지 않는다는 사실에 만족했다.

"최 사장, 근데 이 방독면 벗으면 뭐 어떻게 되는데? 죽기라도 해?"

젤리와 김달에 이어 최 사장이 버스에서 천천히 내렸다.

"이 지역에는 컴퓨터 칩에 혼선을 일으키는 포자들이 공기 중에 떠다녀."

"아, 그래서 버스의 시스템을 다 *끄셨구나*." 젤리가 방독면 헬멧을 쓴 채 고개를 끄덕이다 이내 갸웃했다. "근데 저희는 왜……."

최 사장이 헬멧을 톡톡 두드리며 자신의 머리를 가리켰다.

"우리 머리에도 들어 있잖아. 낙원 칩."

"아."

"그 칩이 혼선을 일으키면 헛것을 보고 길을 헤매다 결국 의식을 잃어. 누군가에게 발견되지 못하면 그대로 죽는 거야."

모두가 말없이 최 사장을 보았다.

"이곳의 그 이상한 포자에 노출되면 내비게이션도 맛이 가서, 이곳에서 점점 멀어지는 방향으로 운전자를 유도해. 그걸 무시하고 여울시에 더 가까워지면 아예 칩이 고장나 버리고. 그래서 이 버스로는 더 이상 못 가. 미안하지만, 내 밥벌이 수단이잖니."

이윽고 최 사장이 버스 트렁크를 열고 고물상에서 주워 온 게 아닌가 싶은 자전거 한 대를 꺼냈다.

"여기서부터는 이걸로 가야 해. 칩이 내장되지 않은 기계는 고장 나지 않거든."

"더 가야 한다고?" 울림이 상체를 일으켰다.

눈앞에 보이는 건 모래사장을 품은 드넓고 푸른 바다였다. 그 반대편 멀리 산봉우리들이 보였다.

최 사장이 자전거의 핸들과 페달을 돌려 보았다. "마침 기름칠해 두길 잘했네. 조만간 또 와 보려고 했거든."

울림은 혼란스러웠다. "이렇게 준비가 철저한데 왜 한 번도 무국 브로커를 못 만났어?"

"이 망할 놈의 기관지 때문에." 최 사장이 주름진 목을 문질렀다. "난 방독면을 써도 중간 지점쯤 가면 죽을 듯이 기침하다가 정신이 흐려져. 깨어나 보면 항상 선명시의 오래된 마트 주차장이고."

"그러게 담배 좀 작작 피우라니까."

"이놈의 기관지 좀 강하게 키워 보겠다고 매일 아침저녁으로 그 지랄을 해도, 역시 선명시에 들어서자마자 기침이 나네. 현울림이 넌 속 좀 괜찮니?"

울림이 여전히 창백한 얼굴로 최 사장의 손을 잡고 자리에서 일어섰다. "괜찮아야지."

김달이 버스 트렁크 안을 살펴보았다.

"사장님, 자전거는 한 대뿐이에요?"

"저것도 겨우 구했어. 빈티지 골동품이 어쩌구 떠들어 대면서 어찌나 값을 높게 부르던지, 그 달 환경 부담금 못 낼 뻔했잖니."

최 사장이 자전거에 달린 바구니에 『전국도로지도』를 집어넣었다. "무국적자들이 사는 마을 입구까지 여기서 대략 8킬로미터야. 여기는 표지판이 싹 다 뽑혔으니까 중간중간 지도 보면서 여울대교까지 가면 돼."

"혼자 보내기는 불안한데." 김달이 자전거 안장 뒤에 달린 철제 짐받이를 보며 말했다. "여기 한 명 더 탈 수 있지 않나."

그러나 결국 울림 혼자 가기로 결정됐다. 김달이 따라가는 데는 나머지 세 사람 모두 반대했고, 젤리는 버스에 남아 대기하다가 울림이 두 시간 넘도록 돌아오지 않으면 찾으러 가기로 했다. 젤리는 울림에게 꼭 성공하라고 말했다. 마치 다시는 볼 못 사이인 것처럼 눈에 눈물을 그렁그렁 달고서.

김달은 울림에게 인사다운 인사를 건네지 않았다. "어딘지도 모르는 바다 앞에서 오늘 처음 본 얼굴한테 작별 인사를 하고 싶진 않아. 알지?" 너구리 같은 낯선 얼굴과 마주하고 있어서 다행이었다. 매주 수요일을 같이 보낸 얼굴이 앞에 있었다면 창피하게 눈물을 흘릴 뻔했다.

울림은 김달이 눈물을 보이지 않아서 좋았다. 그 덕분에 자전거의 페달을 밟으며 여유롭게 손을 흔들 수 있었다.

"가서 무국 브로커한테 최 사장 딸도 찾아 달라고 의뢰하고 올게!" 울림은 바닥이 여기저기 갈라진 주차장을 나서면서 크게 소리쳤다.

울림이 작은 점으로 사라진 뒤에야 버스로 돌아온 최 사장은 운전석 선바이저에 항상 꽂아 두는 딸 사진이 없어진 걸 뒤늦게 발견했다.

날파리 리스트

방독면 헬멧을 쓰고 자전거를 타는 일은 초고강도의 유산소 운동이었다. 방독면 필터를 거쳐 산소를 빨아들여야 해서 가만있을 때도 숨쉬기가 불편했는데, 다리를 움직여 심장 박동까지 빨라지니 엄청난 심폐 지구력을 요구했다. 그럼에도 울림은 할 만하단 생각이 들었다. 이 몸 쓰던 사형수, 사람 죽이고 매번 산꼭대기까지 업고 가서 묻었나? 체력이 진짜 좋…… "악!"

자전거 앞바퀴가 움쑥 파인 구렁에 걸리면서 울림의 몸이 앞으로 고꾸라졌다.

"아으." 울림이 왼쪽 고관절을 문지르며 주변을 둘러봤다.

오래된 아스팔트 도로와 인도를 뚫고 자란 잡초의 공격적인 생명력이 땅을 온통 푸르게 물들였다. 그 탓에 울퉁불퉁한 바닥의 높낮이가 제대로 보이지 않아 몇 번 넘어질 뻔한 걸 용케 피했는데, 결국.

"얼마나 더 가야 하는 거야." 울림은 바닥에 떨어진 지도책을 펼쳤다. "……저게 장군도 같은데. 그러면 내 지금 오른쪽이 남산공원이고…… 그럼 저건데?"

울림은 자전거에 올라 다시 힘차게 페달을 밟았다. 동그란 로터리를 돌아, 높다란 나무가 일렬로 빽빽하게 자란 길을 바라보았다. 자세히 보니, 바다에 단단히 뿌리를 내린 A자 형태의 주탑 두 개가 온통 덩굴에 휘감겨 있었다. 초록으로 뒤덮여 버린 여울대교였다. 울림은 방독면 헬멧에 짓눌려서인지 아까부터 지끈거리는 머리를 헬멧 밖으로 툭툭 치면서 여울대교를 응시했다.

과거에는 차들이 저 위를 지나다녔을 텐데, 지금은 자전거를 타고도 지나갈 수 없을 만큼 수풀이 우거져 있었다. 분명 엄마 아빠가 어렸을 때만 해도 이렇게 버려진 도시가 아니었을 텐데……. 여울시까지 오는 길에도 콘크리트를 뚫고 자라난 식물을 무수히 보았지만, 이 동네는 모든 식물이 무서울 정도로 컸다. 고작 몇십 년 사이에 나무가 저렇게까지 자랄 수가 있나? 여울대교 전체가 수백, 수천 년은 된 듯한 우람한 나무로 꽉 차 있었다. 마치 숲을 한 조각 길게 잘라서 바다 위에 올려둔 것처럼.

뭐 어쨌거나, 저게 여울대교라는 사실은 변함없었다. 울림은 자전거를 세우고 『전국도로지도』를 다시 펼쳤다. 당연히 백 년 전 지도에는 여울대교 건너편 섬 어디에 불법 브로커 사무실이 있는지 표시돼 있지 않았다. 울림이 고개를 들었다. 분명 여기가 무국적자 동네로 들어가는 입구라고 했는데. 이렇게까지 사람 기척이 없을 수가 있나?

울림은 청바지 주머니에 달린 지퍼를 열었다. 여차하면 사용하기 위해 가져온 긴급 브링 오일을 손에 쥐었다. 그러고 보니 방금 넘어지면서 하마터면 병이 깨질 수도 있었는데 역시 난 운이 좋다고 생각하며 울림은 여울대교 입구로 들어섰다.

안으로 들어서자 외부와 단절된 세계에 들어온 듯했다. 키가 큰 나무에서 무성하게 자라난 나뭇잎에 가려, 대교 양옆에 펼쳐진 바다도 머리 위 하늘도 보이지 않았다. 햇빛이 전혀 들어오지 않는데도 어둡진 않았다. 그저 포근했다. 숨을 들이쉴 때마다 방독면 헬멧에 눌려 이어지던 경미한 두통이 완화되고 머릿속에 들어찬 먼지까지 씻겨 나가는 기분이었다. 울림의 걸음이 가벼워지다가 점점 느려졌다.

근데…… 내가 왜 여기를 걷고 있었더라?

울림은 그저 관성에 따라 앞으로 움직였다. 사람 몸만큼 커다란 나뭇잎 두 장 사이로 느릿느릿 양팔을 뻗은 뒤 물살을 가르듯 벌렸다.

아늑한 숲 한가운데서 웬 산신령과 처녀 귀신이 체스를 두고 있었다. 헛것을 본다더니 진짜 보이네.

산신령과 처녀 귀신이 동시에 울림을 쳐다보았고, 다음 순간 울림은 폭신한 수풀에 푹 쓰러졌다.

◑

"이제 정신이 드실 때가 됐는데." 묵직하고 느릿한 말투가 울림을 재촉했다. "선생님, 지금 이럴 시간이 없어요."

"……음?" 울림이 천천히 눈꺼풀을 들어 올렸다.

"나 보이시나?" 아주 험악한 인상의 남자가 눈을 반만 뜬 채 울림을 보고 있었다.

울림은 눈을 찬찬히 깜빡이며 불곰을 떠올렸다. 남자의 생김새가 그랬다. 허리와 무릎을 접어서 앉아 있는 게 신기할 정도로 몸 전체가 두꺼웠고 팔과 손가락에도 털이 수북했으며 — 와 사람 손이 라지 사이즈 피자만 해 — 피부도 딱 불곰처럼 갈색으로 그을렸다.

"최서린 선생님, 맞쥬?"

말소리가 들려온 방향으로 시선을 살짝 돌리자, 그쪽에는 악어처럼 생긴 남자가 앉아 있었다. 사람의 두개골을 가지고 어떻게 악어를 닮느냐고 묻는다면 당황스럽지만 진짜 그렇게 생겼다. 입이 양옆으로 길게 벌어져서 그런가? 치아가 유난히 뾰족뾰족한 데다 약간씩 벌어져 있어서 악어 이빨처럼 보이기도 하고, 눈의 흰자도 좀 누렇고 탁한 것 같아.

어쨌거나 울림은 불곰과 악어 사이에 끼어 있었다. 두 남자는 울림을 마주 보는 자리에 앉아 있었고, 불곰의 지나치게 두꺼운 왼쪽 다리와 악어의 놀랍도록 긴 오른쪽 다리가 울림을 양옆에서 가로막는 모양새였다.

근데 여긴 어디야. 울림이 천천히 눈을 굴렸다. 사방이 유리였고 투명한 유리 바닥 밑으로 보이는 건……

"바다?" 정신이 번쩍 든 울림이 어깨를 움찔거렸다.

울림이 고개를 돌려 주변을 더 살펴보려 하자, 불곰과 악어가 동시에 발로 유리 바닥을 쾅 내리쳤다. 세 사람이 앉아 있는 케이블카가 크게 휘청였다. 울림은 발 아래 펼쳐진 바다로 떨어질까 무서워 두 손으로 주변을 더듬었지만, 낡은 천으로 덮인 좌석에는 딱히 붙잡을 게 없었다. 세 사람을 태운 케이블카는 앞으로도 뒤로도 가지 않고 바다 한가운데 떠서 끼익끼익, 녹슨 고리가 금방이라도 끊어질 듯 위태롭게 흔들렸다.

"우리 최 선생님 케이블카 처음 타 보셔? 아님 고소 공포증?"

울림은 깊이를 가늠할 수 없는 바다로부터 정신을 분산시키고자 불곰과 악어가 입은 티셔츠 무늬에 집중했다. 불곰은 초록색 나뭇잎이 제각각의 크기로 그려진 검은 반팔 티를, 악어는 분홍색 하트가 수십 개쯤 그려진 검은 반팔 티를 입고 있었다. 흉악한 인상과 정말 안 어울리는 취향이었다.

불곰이 손에 쥐고 있던 작은 전자 기기를 자신의 두꺼운 허벅지 위에 올렸다. 직사각형 모양의 납작한 기계. 작게 달린 화면에서 빨간 불이 초를 재듯 깜빡였다.

저건 뭐야, 폭탄 같은 건 아니겠지. 울림은 저 납작한 기계를 입에 문 자신이 바다로 던져지는 상상을 했다. 쿨럭. 울림이 작게 기침하자 악어가 울림의 얼굴에 분무기를 뿌렸다.

"푸에엡, 뭐 하는 짓이에요!" 울림이 입에 들어간 액체를 뱉어 내며 목소리를 키웠다. 알싸한 솔잎 향이 났다.

"또 기절해도 상관없으시면 그냥 냅둬 불고." 악어가 분무기를 흔쾌히 내려놓았다.

그러고 보니 울림은 더 이상 방독면 헬멧을 쓰고 있지 않았다. 저 분무기 안에 든 게 뭔진 몰라도 낙원 칩을 교란하는 포자를 해독하는 기능을 하는 모양이었다.

불곰이 울림의 입가를 빤히 쳐다보았다. "혀 색깔이 거의 돌아온 거 같은데."

"그러네, 파란색이 이제 군데군데 남았어." 악어가 고개를 끄덕였다. 파란 혀가 무슨 의미인지 잘 알고 있다는 듯이.

"진짜요?" 울림은 손거울을 넣어 둔 주머니를 뒤졌다.

"선생님 소지품은 우리가 저 밑에 다 두고 왔는디." 악어의 탁한 눈동자에는 울림이 청산가리로 죽든 말든 개의치 않는다는 무심함이 담겨 있었다.

"내 소지품 전부?" 울림이 바지 주머니에서 긴급 브링 오일을 찾았지만 아무것도 잡히지 않았다. 땅 밑이 꺼지는 느낌이 들면서 등 전체에서 땀이 솟아났다.

"이, 이거 빨리 움직여 봐요. 내려가자고! 나 이러다 죽으면 당신들이 책임질……."

"내가 그쪽이면 이럴 시간에 우리를 찾아온 이유를 말하겠수다." 불곰이 팔짱을 끼고 단단한 부동자세를 취했다. "본인이 우리 날파리 리스트에 오른 건 아시나?"

"뭔 리스트?"

"지난 오 년 동안만 해도 열한 번. 선생님이 우리 구역에 마음대로 쳐들어온 횟수가 그래. 매번 여울시청까지도 못 와 고꾸라지면서 왜 자꾸 기웃거리셔? 그러다 우리 최 선생님이 여기서 진짜 죽잖아? 무고한 시민이 죽었네 어쩌네 정부가 빌미 삼아서 우리 손보겠다고 나설 게 뻔해. 아주 피곤해진다고."

"이봐요, 아저씨. 지금 오해가 있는데 나는 최 사장이 아니고, 그러니까, 댁들이 뉴스를 보고 사는진 모르겠는데…….."

"뭐가 아니야 또. 허구한 날 품에 그 똑같은 여자 사진 들고 오시잖아. 연락 끊긴 가족인지 옛사랑인지 모르겠는데, 그런 건 서울에 있는 잔챙이들한테 의뢰해도 얼추 다 찾아 줍니다."

"아, 진짜 답답하게! 당신 지금 내 혀가 왜 이런지 알지?"

불곰은 동요 없는 무표정으로 긍정의 뜻을 전했다.

"나 지금 목숨 걸고 여기까지 왔다고."

불곰이 날파리를 쫓는 듯한 표정을 지었다. "뭐 그래, 그건 궁금했수다. 사람 찾다가 왜 그 지경까지 되셨어? 뭔 짓을 했길래 정부에서 빌려주는 스페어 보디를……. 이제 정말 갈 데까지 가신 거 같아 오늘은 깨워서 한번 물어봐야겠더라고."

대체 이 상황의 어디가 재미있는 건지, 불곰이 흥미로운 미소를 띠었다. 웃어? 웃겨? 지금 난 목숨이 달렸는데?

"야, 이 불곰 새끼야." 울림이 불곰을 보며 힘주어 말했다.

"……뭐? 뭔 새끼?"

"왜, 귓구멍에도 근육이 들어차서 소리가 잘 안 들리냐? 아님 우리가 서로 종이 달라서 내 말귀를 못 알아듣나? 나 최 사장 아니라고. 사람이 말하면 좀 들어!"

심기가 불편해진 불곰의 얼굴이 한층 흙빛에 가까워졌다.

"잘 들어. 내 이름은 현울림이고 스물두 살이야. 석 달 반 전에 바다에서 억울하게 익사해서 공유 신체를 잃었어. 그래서 남은 생을 낙원에서 혼으로 지내다 해파리가 되게 생겼다고."

"해파리?" 악어의 탁한 눈이 처음으로 호기심을 보였다.

"그래, 해파리! 걔네는 눈, 코, 귀, 뇌, 심장 아무것도 없어! 나도 낙원에서 혼으로 지내다 감각을 하나씩 잃게 될 거고, 그럼 그게 해파리나 마찬가지지 뭐냐고!"

악어가 잘 다듬어진 긴 손톱으로 턱을 긁었다. "익사해서 죽은 스물두 살? 설마, 요즘 뉴스에서 시끄러웠던 그 사건 말하는겨? 스쿠버 다이빙 하다 죽은 애."

"그래, 그게 나야! 아저씨들도 뉴스는 보면서 사는구나!" 울림은 드디어 말이 통하나 싶었다.

"근데 너 졌잖아. 이미 법적으로 얘기 끝났……."

울림이 세차게 발을 굴렀다. "범세계적인 7부제 시스템을 거부해서 국적도 박탈당한 사람이 무슨 법 타령이야 지금!"

울림이 발을 하도 쾅쾅 내리치는 바람에 케이블카가 앞뒤로 크게 흔들렸다. 끼익, 끼익.

"이게 예의범절도 익사했나." 불곰이 고개를 한쪽으로 꺾자 우둑 소리가 났다.

"돈 주겠다고! 돈 되는 일은 뭐든 다 한다며. 사람 찾고 죽이고, 죽은 사람한테도 신체 구해 주고 다 한다며! 돈 줄 테니까, 나 좀 빨리 다른 몸으로 옮겨 줘. 그러고서 나머지 얘기를 하자. 폐기 직전의 신체 훔쳐 온 거 많지? 팔려고 보관해 둔 거 있을 거 아냐. 뭐든 좋으니까 아무거나 줘 봐, 좀!"

"내가 이래서 세상 물정 모르는 어린애는 상대하기 싫다니까." 불곰이 코웃음을 쳤다. "신체 하나 받으려면 우리한테 얼마를 줘야

하는지 아니?"

울림은 케이블카 유리창에 혀를 비춰 보았다. 군데군데 파란색이 남아 있기는 한 것 같은데 확실하지 않았다. "지금 중요한 숫자는 비용이 아니고 나한테 남은 시간이라니까!"

불곰이 라지 사이즈 피자만 한 손을 쫙 펼쳤다.

"최소 다섯 장에서 시작해."

"다섯…… 오, 오 억?"

"그리고 우리는 선불이여." 악어가 옆에서 거들었다.

"아니 사람 몸을 직접 빚는 것도 아니고, 폐기 직전의 신체를 훔쳐다 주는 거면서 뭐 이렇게 비싸?"

"그러니까 빨리 이거 마시고 곱게 낙원으로 가라." 불곰이 조끼 주머니에서 반짝이는 갈색 병을 꺼냈다. 울림의 청바지 주머니에 들어 있던 긴급 브링 오일인 것 같았다. "해파리가 뇌가 없댔지? 근데 네 뇌는 앞으로도 데이터 센터에 잘 보관될 거니까 해파리 될 걱정은 말고." 불곰이 누리끼리한 이를 드러내며 씩 웃었다.

"……." 울림은 말없이 콧구멍을 벌름거렸다.

"머리 굴리지 마라."

울림이 불곰과 악어를 번갈아 바라보았다. "선불로는 못 줘."

"후불로는 되고?" 불곰이 비아냥댔다.

"돼."

울림의 목소리에는 한 치의 흔들림도 없었지만 악어마저 뾰족한 이를 드러내며 비난조의 웃음을 지었다.

"우리한테 동정심 같은 걸 기대하느니 너한테 일어난 일이 없던 일이 되길 기도하는 게 빠를 거여.”

“그래, 나 돈 없어. 내 친구들이 지들 전 재산도 빌려주겠다 했는데 그걸 싹 다 긁어 올 순 없거든.”

김달이 샘물이와 함께 꾸려 나갈 365의 삶을, 그 계획을 망칠 순 없었다.

“내가 아저씨들한테 신체 받아서 하려는 일이, 나 이렇게 만든 내 보디메이트를 조지는 거거든? 근데 걔가, 아니 걔 부모가 엄청 부자야. 걔네 엄마가 낙원코리아 대표고, 걔네 아빠는 낙원 본사랑 일하는 엄청 유명한 뇌과학자라고.”

“낙원코리아?” 불곰과 악어가 시선을 주고받았다.

“걔 조지면 무조건 돈 나와. 내가 그거 받아서 줄게.”

“그러니까 네 말은, 뉴스에서 피고인 B 씨로 나오던 게 낙원코리아 대표 강세영의 딸이라고?”

울림이 눈을 크게 뜨고 고개를 천천히 끄덕였다. “어, 걔네 집 진짜 돈 많아. 내가 걔네 집에 살아 봐서 알거든. 아저씨들 지금 돈 쏟아지는 잭팟 머신 잡은 거라고.”

불곰과 악어가 말없이 눈빛을 주고받았다. 이어 서로를 보며 눈을 가늘게 떴다가 한쪽 눈썹을 들어 올리고 천천히 턱을 긁어 대는 동안 말소리는 한 음절도 튀어나오지 않았다.

울림은 불길한 기운을 감지했다. 혹시, 강지나 집안의 사회적 지위 때문에 후환을 걱정하는 건가? 아니면 강지나 부모한테 가서, 당신 딸에게 원한을 품은 여자애를 혼까지 완전히 제거해 줄 테니 그 대가로 돈을 달라고 역제안을 할 생각? 아이 씨, 이거다. 그쪽이 더 돈이 된다고 판단한 거야.

"잠깐만, 내 말 좀 들어 봐." 울림이 엉덩이를 떼고 자리에서 일어섰다. 천장에 머리가 닿아 엉거주춤한 자세가 되었고, 그와 동시에 위장에서 불길이 번지듯 뜨거운 기운이 소용돌이쳤다. 울림은 내장이 끊어지는 신음과 함께 앞으로 고꾸라졌다.

불곰의 라지 사이즈 피자 손이 울림의 턱과 볼을 강하게 잡아 눌렀다. "야, 애 혀 다 돌아왔다."

울림이 불곰에게 얼굴을 잡힌 채로 사지를 비틀었다. 순식간에 눈알까지 뜨거워지며 시야가 흐려졌다. "야, 정신 붙잡아!" "계속 호흡해!" 불곰과 악어가 건네는 말이 귀에 꽂힐 때마다 고막에 불이 붙는 것 같았다.

"코로 숨 들이켜!"

하지만 울림은 더 이상 숨 쉴 수 없었다. 시야가 끊어져 아무것도 보이지 않았고, 혈관 하나하나가 불꽃처럼 터져 나갔다. 그 와중에도 몸이 세차게 흔들리는 건 느낄 수 있었다.

"야, 숨 쉬어! 너 이렇게 만든 새끼 조지러 가야지!"

혀를 타고 얼음처럼 차가운 액체가 흘러들었다. 울림은 그 순간 숨을 훅 들이켰다.

여덟 개의 문신

눈앞에 보이는 건 끝도 없이 펼쳐진 바다였다. 눈부신 태양이 푸른 물결에 황금빛 보석을 흩뿌렸다.

나 또 죽었나.

울림은 눈을 감고 천천히 숨을 들이마셨다. 봄 향기가 코끝을 간질였다. 그렇게 가만히 있다 보니 얼굴에 닿는 햇볕이 따사로웠다.

낙원은 아니네.

그럼 어디지. 엄마 아빠가 있는 곳?

후욱, 후욱, 후욱. 보이지 않는 곳에서 알 수 없는 소리가 들렸다. 눈을 뜨고 고개를 뒤로 돌리니 불곰이 한 손으로 팔 굽혀 펴기를 하고 있었다. 후욱, 후욱, 후욱.

이 동네의 다른 곳과 달리 이곳은 잡초 한 포기 없이 매끈한 건물의 옥상이었다. 악어는 나무로 만든 의자에 앉아 팔 굽혀 펴기 중인 불곰의 등에 긴 다리를 올리고 있었다. 네일숍에서 사용하는 사포 스틱으로 손톱을 쓱싹쓱싹 문지르면서.

저 인간들이 여기 있는 걸 봐서는 천국도 아닌가 본데.

"거기 아저씨들, 나 살아 있는 거야?"

"어? 깼냐?" 불곰이 몸을 지탱하는 팔을 바꾸면서 말했다. "잠깐만. 왼팔도 스무 개만 하고."

"어떠, 그 몸도 쓸 만하제?" 악어가 손톱을 쓱싹대면서 울림을 보는 둥 마는 둥 했다.

울림은 그제야 자신의 몸을 내려다보았다. 양손에 파란색 털장갑이 씌워져 있었다. 이 날씨에 웬 털장갑.

장갑을 벗자 드러난 손은 칼에 베인 상처로 가득했던 사형수의 손이 아니었다. 그보다 자그마하고 매끈했으며, 손가락 지문마다 문신이 피부와 비슷한 색으로 새겨져 있었다. 노래를 듣거나 영상을 볼 때 익숙하게 사용하는 기호들이었다. 재생/일시정지, 빨리 감기, 뒤로 감기, 10초 앞으로, 10초 뒤로, 볼륨 키우기, 볼륨 낮추기, 반복 재생. 양손 엄지는 깨끗했고 나머지 여덟 개의 손가락에 그런 기호가 하나씩 새겨져 있었다.

울림은 별생각 없이 왼손 엄지로 왼손 검지에 그려진 10초 앞으로 버튼을 눌렀다. 그러자 갑자기 편두통처럼 관자놀이가 심하게 쑤셨다.

"아윽!" 울림이 바로 손가락을 떼고 양 엄지로 관자놀이를 꾹꾹 눌렀다. "근데 이 신체는…… 365였나 봐?"

문신이나 성형처럼 반영구적인 신체 변형은 일곱 명의 보디메이트가 모두 동의하지 않는 이상 진행될 수 없고, 이런 문신을 일곱 사람이 다 동의할 가능성은 아주 낮아 보였다.

"맞어, 돈과 사랑이 썩어 나는 365였제." 악어가 불곰의 등에서 다리를 내리며 자세를 고쳐 앉았다.

팔 굽혀 펴기를 마친 불곰이 옆으로 치워 뒀던 나무 의자를 끌고 와 앉았고, 울림도 두 사람 쪽으로 의자를 돌려 앉았다.

"돈과 사랑이 썩어 나다니, 뭔 소리야?"

울림이 아무 생각 없이 두 손을 맞잡아 깍지를 꼈다. 그 순간 눈앞이 깜깜해지고 관자놀이가 쑤시면서 세상이 계속 오른쪽으로 돌아 머리가 깨질 것 같았다. 울림은 반사적으로 깍지를 풀고 두 손으로 의자를 잡아 몸을 지탱했다. 순식간에 일어난 현상은 그렇게 또 순식간에 사라졌다.

"우리가 너 예뻐서 장갑 씌워 준 줄 알았냐." 불곰이 쌤통이라는 듯한 눈빛으로 슬쩍 웃었다.

"뭐?" 울림이 헛구역질을 참으며 빠르게 호흡했다.

"그 손가락에 있는 문신 하나하나가 버튼이야. 10초 앞으로를 터치하면 편두통이 일어나고 재생/일시정지는 누르고 있는 동안 시야가 차단돼. 다 설명하긴 귀찮으니까 궁금하면 네가 하나씩 눌러보고. 그게 사람 체온을 감지해서 터치 방식으로 작동하니까 웬만하면 곱게 장갑 끼고 있어라."

"나한테 하자 있는 신체를 준 거야?" 울림이 몸을 더듬거렸다. "이거 사람은 맞아? 왜 사람 손에 이딴 버튼이 있는데!"

손끝에 닿은 얼굴의 촉감은 사람의 피부가 확실했지만, 체온을 감지한 손끝 버튼들이 반응하는 바람에 울림은 또 한 번 빛 하나 들어오지 않는 검은 공간에서 편두통에 시달리며 몸이 오른쪽으로 떨어지는 것 같은 어지러움을 겪어야 했다. 모래알을 열심히 뱉어 내는 듯한 소리를 내며 울림은 재빨리 얼굴에서 손을 뗐다.

"쟈는 똥인지 된장인지 꼭 먹어 보는 스타일이여." 손질이 끝난 손톱을 이리저리 돌려 보며 악어가 심드렁하게 말했다.

손가락 여덟 개에 문신을 새겨 넣은 이 몸의 주인은 돈 많은 집안의 딸로, 역시나 부족한 것 없이 자란 남자와 영화 같은 사랑을 하다 옛 그림 속 천사처럼 어여쁜 아기를 낳은 여자였다.

여자의 삶에는 언제든 다시 꺼내 보고 싶은 기쁨이 넘쳐 났다. 그러다 아이까지 태어나니 매 순간이 보석처럼 소중했다. 낙원이었다면 가족과 함께하는 일 분 일 초를 빠짐없이 녹화해 영원히 저장해 둘 수 있었을 텐데, 현실에서는 그럴 수 없다는 게 마음 아팠다.

그래서 여자는 장치 이식을 알아보았다. 인공 심장, 인공 관절, 인공 췌장 등 365의 지속 가능한 삶을 위한 의료 시술은 성형 수술만큼 흔한 일이었지만, 인간의 신체 일부를 기계처럼 강화하는 분야는 여전히 불법과 합법의 경계를 오갔다. 하지만 그녀의 부모도 조부모도 법을 무서워하는 걸 본 적이 없기에, 그녀는 왼쪽 눈 하나를 카메라 렌즈로 바꾸는 불법 시술을 감행했다. 겉으로 보기엔 사람의 눈과 거의 흡사한 렌즈가 여자의 뇌와 연결되었다.

아이가 엄마! 하고 부르며 달려올 때, 남편이 커다란 꽃다발을 등 뒤에 숨겨 집 안으로 들어올 때, 남편과 아이가 똑 닮은 웃음을 지을 때, 여자는 그 순간을 영원히 저장하고 싶다고 생각했고 즉시 여자의 왼쪽 눈에 설치된 렌즈가 동영상 촬영을 시작했다. 여자는 매일 밤 침대에 누워 손가락을 눌러 그날 일어난 행복을 되감아 보다 스르륵 잠에 들었다. 이렇게 좋은 기술이 왜 불법일까, 하는 생각이 깨진 건 딸 때문이었다.

엄마, 그거 하지 마. 이상해.

어떤 거?

눈에 빨간 불 들어오는 거. 「신호등 로봇」에 나오는 나쁜 괴물 같아.

왼쪽 눈에 박힌 카메라 렌즈는 촬영 중임을 알리기 위해 빨간 불을 켰고, 그때마다 여자의 왼쪽 동공이 검은색에서 빨간색으로 바뀌었다. 낙원 속 아바타들의 다양한 동공 색을 본 적 없는 어린 딸의 눈에 엄마의 빨간 눈은 낯설고 무서웠다.

나쁜 괴물 같아.

이상해.

하지 마.

딸의 마음을 알게 된 여자는 당장이라도 카메라 렌즈를 빼고 싶었지만 렌즈와 연결된 케이블이 여자의 뇌신경과 뒤엉켜 있었다. 결국 렌즈를 강제로 분리해 뇌에 손상을 일으키는 대신 자동 촬영 기능을 비활성화 했다.

그러나 기계는 곧 인간의 통제를 벗어났다. 여자가 눈을 감으면 그동안 촬영된 영상이 멋대로 재생됐다. 그중엔 여자가 기억하고 싶지 않은 순간 ─ 엄마가 빨간 눈으로 나 쳐다보면 무서워 ─ 까지 저장돼 있었고, 여자의 의사와 상관없이 반복 재생됐다. 여자는 잠시 눈을 깜빡이는 찰나의 순간에도 무언가를 보았다. 그게 정말 기록된 영상인지, 자신이 만들어 낸 망상인지 헷갈릴 지경에 이르렀다.

그러던 어느 아침, 여자는 칼로 자신의 왼쪽 눈을 도려내려 했고 그녀의 남편이 손에 들린 칼을 가까스로 빼냈다. 하얀 조리대 상판에 두 사람의 붉은 피가 뚝뚝 떨어졌다.

다음 날부터 부부는 불법 브로커를 수소문하기 시작했다. 폐기 직전의 아무 신체나 훔쳐다 주는 잔챙이 말고, 자동차 사고로 얼굴을 다치는 바람에 성형 수술을 받을 수밖에 없었다는 핑계가 통할 만큼 전체적인 체형이 기존과 비슷한 신체를 구해다 줄 제대로 된 브로커가 필요했다.

"딱, 우리 같은 사람들." 불곰이 악어와 자신을 가리켰다.

"그래서, 그 여자가 새 신체를 받고 이 몸은 여기에 버리고 간 거야?"

"우리가 폐기 처분까지 하기로 했는디, 멀쩡한 신체를 왜 버려 아깝게."

"이게 멀쩡해?" 울림이 두 손을 쳐들고 흔들었다. "얼굴 좀 간지럽다고 손으로 긁다간 버튼이 터치됐네 어쩌네 하면서 멀미 나 쓰러지게 생긴 몸뚱이가 멀쩡한 신체냐고! 이런 불량품을 오 억에 파는 건 쓰레기짓이고 사기지!"

"네가 언제 오 억을 낸겨?"

"뭐?"

"너 아직 우리한테 한 푼도 안 줬잖어."

울림이 눈을 굴렸다. 맞는 말이었다. 강지나한테 받아 내서 주기
로 했으니까.

"그럼, 후불이라 불량품을 떠넘겼다는 거야?"

"임시 신체다, 이 말이여."

"임시 신체?"

"강세영 대표 딸내미 조지러 갈 때까지만 써. 걔한테 돈 받아서
비용 지불하면 네가 원하는 신체로 구해다 줄 테니께."

"아이, 그런 거였으면 진작 얘기하지." 울림이 씩 웃었다. "괜히
오해했잖아."

"당연히 신체 대여도 공짜는 아니여."

울림의 미간이 좁아지자 악어가 탁한 눈을 동그랗게 떴다.

"우리가 자선 사업가도 아니고, 서울시가 운영하는 공공 자전거
도 대여료를 받는디."

"그래서 대여비는 또 얼만데."

"돈보다도 중요한 부분이 있어." 불곰이 짐짓 목소리를 깔았다.
"설령 네가 우리에게 오십 억을 준다고 해도, 박탈당한 네 시민권
을 회복해 줄 방법은 없어."

"……법적으로 끝난 일을, 불법적인 루트로는 돌이킬 수 없다?"

"잘 알아듣네."

"그럼 내가, 내 맘에 드는 새 몸을 얻게 된다 해도……."

"무국적자의 삶을 살게 되는 거지. 우리처럼."

불곰이 자리에 앉아 무릎을 짚고 상체를 앞으로 기울였다.

"일단, 무국적자는 제대로 된 일자리를 구할 수가 없어. 그 누구

도 '잠재적 범죄자'와 일하길 원하지 않으니까. 어쩌다 일자리를 구하게 된다면 결국 그 자리가 왜 너에게 왔는지 깨닫게 될 거야. 너를 고용한 사람은 무국적자라는 네 신분을 약점 삼아 임금을 떼먹거나 너를 개차반처럼 대할 거거든."

불곰이 눈을 반만 뜬 채로 울림을 주시했다.

"……그래서," 울림이 손에 털장갑을 끼우며 말했다. "아저씨들은 무국적자가 된 걸 후회해?"

악어는 곱게 다듬어진 손톱을 가만히 문질렀고, 불곰은 이런 질문을 받을 줄 몰랐다는 듯 헛웃음을 터뜨렸다.

"글쎄다. 후회는 안 하지만, 열여섯 살로 다시 돌아간다면 그때처럼 또 보육원에서 무작정 도망쳐 나올지는 모르겠네."

악어가 불곰을 바라보았다. "그려? 난 이 일이 체질인디."

불곰이 험악한 얼굴을 우그러뜨렸다. "내가 맨날 뒤봐 주니까 넌 아주 편하겠지."

악어가 뾰족뾰족한 이를 드러내며 웃었다. "그래서 난 다시 열여섯 살로 돌아가면 곧장 니네 보육원 찾아가서 너 데려올라고."

우그러진 불곰의 얼굴에 미소 비슷한 게 스쳤다. "그땐 나 순수했다? 너같이 생긴 애가 와서 말 걸면 상대도 안 하지."

"느희 보육원에는 거울이 없었냐?"

울림은 불곰과 악어가 다정히 으르렁대는 모습을 물끄러미 바라보았다. 아직은 포기할 생각이 전혀 들지 않았다.

무국적자가 된다니. 내가 왜?

몇 시간 전 사망 신고서를 작성하면서 울림은 '부활'이라고 적힌 서식란을 유심히 보았다. 실종 상태가 길어져 결제 시스템 계정이 정지됐던 사람이 무사히 살아 돌아오면 계정을 다시 활성화하는 제도,

부활.

남 일처럼만 느껴졌던 그 단어가 지금은 손에 잡힐 듯했다.

울림은 부활 신청서를 작성하는 제 모습을 머릿속으로 그렸다. 또 그 말 많은 공무원이 나타나서, 어머머 사망했다 부활한 경우를 제 눈으로 보는 건 선생님이 처음이에요! 하며 소란을 떨어도 기쁜 마음으로 맞장구를 쳐 주겠다는 상상까지 마쳤다. 그러고 나서 김달의 집으로 가 편하게 두 발 뻗고 잘 것이다. 보디메이트 살해 혐의로 감방에 들어간 강지나가 다른 사형수들 틈에 누워 눈물을 흘리는 동안!

강지나에게 죗값을 물리고 제 인생을 되찾는 상상만으로도 울림은 입꼬리가 들썩였다. 이번에는 기필코 강지나가 나를 죽였다는 증거를 찾아내리라.

"날 이 꼴로 만들어 놓고 걔는 아무렇지도 않게 잘 먹고 잘 사는 꼴, 죽어도 못 봐."

악어의 입이 길게 늘어났다. "그려, 신체 대여료를 포함한 전체 수임료는 네 담당이 책정해서 알려 줄 거여." 악어가 자리에서 일어섰다. "그럼 가자. 네 담당 만나러."

"아저씨들이 하는 거 아니었어?"

"이 일에 제격인 인물이 따로 있어."

그렇게 말하며 불곰이 일어서는데 허리에 찬 무전기에서 치익

소리가 났다.

─무재가 사무실 도착해서 지금 위로 올라갑니다. 이상.

"뭐?" 불곰이 당황한 기색으로 물었다. "무재가 여기로 왔다고?"

─네, 의뢰인 만나러 왔다는데요. 이상.

"이이? 이거 새로운 무늬라 옷 좀 갈아입고 가려 했는디." 악어가 급히 조끼 지퍼를 올려 분홍색 하트 수십 개가 그려진 티셔츠를 봉인했다.

곧이어 누군가 옥상으로 올라오는 발소리가 들렸고, 불곰은 입고 있던 티셔츠를 갑작스레 벗기 시작했다. 우락부락한 상체 노출에 울림이 굵고 짧은 비명을 질렀다.

"네 담당이 눈 어지러운 걸 싫어해." 불곰이 티셔츠를 뒤집고 다시 머리를 집어넣었다. "그러니까 너도 신경 써. 너 말할 때 손이 가만히 있지를 않더라."

"이이? 내가 여기도 하트를 그렸네." 악어가 반팔 티셔츠의 소매를 재빨리 접어서 조끼 안으로 밀어넣었다.

대체 어떤 인간이 오기에 불곰이랑 악어가 이렇게 알아서 기어? 이번에는 또 어떤 맹수를 만나게 될지, 울림은 괜스레 기대됐다. 눈을 마주치는 순간 차라리 곱게 감방에 가고 싶다는 생각이 들 만큼 괴물 같은 인간이 나타나길 바랐다.

울림의 기대감이 커지는 그때, 불곰과 악어가 기다리던 사람이 옥상에 모습을 드러냈다. 회심의 미소를 품고 자리에서 일어선 울림은 새로운 브로커를 보자마자 숨을 훅 들이켰다.

울림이 아는 얼굴이었기 때문에.

마지막으로 본 지 오 년이 넘었고, 그만큼 성숙해지긴 했지만, 저 눈매를 비롯한 모든 이목구비가 똑같았다.

"……강이룬?"

울림은 오 년 만에 다시 그 이름을 입 밖에 꺼내 보았다.

2_____부

말도 안 되는 부탁

　울림이 합동 장례식을 치르고 엄마와 아빠를 떠나보낸지 열흘도 지나지 않았을 때였다. 강세영이 울림을 만나러 보육원에 찾아왔다.

　"울림아, 이모가 저번에 말한 거 생각해 봤니?"

　울림은 말없이 손가락을 꼼지락거렸다.

　"물론 여기에서도 잘 지내고 있겠지만." 강세영이 핸드폰을 켜 비숑프리제 사진을 보여 주었다. 솜사탕처럼 몽실몽실한 하얀 강아지가 혀를 길게 뺀 채 해맑게 웃고 있었다.

　"우리 구름이 안고 누워 있으면 마음이 편하고 따뜻해진다?"

　"이 강아지 때문에 이모 집에서 지내라고?"

　"그럴 리가." 강세영은 울림이 여전히 말대꾸를 빼먹지 않아 다행이라고 여기며 웃었다.

　사실 울림도 이모 집이 보육원보다 좋은 이유를 수십 수백 가지 늘어놓을 수 있었다. 엄마와 함께 이모 집에 놀러 갈 때마다 여기가 우리 집이면 좋겠다는 생각을 수도 없이 했었으니까.

"이모한테 너희 엄마는 친구가 아니라 자매나 마찬가지야. 그래서 우리 울림이는 이모 친조카인 거고. 이모로서 친조카를 곁에서 돌봐 주고 싶어. 물론 이모는 엄마 역할에 소질이 없지만." 강세영이 민망한 듯 미소를 띠었다. "울림이가 열일곱 살이 돼서 독립하기 전까지 울림이의 가족이 되어 주고 싶어. 그 이후로도 항상 울림이의 든든한 울타리가 되어 줄 거고."

울림은 고개를 살짝 숙인 채 입술을 깨물었다. 강세영 뒤로, 상담실 문에 난 작은 유리창에 문어 빨판처럼 착 붙어 있는 젤리와 김달의 귀가 시선을 빼앗아 생각을 방해했다.

"지나는? 나랑 같이 살아도 괜찮대?"

"말도 못 하지. 이제 집에서 밤늦게까지 너랑 놀 수 있다고 엄청 들떠 있어."

"그래?"

의외였다. 울림은 강지나와 만나 삼삽 분만 이야기하면 지루해지곤 했으니까.

"그리고 이모부는, 너도 알겠지만 지나가 좋다는 건 무조건 오케이잖아. 워낙 애들을 좋아하기도 하고."

울림은 고개를 끄덕이며 이번에도 더 생각해 보겠다는 답변과 함께 강세영을 돌려보냈다.

강세영이 돌아간 뒤 보육원 아이들은 그녀가 인원수에 맞춰 선물하고 간 겨울 패딩을 놓고 쟁탈전을 벌였다. 마음에 드는 색상을 먼저 차지하기 위해서였다.

울림은 강세영이 떠난 상담실에 김달, 젤리와 마주 앉았다. 어떻게 됐느냐는 젤리의 물음에 울림은 잘 모르겠다고 답했고, 김달은 저렇게 바쁜 사람이 너를 만나려 시간을 냈다는 것 자체가 진심의 표현이라고 했다.

"김달, 넌 내가 보육원을 떠나면 좋겠어?"

"너라도 부잣집 가서 지내면 좋지. 꼭 셋 다 보육원에서 살아야 해? 그건 비합리적이고 비효율적이잖아."

"이기적인 거지. 나만 그 집으로 가 버리면."

"그럼 어쩌냐. 우리 엄마는 부자 친구가 없었던걸." 김달이 턱 끝으로 젤리를 가리켰다. "얘는 아예 엄마가 없고."

지렁이 모양의 시큼한 젤리를 질겅질겅 씹던 젤리가 김달을 흘겨보았다. "또 이런다. 선생님이 너 말 좀 곱게 하라잖아. 애어른처럼 굴지도 말고."

"우리 곧 중 3이야. 세 살 더 먹으면 열일곱 살, 성인이라고."

울림은 김달과 젤리가 투닥거리는 모습을 보며 점점 더 마음의 갈피를 잡지 못했다. 엄마 아빠를 더는 볼 수 없다는 사실도 아직 받아들이고 싶지 않은데, 매일 붙어 살던 김달, 젤리와 떨어져 지내기까지 한다면…….

그럼 이모에게 가지 않겠다고 말하면 그만이었다. 그런데 왜 또 그 말은 입 밖으로 나오지 않는 건지.

"보육원 나가도 어차피 학교에서 매일 볼 건데, 뭘 그래." 김달이 울림의 마음을 읽은 것처럼 말했다.

"이모가, 이모네로 이사하면 강지나가 다니는 학교로 옮기는 게 좋을 거라고 했어. 지금 학교로 통학하려면 많이 피곤할 거라고."

울림이 다니는 중학교는 수인이 될 아이들이 다니는 공립 학교였다.

"뭐?" 김달의 눈이 커졌다. "그 이모 딸, 365들만 있는 학교 다니지 않아?" 정확히 말하면 장차 365가 될 아이들이었다. 부모가 365인 아이들.

"그 학교 애들 좀 재수 없다던데." 젤리가 걱정스럽게 말했다. 확실히 강지나만 봐도 울림과는 결이 맞지 않았다.

"역시 그냥 이모한테 안 가겠다고……."

"무슨 소리야, 가야지!" 김달이 목소리를 높였다. "365 애들이 밟는 엘리트 코스를 따라 밟아서 너도 365가 되면 좋잖아."

"내가?"

한 번도 생각해 본 적 없는 일이었다. 당장 내일 기말고사 범위도 헷갈리는 울림에게 그런 식의 인생 계획은 너무 거창했다.

"로또 1등에 당첨된 복권이 네 발아래 놓여 있는데, 그걸 안 줍겠다고?"

"학교 졸업할 때까지 날 가족처럼 돌봐 준다는 거지, 이모가 나를 365로 만들어 주겠다고 한 적은 없거든."

"그거야 너 하기에 달렸지! 그 이모한테 네 대학 등록금 정도는 푼돈 아냐? 대학 나와서 전문직 취업하면 환경 부담금 내는 거야 일도 아닐 테고."

"근데 울림이 365가 되면 우리랑 자주 못 보지 않을까?"

젤리가 아까보다 더 걱정스러운 얼굴로 묻자, 김달이 젤리를 한심하게 바라보았다.

"야, 너랑 나도 365가 되면 되지! 그래서 건물에 불이 나면 언제든 내 발로 대피할 수 있는 삶을 사는 거야!"

그날 그렇게 세 사람은 김달의 주도하에 '365 되기 프로젝트'를 가동했는데, 삼 년 뒤 셋 다 7부제를 하게 되었으므로 해당 프로젝트는 사실상 없던 일이나 마찬가지가 되었다. 그래도 그날의 다짐과 약속 덕분에 울림은 강세영의 집으로 가게 되었고, 울림은 그게 다 김달의 작전이라는 걸 알았다. 너라도 부잣집 가서 지내면 좋지. 그 말이 김달의 진심이었다.

울림은 겨울방학 첫날 강세영의 집으로 이사했다. 이틀 먼저 방학이 시작됐다는 강지나가 집에서 울림을 기다리고 있었고, 강지나는 마치 울림이 이 집에 처음 온 것처럼 집 안 곳곳을 소개해 주었다.

"여기는 엄마 서재고, 저기는 아빠 서재야. 두 사람 취향이 얼마나 다른지 딱 보이지? 엄마는 아빠 방에서 좀벌레가 나올 거라고 기겁하는데 나는 아빠 책장에서 풍기는 오래된 책 냄새가 좋더라. 그리고 아빠 책상 첫 번째 서랍에는 내가 이제까지 아빠한테 써 준 손편지가 전부 보관돼 있어. 아빠가 그런 옛날 감성을 좋아하거든. 여기 2층 거실에서는 한 달에 한 번씩 다 같이 옛날 영화를 봐. 엄마 아빠가 좋아하던 영화들인데 아빠는 백 년 전 영화도 막 틀어. 처음에는 낯설고 재미없어 보일 수 있지만 보다 보면 은근 빠져들거야. 혹시 주차장에 세워진 캠핑카 봤어? 내가 반딧불이 보고 싶다고 했더니 엄마가 캠핑카를 산 거 있지. 아 맞다, 내 작업실도 이번에 새로 꾸몄는데 보여 줄게."

거의 일 년만의 재회였는데 울림은 강지나와의 대화가 왜 재미없었는지 단박에 기억났다. 강지나는 자기 얘기만 했다. 가끔 울림의 얘기를 궁금해할 때도 있지만, 마무리는 언제나 자기가 하고 싶은 얘기였다.

울림은 앞으로 강지나의 얘기를 얼마나 많이 듣게 될지 가늠해보았다. 네 얘기에 별로 관심 없거든, 이 한 마디가 간절했지만 이모가 베풀어 준 고마운 마음을 생각해서 웬만하면 참기로 했다. 그냥 한 귀로 듣고 한 귀로 흘리면 되니까.

"짜잔, 여기가 울림이 네 방이야."

길고 긴 집 투어의 마지막 코스로 울림이 쓰게 될 방문을 열자 널찍한 침대 위에 보들보들한 원피스 잠옷이 펼쳐져 있었다. "내가 주는 환영 선물. 나랑 똑같은 디자인에 색만 달라." 그렇게 말하며 강지나가 맑게 웃었다. 울림은 그 미소를 뒤로한 채 방을 한 바퀴 둘러보았다. 옷장 안에는 울림의 사이즈에 맞는 겨울 옷가지가 다채롭게 걸려 있었고, 책상 위에는 최신형 노트북과 핸드폰 그리고 노이즈 캔슬링 헤드폰 상자가 가지런히 놓여 있었다.

그날 저녁 강세영과 이모부 강형운은 여섯 시까지 오겠다는 약속을 각각 사십 분과 한 시간씩 어기는 대신 강형운은 꽃다발을, 강세영은 케이크를 들고 들어왔다. 울림은 보육원 식판이 아니라 어떤 장인의 이름이 새겨진 그릇에 담긴 따뜻한 저녁을 먹고 후식으로 딸기생크림케이크를 먹었다. 강지나가 울림과 함께 구름을 산책시킨 이야기를 재잘거리자, 강세영과 강형운은 외동딸에게 자매가 생긴 걸 흐뭇하게 여기는 미소를 지었다.

그날 밤 울림은 강지나가 선물한 보드라운 잠옷을 입고 침대에 누워 생각했다. 평생 수십 명의 아이들과 함께 살아왔는데, 고작 세 명의 새로운 가족과 잘 지내는 건 일도 아닐 거라고. 특히나 그들이 좋은 사람들일 경우에는 더더욱.

이러한 울림의 순진한 생각이 깨지기까지는 그리 오래 걸리지 않았다.

◐

"얘들아, 인사해. 새로 전학 온 현울림이야." 3학년이 시작되는 첫날, 강지나는 울림을 옆에 끼고 다니며 전교에 떠들어 댔다. "다들 울림이한테 잘해 줘. 알았지?"

"아……. 반가워." 자신을 심해윤이라고 소개한 여자애가 강지나도 가지고 있는 목걸이 —울림이 전에 다니던 학교에서는 아무도 하고 다니지 않는 값비싼 목걸이 —를 만지작거리며 물었다. "근데 둘이 어떻게 아는 사이야?"

다른 애들도 궁금해했다. 현울림 쟤가 누군데? 누군데 강지나가 저렇게 챙겨? 그러한 호기심은 훌륭한 윤활제가 되어 전 학년 각반에 소문을 날랐다.

야, 쟤 개래. 데이터 센터 화재로 엄마 죽은 애. 진짜? 우리 아빠 그 장례식에 취재 갔었는데. 불쌍하다. 그래서 지나네 집에 얹혀사는 거야? 근데 쟤 엄마는 뭐 하던 사람이래? 엥? 수인이었다고? 그럼 현울림 쟤 완전 계 탔네? 고아 되는 바람에 보육원에서 벗어났으니까 오히려 이득 아냐? 우리 입장에서는 좀 그렇지만. 수준 안 맞는 애가 전학 온 거잖아. 뭐, 같이 어울리지 않으면 그만이지만.

이런 얘기들이 울림의 귀에 들어오기까지는 고작 삼 일, 울림이 그런 무성한 뒷말을 신경 쓰기까지는 딱 이 주가 걸렸다. 이모와 이모부의 체면을 생각해 일단 참고는 있지만 울림은 이러다 조만간 자신의 영혼이 저런 개소리에 진짜로 상처 입을지 모른다고 생각했다. 저 덜떨어진 것들이 감히 내게 상처를 주게 둘 수는 없지.

"안녕?" 울림은 학교 카페테리아 테이블에 앉아 재잘대던 ─ "현울림 쟤 또 혼자 밥 먹네. 나 같으면 그냥 굶었다. 어지간히 배고픈가 봐." ─ 촉새들에게 다가가 친절히 말을 걸었다. "너네 아빠 기자라며. 멋지다."

"얘 뭐야. 왜 나한테 아는 척이야." 촉새 1이 촉새 2에게 말하며 거북하다는 표정과 함께 손에 든 포크를 툭 내려놓았다. "그리고 뭐? 너네 아빠?"

주변에 앉은 학생들, 그러니까 어제의 촉새들과 그제의 촉새들이 점심을 먹다 말고 시선을 집중했다.

"근데 기자 연봉이 얼마나 돼? 뭐, 지나네 부모님에 비하면 얼마 되지도 않겠지. 그래서 내 신세가 부러운가 봐?"

"뭐?"

"그럼 차라리 그냥 질투를 해. 좀 솔직해지라고."

"하." 촉새가 당황한 표정을 애써 숨기며 콧바람을 뿜었다. "야, 우리 엄마가 너희 반 담임이야."

"알아. 그래서 입 닥쳐라는 세 글자를 다정하게 풀어서 말해 주고 있잖아."

점심시간에 일어난 이 사건은 5교시가 끝날 때쯤 전교생 모두가
아는 일이 되었다.

그날 학원 수업을 마치고 저녁 아홉 시쯤 집으로 돌아온 강지나
가 울림의 방문을 열고 들어왔다.

"아까 점심시간에 왜 그랬어? 그러다 싸움 커졌으면 우리 부모
님이 네 보호자로 학교에 불려가는 거야. 그러지 않아도 바쁜 분들
한테 그러고 싶어?"

"왜 그랬냐니?" 울림이야말로 궁금했다. "나에 대해 전교에서 떠
드는 말들을 너는 전혀 모르는 것처럼 말하네?"

"그거야 네가 전학생이니까 다들 잠깐 관심 갖는 거지."

"사실 개학 첫날부터 궁금했는데. 우리 엄마 돌아가신 거, 혹시
네가 다른 애들한테 말한 거야?"

"응?" 강지나가 커다란 눈을 더 크게 떴다.

"이모가 우리 담임한테도 별말 안 했다고 했거든. 어떻게 전교생
이 다 내 사정을 아는지 궁금해서."

"아." 강지나가 대수롭지 않은 일이라는 표정을 지었다. "나랑 친
한 애들한텐 말해야 하잖아. 네가 왜 우리 집에 살게 됐는지."

"그래서?"

"애들한테 비밀로 하라고 말했어, 난 분명히."

짜증 나기는 하지만 충분히 있을 수 있는 일이었다. 비밀이라는
단서가 붙는 순간 오히려 그걸 남에게 떠벌리지 않고는 못 배기는

애들이 있으니까. 하지만 여전히 이해되지 않는 부분은…….

"네 진심은 뭐야?"

하마터면 울림도 속을 뻔했다. 강지나가 자신과 가까워지고 싶어 한다고.

지난 겨울방학 내내 강지나는 매일 자기하고 싶은 말만 늘어놓으면서 울림의 주변을 맴돌았다. 물론 강지나는 방학에도 매일 학원에 다녔고 하루에 두 시간씩은 작업실이라 부르는 방에서 그림을 그렸다. 울림은 이삼일에 한 번꼴로 김달과 젤리를 만나러 나갔다. 그렇게 각자의 시간을 보내면서도 둘은 같이 구름을 산책시키고, 쇼핑도 가고, 미용실도 다녀왔다.

그런데 3월이 되자 강지나는 차츰 때와 장소를 구분하기 시작했다. 집에서는 대체로 친근했고, 학교에서도 다른 애들 앞에서 허물없이 다가왔지만 등교하는 택시 안이나 집 2층 거실에서 단둘이 마주칠 때, 그러니까 주변에 아무도 없을 때면 울림을 쳐다보지도 않았다. 처음에는 괜한 핑계를 댔다. 난 학원 때문에 매일 피곤해. 울림이 넌 원래 수다 떠는 거 안 좋아하잖아. 울림은 개의치 않았다. 이모와 이모부가 걱정하지만 않는다면, 아무래도 상관없었다.

근데 이제는 진짜로 좀 궁금해졌어. 왜냐면 아까 나와 촉새의 말다툼으로 카페테리아가 쥐 죽은 듯 조용해졌을 때 네가 네 예술가 친구들하고 점심을 먹으러 들어왔거든. 너는 분명 나랑 눈이 마주쳤어. 그때 나는 촉새의 멱살을 잡고 있었는데, 너는 나를 말리러

오지 않았지. 너는 애써 나를 못 본 척하더라. 심해윤이 네 등을 두드리며 저기 좀 보라고 말하는데도 메뉴판만 들여다봤지.

"아까 넌 내가 그 애랑 더 크게 싸우길 바랐던 거 같은데, 왜 지금은 말썽을 일으키지 말라는 거야? 네 진심을 진짜 모르겠어서."

강지나가 고개를 살짝 기울였다. "학교 애들이 네 뒤에서 하는 말, 그냥 못 들은 척 넘어가면 좋잖아."

울림은 무슨 뜻인지 이해할 수 없어 미간을 좁혔다.

"아니면 쉬는 시간마다 우리 반으로 찾아와서 나한테 친한 척 좀 하든지. 내가 적당히 받아 줄게. 그럼 다른 애들도 너를 대하는 태도가 좀 달라질 거야."

"뭐?" 울림이 코웃음을 쳤다.

살짝 열린 방문을 밀고 구름이 들어왔다. 구름은 침대에 앉은 강지나의 무릎에 폴짝 뛰어올라 강지나의 턱을 핥았다. 강지나가 구름의 얼굴을 두어 번 문질러 주다 자리에서 일어섰다.

"우리 구름이, 유기견인 거 알지?" 강지나가 열린 방문을 닫아걸었다.

"왜 딴소리야."

"딴소리 아닌데." 강지나가 다시 침대에 걸터앉아 구름의 폭신한 등을 문지르며 울림을 똑바로 쳐다보았다. "난 너도 유기견이라고 생각했거든."

난데없는 비유에 울림의 눈썹에 힘이 들어갔다.

"너도 집이 없어서 보육원에서 지냈고, 때가 되면 안락사당하는 유기 동물처럼 열일곱 살이 되면 신체가 폐기되잖아."

울림은 강지나가 헛소리를 참 그럴싸하게 한다고 생각했다. 그래도 평소 늘어놓던 영양가 없는 얘기나 가식적인 친절보다는 지루하지 않았다.

강지나의 손길에 마음이 편해졌는지, 구름의 눈꺼풀이 무거워졌다. 강지나는 곤히 눈 감은 구름을 내려다보았다.

"내가 보기에 구름이는 서열을 분명 이해해. 나를 따르고 사랑해야 계속해서 맛있는 간식을 얻어먹고 안전하게 산책을 다녀와서 안락한 집에서 잠들 수 있다는 걸 알아."

"그래서, 네가 하고 싶은 말이 뭐야." 얘기가 길어지자 울림이 불만스럽게 말했다.

"너, 내가 준 잠옷 안 입더라?"

"그거 겨울용이잖아."

"겨울에도 잘 안 입었잖아."

"불편해. 잘 때 자꾸 위로 올라가서."

"그때 나한테 고맙다는 말도 안 했어."

"그랬나?"

"방학 내내, 네가 내 얘기에 진심으로 반응하는 것도 본 적이 없어."

"그게 뭐 어쨌다고."

"구름이는 나를 졸졸 쫓아다니면서 애교를 부리는데, 넌 나를 즐겁게 하는 게 아무것도 없잖아."

"뭐?"

"나는 너에게 친절을 베풀고, 그럼 너는 나를 좋아하면서 따르고. 나는 우리 관계가 그렇게 될 줄 알았거든. 근데 아니잖아. 그래서 재미없어." 강지나가 손에 묻은 구름의 털을 탁탁 털어냈다. "아까 네가 그 덜떨어진 애랑 제대로 치고받았으면 그나마 좀 재미있을 뻔했는데. 우리 학교에서 그런 무식한 주먹다짐은 보기 힘들거든."

울림은 살면서 처음으로 말문이 막혔다.

"그리고 너 그 보육원 애들이랑 그만 좀 어울리면 안 돼? 우리 엄마 아빠 입장도 생각을 해 봐. 구름이가 사료랑 간식은 우리 집에서 먹고 재롱은 예전 임시 보호자한테 가서 부리면, 얼마나 괘씸하겠니? 우리 엄마 아빠는 네가 내 자매가 되어 주길 바라고 데려온 건데. 기대에 부응 좀 해 봐."

정작 강세영과 강형운은 평소에 울림이 무엇을 하고 다니는지 잘 알지도 못했다. 강지나와의 미묘한 관계 변화도 눈치 채지 못할 정도로 그들은 꽤나 둔감하고 바쁜 부모였다. 그들 앞에서 강지나의 연기력이 훌륭했던 것도 한몫했겠지만.

강지나가 잠든 구름을 흔들어 깨웠다.

"구름아, 우리 구름이 간식 먹으러 갈까?"

구름이 간식이라는 말에 좋아서 꼬리를 흔들었다.

"이거 봐." 강지나가 구름을 데리고 방문을 나서며 속삭였다. "너도 애 좀 본받아."

"저게 확 그냥……." 울림이 베개를 홱 집어 던졌지만, 방문에 닿기도 전에 맥없이 툭 떨어졌다.

그때 울림은 보육원으로 돌아갈 수도 있었다. 학교에서 당하는 배척을 핑계 삼아, 아니 그냥 예전 생활이 더 좋다는 이유를 대고 이모가 미안해하지 않는 선에서 삶을 원래대로 되돌릴 수 있었다. 하지만 그럴 순 없었다. 이대로 강지나한테 꼬리 내린다고? 내가 진짜 강아지야?

울림의 얘기를 들은 젤리는 당장 보육원으로 돌아오라고 했다. 괜한 자존심 때문에 마음만 더 다치지 말라고. 울림은 젤리가 뭘 몰라도 한참 모른다고 생각했다. 자존심도 마음의 일부였다. 울림은 제 마음이 찜찜함 한 톨 없이 흡족해할 때까지 강지나의 집을 떠나지 않을 작정이었다. 김달은 울림에게 현명한 결정이라고 말했다. 개 짖는 소리쯤 무시하면 그만. 김달은 오만한 강지나의 코를 바짝 눌러 주기 위해서라도 공부를 열심히 하라고 당부했다.

그리고 바로 다음 날부터 울림은 생애 처음으로, 스스로의 의지로 공부를 시작했다. 그와 더불어, 그림을 그리는—실제로 꽤나 재능이 있기까지 한—강지나와 겨뤄 보려 교내 온갖 운동부와 연극부, 오케스트라 등 이곳저곳을 기웃거리며 자신만의 재주를 찾아 나섰는데 그 어떤 동아리에서도 울림을 환영하지 않았다. 그래도 무식한 주먹다짐을 벌이지 않는다는 고상한 학교의 학생들답게 울림에게 대놓고 나가라고 말하는 경우는 없어, 울림은 꿋꿋이 볼링부에 남았다. 강지나에 대한 감정을 실어 시원하게 공을 굴리면 열 개의 핀이 나가떨어지는 경쾌한 소리와 함께 마음이 한결 개운해졌다.

울림이가 볼링하는 거 보고 싶어서, 하는 인사와 함께 강지나가 이따금 학교 볼링장을 찾았다. 그러면 웃기게도, 평소에는 울림을 그저 볼링장의 일부 정도로 여기던 볼링부 아이들이 울림에게 친한 척 다가왔고 강지나는 그런 순간을 즐겼다. 걔네 나랑 되게 친해지고 싶나 봐, 평소에는 거들떠보지도 않는 네 곁에 그렇게 붙어 있는 걸 보면. 우월감에서 비롯되는 쾌감을 강지나는 가장 좋아했다. 울림은 그 꼴이 보기 싫어서 밤까지 새워 가며 중간고사를 준비했다. 강지나 네 코를 납작하게 눌러 주마.

하지만 중간고사 결과는 강지나의 압승. 초등학생 때부터 대학 진학을 준비하는 애들이 다니는 학교에서 울림이 단 두 달 만에 유의미한 기록을 만들어 내기는 역부족이었다. 눈치는 없어도 배려심은 충만한 강세영과 강형운이 울림을 격려했다. 학원이나 과외 하나 없이 정말 잘했어. 그러면서 은근슬쩍, 울림이도 지나랑 같이 과외를 받으면 어떨까? 하고 물어 왔다. 강지나가 제 부모의 등 뒤에서 몰래 얼굴을 찌푸렸다. 울림도 달갑지 않은 제안이었다.

울림은 자기 자리를 잘 알았다. 자신은 이 집의 딸이 아니라 친조카 같은, 그러나 진짜 친조카도 아닌 객식구였다. 한 달에 한 번씩 2층 거실에서 함께 옛날 영화를 보고, 지난달에는 강지나가 그토록 고대하던 캠핑을 따라가면서도 울림은 자신이 여기 껴도 되는지를 생각했다. 세 가족이 하나의 덩어리처럼 단란하게 붙어 있는 소파 옆에 울림이 어정쩡하게 자리를 잡으면 이모가 재빨리 몸을 일으켜 자신 옆에 나란히 앉아 주었는데, 울림은 그럴 때마다 괜히 미안했다.

지금도 마찬가지였다. 이모한테 학원비까지 지원받는 게 미안한 일인지, 아니면 각자 제 분야에서 뛰어난 가족 안에서 혼자 뒤처지는 걸 미안해야 하는 건지, 생각이 많아졌다. 이런 섬세함까지 갖춰 버리다니, 나 대체 어디까지 더 완벽해질 거야. 그렇게 생각하면서도 울림은 부쩍 쓸쓸했다. 매일 김달, 젤리와 영상 통화를 하면서 외로움을 조금씩 녹여 내긴 했지만, 그 둘에게도 학교에 친구가 한 명도 없다는 비밀은 꺼내지 않았다.

울림을 뒤에서 힐뜯는 애들조차도 처음엔 얼굴에 철판을 깔고 울림에게 말을 걸었었다. 그 집은 요일별로 전담 요리사가 다르다는 게 진짜야? 집에 화장실은 몇 개야? 지나는 미술 과외 누구한테 받아? 그때마다 울림이 순순히 대답하기는커녕 남의 집 사생활을 왜 캐고 다니냐는 식으로 받아치자, 뭐야, 지가 뭐라도 되는 줄 아나 봐, 얹혀사는 주제에,라며 촉새들은 곧 불편한 본색을 드러냈다. 그러다 울림이 카페테리아 촉새와 멱살다짐을 한 뒤로는 아무도 울림에게 말을 걸지 않았다.

그래서 이제는 수업 시간에 필요한 얘기 외에는 입을 꾹 다물고 있다가 혼자서 점심을 먹고, 쉬는 시간에는 다른 애들이 떠드는 소리를 들으며 괜히 공부하는 척한다는 얘기를, 울림은 김달과 젤리가 몰랐으면 했다. 걱정 마, 나야 어딜 가든 사람들이 좋아하잖아. 그런 큰소리를 치고 나온 게 민망하기도 했고, 열심히 학업에 매진하는 김달에게 괜히 우중충한 얘기를 하고 싶지 않았다. 오만하고 비겁한 365들과 친하게 지내지 못하는 게 뭐 대수라고. 울림은 다가오는 기말고사에서는 기필코 강지나의 코를 짜부라뜨린 뒤 보육원으로 돌아가겠다는 결심을 다졌다.

◐

그렇게 만전을 기한 기말고사까지 딱 이 주가 남아 있던 6월 19일. 칠 년이 지난 지금도 정확한 날짜를 기억하는 그날 역시 울림이 복잡한 수학 문제와 혼자 씨름하고 있는데, 집으로 돌아온 강형운이 울림과 강지나를 1층으로 불렀다.

1층 거실에 선 강형운이 웬 남자애에게 어깨동무를 하고 활짝 웃었다. "이 친구 이름은 이룬이야, 강이룬. 한동안 우리 집에서 같이 지낼 거야. 너희 셋 다 동갑이니까 앞으로 서로 사이 좋게 지내."

강이룬? 아빠가 주워 온 새 유기견을 강지나가 위아래로 훑어보았다. 아빠가 앞에 있는데도 표정 관리가 쉽지 않았다. 진짜로 길거리에서 떠돌기라도 한 건지, 길들이기 만만찮아 보이는 눈빛이 영 탐탁지 않았다.

사람에게 많은 상처를 입은 구름이도 처음에는 지나를 경계했다. 하지만 구름이는 결국 새로운 주인에게 배를 까뒤집으며 재롱을 부리게 되었고, 지나는 그 쾌감이 얼마나 만족스러운지 잘 알고 있었다. 그렇지만 지나가 새로 길들여야 할 대상은 복슬복슬한 두 살짜리 강아지가 아니라 자신보다도 키가 큰 남자애였다. 강지나는 강이룬의 생김새를 찬찬히 뜯어보았다. 좋다고 들러붙는다 해도 불결하거나 성가실 것 같진 않고 오히려 또래 애들의 부러움을 살 수도 있을 것 같았다.

"이룬이는 아빠 연구소랑 파트너십을 맺은 미국 연구소의 과학 특기생인데, 특별 교류 프로그램으로 한국에 왔어. 너희가 학교에

갈 때 이룬이는 아빠랑 같이 연구소에 가서 이런저런 연구와 실험을 진행할 거야."

강지나는 강이룬을 향한 아빠의 다정한 눈빛을 빤히 보았다. 느낄 수 있었다, 아빠가 저 유기견을 꽤나 아낀다는 것을.

잠시 후 김 셰프가 준비한 저녁 메뉴가 테이블에 푸짐하게 차려졌고, 강세영도 웬일로 일찍 집에 돌아왔다. 강세영은 강이룬이 집에 온다는 걸 이미 전해들었는지 자연스럽게 인사를 건넨 뒤 강형운을 자신의 서재로 불렀다.

"잠시만, 너희끼리 먼저 먹고 있어."

강형운이 아내를 따라 서재로 들어갔고, 방문이 잠겼다. 강지나는 화장실에 다녀오겠다며 슬그머니 빠져나와 엄마의 서재에 귀를 바짝 붙였다.

여보, 이렇게 무작정 데려오면 어떡해. 여자애도 아니고 남자애잖아. 엄마의 우려하는 목소리. 그래서 나도 우리 집으로 데려올 생각은 없었는데, 마침 울림이도 있잖아. 셋이 어울리면 괜찮지 않아? 우리가 집에 없을 때도 김 셰프, 박 실장, 가은 씨 다 있고. 이건 아빠의 말. 이어 엄마의 한숨 소리가 옅게 들렸다. 아빠를 말릴 수 없다는 걸 잘 안다는 의미였다.

강지나가 제 부모의 대화를 엿듣는 동안 울림은 강이룬과 단둘이 테이블에 남았다.

"저기, 너 수학 잘해?"

울림의 질문에 강이룬이 울림을 힐끗 보았다. 피곤하고 귀찮은 얼굴이었다.

"……."

"음, 캔 유 스피크 코리안?"

이번에도 강이룬은 반응하지 않았다.

"뭐야." 날 보고 있긴 한 거야? 눈앞의 파리를 쫓듯 울림이 손을 휘휘 저었다. "야, 강이룬."

"왜."

강이룬이 이 집에 들어와 처음으로 내뱉은 말이었다. 워낙 건조한 말투라 질문이 아니라 명령처럼 들렸다. 강이룬은 곧 울림으로부터 시선을 거둬 버렸다. 대답 따위 궁금하지 않으니 더는 말 걸지 말라는 냉랭한 표정으로.

"야." 울림이 강이룬을 부르며 왼손에는 숟가락을 오른손에는 젓가락을 들고 흔들었다. 태풍에 나부끼는 나뭇가지처럼 아주 현란하게 흔들어 대자, 강이룬이 황당과 짜증이 뒤섞인 얼굴로 울림을 다시 보았다.

"설마, 너도 내가 이 집에 얹혀산다고 무시해?"

"아니." 강이룬은 너 따위에 관심도 없다는 걸 두 음절로 간결하게 전하고는 아무 무늬도 없는 하얀 벽을 응시했다.

"그럼? 과학 천재는 아무하고나 말 안 섞나?"

"싫어해, 쓸데없는 얘기 나누는 거."

"나한테는 쓸모 있는 얘기야. 너 수학 잘하냐고. 아니, 잘하겠지. 과학 천잰데." 울림이 몸을 낮추고 목소리를 줄였다. "그래서 말인데, 내 기말고사 준비 좀 도와주면 안 될까? 중학교 수학 문제 정도야 너한테는 ABCD처럼 쉬울 거 아냐." 울림이 기도하듯이 두 손바닥을 맞댔다. "내가 이번 기말고사를 엄청 잘 봐야 하거든."

울림을 무감각하게 바라보던 강이룬의 입술이 드디어 무언가를 말하려 할 때 강지나가 자리로 돌아왔다. 울림은 강이룬 쪽으로 숙였던 상체를 재빨리 의자 등받이에 바짝 붙이고 크흠, 헛기침했다.

강지나는 울림의 어색한 움직임에는 관심도 주지 않은 채 그 옆에 앉아 강이룬을 마주 보았다. 강이룬은 고개를 삐딱하게 틀고 턱을 괸 채 생각에 잠겨 있었다. 초점 없는 눈은 아무 곳도 응시하지 않는 듯했다.

"그래서 이룬이 네가 연구하고 있는 주제가 뭐야?" 강지나는 고만고만한 학교 애들을 대할 때처럼 억지로 관심을 짜내어 물었다.

강이룬은 속눈썹 한 가닥 까딱하지 않고 계속 무언가를 생각했다. 강지나가 강이룬 쪽으로 팔을 뻗어 테이블을 똑똑 두드렸다.

"이룬아?"

강이룬이 턱을 괸 채 시선만 돌려 강지나를 보았다. 왜,라는 질문조차 내뱉지 않았다. 상대를 무시하는 데는 뛰어나지만 무시당하는 데는 익숙지 않은 강지나가 어색한 숨소리를 짧게 흘렸다.

그와 동시에 강형운과 강세영이 나란히 다이닝 룸으로 돌아왔다. 이후 저녁 식사는 그 나름 화기애애하게 이어졌지만 강이룬은 역시 별말이 없었다. 강형운이 말을 건네면 건조한 미소를 지었고 강세영의 질문에는 짧게 대답했다. 강지나는 강이룬에게 호기심이 일었다. 뭐랄까, 본인의 세계가 견고해 보였다. 남에게 잘 보이려 쓸데없는 에너지를 쏟지 않았고 타인의 관심 하나에 쉽게 우쭐해

158

하지도 않을 것처럼 보였다. 어른, 아이 상관없이 주변에서 쉽게 보기 힘든 유형의 인간이어서 관심을 줄 만한 가치가 있어 보였다.

그래서 현울림이 이 집에 처음 왔을 때처럼, 강지나는 먼저 손을 내밀었다. 어릴 때부터 홈스쿨링을 하는 바람에 또래 친구가 한 명도 없다는 강이룬에게 첫 친구가 되어 주겠다고 나섰다. 만약 강이룬이 그대로 마음을 열고 강지나와 친구가 되었다면 강지나는 금방 흥미를 잃었을 텐데, 강이룬은 사람의 오기를 자극하는 구석이 있었다. 강지나의 호의를 성가셔했고, 강지나가 한 걸음 다가갈 때마다 대놓고 물러서지 않고도 강지나와의 거리를 항상 일정하게 유지했다. 미성년자라는 이유만으로 낙원에 들어갈 수 없단 사실을 떠올릴 때처럼 강지나는 조금씩 안달이 났다. 낙원에 처음 접속하는 날을 손꼽아 기다리듯 저 견고한 세계를 무너뜨리는 순간의 즐거움을 계속 곱씹어 보았다.

그 무렵 기말고사 성적이 나왔고, 울림과 강지나의 성적 차이 역시 그 간격을 전혀 줄이지 못한 것으로 드러났다. 울림의 수심도 깊어졌다. 그나마 볼링 실력은 성실하게 늘고 있었지만, 베네치아 비엔날레에서 감독을 맡았다는 설치 미술가가 강지나의 그림을 보고는 낙원에 이런 배경의 명상 맵이 생기면 좋겠다고 칭찬한 뒤로 강지나의 콧대는 납작해지기는커녕 더 높아져만 갔다.

그러던 중 울림은 강지나와 강이룬 사이의 묘한 기류를 감지했다. 재수 없는 강지나와, 수학 시험을 도와주기는커녕 한집에 지내면서도 이제껏 스무 마디 이상 섞어 본 적 없는 강이룬 간에 무슨 일이 일어나든 울림에겐 상관없었지만, 그 두 사람 사이에 은밀

한 ─ 강지나의 사고방식으로 표현하자면 ─ 권력관계가 형성되었다는 건 울림에게도 분명 의미 있는 사건이었다.

"강지나가 강이룬을 좋아하는 것 같아. 강이룬은 당연히 강지나한테 아무 생각이 없는 것 같고."

울림은 김달과 젤리에게 이 말을 전하며 왠지 모르게 기분이 좋아졌다. 모든 걸 다 해 줄 수 있는 부모, 뛰어난 예술적 재능, 누구에게나 쉽게 호감을 사는 외모, 이미 확정된 365의 삶. 이 모든 걸 다 타고난 강지나에게도 마음대로 가질 수 없는 게 생겼다는 사실이 꽤 통쾌했다.

그러다 문득 이런 생각이 들었다. 강지나가 강이룬과 가까워지는 데 실패하고 있는 와중에, 만약 내가 먼저 강이룬과 친해진다면?

강지나는 구름이 울림에게 애교를 부리고 울림이 구름을 쓰다듬어 주는 것조차 못마땅해하곤 했다. 강지나는 누구에게나 자신이 가장 특별해야 했으므로.

김달, 젤리와의 통화가 끝나자마자 울림은 무작정 강이룬의 방문을 노크하고 들어갔다.

"강이룬, 너 내일 뭐 해?"

책상에 앉아 볼펜으로 뭔가를 빼곡하게 적고 있던 강이룬이 노트를 덮으며 미간을 구겼다.

"들어오라고 한 적 없는데."

울림이 등 뒤로 방문을 닫았다. "내일 나랑 영화 보러 갈래? 너 한국에서 아직 영화관 안 가 봤지?"

강이룬과 무슨 영화를 보든, 그 영화가 재미있든 없든, 영화 보러 가는 길에 서로 말 한마디 나누지 않더라도, 울림이 강이룬과 영화관에 다녀왔다는 사실만으로 강지나의 속은 뒤집어질 터였다.

"관심 없어."

"물론 네가 이렇게 비협조적으로 나올 줄은 알았어." 울림은 당황하지 않았다. "그냥 이렇게 생각하면 돼. 너도 영화관에 갔고 나도 영화관에 갔는데, 마침 우리가 나란히 옆자리에 앉은 거지. 서로 아무런 대화도 나누지 않고 그냥 각자 영화에만 집중하는 거야."

강이룬이 울림을 빤히 보았다. "그런 짓을, 왜?"

울림은 순간 희망을 보았다. 강이룬이 무언가의 이유를 진심으로 들으려 한 건 처음이었으니까. 물론 그렇다고, 강지나가 나 때문에 열받아하는 꼴을 보고 싶거든, 하고 진심을 말하긴 그랬다.

"굳이…… 이유는 묻지 말고 한번 같이 다녀오지? 그러면 나도 네가 다음번에 뭐 하자고 할 때, 아니 네가 나한테 뭘 하자고 할 리는 없겠지만, 아무튼 네가 뭐든 도와 달라고 할 때 나도 절대 이유를 묻지 않고 해 줄게."

울림은 나쁘지 않은 제안이라 생각했는데 강이룬은 꽤 오랫동안 아무 말도 하지 않았다.

"너한테 불리한 제안이야." 강이룬이 책상 의자에 앉은 채 울림을 향해 몸을 돌렸다. "내가 뭘 요구할 줄 알고."

강이룬이 대화를 계속 이어가고 있다는 사실에 고무된 울림이 냉큼 책상 위에 올라앉았다.

"그런 건 걱정하지 마. 내가 어딜 가든 당하고만 있진 않거든."

울림이 씩 웃으며 한쪽 눈썹을 찡긋했다.

"현울림, 너 입 무거워?"

"나? 뭐……" 학교에 친구가 하나도 없다는 얘기를 김달과 젤리에게 아직도 하지 않은 걸 보면 "그런 편이라고 할 수 있지?"

"그 정도로는 안 돼."

울림이 힘주어 고개를 끄덕였다. "아주우우 무겁지." 그리고 혼잣말처럼 덧붙였다. "생각해 보니까 진짜 그래. 남의 비밀을 함부로 떠벌리는 사람, 정말 싫거든."

강이룬이 울림의 눈을 가만히 바라보았다.

"같이 영화만 보면 돼? 네 부탁은 거기까지?"

"어! 그거면 돼!"

일이 생각보다 쉽게 풀리면서 다음 날 두 사람은 정말 영화를 보러 갔다. 심지어 영화를 보고 나오면서 강이룬이 먼저 말을 걸기까지 했다.

"영화 봤으니까, 나도 너한테 부탁해도 되지?"

"어? 어어, 뭐든 말해 봐." 울림이 팝콘 통을 기울여 남은 팝콘을 입으로 쓸어 넣었다.

"난 어제 말했어. 너한테 불리한 거래라고." 그렇게 말하는 강이룬의 표정은 차분하고 건조했다.

"대체, 부탁할 게 뭔데?" 입에 팝콘이 가득 든 채로 울림이 웅얼거렸다. 이어 강이룬의 낮은 목소리가 울림의 불안한 마음을 흔들었다.

"내가 이 세상에서 없어질 수 있도록 도와줘."

한배를 탄 사이

그렇게 말했던 강이룬이 오 년 만에 다시 눈앞에 나타나 울림과 마주 앉았다. 본인이 바라던 대로 어느 날 갑자기 사라져 버린 그 강이룬이.

늦은 오후의 태양이 여울시를 금빛으로 뒤덮었고, 울림의 그림자가 강이룬의 몸에 드리웠다.

울림은 파란 털장갑을 낀 두 주먹을 꽉 쥐었다. 손 마디마디가 저릿저릿했다. 손끝에 달린 버튼이 눌리지도 않았는데 몸에 이상 반응이 동시다발적으로 나타났다. 강이룬의 얼굴을 본 순간 심장이 쿵 내려앉았고, 점차 온몸의 혈관이 찌르르하더니 가슴께가 시렸다. 강이룬을 알고 지낼 때 쓰던 몸도 아닌 그저 잠시 빌린 신체가 이렇게까지 반응한다는 게 자존심 상할 지경이었다.

울림은 강이룬의 발끝에 고정했던 시선을 다시 들어 올렸다. 눈이 마주치자 강이룬이 사근사근한 미소를 지었다.

"반가워요. 현울림 씨 의뢰를 맡은 무재라고 합니다."

무재? 울림이 말없이 강이룬의 얼굴만 보는 사이 강이룬 양옆에 보디가드처럼 선 악어와 불곰이 한마디씩 거들고 나섰다.

"고작 너랑 동갑인 주제에 우리 에이스여."

"제목 없음의 무제가 아니고, 무지하게 재수 없다를 줄여서 무재."

강이룬이 헛웃음을 터뜨리며 불곰을 바라보았다.

불곰이 과장된 미소와 함께 강이룬의 어깨에 손을 턱 올렸다. "근데 이놈이 또 무지하게 재능이 있어서 '무재'야. 너 진짜 운 좋은 거다. 마침 무재가 요즘 스케줄이 비었거든."

강이룬이 불곰을 향해 픽 웃었다.

울림은 콧잔등에 주름이 잡힐 정도로 눈을 꾹 감았다가 떴다. 강이룬이 여전히 옅은 웃음기를 머금고 있었다.

"여기까지 찾아온 사정은 다 들었어요."

강이룬이 납작한 직사각형 기기를 흔들어 보였다. 케이블카 안에서 불곰이 허벅지 위에 올려 두었던 물건. 옛날식 녹음기였다.

울림은 입 안에 맴도는 말을 더는 참을 수가 없었다.

"너 강이룬이잖아."

강이룬이 고개를 살짝 기울였다.

울림은 이해가 되지 않았다. "근데 왜 그렇게 자꾸 웃어 대? 왜 이렇게 밝아? 너답지 않게."

불곰과 악어가 영문을 모르겠다는 눈빛을 주고받았다.

"뭐, 동갑이니까 말은 편하게 해도 되지만," 강이룬이 나무 의자 등받이에 편하게 기댔다. "지금 하는 말이 무슨 소리인지는 전혀 모르겠네.”

웃음기 마른 강이룬의 눈이 울림을 건조하게 응시했다.

“그래, 그 눈빛!” 울림이 자리에서 벌떡 일어섰다. “너 강이룬이 잖아!”

울림의 눈가가 시큰해졌다. 오 년 넘게 꾹꾹 눌러 둔 온갖 감정이 소용돌이쳤다.

“아.” 강이룬이 여유롭게 한쪽 입꼬리를 말아 올렸다. “그거, 이 신체의 옛날 주인 이름 맞죠?”

“……뭐?”

“열일곱 번째 생일날 7부제에 등록하고 이 신체를 받았어요. 원래 내 몸보다 쓸 만했고, 그래서 계획대로 여울시에 도망쳐 왔죠. 타인하고 몸을 공유하긴 싫었거든.” 강이룬이 빙긋 웃었다.

“그러니까……” 울림의 눈썹이 씰룩거렸다. “넌 강이룬의 신체를 쓰는, 전혀 다른 사람이라고?”

“그렇죠. 이 안에 들어 있는 혼은 내 거니까.”

“그럼 강이룬의 혼은 어디로 갔는데?”

“글쎄. 다른 몸으로 가지 않았을까. 알잖아요, 7부제에 동의하면 신체가 폐기되지 않은 사람도 자기 몸을 쓸 수는 없도록 법에 명시돼 있는 거.”

강이룬…… 아니, 무재는 왜 그렇게 당연하고 관심도 없는 걸 묻느냐는 듯 어깨를 으쓱였다.

울림은 R140번 버스에 희연이 탔을 때를 떠올렸다. 보육원에서 함께 자란 친구를 우연히 만나 반가운 마음에 덥석 팔을 잡았다가 상대의 당황스러운 눈빛을 보고 아차 싶었던 경험. 희연의 몸을 쓰는 수인은 자기도 이런 실수를 한 적이 있다며 웃었고, 울림은 희연이 어디서 어떤 얼굴로 살아가고 있을까 잠시 궁금해하다가 금방 잊어버렸다.

내가 알던 얼굴이 낯선 누군가가 되는 일은, 학교를 졸업하면 적당히 친했던 친구들과 서서히 멀어지는 것처럼 아주 자연스럽고 평범한 경험이었다.

하지만 그렇게 낯선 이가 된 얼굴이 하필 강이룬의 것이라면 얘기가 좀 달랐다.

"이 얼굴 주인이랑 잘 아는 사이였어요?" 강이룬, 아니, 무재가 고개를 살짝 기울였다. "안 좋은 쪽으로?"

울림이 깊은숨을 뱉었다. "뭐, 엮이지 말았어야 할 사이였달까."

불곰과 악어가 호기심 어린 눈빛을 보냈지만 울림은 거기서 입을 딱 다물었다. 울림의 표정을 가만 살피던 무재가 미련없이 자리에서 일어섰다.

"그럼 다른 브로커를 고용해요. 서로 불편할 일 없게."

"인마, 너 이 건에서 손 떼려고?" 불곰이 당황하며 무재 앞을 막아섰다.

"이건 무재 네가 딱 제격이여." 악어도 누리끼리한 눈을 크게 뜨며 힘주어 말했다. "네가 가서 옴팡지게 조져야지."

"형들, 난 훌륭한 브로커야. 의뢰인의 심신 안정을 중요하게 생각한다고."

무재가 불곰과 악어의 어깨를 가볍게 토닥이고는 계단 쪽으로 걸음을 옮겼다.

멀어지는 무재의 뒷모습을 보다 울림이 천천히 입을 뗐다.

"……그냥, 네가 해."

무재가 계단 난간을 잡고 울림을 바라보았다.

"강지나만 제대로 조질 수 있으면 네 얼굴이 어떻게 생겼든 무슨 상관이야."

울림은 이참에 저 얼굴과 새로운 추억 ― 강지나에게 복수하는 통쾌한 추억 ―을 쌓아 예전의 기억을 덮어 버리는 것도 괜찮겠다고 생각했다.

무재는 입가에 얼핏 미소가 서리는가 싶더니 그대로 계단을 내려갔다.

"우리 의뢰인 뭐 해요."

무재가 고개를 돌려 뻣뻣하게 굳은 울림을 응시했다.

"나 따라오지 않고."

울림이 무재를 따라 도착한 곳은 5층 건물 높이는 될 만큼 커다란 유람선 한 대가 정박된 항구였다. '미남크루즈'라는 낡은 간판 뒤로 보이는 선체는 바다에 몇 년 동안 가라앉아 있던 걸 인양한 것처럼 부식돼 있었다. 그나마 그 흔적도 배 전체를 뒤덮은 덩굴과 나뭇가지에 가려 군데군데 보일 뿐이었다. 항구 옆으로는 울림이 산신령과 처녀 귀신의 환각을 본 여울대교가 거대한 나무들에 휘감긴 채 서 있었고, 바다는 붉은 노을을 삼키기 시작했다.

무재가 턱 끝으로 배의 입구를 가리켰다. 굵은 나뭇가지가 배 입

구의 모양을 따라 아치형으로 자란 걸 보며 울림이 멀찍이 멈춰
섰다.

"여긴 왜?"

보물을 찾다 배와 함께 가라앉은 해적들이 해골을 덜렁거리며
맞아 줄 것만 같았다.

"그러게, 여긴 왜?" 울림 뒤를 쫓아온 불곰과 악어도 의아한 표정
을 지었다.

"신체 관련 비용은 금액이 커서 후불로 받는다 해도, 기타 경비
는 선불로 처리해야지." 무재가 배 입구로 이어지는 발판을 걸어가
며 말했다.

무재의 발길이 닿는 발판과 녹슨 알루미늄 손잡이에도 푸른 덩
굴이 무성하게 휘감겨 있었다. 울림은 무재를 따라 들어가며 저 사
람은 강이룬이 아니다, 강이룬이 아니다, 속으로 계속 중얼거렸다.

온갖 식물이 뒤엉킨 어두컴컴한 선실 안에는 양초로 불을 밝힌
램프가 군데군데 걸려 있었고, 나무로 만들어진 테이블에 뜻밖에
도 김달과 젤리, 그리고 최 사장이 나란히 앉아 있었다. 그 옆에는
환각인 줄만 알았던 여울대교 처녀 귀신이 서 있었는데, 다시 보니
찰랑이는 검은 머리칼을 길게 기르고 하얀 면바지와 하얀 티셔츠
를 입은 건장한 청년이었다.

"다들 어떻게 여기까지 왔어!" 울림은 일행에게 반갑게 달려가다
가 바닥을 뒤덮은 나무뿌리에 발이 걸려 앞으로 고꾸라질 뻔했다.

그 모습을 본 김달과 젤리, 그리고 최 사장의 눈빛이 일제히 울림
에게 물었다. 누구세요?

"아, 나야! 울림!"

울림이 파란 털장갑을 낀 손으로 자기 가슴팍을 쳤고, 울림 뒤로 들어온 불곰이 정색하며 처녀 귀신 청년에게 호통쳤다.

"너, 누구 마음대로 외부인을 마을 안에 들여!"

김달, 젤리, 최 사장에게 한 잔씩 따라 준 사룻주스 통을 들고 선 처녀 귀신 청년이 불곰의 불호령에 어깨를 움찔거리며 한 걸음 물러섰다.

"아니, 그게요, 형님. 저도 당연히 케이블카에 태우려고 했는데 저기 저 여자애가 자기 임신부라고, 애 잘못되면 책임질 거냐고 하도 따지고 들어서……."

"애초에 다리를 왜 건너게 하느냐고!" 불곰이 처녀 귀신 청년에게 이마를 맞대고 말 그대로 눈앞에서 으르렁거렸다.

"내가 그러라고 했는데?" 그 옆에서 무재가 대수롭지 않게 말했다.

"엉?" 불곰이 처녀 귀신 청년과 이마를 맞댄 채로 무재를 향해 고개를 돌렸다.

"예, 형님. 저는 무재가 하라는 대로 한 것뿐이에요." 처녀 귀신 청년이 은근슬쩍 불곰에게서 이마를 뗐다.

"야 인마, 너는……." 불곰이 무재를 향해 삿대질하는가 싶더니, "하여간 제멋대로야 아주!" 금방 손을 거둬 들였다.

"형, 내 의뢰인이 오늘 사망 신고를 했잖아." 무재가 불곰에게 어깨동무를 하곤 어린아이를 달래듯 조곤조곤 말했다. "이제 오프라인에서는 돈을 한 푼도 못 써. 그럼 주변에서 빌려서라도 일처리 경비를 지불해야겠지?"

무재가 턱을 들어 테이블 주변에 서 있는 울림의 일행을 가리켰다. 몇 시간 만에 또 다른 몸으로 바뀐 울림을 보며 적응하고 있던 김달이 무재와 불곰을 향해 고개를 홱 돌렸다.

"맞아요. 애한테 돈 받고 싶으면 나 데리고 다녀요."

"봐. 저 사람이 내 의뢰인 돈주머니잖아."

"데리고 다닌다니? 저 여자애도 같이 데려가게?" 김달이 손목에 차고 있는 임신부 밴드를 보며 불곰이 표정을 구겼다.

"골치 아프려나?" 무재의 표정은 산뜻했다. "임신부랑 같이 다니면 무국으로 의심받을 일은 줄어들 것 같은데."

울림이 김달의 어깨를 잡았다. "뭔 소리야. 너도 같이 가겠다고?"

"너 설마 이 인간들한테," 김달이 헛기침하며 단어를 다시 골랐다. "이 사람들한테 강지나 찾는 데 든다는 비용을 한 번에 다 지불할 생각은 아니지?"

울림은 별생각이 없었던 표정을 미처 지우지 못하고 김달을 보았다. 고장 난 새로운 신체, 강이룬의 얼굴을 한 브로커 때문에 그런 문제는 아직 생각조차 하지 못한 참이었다.

"내가 너 이럴 줄 알았어."

그렇게 말하며 김달이 사전에 약속된 눈짓을 보내자 젤리가 진달래색 사룻주스가 담긴 컵을 손으로 툭 쳐서 내용물을 쏟았다. "아이고, 이걸 어쩌나!" 뭘 쏟고 떨어뜨리고 부딪히는 데 일가견 있는 젤리가 쏟아진 주스를 닦으려다 나무 테이블에 무릎을 쾅 부딪혔고, 테이블 위 해피가 들어 있는 어항이 바닥에 떨어질 위기에 처했다. "어어! 해피야!"

그 소란을 틈타 김달이 울림의 귓가로 바짝 다가와 소리를 낮췄다. "지금 네가 거래하는 상대, 무국이야. 무국을 어떻게 믿고 돈을 한 번에 다 건네주냐. 일하는 거 봐 가면서 분할 납부해야지. 그리고 어떻게 너 혼자 무국이랑 다니게 돼." 김달이 불곰과 처녀 귀신 청년을 힐끔거렸다. "저 인간들 범죄자야. 숨어 있는 사람 찾아내고, 사람 죽이고, 복수하는 거 도와줘서 먹고 산다고."

김달의 시선이 이번에는 젤리와 해피를 보고 있는 무재에게 꽂혔다. "근데 쟤는 왜 어디서 본 거 같지."

울림은 김달의 눈썰미에 뜨끔했다. 고작 사진으로 몇 번 본 게 전부인 강이룬의 얼굴을 아직도 기억하고 있다니.

젤리가 어항을 눈높이까지 들어 올려 해피와 눈을 맞췄다. "해피야, 괜찮아? 놀랐지?" 해피가 활기차게 지느러미를 움직였다. "설마 너 재미있었어? 놀이기구 같았니?"

여울시 사람들의 시선이 금붕어와 다정하게 대화를 나누는 젤리에게 쏠렸다.

"근데 김달," 계속 무재를 바라보는 김달의 옷깃을 잡아당기며 울림이 화제를 돌렸다. "절대 안정을 취해야 하는 네가 날 따라가겠다는 거 굉장히 비합리적이고 비효율적인 결정인 거 알지? 너답지 않게 왜 이래?"

"……내가 너한테 그 집으로 가라고 했잖아." 김달이 무거운 표정을 지었다. "네가 그 집으로 가지 않았더라면 네가 강지나의 **사고**에 엮일 일도, 강지나가 너한테 복수심을 품고 널 죽일 일도 없었을 텐데."

"뭐?" 울림이 헛웃음을 터뜨렸다. "야, 넌 그때 울고 싶은 애 등 때려 준 거야. 나 원래 그 집 가서 살아 보고 싶었어. 네가 알고 있는 줄 알았는데?"

"알아."

"근데?"

"그래, 이성적으로 생각하면 내가 너한테 미안해할 이유도 없고, 내가 너 따라가는 것도 미련한 짓이야." 김달이 짧은 한숨을 내쉬었다. "그냥, 너를 따라가려는 내 비합리적이고 어리석은 결정을 스스로가 납득할 수 있게 억지로 이유 하나 짜낸 거니까, 너도 그런가 보다 해." 김달이 아주 피곤하고 골치 아프다는 듯 이마를 짚었다.

"뭐야, 하여간 날 되게 챙긴다니까." 울림이 팔꿈치로 김달의 팔을 쿡 찔렀다. "내가 그렇게 좋냐."

그때 악어가 무전기를 들고 선실 안으로 뒤늦게 들어왔다. "사무실에서 무전이 왔는디, 내가 새로 맡을 의뢰 건이 여기 있다네?" 악어의 탁한 눈동자가 선실 안 사람들을 훑었다.

"아, 저기 저 선생님." 무재가 최 사장을 가리켰다.

울림과 눈이 마주친 최 사장이 희끄무레한 미소를 지으며 울림의 두 손을 꼭 잡았다. "고맙다, 우리 현울림이."

"응? 뭐가 어떻게 된 거야?"

"너 기다리는 동안 저 청년이랑 얘기가 잘됐어." 최 사장이 무재를 바라보았다. "우리 딸 찾아 주겠대."

불곰이 무재 옆에서 불편한 심기를 드러냈다. "저 건은 단순 실

172

종이야. 딱 봐도 영양가 없는 거 모르겠냐.”

“돈은 내가 벌어 올게.” 무재가 불곰에게 어깨동무하며 씩 웃었다.

이어 악어와 최 사장이 짝지어 나가고 불곰은 제멋대로인 무재를 보며 고개를 젓다가 나가 버렸다. 젤리와 울림은 최 사장의 빛바랜 미소가 선명해지는 날을 기원했고, 김달은 최 사장의 딸이 부디 살아 있기를 바랐다.

무재는 강지나를 찾으러 가는 멤버를 재확인했다. 울림은 당사자로서 당연히 가고, 김달은 울림의 돈주머니로서, 젤리는 돈주머니의 보호자로서 동행하기로 했다.

“이 금붕어도 같이 가나요?” 무재가 흥미로운 표정으로 해피의 어항을 내려다보며 물었다.

“네, 일행이에요.”

젤리의 대답에 김달이 한숨과 함께 눈을 옆으로 굴렸고, 무재는 피식 웃으며 손가락으로 어항을 쿡 찍었다.

“그럼 금붕어와 배 속 아기 자리까지 쳐서 이동 수단을 6인용으로 준비할게요. 당연히 경비는 그만큼 더 들어가요.”

해피가 유리 어항 너머로 무재의 손에 입을 맞추고 꼬리를 흔들었다.

“네. 차는 최대한 편한 걸로 준비해 주시고, 강지나는 최대한 빨리 찾으면 좋겠어요.” 김달이 손목에 걸린 임신부 밴드를 흔들었다. “제가 그다지 좋은 컨디션은 아니라서요.” 김달이 새콤달콤 하나를 까서 입에 털어 넣었다.

"사실, 여러분이 저를 믿고 맡기는 방법도 있어요. 혼자 다니면 경비도 많이 줄어들고요."

김달이 새콤달콤을 하나 더 꺼내며 딱딱한 웃음소리를 흘렸다. "그 방법은 됐어요. 뭐든 직접 해야 속이 편해서요." 무국적자인 너를 신뢰할 수도 없고,라는 말은 레모네이드 맛 새콤달콤과 함께 조용히 삼켰다.

이후 경비 계산 역시 김달의 주도하에 정리되었다. 무재는 수인인 강지나가 다시 오프라인으로 나오는 다음 주 수요일, 그러니까 정확히 일주일 뒤에 강지나와 대면하게 해 주겠다고 약속했고 김달은 그 일주일간 매일 밤마다 다음 날 필요한 경비를 지불하겠다고 했다.

"좋아요." 무재가 빙긋 웃었다. "그럼 내일 아침에 출발할게요."

"뭐 하러 내일까지 기다려요?"

"차 타고 무작정 전국을 헤매고 싶어요? 어디서부터 시작할 건지 정하고 출발해야죠."

젤리가 고개를 끄덕였다.

"형." 무재가 진짜 귀신처럼 소리도 존재감도 없이 서 있던 처녀 귀신 청년을 불렀다. "여기 내 의뢰인 돈주머니랑 돈주머니 보호자 좀 숙소로 안내해 줘. 나는 의뢰인하고 자료 조사하러 자료실 가게."

울림은 이번에도 김달이 같이 가겠다고 우길 줄 알았지만, 숙소라는 말에 김달은 반가운 기색을 감추지 못했다.

김달과 젤리와 처녀 귀신 세 사람이 걸어가는 뒷모습을 보면서 울림은 그제야 아무도 방독면을 쓰지 않았다는 걸 알아차렸다. 무재는 사룻주스 덕분이라고 했다. 이 마을에서 나는 사룻 열매로 차나 음식을 만들어 먹으면, 이곳 식물들이 퍼뜨리는 포자에 현혹되어 환각을 보는 일에서 자유로워진다고. 그런 무재의 설명이 끝나기가 무섭게, 마을 전체를 삼킬 듯 무성하게 자란 나무와 꽃에 하나둘 조명이 켜졌다. 실제로 조명이 달려 있는 게 아니라, 꽃망울과 나무 열매가 각자의 색으로 은은한 빛을 내는 것이었다.

저 멀리 젤리가 멋지다고 소리치는 소리가 아득하게 들려왔다. 무재도 그 아름다운 풍경을 새삼 경이롭게 바라보며, 식물들이 야광 별처럼 낮에 받은 빛을 밤에 뿜어내는 거라고 설명했다. 바다에 녹아든 노을이 사라지면 빛을 내고, 태양이 떠오르면 꺼지는 방식으로.

울림은 입을 벌린 채 제자리에서 천천히 돌며 자연이 만든 무드등을 감상했다. 녹슬어 버린 옛 가로등마다 뱀처럼 꼬불꼬불 타고 자라난 이름 모를 나무에서 작은 열매가 주황색 불빛을 은은하게 내뿜었다. 인도와 도로를 뒤덮은 잔디 사이사이에는 작은 별처럼 흩뿌려진 꽃잔디가 노란빛을 반짝였다.

"서울에서는 이런 식물을 본 적이 없는데."

"그런 시시한 동네에는 당연히 없죠."

그렇게 말하며 무재가 가볍게 미소 짓는데, 순간 울림의 심장이 저릿했다.

무재가 울림의 등 뒤로 택시를 부르듯 가볍게 손을 흔들었다. 그러자 분홍색 파라솔을 끼운 동그랗고 하얀 고무보트 여러 대가 기차처럼 길게 이어져, 은은하게 빛나는 꽃잔디 길을 미끄러져 다가왔다.

무재가 울림의 팔을 살짝 잡고 한 걸음 물러서자 고무보트 기차가 울림의 발 앞에 부드럽게 멈춰 섰다. 맨 앞 칸, 그러니까 조종석으로 보이는 고무보트에 앉은 두 사람이 무재에게 친근한 미소를 건넸다.

"저녁은 먹었어?" 스노클링을 할 때 쓰는 것과 똑같이 생긴 고글을 쓴 중년 여성이 물었다.

고글을 쓰고 있다는 사실도 눈에 띌 만했지만 고글이 선글라스처럼 온통 검은색이라는 점이 더 특이했다. 저거 쓰고 밤에 운전해도 앞이 잘 보이나? 그러나 울림의 시선이 고글에만 멈춰 있기에는 바로 옆 사람의 복장이 더 눈길을 끌었다. 양철 로봇이라고 해야 할까, 마치 금속처럼 보이는 딱딱한 재질의 회색 옷을 위아래로 갖춰 입은 중년 여성이 역시나 딱딱한 금속 느낌의 챙 없는 모자를 쓰고 있었다. 밤에도 선글라스를 쓰고 다니는 동료의 운전이 영 못 미더워서 스스로 보호하고 다니는 건가.

"옆의 아가씨는 누구?" 검은 고글 아주머니가 물었다.

"내 의뢰인. 내일 같이 떠나." 무재가 친근하게 대답하며 조종석 바로 뒤 칸에 올라탔다.

여전히 꽃잔디를 밟고 선 울림을 향해 무재가 손을 내밀었다. 울림은 무재의 호의를 거절하지 않고 그 위에 파란 털 손을 얹었다. 무재가 울림의 손을 꽉 잡고 보트 안으로 가볍게 끌어당겼다. 장갑이 두꺼워 아무런 촉감도 느껴지지 않았고, 울림은 그래서 다행이라 생각했다.

무재가 검은 고글 아주머니에게 향월암까지 간다고 목적지를 말했다. 두 사람을 태운 고무보트 기차가 부드럽게 미끄러져 나갔다.

피톤치드가 많이 나와서 그런지 유난히도 상쾌한 밤바람을 맞으며 울림은 자신이 타고 있는 이동 수단을 이리저리 살펴보았다. 도넛처럼 둥글게 이어진 좌석과 가운데 빈 공간을 채우는 작은 테이블. 아담하고 귀여웠다. 그렇게 기차 칸의 생김새를 살피던 울림의 시선은 어느새 또 무재에게로 향했다. 강이룬의 얼굴을 한 남자애가 아주머니들과 대화하며 강이룬에게선 볼 수 없던 웃음을 지었다. 눈을 감으니 온갖 꽃향기가 봄바람에 달큼하게 실려 왔다.

내내 밤바다를 옆에 끼고 달리던 고무보트 기차가 검고 높은 산 앞에 멈춰 섰다. 울림을 제외한 나머지 세 사람은 여기까지 오며 마주친 주민들과 서로 손을 흔들거나 짧은 인사를 주고받았다. 주민들의 표정이 모두 밝았다. 불법적인 일들로 벌어먹고 사는 동네에 어울리지 않게.

고무보트에서 먼저 내린 무재가 손을 뻗었지만 울림은 제자리에 앉아 주변만 두리번거렸다. 과거 관광객을 상대하던 지역 특산물점이며 해산물 식당들이 스산한 폐허로 남아 있었다.

"여기 어디 자료실이 있어?"

무재가 검고 높은 산을 가리켰다. "저기에."

울림은 꽃과 열매가 빛을 내지 않는 평범한 산을 못 미더운 얼굴로 바라보았다. "왜 저기만 저렇게 어둡지."

"저 산에는 개량 식물을 일부러 안 심었어요." 검은 고글 아주머니가 우뚝 솟은 산을 가리켰다. "자료실 기계가 잘 돌아가야 해서."

무재가 다른 칸 테이블 안에서 랜턴을 꺼냈다. 반딧불같이 스스로 빛을 내는 파란 꽃잎이 유리 안에 가득 담겨 있었는데, 무재가 랜턴을 흔들어 마찰을 일으키자 불빛이 한층 더 밝아졌다. 울림이 미심쩍은 얼굴로 보트에서 느릿느릿 내렸고, 무재가 랜턴을 들고 앞장섰다.

부처님의 시선 아래

다행히 자료실까지 가는 길은 산속인데도 제대로 닦여 있었다. 산 초입 오르막에는 쩍쩍 갈라진 아스팔트이긴 해도 길이 깔려 있었고, 이후로는 널찍한 돌계단이 쭉 놓여 있었다. 무재는 이 산에 사람들이 많이 찾던, 무려 천오백 년이나 된 절이 있다고 했다.

"후…… 그것 참 대단하네. 근데, 자료실이 왜, 하필 산 중턱에 있어?" 숨이 턱까지 차오른 울림이 허리에 손을 올리고 숨을 몰아쉬었다.

"지금 말한 그 사찰을 자료실로 쓰거든요." 무재가 서너 계단 위에 서서 울림을 기다렸다.

울림은 무재의 고른 숨소리를 의식하며 억지로 다시 계단을 올랐다. 근데 뭔 자료를 보러 간다는 거지? 강지나를 찾을 실마리는 내가 제공해야 하는 거 아닌가. 그러나 이제 와 따지기에는 늦은 감도 있었고, 어서 도착해서 일단 어디 앉고 싶다는 강한 욕망을 따라 울림은 계속해서 돌계단을 올랐다.

무재의 손에 들린 랜턴이 푸르게 밝히는 길을 따라 올라가다 보니 거대한 바위 사이로 난 좁은 길이 나왔다. 그곳을 지나자 기와를 얹어서 만든 담 같은 게 나왔고, 또다시 좁은 돌계단을 오르자 산 절벽에 지어진 사찰이 나타났다.

울림은 산 정상에 도착한 등산객처럼 짧은 탄성을 내뱉었다. 이 높은 산에 대체 어떻게, 그것도 그 옛날에 이렇게 커다란 절을 지었는지 신기했다. 대웅전 앞마당 아래로 고요한 밤바다가 끝없이 펼쳐져 있었다. 관광객이 많았을 만했다.

"무재 왔니?"

절 입구에 널브러져 있던 울림이 말소리가 나는 쪽으로 고개를 돌렸다. 어어? 처녀 귀신 청년과 여울대교에서 체스를 두던 산신령이었다. 제대로 다시 보니 긴 수염 같은 건 없었지만. 흰머리를 길게 늘어뜨린 할머니가 울림을 알아보며 인자한 미소를 지었다.

"아까 기절한 그 아가씨 맞지?"

아까는 분명 산신령처럼 하얀 두루마기 차림이었는데, 지금은 낡은 승복을 입고 있었다.

"스님,이세요?"

"부처님을 존경하지만," 산신령 할머니가 합장했다. "이 옷은 그냥 편해서 입어."

울림이 산신령 할머니의 손을 잡고 일어섰다.

"아가씨 재판과 관련된 자료를 얼추 다 확인했는데."

"네?" 울림의 눈이 커졌다. "할머니께서 그걸 어떻게……."

산신령 할머니의 곁에 선 무재가 그녀의 어깨를 잡았다. "자, 우리 양신회 선생님을 소개합니다. 경력 육십 년, 그러니까 아마도 현역 해커 중 최고령이자 최고로 뛰어난…….”

산신령 할머니가 팔꿈치로 무재의 명치를 푹 찔렀다. “육십 삼 년이야. 함부로 깎아 먹지 마.”

“윽.” 무재가 가슴을 잡고 장난스럽게 웃었다. “우리 선생님 현장에서 뛰셔도 되겠다.”

양 선생이 가볍게 미소 짓곤 두 사람에게 따라오라 손짓했다.

대웅전 안에 들어서니 벽면을 가득 채운 화려한 탱화와 황금빛 불상이 울림의 시선을 사로잡았다. 그 앞에 커다란 나무 책상이 놓였고, 책상 위에는 여러 대의 모니터와 컴퓨터가 돌아가고 있었다. 양 선생이 탱화와 불상을 등지고 책상에 앉았다. 활짝 열린 문 너머로 밤바다가 잔잔하게 흘렀다.

“와, 선생님 작업실 최고예요.” 울림이 엄지를 치켜세웠다.

양 선생이 긴 머리를 틀어 올려 나무로 만든 비녀 두 개를 꽂았다.

“그렇지? 부처님이 뒤에서 지켜보고 계신다 생각하면 일을 절대 허투루 할 수가 없으니까.”

“오, 그런 깊은 뜻이.”

울림이 고개를 끄덕이자 무재가 뒤에서 작게 웃었다.

“자, 그럼 이거 한번 보자.” 양 선생이 진술서 파일 여러 개를 모니터 여러 대에 걸쳐 쭉 띄웠다. “아가씨가 스쿠버 다이빙을 하다 사망했잖아.”

“네.”

울림이 대답과 함께 호흡을 골랐다. 그때를 생각하는 것만으로도 심장이 바싹 조여들면서 온몸이 순식간에 땀으로 젖었다.

무재는 대웅전의 문을 슬그머니 닫았다. 의뢰인의 시야에 바다가 보이지 않도록.

"그래서 재판 때 강지나 측 변호사가 이 진술서들을 증거로 제출했고. 그때 같이 바다에 들어간 사람들이 아가씨가 위험한 상황인 걸 인지했는지, 그러니까 아가씨가 주변에 도움을 요청했는지에 관한 진술서 말이야."

"……맞아요. 이 증거가 저한테 불리하게 작용했어요." 울림의 목소리가 무겁게 가라앉았다.

"그날 아가씨까지 총 아홉 명이 요트를 탔고 여덟 명 전부 현지 경찰에 진술했어. 바다에 들어가지 않은 요트 스키퍼까지 현지 경찰의 요청에 따라 진술을 남겼지." 양 선생이 화면에 띄운 진술서를 하나씩 보여 주었다.

큰 맥락은 모두 동일했다. 요트 위에서도 바다 아래에서도 기억에 남을 만한 특이 사항은 없었다는 것. 목격자들은 각자의 모국어로 진술서를 작성했고, 그중에는 한국어로 작성된 것도 세 개나 있었다.

"우리한테는 호재인 게 이 세 사람 다 주소지가 있고, 주소가 한국이야. 하나는 전문 다이버, 나머지 둘은 손님."

양 선생이 이번엔 한국인 세 명의 필리핀 입국 신고서를 띄웠다. 세 사람의 주소가 영어로 적혀 있었다.

울림이 눈을 가늘게 떴다. "이 셋 중에 하나일 가능성이 높겠네요. 저를 바다로 떠민 사람."

그날 요트 위에서 울림은 몸을 제대로 가누고 서 있기도 힘든 상태였다. 그런 울림의 상태를 보고도 억지로 바다로 떠민 사람은 당연히 강지나의 지시를 받아 행동했다고 볼 수밖에 없다. 실수도 우연도 아니었다. 손가락 하나 까딱할 수 없던 울림의 손을 붙잡아 스쿠버 다이빙 안전 동의서에 지문까지 찍었으니까. 그 사람은 울림 대신 핸드폰에 로그인하며 울림의 아이디와 비밀번호도 입력했다.

양 선생이 찾아낸 후보 중 울림에게 익숙한 이름은 없었다. 당연했다. 강지나가 제 주변인의 도움을 받았다면 쉽게 의심을 샀을 테니까. 돈을 주고 사람을 고용했겠지.

무재는 양 선생이 찾아낸 자료들을 차분히 확인했다. 강지나가 필리핀에 입국하며 적은 집 주소에는 이미 다른 사람이 전입 신고했고, 강지나의 아이디로 등록된 새 주소지는 나오지 않았다. 7부제에 등록된 사람들은 보통 '하우스'에서 시간제 요금을 지불하고 지내는 만큼 수인에게 집 주소가 없다는 게 이상한 일은 아니었지만, 자가를 소유했던 강지나가 새로운 집을 구하지 않았다는 건 수상한 지점이었다.

"근데," 울림이 양 선생을 보며 잠시 고민하다 입을 뗐다. "이렇게 찾아 주신 건 감사하지만, 사실 강지나를 잡는 가장 쉬운 방법은 강지나 부모님을 찾아가는 거라고 생각하거든요. 그분들 근처에서 잠복하고 있다 보면 강지나랑 만나는 모습을 잡을 수……."

울림이 중요한 사실을 상기하곤 말끝을 흐렸다. 강지나의 부모는 365지만 강지나는 수인이고, 그들이 오프라인에서 만나는 모습을 포착하려면 돌아오는 수요일까지 기다려야 했다. 그러고도 아무 소득 없이 지나간다면 또 일주일을 기다려야 하고.

"잊지 말았으면 좋겠는데," 무재가 모니터에 손을 대고 이런저런 자료를 휙휙 움직였다. "우리 목적은 단순히 강지나를 찾는 게 아니라 강지나가 저지른 범행의 진실을 알아내는 거예요."

울림이 눈을 크게 떴다. "그래, 그게 내가 원하는 바야!" 울림의 눈동자에 기대가 들어찼다. "그렇게 할 수 있어?"

"해내야죠." 무재가 울림을 힐끗 바라보았다. "강지나를 찾는 과정에서 일단 증인을 확보할 계획이에요."

"증거도? 그런데 우리가 확보한 증거를 재판에서 받아 주려나?"

울림은 이 세계에서 이미 죽은 사람이었고 무재는 무국적자였다. 그런 두 사람이 찾은 증거가 법정에 갈 수 있을까.

"웃기게도, 무국적자인 브로커가 시민의 뒤를 밟으면서 증거를 수집하는 행위는 모든 면에서 불법이지만, 그 결과물은 법정에서 증거로서의 효력을 지녀요." 무재가 자료들을 빠르게 훑어 나갔다.

"증거 자체에는 악도 선도 없지." 양 선생이 등 뒤의 불상을 돌아보았다. "인간의 해석과 의도에 악이 있을 뿐."

강지나가 거짓으로 조작하고 끼워 맞춘 증거들을 떠올리며 울림이 천천히 고개를 끄덕였다. 무재가 모니터에 손을 대고 진술서 두 개를 위로 끌어 올렸다.

"내일 우리 목적지, 정했어요."

"오?" 울림은 무재가 짚어 낸 진술서를 다시 읽었다.

두 한국인 목격자는 처음으로 함께 해외여행을 다녀온 연인이었다. 양 선생이 찾아낸 두 사람의 출입국 기록에 따르면 그들은 필리핀에서 일주일을 보냈다.

"둘 다 365예요?"

양 선생은 두 사람의 여권을 확대해 울림에게 보여 주었다. 365임을 증명하는 금박 도장이 선명히 보였다. 365가 아닌 사람은 당일 자정 이전에 돌아오는 비행 편이나 다른 보디메이트의 출국 동의서를 제시해야만 출입국 관리소를 통과할 수 있었다(강지나는 엽서 내용을 끼워 맞춘 것처럼 울림 명의의 출국 동의서까지 조작해 두었다).

울림이 파란 털 손으로 턱을 두드렸다. "365가 왜 이런 범죄에 가담을…… 물론 365라고 다 돈이 많은 건 아니고, 큰돈이 공짜로 생기면 나쁠 것도 없겠지만……."

무재가 법정에 제출된 검찰 측 수사 기록을 모니터 앞으로 끌어당겼다.

"여기 보면 이 커플은 한국 수사 기관의 조사에 전혀 응하지 않았어요. 이런 경우는 보통 둘 중 하나죠. 고위급 인물이거나, 지나가는 경찰차만 봐도 심장이 벌렁거리는 사람."

무재가 양 선생에게 시선을 돌렸다. "선생님, 이 커플 주소지 검색해 보셨어요?"

"여기." 양 선생이 무재 쪽 모니터로 사진 하나를 톡 밀었다.

위성 지도 사진이었고, 울림의 눈에 들어온 건 일정한 간격을 두고 떨어진 수십 대의 캠핑카 지붕이었다. 울림이 손가락을 오므려 사진을 축소하자 캠핑촌을 둘러싼 숲이 드러났다.

울림이 미간에 힘을 주었다. "그 커플이 이런 산속 캠핑촌에 산다고요? 제아무리 세금 내기가 빠듯해도 그렇지……. 선생님이 잘 못 찾으신 거 아니에요?"

양 선생이 의자에 앉은 채로 몸을 돌려 불상 앞에 합장했다. "부처님, 부디 이 늙은이에게 젊은이의 건방진 말을 품고 이해할 아량을 주시옵소서."

"아니 선생님, 그게 아니라, 환경 부담금을 내고 나면 월세 낼 돈도 없어서 캠핑카에 사는 사람들이 어떻게 일주일이나 해외여행을……" 울림이 입을 크게 벌리고 숨을 들이켰다. "아, 강지나가 돈을 대 줬으니까……! 선생님, 강지나가 이 커플한테 돈 준 흔적 같은 건 안 나왔어요?"

"그렇게 허술한 증거를 남겼다면 애초에 우리가 만날 일이 없지 않았을까." 무재가 다른 자료들을 살피며 말했다.

울림은 무재의 비아냥이 마음에 들지 않았지만 꼼짝없이 웃음이 터졌다.

강지나, 너 딱 걸렸어 아주.

행방

울림은 올라올 때와 비교할 수 없을 만큼 가뿐하게 돌계단을 내려갔다. 모든 일이 술술 풀릴 것만 같았다. 그래서 혼자 실실 웃다가, 서너 걸음 앞서 걷는 무재와 눈이 마주쳤다.

"마을 회관에 저녁 먹으러 갈래요?"

"어? 어어, 저녁 먹어야지."

무재가 알겠다는 듯 빙긋 웃고는 다시 앞서 걸었다.

울림은 가만히 무재의 뒷모습을 바라보았다. 자칫 잘못하다간 이번 일 역시 자신의 기대와 다르게 흘러갈지 모른다는 생각이 불현듯 스쳐 지나갔다. 강지나 때문에 강이룬에게 다가갔다가 지긋지긋하게 엮여 버렸던 그때처럼.

울림이 어깨를 부르르 떨며 더욱 힘차게 계단을 내려갔다.

고무보트 기차에서 내렸던 곳에 다다르자 무재가 울림에게 잠시 기다리라고 말한 뒤 길게 늘어선 폐허 뒤로 사라졌다. 잠시 뒤 무재가 검은색 전동 킥보드 두 대를 가지고 나타났는데, 내비게이션 기능이 없는 구식 모델이었다.

"이건 왜? 아까 그 기차 안 와?"

"그게 막차였어요." 무재가 울림 앞에 킥보드를 놓았다.

울림은 분홍빛을 내는 꽃잔디에 세워진 킥보드를 잡았다. 킥보드라니, 진짜 오랜만이었다. 무재가 킥보드에 걸려 있던 헬멧을 울림의 머리에 씌워 주었다.

"저기."

"불편해요?" 무재가 헬멧 버클 길이를 조정하며 물었다.

"어, 네가 좀 불편한데." 울림이 코앞에 마주 선 무재를 보며 말했다. "이렇게 가까이 붙지 않으면 좋겠어."

딸깍, 버클을 채우고 무재가 손을 뗐다.

"아, 원수 같은 사이랬죠?"

무재가 자신의 얼굴을 가리켰다. 대답을 들으려고 한 질문은 아니었는지, 무재는 바닥에 내려 두었던 랜턴을 들어 크게 흔들었다. 푸른 꽃잎이 유리 안에서 소용돌이치며 환한 빛을 냈다. 무재가 킥보드 손잡이에 랜턴을 걸었고 두 사람은 나란히 출발했다.

그렇게 십 분쯤 달렸을까. 두 사람의 킥보드가 일제히 빨간 불을 깜빡였다. 앞장서 달리던 무재가 왼쪽으로 방향을 틀더니 어딘가에 정지했다.

두 사람이 멈춰 선 곳은 작은 카페였다. 랜턴에 들어 있는 파란 꽃잎과 똑같은 꽃이 흐드러지게 핀 나무가 선물 상자를 끌어안은 문어처럼 작은 카페 건물을 감싸 안았고, 카페 한쪽 벽면에는 전기 충전기가 한 대 설치돼 있었다. 두 사람은 킥보드를 충전기에 연결한 뒤 카페 안으로 들어섰다.

"기다리는 동안 뭐 마실래요?" 무재가 입구 옆에 랜턴을 내려놓으며 물었다. 커다란 창을 통해 바다에 비친 달빛이 들어오는 덕분인지 카페 안은 생각보다 어둡지 않았다.

"여기에 마실 게 있어?" 울림은 백 년도 더 되었을 것 같은 오래된 카페 내부를 둘러보며 창가에 놓인 나무의자에 엉덩이를 붙였다.

"먹을 것도 있어요." 무재가 양손에 유리병을 하나씩 들고 가볍게 흔들었다. 모양이 다른 쿠키가 한 종류씩 들어 있었다. 이곳 동네 사람들이 오가며 채워 두는 수제 간식이었다.

울림은 쿠키와 따뜻한 커피를 주문했고, 카페에 달린 찬장을 전부 확인한 무재가 세 종류의 쿠키와 커피, 그리고 말린 과일이 콕콕 박혀 있는 빵을 함께 내왔다.

"이것도 다 경비에 포함이야?"

"내가 먹은 걸로 할게요." 루이보스 티백이 담긴 머그잔을 들며 무재가 소리 없이 웃었다.

바람 한 점 불지 않아 지나칠 정도로 고요한 밤이었다.

울림은 일부러 후후 크게 입김을 불어 커피를 식혔다. 저 몸에 들어 있는 게 다른 사람의 혼이라는 걸 알아도 무재가 이렇게 아무 말 없이, 무표정으로 가만히 있을 때면 그저 강이룬처럼 보였고 그럴 때마다 울림은 심장이 서늘했다.

"괜찮겠어요?"

"뭐가?"

"나를 불편해하는 거 같은데." 무재의 무심한 눈이 울림을 바라보았다.

"……." 아이 씨, 지금도 너무 강이룬이야. 울림은 말문이 막혔다.

"아까 만난 형들도 다 출중한 무법자들이니까 내일 출발하기 전에만 말해요. 담당자 바꾸고 싶으면."

그렇게 말하고 무재가 천천히 차를 한 모금 마셨다.

"혹시 찾아본 적 있어?" 울림이 털장갑을 낀 손으로 머그잔을 감싸 쥐었다.

무재가 가볍게 눈썹을 들어 올렸다.

"지금 네 몸의 예전 주인에 대해서."

"딱히 궁금하지 않던데."

울림이 아무 말도 하지 않자 무재가 입술 끝에 웃음기를 옅게 머금었다.

"왜, 내가 알아야 할 특이 사항이라도 있어요? 사람을 죽여서 현상 수배 중이라거나 뭐 그런 거?"

"……사람을 죽일 뻔하긴 했지."

울림이 먼바다를 응시했다.

"자기 자신을."

파랗게 빛나는 꽃잎 하나가 창밖으로 하느작거리며 떨어졌다.

무재가 손끝으로 가볍게 테이블을 두드렸다. "얘기가 이런 쪽으로 흐를 줄은 몰랐네."

"정말로, 이전 주인 행방은 모르는 거지?" 울림이 입술을 꾹 눌렀다.

"그 사람의 행방이 궁금한 이유가 뭐예요? 중요한 일이면 내가 양 선생님께 부탁해 보고."

위아래 입술을 꾹 붙이고 잘근잘근 씹던 울림이 천천히 입을 열었다. "궁금하긴 한데. 솔직히 말해서 알기 무서워."

"뭐가."

"진짜 죽었을까 봐."

"제아무리 신물 나는 사이였어도 막상 죽었다고 하면 좀 찜찜하려나?" 무재가 혼잣말을 하듯 물었다.

"나 걔 안 싫어했어."

"엮이지 말았어야 했다며."

"그랬으면 좋았겠지."

울림이 손을 답답하게 덮고 있는 장갑을 벗으며 신세 한탄을 하듯 늘어놓았다.

"그럼 내가 걔를 좋아할 일도, 걔를 좋아했다는 사실을 지금까지 후회할 일도 없었을 테니까."

강이룬과 친해져 강지나의 속을 뒤집어 놓겠다던 울림의 유치한 계획은 몹시 처참한 실패로 돌아갔다. 강이룬은 세상에서 없어져 버리고 싶어 하는 이상한 애였고, 진짜로 하루아침에 세상에서 지워져 버린 엄마를 떠올리며 화가 난 울림이 '개똥밭에 굴러도 이승이 좋다'는 깨우침을 하사하려다 그 이상한 애와 정말로 가까워져 버렸다는 게 결정적인 실패 요인이었다. 울림이 강이룬을 강지나보다 더 좋아하게 되면서, 강이룬 때문에 속을 썩는 사람도 울림이되어 버렸다.

울림이 몸을 부르르 떨었다. "기억을 지울 수만 있다면 싹 다 지워 버리고 싶어. 개에 대한 거 전부."

"다행이네." 무재가 차를 마시고 나지막이 웃었다. "설마 나 보면서 설레는 건가 싶어서 순간 긴장했거든요."

울림도 피식 웃었다. 아니라는 대답은 끝내 입 밖으로 나오지 않았다.

바람이 한차례 세게 불었고, 파랗게 빛나는 꽃잎들이 창밖에서 도르르 흘러내렸다.

목요일이라는 세상

쿠키와 빵으로 적당히 배를 채운 울림은 그래도 제대로 된 저녁을 먹어야 하지 않겠냐는 무재의 제안을 거절하며 김달과 젤리가 기다리고 있는 숙소로 갔다. 울림이 숙소 안을 두리번거리며 천천히 소파로 걸음을 옮겼다. 지금은 모든 게 낡았지만 한때는 휴일마다 빈방이 없었다는 오래된 펜션이었다.

"최 사장은 어디 갔어?"

소파에 앉으며 울림이 김달에게 물었다.

"아, 사장님 딸은 찾는 데 시간이 좀 걸릴 것 같대. 아무래도 실종된 지 오래됐다 보니."

그래서 악어는 최 사장에게 일상으로 돌아가 평소처럼 지내고 있으라고 했다. 당장 같이 여기저기 쑤시고 다닌다고 해서 될 일이 아니라며. 울림은 최 사장이 실망했을까 걱정했지만 젤리는 최 사장이 다행히 웃으면서 돌아갔다고 했다. 일주일에 엿새를 함께 일하는 지선 씨의 생계도 걸려 있으니 부지런히 돌아가 내일 장사를 준비해야 한다며, 현울림에게 행운을 빌면서 씩씩하게 떠났다고 했다.

그때 누군가가 현관문을 가볍게 두드렸다. 울림과 젤리가 문을 열자 무재가 서 있었다.

무재가 울림에게 노란 고무장갑을 건넸다. "샤워할 때 필요할 거예요."

손목까지 오는 짧은 고무장갑을 울림이 받아 들었다. 시중 제품에 비해 유난히 두꺼웠다.

"두께가 그 정도는 돼야 터치 센서가 열을 감지하지 못하더라고요."

울림은 장갑을 끼고 자신의 노란 고무 손을 떨떠름하게 바라보았다. "샤워할 때마다 내 몸을 설거지하는 기분이 들겠는데."

무재가 풋 웃음을 터뜨리는 사이 젤리가 울림의 어깨에 팔을 두르고 토닥였다. "수세미 필요하면 부엌에 있어."

몸을 씻는 동안 울림은 욕실 거울에 비친 얼굴을 계속 들여다보았다. 서른다섯 살이라고 했는데 그보다는 훨씬 어려 보였다. 울림은 몸의 전 주인이 이 아름다운 얼굴을 잃고 참 슬퍼했겠다는 생각을 했다.

울림이 고무장갑을 끼고 머리까지 말린 뒤 거실로 가자, 바닥에 앉아 낮은 테이블 위로 손을 슥슥 움직이는 젤리가 보였다. 젤리는 하얀 스케치북에 보라색 하늘을 칠하고 있었다. 아직 주황색 열매와 꽃잔디는 보이지 않았지만 젤리가 이 마을의 야경을 그리고 있다는 걸 알아볼 수 있었다.

"다 어디서 났어?" 울림이 젤리 옆에 앉아 12색 색연필 세트를 만지작거렸다.

"마을 회관에서 저녁 먹는데 옆 테이블에서 어떤 누나가 사람들이 와서 그림 그리면 심리 분석해 주더라." 젤리는 달이 피곤할까 봐 심리 테스트는 못했지만 그 누나에게 잘 말해서 스케치북과 색연필을 빌려 왔다고 말했다.

"와, 우리 젤리 색연필만 가지고도 진짜 잘 그리네. 색도 몇 개 없는데." 울림이 젤리를 보며 자랑스럽게 웃었다.

김달의 똑똑한 머리와 젤리의 예술적 재능은 울림의 자부심이었다. 그래, 우리 애가 괜히 낙원 맵 디자이너겠냐고.

"심심해서 가볍게 그리는 거야." 젤리가 기분 좋은 얼굴로 헤실거렸다.

젤리가 그리는 여울시 야경은 실제보다 더 몽환적이고 더 화려했다.

"오호, 내가 지금 새로운 낙원 맵의 스케치를 보고 있는 건가?"

"아니."

"왜, 멋있는데."

"이걸 맵으로 만들어 버리면 마을을 이렇게 가꿔 낸 사람들의 노력을 내가 훔치는 느낌이잖아. 그냥 오래 기억하고 싶어서 기록해 두는 거야."

"뭐야, 상도덕까지 훌륭하잖아? 언제 이렇게 컸대?"

울림의 파란 털 손이 볼을 잡아 당기자 젤리가 볼을 꼬집힌 채로 샐샐 웃었다. 다음 순간 울림이 찝찝한 얼굴로 젤리의 볼을 놓았다.

"야, 근데 기분이 좀 이상하다."

"뭐가?"

울림이 젤리의 얼굴을 가리켰다. "오늘 처음 보는 얼굴이라."

"그래서, 설레?"

잠깐의 정적이 흐른 뒤, 농담을 던진 사람도 받은 사람도 푸하하 배를 잡고 웃었다.

"나도 네 얼굴 어색하긴 마찬가지거든." 젤리가 겨우 웃음을 멈추며 말했다.

울림은 눈가에 맺힌 눈물을 닦으며 창가에 놓인 어항을 바라보았다. 눈은 뜨고 있지만 움직임이 없는 걸로 보아 해피도 잠든 모양이었다.

"해피가 네 새로운 신체를 잘 알아봐? 얼굴도 목소리도 다른데." 울림이 해피를 보며 물었다.

"내가 해피한테 미리 말했거든. 형 모습이 곧 바뀔 거야, 그래도 어색해하면 안 돼, 이렇게."

"김달이 그 모습 봤어?" 울림은 김달이 또 뭐라고 산통을 깼을지 너무 궁금했다. "뭐래?"

"해피가 처음에는 어색해하다가 내가 계속 말을 거니까 금방 나를 알아봤거든? 그랬더니 또 해피가 로봇이래."

작년 여름, 폭우가 내리던 어느 수요일. 젤리는 도롯가에 고인 웅덩이에서 세찬 비를 맞던 해피를 구조해 왔다. 길가에 버려진 플라스틱 컵에 빗물과 함께 담겨 와 양푼에 옮겨진 해피는 R140번 버스에 달린 텔레비전을 뚫어져라 시청했다. 그런 해피를 보며 김달은 쟤 금붕어 아닌 거 같아,라고 말했다. 그다음 수요일에도 김달이 그렇게 말하자 젤리는 그럼 해피가 전력 충전도 없이 어떻게 계속 움직이냐고 반문했고, 김달은 일 년에 한 번씩만 충전해 주면 되는 반려 금붕어 로봇 제품을 검색해 보여 주었다. 이후로 젤리는 김달과 논리적인 언쟁을 벌이지 않았다. 누가 뭐라든 젤리에게 있어 해피는 그냥 해피였다.

울림은 해피의 저 작은 몸속을 순환하는 게 붉은 혈액이든 일 년 전에 충전된 배터리 전력이든 상관없었다. 울림에게도 해피는 그냥 해피였다.

울림의 시선이 다시 젤리에게 향했다.

"너 오늘 시간 없어서 낙원에 접속 못 했겠다. 브링 오일은 가지고 왔지?"

"나 공동 양육자 시작한 뒤로 한 번도 접속 안 했어."

"네가?" 울림의 눈이 커졌다. 울림이 오프라인의 생생한 감각을 좋아하는 만큼 젤리는 낙원의 무한한 상상력을 사랑했다.

"그럼 일은?"

"휴직했지. 들어가서 작업을 못 하니까."

"김달 쉴 때 접속하면 되지. 쟤 요즘 잠도 엄청 많이 잔다며."

젤리가 낙원 맵 디자이너라는 자신의 직업을 얼마나 좋아하는지 잘 알고 있으니까 나름 생각해서 한 말이었는데, 젤리는 도리어 황당하다는 듯 울림을 쳐다보았다.

"공동 양육자가 그렇게 마음대로 낙원이나 왔다 갔다 하면서 놀아도 되는 사람이 아니거든요."

"너 진짜 24시간 대기조로 김달 수발들어?"

"허술함을 성실함으로 메운다. 이게 요즘 내 신조야."

울림이 푸하 웃음을 터뜨렸다.

그렇게 울림과 두런두런 얘기를 나누며 노란 꽃잔디를 그려 넣던 젤리가 벽에 달린 시계를 힐끔 보았다. "어? 벌써 열두시 넘었네."

"어? 그럼, 이제 목요일이네?" 울림이 입꼬리를 달싹거리며 중얼댔다. "목요일인데, 우리가 오프라인에 있네."

시계의 분침이 시침 왼쪽에서 오른쪽으로 아주 살짝 자리를 옮겼을 뿐이고, 창밖의 풍경 역시 하나도 달라진 게 없지만, 울림은 낯선 세계에 온 기분이었다. 목요일이라는 세상에.

젤리가 스케치북을 덮으며 하품했다. 울림이 방에 가서 자라고 해도 젤리는 해피랑 같이 일출을 볼 거라며 소파에 펴 놓은 잠자리로 들어갔다.

울림은 김달이 잠든 방문을 조용히 열고 들어갔다. 최대한 부스럭거리지 않으며 옆에 누우려다 파란 털장갑을 낀 손을 내려다보았다. 자다가 답답해지면 무의식중에 장갑을 빼 버리지 않을까. 그러다 실수로 손끝 버튼이 눌리면 잠든 와중에도 어지러움과 편두통 같은 걸 느끼려나. 울림은 어찌 될 지 모르니 일단 김달과 따로 자야겠다는 생각이 들었다. 한밤중에 비명을 지르며 깨어나 김달의 심신 안정을 방해할 순 없으니.

울림은 싱글 침대가 두 개 놓인 다른 방으로 들어가 침대 하나를 차지하고 누웠다. 그런데 도무지 잠이 오지 않았다. 저녁에 커피를 마셔서인지, 새로운 몸이 카페인에 민감한 체질인 건지, 방금까지 젤리랑 웃고 떠들어서 그런지, 무재 때문인지.

어쩌면 강이룬 때문인지.

……자자, 쓸데없는 생각 하지 말고. 잠이나 자. 얼른 그냥 자. 억지로 눈을 감고 그렇게 끝없는 주문을 외우다 겨우 얕은 잠에 들었는데 꿈을 꾸었다.

꿈속에서도 목요일이었다. 피노키오처럼 나무로 만들어진 목인(목요일 사람)들이 통나무를 깎아 또 다른 나무 인간을 만들었는데, 완성된 모습은 이상하게도 피와 살로 이루어진 평범한 인간이었고, 열여섯 살의 강지나였다.

현울림, 네가 날 이렇게 만들었잖아!

초점 없는 강지나의 눈이 울림을 강렬하게 응시했다.

너 내가 죽일 거야.

그때 누군가 울림의 한쪽 어깨를 턱 잡았다. 고개를 돌리자 세영 이모가 상기된 얼굴로 울림을 보고 있었다.

어쩜 그렇게 감쪽같이 네 검은 속내를 숨겨 왔니.

실망과 배신감이 뒤섞인 이모의 눈에서 눈물이 흘렀다. 뒤이어 갑자기 이모부가 나타났다.

너마저 은혜를 원수로 갚을 줄은 몰랐다.

울림은 번쩍 눈을 떴다.

장갑이 벗겨진 손날로 눈가를 훔치자 눈물이 묻어났다.

캠핑카를 탄 무법자들

　울창한 초록으로 뒤덮인 여울대교를 벗어나자 평범한 잡초에 휘감긴 회전 교차로가 보였고, 황량한 도로 위에 6인승 캠핑카 한 대가 서 있었다. 운전석에 앉은 악어는 내부를 살펴보았고, 불곰은 타이어를 하나씩 발로 차 보며 상태를 확인했다.

　편히 누워 이동할 수 있는 차량을 보고 김달의 얼굴에 화색이 돌았다. "이 인간들이 돈 받은 만큼은 하네."

　"오늘은 저걸 타야 하는 일정인 거고, 내일부터는 일반 차량이에요." 무재가 김달 옆을 지나며 화답했다.

　"왜요? 제가 계속 비용 지불하면 되잖아요."

　"이런 얘기 처음 들을 수도 있는데, 불법적인 일을 할 때는 남들 눈에 띄지 않는 게 생각보다 중요하거든요." 무재가 불곰과 악어에게 다가가며 장난스럽게 말했다.

　젤리는 오늘 아침 부지런히 동네 공용 주방에 가서 만든 토마토 수프와 주민들이 챙겨 준 과일을 캠핑카에 채워 넣었다. 그중엔 태어나 처음 보는 과일도 있었는데, 임신부 입덧에 직방이라고 했다.

"아무리 봐도 여기 사람들 인심이 참 좋은 거 같아. 정도 많고." 젤리가 분홍색 포도처럼 생긴 과일을 작은 냉장고에 넣으며 말했다.

김달은 디근자 모양의 소파에 누워 새콤달콤을 까먹었다. "사람은 원래 쓸모 있는 동물한테 사료를 주지. 달걀, 우유, 고기를 얻어내려고."

"하여간 세상 참 각박하게 살아." 젤리의 가벼운 타박에 김달은 눈을 감고 새콤달콤만 우물거렸다.

"김달, 네가 앞에 타. 앞자리가 멀미 안 나잖아." 울림이 캠핑카 문을 열고 들어서며 말했다.

"괜찮아. 여기 창문도 크고," 김달이 몸을 일으켜 앉으며 사각형 테이블의 높이를 소파와 똑같이 맞췄다. "벨트도 있네." 김달이 테이블 위로 다리를 쭉 뻗고는 벨트를 딸깍 꽂았다.

"해피 데리고 가." 젤리가 울림의 손에 어항을 안겼다. "우리 해피는 맨 앞자리를 좋아하니까." 윗면에 숨구멍이 뚫린 직사각형 유리 상자에서 해피가 헤엄쳤다.

울림이 해피의 어항을 조수석 대시 보드 위에 올려놓자 운전석에 앉은 무재가 바로 어항을 들어 올렸다. "그 친구 자리는 거기가 아니고."

무재가 해피의 어항을 운전석과 조수석 사이 콘솔 박스 위에 올렸다. 직사각형 유리 상자가 그 간격에 딱 맞아서 밀리지도 않았고, 바로 뒤로는 침실 칸과의 칸막이가 놓여 있어 아주 안정적이었다.

무재가 뒷자리 사람들에게 출발할 준비가 됐느냐고 물으며 구형 지문 인식기에 검지 지문을 댔다. 자동차에 시동이 걸렸다. "네에, 출발하세요." 젤리의 경쾌한 대답과 함께 커다란 캠핑카가 천천히 움직였다.

"좋아, 가자!" 울림이 아주 의욕 넘치는 얼굴로 대시 보드를 드럼처럼 두드렸다. 누가 보면 진짜 캠핑이라도 가는 줄 알겠다며, 무재가 핸들을 돌리면서 어이없다는 듯 미소 지었다.

"기분 좋잖아. 이제 모든 게 제자리를 찾을 테니까."

울림은 억울한 죽음을 되돌리고, 강지나는 뒤늦은 죗값을 이자까지 쳐서 치를 것이다.

"그렇게 될 거예요. 강지나의 공범들이 우리에게 순순히 진실을 실토한다면."

푸우우, 울림의 입에서 풍선 바람 빠지는 소리가 났다. "뭐, 당연히 비협조적으로 나오겠지. 강지나한테 받은 돈에는 진실을 함구하는 대가도 포함돼 있을 테니까."

울림이 무재를 보았다.

"그래서 네가 있는 거잖아. 네 주특기는 돈다발 물고 입 다문 인간들을 효과적으로 협박하는 일일 테고."

울림이 파란 털 손을 들었다. "아, 물론 너한테 전부 맡기겠다는 건 아니야. 나도 그 인간들을 봐야겠거든. 대체 어떤 인간들이 나를 이렇게 만든 건지."

"공조는 사양할게요." 갈라진 아스팔트를 피해 차선을 옮기며 무재가 가볍게, 그러나 또박또박 말했다. "혹시 위험할 수도 있어서."

응? 울림이 미간을 구겼고, 무재는 차분하게 말을 이었다.

"그 공범들, 범죄 조직의 일원으로 보여요."

무재는 지난밤 양 선생에게 돌아가 오늘 찾아갈 커플에 대해 더 알아보았다. 그들은 서울에 있는 미용실에 헤어 디자이너로 등록돼 있었고, 소득세와 환경 부담금을 꼬박꼬박 내는 성실 납부자들이었다. 그들이 일하는 미용실은 이용객이 꽤 많은 업장이었는데, 예약 사이트에 두 사람의 이름은 보이지 않았다.

그 미용실에 대해 파고들자 이상한 점이 하나둘 발견됐고 같은 불법 업자의 촉으로 특이점들을 연결해 보니, 그 미용실은 불법적으로 벌어들인 돈을 세탁하는 위장용 업장이라는 결론이 도출됐다. 예전이라면 백이면 백 마약이었겠지만, 일곱 명이 신체를 공유하는 시대가 열린 뒤로 마약 처벌이 강화되어(자신의 보디메이트가 마약을 하는 것 같다고 신고하는 사례가 많았다) 마약은 365 고객만을 상대로 하는 사업으로 축소되었다. 그리고 그 자리를 치고 들어온 건 흔히 '불링'이라 불리는 불법 브링 오일이었다.

"그 공범자 커플이, 불링 판매상이라고?"

하, 울림이 크게 코웃음 치며 허공을 노려보았다. 또 불링이었다. 강지나가 사고를 칠 때 항상 엮이는 물건.

사람의 혼을 낙원에 접속시켜 주는 브링 오일은 길거리 자판기에서도 쉽게 구할 수 있지만, 이 흔해 빠진 물건을 구입할 수 없는 집단이 몇 있었다. 그 대표적인 집단이 17세 미만의 미성년자들. 이들에겐 학교 수업에 사용되는 조악한 버추얼 리얼리티VR가 유일하게 접속 가능한 가상 현실이었다.

미성년자에게 낙원이 허용되지 않는 이유는 명확하고 타당했다. 어린 나이에 낙원에 중독돼 버리면 오프라인에서 오감을 느낄 시간이 줄어들고, 그러한 뇌는 낙원에서 풍부하고 사실적인 삶을 살아갈 수 없다. 결국 이게 다 너를 위해서야,라는 이유지만 미성년자 입장에서는 낙원이라는 금단의 영역이 매력적으로 느껴질 수밖에 없었다. 그러나 시중의 브링 오일은 아직 낙원 시스템에 등록되지 않은 미성년자의 머릿속 칩에 반응하지 않으므로 미성년자가 브링 오일을 아무리 흡입해 봤자 코끝만 향기로워질 뿐이었다.

그래서 불법 브링 오일을 구입하는 아이들이 있었다. 녹화 기능이 없다는 아쉬움과 안전성 문제가 있지만, 그렇게 고리타분한 걱정 따위는 낙원에서 얻을 수 있는 절대적 즐거움 앞에서 아무런 힘도 발휘할 수 없는 법. 나를 괴롭히는 애와 똑같이 생긴 아바타를 만들어 죽도록 패 버리고, 내가 좋아하는 애가 나를 좋아하는 세계를 맛볼 수 있는데 약간의 위험 — 처벌과 안전상의 위험 — 따위는 대수가 아니었다.

울림이 아랫입술을 잘근잘근 씹었다. "내가 혐오하는 일을 하는 인간과 내가 싫어하는 인간이 손을 잡고 나를 바다에 묻은 거네."

"무국 브로커와 손을 잡은 사람이 그쪽 불법은 못마땅해하네?" 무재가 운전대를 잡고 정면을 응시한 채 말했다.

"아니, 뭐……. 싫은 게 당연하지." 창밖으로 펼쳐진 삭막한 고속도로와 어항을 헤엄치는 해피 사이에서 울림의 시선이 배회했다. "어린애들을 위험에 빠뜨리면서 돈을 버는 거잖아."

"우리 의뢰인, 이렇게 정의로운 캐릭터였어요? 거리감 느껴지는

데."

울림이 큼큼, 괜스레 목을 가다듬으며 털장갑을 벗고 있던 손으로 무심결에 귓바퀴를 긁었다. 울림이 자기 잘못을 깨달았을 땐 체온을 감지한 버튼이 이미 작동된 뒤였다. 머리가 깨질 것 같은 고통과 함께, 부서진 고속도로와 파란 하늘이 시야에서 뒤집혀 빙빙 돌았다. 울림이 다시 보드를 붙잡고 숨을 몰아쉬었다. 무재가 재빨리 오른손을 뻗어 다시 보드에 기댄 울림의 팔을 잡았다. 울림은 눈을 꾹 감고 장갑으로 입을 꽉 막았다. 무재가 울림의 팔을 잡은 채 차를 세웠다.

해피는 수면 위로 입을 동동 띄운 채 뻐끔거렸고, 김달과 젤리는 뒷자리에 나란히 잠들어 있었다. 무재가 양쪽 창문을 내리자 코끝에 숲 향기가 끼쳤다. 괜찮아, 금방 진정될 거야. 차분한 목소리가 서서히 울림의 고통을 가라앉혔다.

지나가는 차량 한 대 없이 고요했던 4차선 도로 저 멀리 대여섯 마리의 산양 무리가 한가로이 지나갔다. 울림은 여전히 자신을 잡고 있는 무재의 손을 내려다보았다. 강이룬의 손이 이렇게 생겼었나. 이 손을 맞잡던 때의 온기가 아른거렸다.

"좀 괜찮아졌어요?" 무재가 손을 거두며 물었다.

"응." 털장갑을 끼우는 울림의 손이 희미하게 떨렸다. "손바닥에서 파란 털이 자란다고 해도 이제 절대 안 벗어."

무재가 걱정스러운 표정을 풀고 엷게 웃었다.

이후 캠핑카는 네 시간을 쉬지 않고 달렸다. 여울시 주민들이 챙겨 준 과일이 입덧에 도움이 됐는지 김달은 힘들다는 소리 한번 없이 긴 이동 거리를 버텨 냈다. 젤리는 중간중간 운전석 쪽으로 와서 해피에게 말을 걸었고, 김달이 잠들어 있을 땐 행여 김달이 굴러떨어지지 않도록 바로 옆에 앉아서 스케치북에 이런저런 이미지 아이디어를 낙서했다. 울림은 숲과 숲 사이를 건너는 사향노루와 너구리를 볼 때마다 젤리에게 와서 보라고 소리쳤다.

"아직 멀었어?" 울림이 크게 기지개를 켜며 말했다.

"다 왔어요." 무재가 대시 보드 아래 서랍을 가리켰다. "거기 열어 볼래요?"

"이게 뭐야?" 울림이 서랍 안에서 옛날식 디지털카메라를 꺼냈다.

"그 커플이 캠핑카에서 불법 브링 오일을 제작하거나 고객과 거래할 가능성이 높아요. 우리가 그 현장을 포착한다면……."

"확실한 협박 카드가 생기는 거네!" 울림이 회심의 미소를 지었다.

"근데," 어느새 조수석 뒤편으로 다가온 김달이 회의적인 의견을 냈다. "공범이라는 걸 인정하면 본인들도 처벌을 받게 될 텐데, 그 인간들이 순순히 입을 열까요?" 김달의 시선이 무재에게 향했다.

"현울림이 스쿠버 다이빙을 하게끔만 해 달라고 했다, 현울림에게 물 공포증이 있는 줄 몰랐다, 절대 죽일 의도가 없었다, 이렇게 발뺌하면 집행 유예도 가능해요. 최소 오 년 이상 감방에서 썩어야 하는 불링 유통 혐의보다 훨씬 낫죠." 무재가 전방을 주시하며 말했다.

"우리가 뭐라고 구워삶든 싹 다 무시하고 강지나에게 연락할 가능성은요? 나 같으면 갑자기 나타난 협박범보다는 공범과 계속 손을 잡고 있는 게 더 마음 편할 거 같은데."

"강지나가 그 공범자 커플과 다시 손잡을 가능성은," 무재가 룸미러를 통해 김달을 바라보았다. "거의 없을 거라고 판단하고 있어요. 남을 많이 부려 본 사람들은 잘 알거든요. 한번 받아 주기 시작하면 점점 귀찮아진다는 걸."

"그럼……?" 울림이 무재를 보았다.

"차라리 없애겠죠. 세상에서 사라져도 아무도 신경 쓰지 않을 사람들로 잘 골라 놨으니까."

그 커플은 젤리처럼 무연고 아동으로 공공 보육원에서 자란 사람들이었다.

"자기들이 만든 불법 브링 오일을 쓰다 심장 마비로 사망한 것처럼 처리하면 뒤끝도 없이 깔끔하고."

김달이 숨을 후, 내뱉었다. "강지나가 그렇게 잔인하게 나올 수 있다는 걸 그 인간들이 잘 알고 있어야 할 텐데."

"사람을 죽이라고 돈까지 건넨 사람에게 다정을 기대할 만큼 순진하다면, 내 협상력에 알아서 먼저 무릎 꿇을 테니 걱정하지 말아요." 무재가 룸 미러로 김달과 눈을 맞추며 빙긋 웃었다.

어느새 고속도로를 벗어난 캠핑카가 좁은 숲길 위에서 천천히 움직였다.

"아, 임신부 밴드 좀 빌려줘요."

무재는 어리둥절한 표정을 짓는 울림에게 김달의 임신부 밴드를 손목에 차라고 했다.

오전 내내 이 지역에 세차게 내린 비를 흡수해 흙길이 밀가루 반죽처럼 물렁해져 있었다. 그 위에 찍힌 신선한 바퀴 자국을 보고 무재는 캠핑촌 입구를 쉽게 찾아냈다. 못 쓰는 자동차 타이어를 쌓아 나름 마을 입구처럼 만들어 놓은 곳으로 들어서자 크기와 모양이 가지각색인 캠핑카 수십 대가 단독 주택처럼 일정한 간격을 유지하며 세워져 있었다. "숲속의 작은 마을이네." 젤리가 새로운 동네를 호기심 어린 눈으로 바라보았다. 캠핑카마다 고유의 번호가 붙어 있었다. 22-1, 22-3, 20, 9-4, 9-8 등.

이윽고 차를 멈춰 세운 무재가 긴 한숨과 함께 입을 뗐다. "여기에 있어야 하는데. 없네."

아담한 캠핑 트레일러가 연결된 사륜 구동차와, 차양을 펼치고 그 아래 작은 수영장을 설치한 캠핑카 사이 휑하게 비어 있는 자리를 보며 무재가 한쪽 눈을 찡그렸다.

"우리가 오는 줄 알고 도망간 건 아닐 테고."

"자리를 옮겼을 수도 있지. 한번 나가 보자." 울림이 손목에 찬 임신부 밴드가 잘 보이도록 만지작거렸다. 스마트워치와 비슷하게 생긴 임신부 밴드에는 임신부를 뜻하는 스펠링 'P'가 크게 새겨져 있었다.

웃차, 울림이 차에서 내리며 오랫동안 접고 있던 허리를 펴는데, 수영장이 설치된 캠핑카의 문이 휙 열렸다. 이어 붉은 꽃이 그려진 노란 수영복 차림에 슬리퍼를 신은 중년 남성이 나타났다. 남자는 캔 맥주를 들이켜며 다른 손에 든 맥주 캔을 흙바닥에 내려놓았다. 그러고는 미지근한 풀장에 들어가 앉았다. 어린아이 한둘이 들어가 물놀이하는 사이즈라 성인 남성이 다리를 쭉 뻗자 발이 풀장 밖으로 삐죽 튀어나왔다. 울림은 무재에게 고개를 끄덕인 뒤 남자에게 천천히 다가섰다.

"선생님, 안녕하세요. 뭐 좀 여쭤볼게요."

남자가 울림이 타고 온 캠핑카를 보았다. "오, 새로 이사 왔어?" 맥주 이전에 다른 술로 이미 배를 채운 눈빛이었다. "근데 거기는 지나다니는 길이야. 저 뒤로 가면 빈자리 있어."

"그게 아니라, 여기 선생님 옆집에 사는 사람들을 좀 만나러 왔거든요."

남자가 천천히 고개를 돌려, 작은 캠핑 트레일러를 단 사륜 구동차를 바라보았다. "재호네?"

"아뇨, 여기 바로 옆이요. 지금 비어 있는 자리."

"아, 수민이네?" 커플 중 한 사람의 이름이었다. "일하러 갔어." 남자가 천천히 눈을 끔뻑이며 말했다.

이어 남자는 다 마신 맥주 캔을 손으로 구겨 바닥에 던지고 새로운 맥주 캔을 땄다.

"오일 팔러 나갔어요?" 무재가 건실하게 보이는 미소를 담아 물었다.

남자가 무재와 울림을 번갈아 바라보며 턱으로 맥주를 줄줄 흘렸다. 이어 히끅, 딸꾹질을 하더니 두 발을 물속으로 쏙 집어넣고 허리를 곧게 폈다.

"아니. 미용실 갔어."

"선생님, 저희 경찰 아니에요."

"걔, 걔들 미용실에서 일해. 그래서 내 머리도 잘라 주는데."

남자가 별안간 허허 웃었다. 맥주 캔을 든 손으로 맥주가 흐르고 있었다.

"저희도 오일 사러 온 거예요."

무재가 슬며시 눈짓하자 울림이 손목에 찬 임신부 밴드를 흔들어 보였다.

"네, 저도 불링이 필요하거든요."

낙원에 접속할 수 없는 또 하나의 집단이 임신부였다. 낙원에 과도하게 몰입할 때면 사람들은 배고픔과 졸음도 쉽게 잊어버렸다. 생명을 품은 사람이 먹지도 자지도 않는 건 당연히 큰 문제였다. 그래서 임신부의 뇌에 설치된 낙원 칩은 십 개월 동안 비활성화되고, 미성년자와 마찬가지로 정식 브링 오일에는 작동하지 않는다.

"아아." 남자가 안도의 숨을 뱉더니 고개를 갸웃했다. "근데 이상하다. 고객이 집까지 직접 찾아온 적은 없었는데."

"제가 급해서요." 울림이 능청스럽게 웃었다. "낙원에 못 들어가니까 괜히 옛날에 끊은 담배 생각도 나고," 울림이 남자의 손에 들린 맥주 캔을 뚫어지게 쳐다보았다. "고놈의 술도 참 땡기고 말이죠."

"떽, 임신부가 큰일 날 소리!" 남자가 손에 들린 맥주 캔을 물속으로 쑥 내렸다. 맥주 캔에 물이 빨려 들어가며 보글보글 기포가 올라왔다.

"그러니까요." 울림이 장갑 낀 손으로 제 배를 다정하게 문질렀다. "그래서 말인데, 이분들 언제 와요?"

남자가 복잡한 수학 계산을 하는 듯한 표정을 지었다. "얘네가…… 나랑 점심을 먹고 나갔으니까……. 나간 지 얼마 안 됐는데.

아니다, 그게 아침밥이었나? 아무튼 손님이랑 거래하러 나갔어. 돌아오려면 아직 멀었는데."

무재와 울림이 서로를 마주 보았다. 공범 커플이 고객과 거래 중인 장면을 포착할 기회였다. 어디서나 눈에 띄는 캠핑카를 찾는 건 어렵지 않은 일이었다.

"어디로 갔어요?" 무재가 남자를 보며 나긋하게 물었다.

"저기." 남자가 히끅, 딸꾹질을 하며 몸을 축 늘어뜨렸다. "자유 숲."

무재의 눈빛이 뭔가를 알아채고 빛났다. "혹시 여기서 차로 삼십 분 정도 떨어진 곳이요?"

"어어, 그래 거기." 남자의 눈이 어느새 반쯤 풀려 있었다.

울림이 조금 더 자세히 알려 줄 수 없겠느냐고 물었지만 남자는 옹알이 같은 소리를 내다 캠핑카 벽면에 머리를 기대고 잠들어 버렸다.

"어딘지 알아?" 울림이 무재를 따라 캠핑카에 올라타며 물었다.

무재는 오는 길에 숲으로 이어진 바퀴 자국을 봤다고 말하며 차에 시동을 걸었다. 그 바퀴 자국이 공범 커플의 캠핑카나 거래 고객의 차량일 거라고 확신했다. 울림은 옆에서 연신 운이 좋다고 말했다. 공범 커플의 이웃 주민이 거짓말을 못 하는 술꾼인 것도, 하필 오늘 아침에 많은 비가 내린 것도.

왔던 길을 삼십 분간 다시 돌아가, 무재는 오는 길에 보았던 바퀴 자국을 찾아냈다. 흙바닥이 어찌나 물러졌는지 자유 숲이라는 이름이 적혀 있을 표지판이 쓰러져 앞으로 엎어져 있었다. 그래도 그

비 덕분에 오늘 새로 새겨진 바퀴 자국이 울림 일행을 공범 커플에게 친절히 인도했다.

"저기 있네요." 무재가 창밖을 가리켰다.

저 멀리 작은 호숫가에 세워진 캠핑카가 보였다. 언뜻 보아서는 사이즈가 조금 크게 나온 밴처럼 보이는 모델이었다.

"이야, 장소 선정 봐. 누가 봐도 남들에게 들키기 싫은 일을 하는 중이네." 울림이 셔츠 주머니를 더듬어 디지털카메라가 잘 있는지 확인했다.

그사이 김달은 컨디션이 급격하게 떨어져 누워서 쉬어야 했고, 젤리가 소파를 해체해 침대를 만드는 사이 무재와 울림이 잘 다녀오겠다며 차에서 내렸다. 나도 가야 하는데, 하며 김달이 중얼거렸지만 김달이 범죄 현장에 가길 바라는 사람은 아무도 없었다. 울림은 자신 때문에 김달이 고생하는 것 같아 마음이 쓰였다.

무재가 전기 충격기 같이 생긴 장비를 손에 들고 앞장서 걸었다. 신발 밑창이 물컹한 땅에 쩍쩍 달라붙었다. 공범 커플의 캠핑카로 가까워질수록 두 사람은 자세를 낮췄고, 울림의 심장은 점점 더 빠르게 뛰었다. 저 차 문을 열면 어떤 광경이 펼쳐질까. 울림은 불링의 또 다른 주요 고객을 떠올렸다. 시민의 어떠한 혜택도 받지 못하는 무국적자들. 혹시 그들과 몸싸움이나 추격전 같은 게 벌어진다면. 울림은 주먹을 꽉 쥐었다. 두꺼운 털장갑을 낀 주먹이 솜방망이처럼 느껴졌다. 하, 에어백을 착용한 주먹이라니.

이윽고 두 사람은 몸을 한껏 숙인 채 캠핑카에 바짝 다가섰다. 창문에 블라인드가 쳐져 있지 않아 몸을 최대한 낮춰 창문 아래로 붙었다. 하늘은 금방이라도 또 비를 쏟을 듯 어두웠고 어디선가 까마귀가 울면서 날아갔다.

무재가 한 손으로 캠핑카의 문을 잡은 채 울림에게 고개를 끄덕였다. 울림은 카메라를 넣어 둔 주머니로 손을 집어넣었다. ……어? 손에 아무것도 잡히지 않았다. 울림이 잠시 현실을 부정하는 사이 무재가 전기 충격기 같은 장비를 캠핑카 문에 대고 작동시켰다. 딸깍, 자동차의 모든 잠금 쇠가 일제히 열렸다. 이어 무재가 캠핑카의 슬라이딩 도어를 시원하게 열어젖혔다. 카메라가 없어졌다는 말을 할 겨를도 없이 울림은 무재의 손에 이끌려 캠핑카 안으로 들어섰다.

운전석과 조수석에 나란히 앉아 있던 여자 둘이 놀란 눈으로 무재와 울림을 돌아보았다. 운전석의 여자가 옆자리 여자의 입에 김밥을 넣어 주려던 자세 그대로 얼굴을 구겼다. "뭐야, 당신들!"

작은 샤워실 뒤로 보이는 2인용 침대에는 고작해야 초등학교 4학년 정도 됐을까 싶은 여자아이가 똑바로 누워 깊은 잠에 빠져 있었다. 얇은 눈꺼풀에 덮힌 두 눈이 이리저리 휙휙 움직였다. 이어 여자아이의 다리가 푸르르 떨리더니 보라색 책가방을 품에 안고 있던 팔이 힘없이 툭 떨어졌다.

모든 것이 달라진 날

"너 내일 학교 끝나고 시간 비워 둬." 중학교 3학년이 끝나는 겨울 방학 하루 전, 노크도 없이 울림의 방문을 열고 들어온 강지나가 명령조로 말했다. "몰래 강이룬 방 앞에서 기웃거리는 거 말고는, 뭐 어차피 할 일도 없겠지만."

내일 방학식이 끝난 뒤 김달과 젤리에게 가져다줄 간식거리를 포장하던 울림이 미간에 힘을 주고 강지나를 바라보았다.

"왜 또 시비야? 갑자기."

내가 이 세상에서 없어질 수 있도록 도와줘. 강이룬이 그 말을 한 이후 울림에게 강지나의 존재는 방 안을 굴러다니는 머리카락 정도로 사소해졌다. 울림이 강지나를 신경 쓰는 순간은 강이룬의 방으로 들어갈 때나 집 밖에서 강이룬을 따로 만날 때뿐이었다. 행여 강지나가 자신과 강이룬의 사이를 질투해 피곤한 짓을 벌여서는 안 되니까.

"내일 같이 갈 데 있으니까 방학식 끝나고 우리 반 앞으로 와."

강지나가 울림의 침대맡에 앉으며 말했다.

"안 보여?" 울림이 간식으로 채워진 상자를 가볍게 흔들었다. "나 내일 친구들 만나러 갈 거거든."

강형운이 크리스마스를 맞아 제주도 가족 여행을 추진하는 바람에, 울림은 처음으로 김달과 젤리 없는 크리스마스를 보냈다. 그래서 아쉬울 줄 알았는데 애들에게는 미안하게도, 눈으로 뒤덮인 한라산을 헬리콥터 안에서 구경하고 창밖으로 제주의 절경이 펼쳐진 레스토랑에서 온갖 산해진미를 맛 보는 크리스마스는 지금까지 울림이 겪은 가장 멋진 크리스마스였다.

여행 내내 울림은 강이룬에게 무언의 눈빛을 보냈다. 어때, 살아 있으면 이렇게 멋진 것들을 경험할 수 있다니까? 강이룬은 매번 가만히 고개를 돌렸지만 입가에 묻어나는 옅은 미소가 울림을 기분 좋게 했다. 그래서 혼자 입술을 꾹 누르며 새어 나오는 웃음을 참다가 한번은 강지나에게 들켰는데, 강지나는 조용히 코웃음을 치고 넘어갔다.

"우리 엄마가 주는 용돈으로 네 보육원 친구들 크리스마스 선물을 산 거야?" 강지나가 마치 제 방인 것처럼 울림의 베개를 베고 편히 누웠다.

"……." 울림은 할 말이 없어 짜증이 났다. "내가 쓸 돈 아껴서 산 거야. 별것도 아니고."

울림은 제주도 리조트에서 판매하는 온갖 기념품을 둘러보며 김달과 젤리에게 뭐라도 사 주고 싶었지만 이모가 주는 용돈을 마음대로 쓰는 게 여전히 좀 그랬다.

"내일 시간 비워 두라고 난 분명히 말했어. 내 말 무시하면 엄마한테 말할 거야."

"뭘?"

"강이룬이 우리 집에서 같이 지내는 거 불편하다고."

"……뭐?"

"내가 그렇게 말하면 엄마가 곧장 아빠를 나무라면서 강이룬을 내보내라고 할걸. 그럼 아빠는 강이룬이 아무리 예뻐도 나를 위해서 강이룬을 다른 데로 보내겠지. 연구소 기숙사든 어디든, 네가 더는 강이룬을 볼 수 없는 곳으로 말이야." 말을 마친 강지나가 예쁘게 씩 웃었다.

"너 그런 말 못 하잖아."

"난 못 하는 거 없는데?" 강지나의 눈빛이 맑게 빛났다.

"강이룬한테 관심 있잖아. 너야말로 강이룬이 계속 이 집에 있길 바라잖아." 분명 울림은 그렇게 알고 있었다.

"아빠가 하도 예뻐하길래, 뭔가 있는 것 같아서 궁금하긴 했지." 강지나가 침대에서 일어섰다. "근데 내가 고작 그런 애한테 관심을 주는 건 자존심 상하잖아."

"그게 무슨 소리야?"

강지나가 울림의 눈을 빤히 바라보았다. "강이룬이 너한테 말 안 해?"

"뭔 소리냐고."

"너 정말 아무것도 모르는구나?" 강지나가 만족스러운 미소를 지었다. 버릇없는 유기견 둘이 감히 주인을 무시하고 붙어 다니더

216

니, 그 관계가 생각보다 별거 아닌 모양이었다.

강이룬에 대해 엄마로부터 들은 얘기를 현울림에게 해 주는 게 재미있을까, 안 해 주는 게 재미있을까. 즐거운 저울질을 하고 있는데 울림이 강지나를 문 쪽으로 밀기 시작했다.

"됐어. 너 나가."

울림은 강이룬에 대한 얘기를 다른 사람에게 캐내듯이 듣고 싶진 않았다.

"알았어, 나가잖아." 강지나가 웃으며 걸음을 옮겼다. "아무튼 내일 나 무시하고 그 보육원 친구들 만나러 갈 거면 강이룬한테 미리 작별 인사해 둬."

"나가라고!"

강지나를 내보낸 뒤 울림이 문고리를 잡고 씩씩거렸다. 강지나가 시키는 대로 하기 위해 애들과의 약속을 깬다니. 생각만으로도 자존심이 상했다.

◗

다음 날 울림은 결국 자존심을 구기며 3학년 2반 앞에 서 있었다.

"울림아!" 예술 특기생 친구들을 양옆에 끼고 나오며 강지나는 으레 그렇듯 가식적인 미소를 지었다. 가끔은 울림조차도 강지나가 자신을 반가워한다는 착각이 들 정도였다.

강지나가 울림에게 팔짱을 끼더니 제 친구들에게 겨울 방학 동안 울림과 함께 수영장에 다니기로 했다고 말했다.

"수영장?" 울림의 목소리가 날카롭게 새어 나왔다.

강지나는 아무런 설명 없이 울림을 끌고 택시에 탔다.

"야, 나 물 무서워한다고. 너도 알잖아."

이번 제주도 여행을 준비하며 강지나는 크리스마스 선물이랍시고 울림과 강이룬에게 수영복을 선물했다. 선물 상자를 열어 수영복을 확인한 울림은 물 공포증이 있다며 환불을 제안했다. 무릎 위로 올라오는 깊이에는 절대 들어가지 못한다고. 강세영과 강형운은 수영을 배우면 물이 무섭지 않을 거라며 제주도 리조트에 일일 수영 강습을 신청했다.

하지만 결국 울림은 그 좋은 리조트 수영장에 발가락 하나 담그지 못한 채, 오래간만에 강이룬을 독차지한 강지나가 제 부모 앞에서 강이룬과 친한 척 연기하는 모습을 지켜봐야 했다. 실내 수영장이긴 했지만 겨울이라 그런지 수영복 차림의 몸은 점점 차가워졌고, 울림은 서울로 돌아오자마자 짧고 굵은 감기 몸살을 치렀다.

"너 또 내가 네 선물에 심드렁했다고 이래? 나 괴롭히고 싶어서?"

"걱정 마. 물에 안 들어가." 강지나가 들뜬 얼굴로 말했다.

울림은 강지나 앞에서 약한 모습을 더 보이고 싶지 않아 일단 입을 꾹 다물었다. 잠시 후 둘은 무려 5층짜리 대형 수영장에 나란히 회원 등록을 하고 VIP 회원 전용 탈의실로 갔다. 2인용 샤워실이 붙은 개인 공간이었다.

"긴장 풀어. 물에 안 들어간다니까." 강지나가 로커에 책가방을 넣으며 말했다.

"수영장에서 수영을 안 하면, 뭐 하는데."

"낙원에 갈 거야." 강지나가 작은 병 하나를 손에 들고 웃었다.

"설마 그거 불링이야?" 울림의 경악스러운 시선이 갈색 오일 병에 머물렀다. "난 할 생각 없어."

푸하하, 강지나가 두 눈이 다 감길 정도로 크게 웃었다.

"누가 너보고 같이 하재? 꿈도 크다."

"그럼?"

"넌 내가 하는 동안 잘 지켜보다가 한 시간 지나면 깨워."

하, 울림이 콧방귀를 꼈다. "왜, 겁나? 못 깨어날까 봐?"

울림이 강지나를 두고 그대로 탈의실을 나가려 하자 강지나가 핸드폰을 집어 들었다.

"나 지금 엄마한테 전화한다? 강이룬 내보내라고."

"……." 울림이 깊은숨을 들이쉬고 내뱉으며 탈의실 문고리를 놓았다.

강지나는 강형운의 서재에 있던 옛날식 캠코더를 책가방에서 꺼냈다. 강지나가 크리스마스 선물로 가지고 싶다고 하자 강형운이 역시 우리 지나는 내 취향을 닮았어, 하며 뿌듯한 얼굴로 준 물건이었다.

"내가 잠든 사이에 네가 나한테 뭔 짓을 할지 모르잖아." 강지나가 탈의실 선반에 캠코더를 올려놓고 녹화 버튼을 눌렀다.

"이렇게까지 번거롭게 해야 해?"

"우리 집엔 보는 눈이 많으니까."

"내 말은, 날 못 믿겠으면 네 친구를 데려오라고."

"미쳤어? 너 내가 불링으로 낙원 접속한 거 어디 가서 말하기만 해. 네 보육원 친구들한테도 죽을 때까지 비밀이야."

강지나는 울림이 앉을 자리까지 지정해 주었다. 그러면서 잠든 자신에게 손을 대거나 카메라 프레임 밖으로 나가면 '탈락'이라고 했다.

"워낙 최상품이라 그럴 일은 없겠지만, 잘 지켜보다가 혹시 나한 테 이상 있으면 바로 깨워."

불법 브링 오일이 일으키는 이상 증상으로는 심장 마비, 발작, 구토(누운 채로 토하다 기도가 막혀 사망하는 경우가 적지 않았다) 등이 있었다. 이는 낙원에서 겪는 감각이 극도로 치달을 때 일어날 수 있는 현상으로, 정상적인 루트로 접속한 사람은 그 전에 바이오 링BioRing이 신체 이상을 감지해 자동으로 잠에서 깨어난다. 모순적 이게도 이러한 면 때문에 불링에 손을 대는 사람도 있었다. 제한 없 이 극한의 감각을 느끼고 싶다는 이유로.

강지나는 기대에 찬 얼굴로 검은색 무광 반지를 꺼내 오른손 중 지에 꼈다. 낙원에 접속한 이용자의 생체 반응을 실시간으로 체크 하는 바이오링이었다.

"그런 것까지 똑같이 흉내 내서 파네." 울림이 혀를 찼다.

"내가 접속해 있는 동안 바이오링이 이상 반응을 감지하고 삑삑 거리면 바로 반지 빼고 나 깨워. 수영장 직원들이 소리 듣고 오지 않게. 알아들었지?"

"딱히 내 알 바는 아니지만," 울림이 정면에 놓인 캠코더 렌즈를 보며 물었다. "낙원에 들어가서 뭘 하고 싶은데?"

"내가 만든 세계를 볼 거야."

뭐? 울림은 콧방귀가 새어 나오는 걸 막을 수 없었다.

두 달 전 강지나는 자신의 추상화 세 점을 낙원에 판매했다. 낙원에는 명상 맵이라는 곳이 있는데, 우주 같은 공간에 이런저런 이미지가 펼쳐지는 모습을 몽환적인 음악과 함께 감상하는 맵이었다. 어른들 말에 의하면 명상 맵에서는 태초의 우주에 압도되는 기분과 함께 머리가 맑아진다고 했다.

어쨌든 강지나는 명상 맵에 사용되는 무수히 많은 이미지 중 세 점을 제공했을 뿐이었다. 그래 놓고는 '내가 만든 세계'라니. 너무 거창하잖아.

강지나가 불링 병 뚜껑에 달린 스포이드로 오른쪽 손목에 오일 세 방울을 떨어뜨린 뒤 천천히 펴 발랐다. 베이비파우더 같은 향이 울림의 코끝에도 닿았다. 강지나가 수영 가방을 베개 삼아 누우며 번들번들한 손목에 코를 대고 깊은숨을 들이마셨다. 강지나의 검은 눈동자에 곧장 졸음이 몰려들었다.

"내 아트 워크가 어떻게 소비되고 있는지 당연히 봐야 하잖아, 창조주로서."

강지나는 탈의실 바닥에 몸을 곧게 펴고 누워 그대로 잠들었다. 강지나의 눈꺼풀이 꿈속을 헤매는 것처럼 들썩였다.

울림은 제 눈앞에서 일어나는 일이 현실인가 싶었다. 낙원코리아 대표의 딸이 불법 브링 오일을 이용해 낙원에 접속하고 있다니. 동시에, 낙원에 접속해 있는 사람을 보는 건 처음이라 살짝 신기하기도 했다. 단순히 잠든 사람을 이렇게 일방적으로 쳐다보고 있을 일도 잘 없는…… 어, 그러고 보니.

제주도에서 돌아와 해열제를 먹고도 체온이 39도까지 오르던 밤, 끙끙 앓으며 잠든 자신의 곁을 지켜 준 강이룬을 울림은 꿈결처럼 보았다. 강이룬이 해열 패치를 이마에 올려 주었고 얘기도 몇 마디 주고받았던 거 같은데.

많이 아프지.

진짜로 죽으면 이것보다 훨씬 아플걸.

그래, 그런 말을 했다. 그래서 강이룬이 어이없다는 웃음을 조용히 흘렸다.

여전히, 사라지고 싶어?

강이룬은 대답하지 않았다. 그리고 이어서 내가…….

나는 네가 사라지지 않았으면 좋겠어. 내 눈앞에서 없어지지 마.

맞아…… 그런 말을 했어……. 끄으으으악! 광대를 으깨 버릴 기세로 얼굴을 쥐어뜯던 울림이 자신을 찍고 있는 캠코더를 보며 겨우 진정했다. 에이, 설마, 내가 진짜 그런 말을 했다고? 아닐 거야. 아닐 거…… 근데 그러고서 강이룬이 뭐라고 했지? 아무 말 안 했던가? 그래…… 안 했어. 개는 아무 말도 안 했어. 나 혼자 이상한 소리 했다고오오옥……. 내가 부담스러워서 더 빨리 사라져야겠다고 생각했으면 어쩌지.

"하아……." 울림은 절망적인 얼굴로 책가방에 손을 넣어 종이 수첩을 찾았다.

핸드폰이 있어도 잘 쓰지 않는 강이룬과는 서로의 방에 쪽지를 숨겨 할 말을 전했다. 주로 울림이 먼저 무언가를 하러 가자고 제안

하면 — 내일 나랑 한강에 자전거 타러 가자! — 강이룬은 대답만
했다. 강이룬이 먼저 쪽지를 써서 보낸 적은 없었다.

"으." 울림이 수치스러운 얼굴로 입술을 잘근잘근 씹었다.

뭐라고 쓰지. 나 혹시 잠결에 헛소리했어? 아니면……. 혹시 그
제 내 이마에 해열 패치 붙여 준 거 너야? 난 아무것도 기억이 안 나
서. 으…… 구질구질해.

울림은 바닥에 엉덩이를 대고 앉은 채로 무릎을 세우고 허벅지
에 책가방을 놓았다. 이어 캠코더에 수첩이 찍히지 않도록 조심스
럽게 꺼냈다. 강이룬과 쪽지를 주고받는 걸 강지나에게 들켜서 좋
을 게 없으므로. 울림은 쓸 말을 계속 고민하며 수첩을 열었고, 맨
앞장에 쓰여 있는 낯익은 글씨체를 보았다.

아직은 여기 있을게.
네 눈에 잘 보이는 곳에.

울림은 세차게 뛰는 심장을 진정시키며 강이룬이 남긴 짧은 문
장을 읽고 또 읽었다. '아직은'을 '언제나'로 바꿀 수 있으면 좋겠
다고 생각했다. 그러면서 실실 새어 나오려는 웃음을 억지로 참고
있는데, 강지나의 핸드폰 알람이 요란하게 울렸다. 그새 한 시간이
지났어? 울림이 깜짝 놀라 강지나를 보았다. 뭐가 좋은지 강지나도
희미하게 웃고 있었다.

울림이 발을 뻗어 강지나의 어깨를 툭툭 쳤다. 야, 일어나. 하지
만 발로 밀고 찔러도 강지나는 꼼짝하지 않았다. 낙원에 접속한 사

람은 꿈을 꿀 때처럼 렘수면 상태에 머물게 되고 렘수면은 쉽게 깨어나야 정상인데, 아무래도 불법 브링 오일이라 그런 모양이었다.

울림이 자리에서 벌떡 일어나 바로 옆 세면대에 놓인 양치컵에 찬물을 가득 받았다. 그러곤 강지나의 얼굴에 물을 확 뿌렸다.

푸우, 강지나가 물을 뱉어 내며 깨어났다.

"……야! 너 미쳤어?"

"네 몸에 손대지 말라며." 울림이 어깨를 으쓱였다. "내가 잘 조준한 덕분에 옷은 하나도 안 젖었네."

잠시 후, 캠코더에 촬영된 영상을 8배속으로 확인하며 머리를 말리던 강지나가 일시정지 버튼을 눌렀다. "너 내가 카메라 밖으로 벗어나지 말랬지?" 울림이 세면대에서 찬물을 받는 장면이었다.

"여기 내 왼쪽 발 안 보여? 뒤로 쭉 뻗어서 프레임 안에 들어와 있잖아."

울림의 당당한 태도에 강지나가 황당한 표정을 지었다.

이후 두 사람의 수영장 방문은 무려 일 년에 걸쳐 지속됐다. 물론 일이 수월하지 않을 때도 있었다. 강지나가 수영장 탈의실에서 몰래 낙원에 접속한 지 불과 이 주도 채 되지 않았을 때, 강지나가 학교에서 어울리는 예술 특기생 무리 중 한 명인 심해윤과 수영장 입구에서 마주쳤다. 머리 끝에 대충 물을 묻히고 나온 강지나와 울림에게 심해윤은 몇 층 풀에서 수영했냐며 다음부터는 자기도 같이하면 안 되냐고 물었다. 심해윤이 말도 없이 같은 수영장에 등록했다는 사실에 적잖이 당황한 강지나는 울림이 낯가림이 심해서 그

건 좀 곤란할 것 같다고 둘러댔다. 이후 심해윤이 바쁜 학원 일정으로 수영장에 발길을 끊을 때까지 강지나는 낙원 접속을 자제하며 조심했다.

이후로도 크고 작은 사건들이 있었지만 강지나는 꼬리를 밟힐 위험을 감수하면서도 계속해서 수영장 탈의실을 드나들었다. 낙원의 무한한 세계를 보고 있으면 예술적 영감이 마구 쏟아진다나. 실제로 강지나는 이전보다 열심히 그림을 그렸고, '무명'이라는 작가명으로 꾸준히 그림을 팔았다.

그러는 동안 울림은 탈의실 바닥에 잠든 강지나 옆에서 대학 진학을 목표로 열심히 공부했다. 그 원동력은 자신이 수인, 강이룬은 월인이라는 사실에서 비롯됐다. 열일곱 살이 되자마자 각자의 요일로 찢어져 다시는 만날 수 없다고 생각하면 아찔했다(낙원은 접속 서버도 요일별로 나뉘어 있다). 뭐 사실, 뛰어난 과학 인재인 강이룬은 자연스레 365가 될 테니 결국 울림만 잘하면 되는 일이었다.

그렇게 울림은 태어나 처음으로 대학에 가고 싶어졌고, 좋은 직업을 얻어 환경 부담금을 내는 365로 살고 싶어졌다. 그래서 처음 만났을 때처럼 강이룬에게 수학 과외를 다시 한번 슬쩍 부탁했는데, 강이룬도 흔쾌히 수락했다.

하지만 연구소에서 귀가한 강이룬은 매일같이 지쳐 보였고, 울림은 그런 강이룬에게 과외를 받는다는 게 미안해 자신의 속마음을 살짝 내비쳤다.

"내가 대학에 가면 너도 좋잖아. 안 그래?"

강이룬이 그 말의 뜻을 물었다. 울림은 자세하게 얘기하기가 좀 민망했다. 둘은 사귀는 사이도 아니었고 서로 좋아한다는 말을 한 적도 없었으니까.

"그러니까 내 말은, 네가 사라지지 않았잖아."

울림의 말에 강이룬의 한쪽 눈썹이 비죽 솟았다.

"그래서 나도 네 앞에서 없어지기 싫어졌어. 내 몸을 가지고 계속 오프라인에서 살아가고 싶어."

강이룬은 으레 그렇듯 별다른 반응을 보이지 않았다.

그때 둘은 7부제 진입을 코앞에 둔 열여섯 살이었고, 고등학생이 된 울림은 대학 진학을 목표로 더욱 학업에 매진했다.

1학년 2학기 중간고사 무렵, 울림과 강이룬이 단둘이 보내는 시간은 과외를 받을 때뿐이었고 두 사람은 잡담도 없이 수업에 집중했다. 울림은 강이룬이 이 집에 온 첫날처럼 말수도 줄고 표정이 다시 차가워졌다고 생각했는데, 강이룬은 연구소 일이 바빠서 그렇다고 했다. 강이룬이 지쳐 보일수록 강형운은 상기되고 기대에 찬 모습을 보였다. 확실히 강이룬이 큰 기여를 하고 있는 모양이었다. 울림은 강이룬이 힘든 게 걱정됐지만 정작 강이룬은 매번 괜찮다고 했다.

그렇게 시간이 흘러 어느덧 고등학교에서 처음 맞는 겨울방학이 되었다. 울림은 대학에 장학금까지 받고 진학할 수 있는 성적을 만들어 냈고, 3학년 때까지 이 성적을 유지할 의지도 충만했다. 강세영이 울림을 자랑스러워하며 크게 기뻐했다. 그녀는 세 아이들이 17세가 되는 새해를 기념해 스위스로 스키 여행을 떠나자고 제안했다. 울림은 들떴고, 그래서 어리석게도 강이룬의 변화를 눈치채지 못했다.

스위스로 떠나기로 한 12월 29일 아침, 강이룬이 없어졌다며 강형운이 소란을 피웠다. 울림은 재빨리 제 방으로 올라가 강이룬이 쪽지를 놓던 자리를 확인했다.

그동안 고마웠어.
언제나 건강하게 지내.

고작 두 문장짜리 작별 인사. 울림의 심장이 쿵 떨어져 내렸다. 여행은 취소되었고 강형운은 강이룬을 찾느라 집에 들어오지 않았다. 집 안 분위기가 어수선했고 강지나조차 매일 제 작업실에서 조용히 그림만 그렸다. 울림은 매일 강세영에게 경찰 조사가 어떻게 되고 있느냐고 물었고, 강세영은 그저 걱정하지 말라는 말만 반복했다.

울림은 경찰서로 가 강이룬에 대해 진술하려 했지만──원래도 심리적으로 불안했는데 부쩍 몸과 마음이 지쳐 보였어요. 어디서 혼자 자살 기도를 했는지도 몰라요. 제발 좀 찾아 주세요.── 경찰의 연락을 받은 강세영이 박 실장을 보내 울림을 집으로 데려왔다. 울림은 시간만 나면 강이룬의 핸드폰으로 전화를 걸다 그 번호가 다른 사람에게 넘어간 뒤에야 멈추었다.

강이룬이 사라지고 일주일 뒤, 강지나가 다시 수영장에 가자며 울림의 방으로 들어왔다. 울림은 거절했고 더는 강지나가 울림을 협박할 카드도 없었다. 강지나가 제 방에서 캠코더를 가지고 다시 나타났다.

"그래, 오늘은 그냥 집에서 하자." 강지나는 다짜고짜 방문을 잠그고 울림의 침대맡 모서리에 캠코더를 올려 두었다.

울림은 강이룬이 숙제로 내 줬던 수학 문제를 풀며 등 뒤에서 일어나는 일에 일절 반응하지 않았다.

"오늘은 나 하고 나서 너도 할래?" 강지나가 불링을 손목에 바르며 침대에 누웠다.

"낙원에서 네 개인 맵을 만들면 다 네 뜻대로 움직이게 할 수 있어. 거기서는 강이룬도 도망치지 않고 네 마음을 받아 줄 텐데. 그래도 들어갈 생각 없어?" 강지나가 손목에 코를 대고 깊은숨을 들이켜며 즐거운 목소리를 냈다.

울림은 유치한 시비에 휘말리지 말자고 생각하며 노이즈 캔슬링 헤드폰을 쓰고 음악을 틀었다. 야, 그거 끼지 마. 언뜻 강지나가 그렇게 말하는 소리가 들렸다. 아예 방 밖으로 쫓아내려고 뒤를 돌아보자 이미 렘수면에 빠진 강지나의 두 눈이 눈꺼풀 밑에서 분주하게 움직였다.

울림은 도저히 수학 문제에 집중할 수 없어 김달, 젤리에게 메시지를 보냈다. '이따 이모 퇴근하고 오면 내일 당장 보육원으로 돌아가겠다고 말할 거야.' 울림이 열일곱 살이 되기까지 남은 시간은 고작 나흘. 하지만 대학에 진학할 조건을 갖췄기에 ―성적이 중간에 떨어지지만 않는다면― 고등학교 졸업 때까지 보육원에서 지낼 수 있었다.

울림의 메시지를 확인한 김달과 젤리가 곧장 영상 통화를 걸어

왔다. 울림은 퉁퉁 부은 눈을 보여 주지 않으려 카메라를 끈 채 친구들과 일부러 시시한 잡담을 나눴다.

그렇게 한참 얘기를 나누고 있는데, 한 시간이 지났다는 걸 알리는 강지나의 핸드폰 알람이 노이즈 캔슬링 헤드폰을 뚫고 들어왔다.

울림은 자리에서 일어섰고, 침대에 누운 강지나를 향해 몸을 돌렸다. 그리고 비명을 질렀다. 목구멍 어딘가에 턱 막혀 돌처럼 굳어 버린 비명을.

강지나가 숨을 끅끅거리며 사지를 떨고 있었다.

진실의 조각

울림이 침대로 달려가 여자아이의 작은 어깨를 잡고 세차게 흔들었다. "일어나, 정신 차려!"

몸이 흔들리는 와중에도 아이의 두 눈은 꼭 감긴 채 좌우로 빠르게 움직였다.

"뭐 하는 거야!" 캠핑카 조수석에 앉아 있던 여자가 스프링처럼 튀어 올라 달려들었지만 무재가 막아섰다.

"애 깨우지 마!" 여자가 벽처럼 선 무재를 밀치기 위해 애쓰며 울림에게 소리쳤다.

울림이 계속 아이를 흔들어 깨우며 여자를 노려보았다. "애가 이러다 죽어도 너희는 돈만 챙기면 그만이다 이거지!"

"죽긴 누가 죽어. 당신들 뭔데. 설마 쟤 부모야?" 무재에게 가로막힌 여자가 물었다.

"아빠라기엔 남자가 너무 어린데." 운전석에 앉은 여자가 좌석을 넘어오며 무재를 위협적으로 쳐다보았다.

운전석 여자가 김수민, 팔을 잡힌 채 아득바득대는 이 여자는 서호라. 전날 여권 사진을 확인하고 온 무재가 둘을 쉽게 구분했다. 언뜻 보기에는 이목구비와 분위기가 흡사했지만, 김수민은 눈망울이 더 둥글었고 서호라는 눈꼬리가 조금 더 올라가 있었다.

"죽고 싶냐." 김수민이 서호라를 제 옆으로 끌어당기며 무재를 아니꼽게 바라보았다. "어디 감히 내 여자를 건드려."

김수민이 열려 있는 캠핑카 문을 쾅 소리 나게 닫았다. 닭살 돋는 애정에 무재가 싱거운 웃음을 터뜨렸다.

"당신 여자가 먼저 내 의뢰인한테 달려드는 거 못 봤어?"

"의뢰인?"

김수민의 콧잔등에 주름이 잡히는 순간 울림의 환호가 터졌다.

"깼어? 나 보이지?"

간신히 한쪽 눈을 뜬 여자애가 아직 잠에서 깨어나지 못한 얼굴로 울림을 바라보았다. "……누구세요?"

울림이 여자애를 안고 안도의 숨을 내쉬었다. "괜찮아. 이제 무사해!"

"아니……." 여자아이가 짜증스러운 목소리를 내며 울림을 밀어냈다. "지금 진짜 중요한 순간이었단 말이에요!"

당황한 울림의 시선이 보라색 책가방에 달린 이름표로 향했다. '5-1 유이레'. 일곱 날을 의미하는 이레라는 이름은 일주일 내내 오프라인에서 살아가는 365가 되라는 소망을 뜻했고, 책가방도 공공 보육원 애들이 가지고 다니는 가방과 생김새가 달랐다. 365인 부모와 같이 사는 애가 분명했다.

"이름만 봐도 부모님이 애지중지 키우셨네. 너 이게 얼마나 위험한 건 줄 알기나 해?"

"저 언니들이랑 하면 안 위험하거든요!" 유이레가 울림을 향해 씩씩거리다 김수민을 보았다. "언니, 저 다시 접속할래요. 지금 막 대답 들을 차례였단 말이에요!"

"너 잠깐 눈 좀 감고 있어." 김수민이 유이레에게 꽤나 강압적으로 말했다.

"언니, 저 급해요!"

"얼른 시키는 대로 해."

"······." 유이레가 속상한 얼굴로 두 눈을 꾹 감았다.

그와 동시에 김수민이 캠핑카 천장에 숨겨 두었던 산탄총을 꺼내 무재의 심장을 정확히 겨냥했다. 연습량을 짐작케 하는 놀라운 속도였다. 그사이 서호라는 품속에서 장도를 꺼내 들고 울림을 응시했다. 울림이 눈을 동그랗게 뜨고 숨을 훅 들이켰다.

"우리가 여기서 거래하는 거 어떻게 알았어?" 김수민이 무재에게서 한순간도 눈을 떼지 않고 물었다. "경찰이야?"

"경찰한테 총구를 겨누는 건 미친 짓일 텐데." 무재의 목소리는 상황에 어울리지 않게 여유로웠다. "이렇게 아마추어같이 대응하는 걸 보면 그동안 꼬리를 밟힌 적이 정말 한 번도 없었나 봐." 무재가 턱을 살짝 치켜들고 김수민을 내려다보았다. "근데 이렇게 허술해서는 곧 밟혀. 시간문제야."

"우리를 찾아온 목적이 뭐야?" 김수민이 금방이라도 방아쇠를 당길 것처럼 손에 힘을 주었다.

"강지나." 무재의 목소리가 무겁게 내려앉았다.

"뭐?"

"아, 이름은 모를 수도 있겠다."

서호라는 울림이 허튼짓을 하는지 감시하면서 무재를 힐끔거렸다.

"당신들 1월에 필리핀 여행 다녀왔잖아. 거기서 야간 스쿠버 다이빙도 했고. 그렇지?"

"……." 김수민의 눈빛이 미묘하게 흔들렸다.

"거기서 실종된 사람을 기억할 거야." 무재의 한쪽 눈썹이 비죽 솟았다. "인사해. 내 뒤에 있으니까."

김수민의 당황한 시선이 울림에게 향하는 순간 무재가 등 뒤에서 권총을 꺼내 서호라를 겨눴다.

"너도 총 있었어?" 울림이 이미 다 말해 놓곤 뒤늦게 파란 털 손으로 유이레의 귀를 막았다.

"남을 협박하러 오면서 빈손이면 허전하잖아요." 물론 이런 잡범들이 총을 소지하고 있을 거라곤 생각하지 않았다.

"죽고 싶어? 감히 어디다 총을 들이대!" 서호라에게 향한 총구를 보며 김수민이 흥분했다.

"칼 뒤로 던져." 무재가 차분히 서호라를 몰아붙였다.

아무도 움직이지 않았다.

타앙, 무재가 방향을 틀어 앞 유리창을 쏘고 빠르게 다시 서호라를 겨눴다. 총알이 뚫고 나가 만들어진 구멍 주변으로 유리창이 거미줄처럼 쩍 갈라졌다.

"이 미친 새끼가, 남의 영업장에 뭔 짓이야!" 김수민의 목소리에 분노와 당혹감이 뒤섞였다.

"알았어, 알았다고." 서호라가 김수민의 눈치를 보며 칼을 등 뒤로 던졌다. 칼이 대시 보드에 맞은 뒤 조수석 위로 툭 떨어졌다.

"근데, 우리는 그 일하고 아무 관련 없어." 서호라가 살짝 떨리는 목소리로 힘주어 말했다. "너희 번지수 잘못 짚은 거야."

"역시, 단순한 사고가 아니었다는 걸 아는 거잖아."

무재의 말에 서호라가 흠칫 숨을 들이켰다.

"사건의 전말만 솔직하게 얘기해 주면 돼." 무재의 목소리는 나긋하고 차분했다. "그럼 저렇게 어린 애한테 불법 브링 오일을 판 죄는 함구해 줄게."

"하." 김수민이 긴장한 얼굴로 코웃음을 쳤다. "우리가 저 애한테 브링을 팔았다는 증거 있어? 없잖아."

제기랄, 울림은 카메라를 제대로 챙기지 못한 자신에게 화가 났다. 유이레가 낙원에 빠져 잠든 모습, 김수민에게 다시 접속시켜 달라고 말하던 모습을 찍었더라면……. 울림이 자리에서 벌떡 일어섰다. 이 방법이 먹힐지 모르겠지만 뭐라도 해야 했다.

울림이 장갑을 벗어 던지고 김수민을 향해 두 손을 내보였다. "여기 보이지? 재생, 빨리 감기, 뒤로 감기 버튼 보이냐고."

무재가 울림에게 하지 말라고 눈짓했지만 울림은 멈추지 않았다.

"여기, 내 눈에 카메라 렌즈가 박혀 있어. 지금 내 눈으로 보고 듣는 게 전부 녹화되고 있다고."

김수민과 서호라가 곤혹스러운 눈빛을 주고받았다.

"그러니까 불링 유통 죄로 감옥에서 청춘 썩히기 싫으면 우리한테 협조해. 어차피 강지나는 너희를 보호해 주지 않아!"

"……그래, 감옥에 갈 생각은 없어." 스윽, 김수민의 총구가 무재의 심장에서 울림의 이마로 옮겨 갔다. "그러니까 저 대갈통을 날려야겠네."

무재가 산탄총의 긴 총구를 손으로 꽉 잡았다. "그 전에 당신 여자가 내 손에 먼저 죽을 텐데."

서호라를 겨눈 무재의 총끝이 위협적이었다. 그 일촉즉발의 상황에서 유이레가 몰래 눈을 떴다.

"하지 마세요! 이 언니들 좋은 사람들이에요!" 유이레의 카랑카랑한 목소리가 울려퍼졌다.

"네가 원하는 걸 준다고 다 좋은 어른은 아니야." 무재의 시선이 서호라에게 고정돼 있었다.

"1월 7일 필리핀 보홀 현지 시각 오후 8시 50분. 그날 어떤 식으로 사고사를 위장했던 건지 말해. 그 요트 위에 있던 모두가 공범이었을 거야. 수면제를 먹고 몸도 제대로 가누지 못하는 사람이 억지로 바다에 던져졌는데, 아무도 이상하게 여기지 않은 게 이상하거든."

"……우리는 아무것도 몰랐어!"

"서호라!"

"진짜야!" 김수민이 저지했지만 서호라는 상기된 얼굴로 말을 뱉어 냈다. "우리는 그냥 필리핀 무료 여행에 당첨됐을 뿐이야……."

둘은 워낙 불링 판매 건수가 적어 버는 돈이 변변치 않았고, 공공 보육원에서부터 십 년을 사귀는 동안 제주도 한번 다녀온 적이 없었다. 그러다 우연히 들어간 식당에서 개업 백 주년 이벤트 경품으로 필리핀 일주일 여행 패키지에 당첨됐다. 무료 항공편과 숙소는 물론 개인 여행 가이드가 운전까지 도맡아 주었다. 둘은 패키지에 포함된 스쿠버 다이빙 강습을 받고 바다에 다녀왔다. 평소 호수에서 수영하기를 즐겼던 서호라와 김수민은 태어나서 처음 해 본 스쿠버 다이빙에 흠뻑 빠져들었다.

1월 7일 그날 역시 둘은 예정된 나이트 다이빙을 위해 호화 요트에 탑승했고, 그림 같은 노을의 끝자락을 보며 평생 이렇게 살면 좋겠다고 생각했다. 배가 계속해서 다이빙 지점으로 이동하는 동안 승객들은 안전 교육 영상을 보았고, 서호라와 김수민의 이어폰에서는 한국어로 된 설명이 나왔다. 그러던 중 서호라는 보았다. 스물을 갓 넘긴 나이로 보이는 여성 승객이 코에 손목을 대고 숨 쉬는 모습을. 뭐지? 설마 브링 오일? 여기까지 와서 다이빙을 하기도 전에 보디메이트와 혼을 바꿀 리는 없을 텐데. 애초에 여기 다 365만 있는 거 아니었나? 그때 피유융 하는 소리와 함께 하늘에서 불꽃이 펑펑 터졌다. 나이트 다이빙에서만 즐길 수 있는 불꽃놀이라고 했다. 어느덧 서호라는 화려하게 물드는 밤하늘에 시선을 빼앗겼다. 어린아이처럼 좋아하는 김수민을 보면서 마음이 울렁거릴 만큼 행복했다. 그 모습을 담아 기록해 두고 싶었지만 하필이면 핸드폰을 스쿠버 다이빙 센터에 두고 와 버렸다. 일본에서 왔다는 가족 일행도 마찬가지였다. 센터는 탈의실 핸드폰 반입이 금지돼 있다고 했고, 그들은 데스크 직원에게 핸드폰을 맡겼다가 되찾아오는 걸 깜빡했다. 요트에 올라타기까지 정신없는 절차가 많은 탓이었다.

"현울림이 제대로 몸을 가누지 못하는 모습이 촬영될까 봐 미리 작업해 둔 거네."

무재의 말에 서호라가 천천히 고개를 끄덕였다.

"그러고 보니 그 여자, 그러니까 그날 실종된 그 여자만 핸드폰을 가지고 있었어."

"그랬겠지." 울림이 중얼거렸다.

법정에서 울림은 강지나가 요트 위에서 촬영한 증거 영상을 보았다. 울림아, 생일 축하해! 너를 위한 선물이야! 그렇게 말하며 화면 속 강지나는 웃고 있었다. 그날 바다에 빠져 죽은 자신과 같은 얼굴로.

"내가 수면제에 취해서 비틀대는 모습은 못 봤어?" 울림이 간절한 얼굴로 서호라를 보았다. 그런 증언이 필요했다.

서호라가 고개를 젓다가 아, 하고 입을 벌렸다. "그래서 계속 붙어 있었구나."

요트에 오르기 전부터 강지나는 전문 다이버 한 명과 유독 가깝게 붙어 있었다. 그 남자도 한국인이었는데 삼십 대 초반으로 보였고, 훤칠한 인물에 성격도 좋았다. 서호라와 김수민은 저 둘이 눈이 맞은 것 같다는 데 의견을 모았다. 여행지에서 만나 하룻밤 추억이 돼도 영화 소재고 한국에 가서 다시 재회해도 영화 소재라며 킬킬 웃었다.

근데 요트에 오르고 나서부터는 그 상황이 딱히 웃기지 않았다.

그 남자 다이버와 강지나는 다이빙 지점으로 가는 내내 서로 몸을 기댄 채 딱 붙어 앉아 있었다. 다이버 쪽에서 공과 사를 구분해야 하는 거 아닌가 싶었다.

하지만 경찰에 이런 진술을 하진 않았다. 사람이 망망대해에서 실종된 마당에 이런 얘기는 사사로운 가십처럼 보였다. 그리고 수면제에 취한 울림이 그 남자 다이버에게 몸을 기대고 앉아 있을 때쯤엔 이미 계속된 애정 행각으로 보여 아무도 관심을 주지 않았다.

"그 다이버가 현울림을 강제로 바다에 빠뜨리는 모습은? 못 봤어?"

이번에는 김수민이 고개를 저었다. "우린 먼저 물에 들어갔고 마지막이 저 여자랑 그 남자 다이버였어."

"확실해?"

"확실해. 마지막까지 저 마음에 드는 손님만 챙기네 싶어서 속으로 욕했거든."

"그 인간이 나를 물에 밀어 넣은 거네. 안전 동의서에도 내 손을 끌어다 지문을 찍었고." 울림이 호흡을 가다듬었다. "그 인간 주소도 알지?"

"당연히⋯⋯."

"꺅!"

무재의 대답과 유이레의 여린 비명이 겹쳤다. 유이레를 향해 반사적으로 고개를 돌린 울림의 입에서도 날카로운 숨이 새어 나왔다.

"저, 저게 뭐야."

시커먼 털로 뒤덮인 짐승이 창문 너머에 서 있었는데, 그 크기에

침실 쪽 창문이 다 가려질 정도였다. 주둥이 부분만 털이 하얀 짐승이 커다란 송곳니로 침을 질질 흘렸다. 침이 떨어지는 가슴팍에는 하얀 털이 부메랑 모양으로 자라나 있었다. 흔히 반달가슴곰이라 불리는 아시아흑곰. 사람을 찢어 죽일 수 있는 강력한 육식 동물이었다.

"저거…… 진짜 아니지?" 울림이 유이레를 보호하듯 어깨를 감싸 쥐며 침을 꿀꺽 삼켰다. 눈을 마주치고 있는 것만으로도 오금이 저렸는데, 눈알까지 굳어 버렸는지 눈을 피할 수가 없었다.

"저게 가짜면 이 총도 가짜게." 김수민이 긴장된 얼굴로 창밖의 곰을 응시했다. 총구는 여전히 무재에게 고정돼 있었다.

무재도 손에 쥔 권총으로 서호라를 겨눈 채 뒤편의 상황을 빠르게 확인했다.

"눈 내리깔아요." 무재가 울림에게 침착하게 말했다. "곰이랑 눈싸움하다가 몸싸움 되니까."

"어? 어." 울림이 눈알을 천천히 오른쪽으로 굴리더니 딸꾹질 소리를 내며 앞 유리창을 보았다. "저, 저기 앞에 또 있는데."

김수민과 서호라가 고개를 슬며시 돌려 쩍쩍 갈라진 앞 유리창을 살폈다. 울림과 눈싸움을 하던 놈보다 큰 곰이 앞 범퍼에 두 앞발을 턱 올렸다. 송곳 같은 발톱이 위협적이었다.

"대체, 쟤네가 왜 여기를 돌아다녀?" 울림은 자신의 품에 안긴 유이레의 몸이 달달 떠는 걸 느꼈다. 어쩌면 울림 자신이 떨고 있는지도 몰랐다.

"오면서 표지판도 안 봤어?" 김수민이 어금니를 꽉 깨물고 조그

맣게 말했다. "여기 자유 숲이잖아."

울림과 무재는 숲 입구에 앞으로 엎어져 있던 표지판을 떠올렸다. 그 표지판엔 그들이 미처 보지 못한 문구가 적혀 있었다.

야생 동물 자유 구역 (Wildlife Free Zone)

위험 (DANGER)

절대 진입 금지 (DO NOT ENTER)

"저기 또 있어요!" 유이레가 작은 손을 뻗어 뒤에 달린 창을 가리켰다.

다섯 사람이 탄 캠핑카가 곰 세 마리에게 포위된 모양새였다. 다들 곰이 그대로 지나가기를 기다렸지만, 놈들은 코를 킁킁대며 맴돌았다.

"너희 때문이잖아." 김수민의 총구는 여전히 무재를 향해 있었지만 시선은 밖에 선 놈들을 분주히 살폈다. "평소 쉽게 맛볼 수 없는 고기가 여기 있으니 냄새를 맡고 따라오시죠, 그렇게 광고한 꼴이라고 너희가."

"애초에 이런 곳에서 거래를 한 게 누군데." 무재도 곰들을 자극하지 않기 위해 가만히 서서 고개만 천천히 움직였다.

"마즈, 느희는 냄새 안 나고." 울림은 입술의 움직임조차 최소화했다.

"우리는 매번 무취 작업을 하고 숲에 들어와. 너희가 풍긴 냄새 때문이라고." 김수민이 앞 유리창을 향해 고갯짓했다. "그리고 저

구멍을 누가 냈더라?"

그 순간 울림이 벌떡 자리에서 일어섰다.

"전화 좀 빌려줘. 우리 일행한테 여기서 나가라고 말해 주게." 울림이 김수민을 향해 손을 뻗었다.

"여기 전화 신호 안 잡혀."

다음 순간 바닥이 흔들리는가 싶더니 차체가 크게 휘청였다. 김수민과 서호라가 서로를 꽉 붙잡았다. 곰 세 마리가 동시에 캠핑카를 흔들어 대자 부엌 찬장에 든 식기가 쩔그럭댔다. 꺅, 유이레가 소리를 지르며 바둥거렸다.

"비켜 봐." 서호라가 무재를 밀치며 유이레에게 다가가다 침대 쪽으로 풀썩 넘어졌다.

울림은 부엌 찬장을 붙잡고 중심을 잡았다. "우리를 먹겠다는 거야, 가지고 놀겠다는 거야."

"통 안에 든 걸 꺼내 먹으려 흔드는 거겠지. 쟤들 지능 높아." 김수민이 운전석 뒷면에 등을 바짝 붙이고 중심을 잡았다.

"이쯤에서 잠시 휴전해야 우리가 멍청하진 않다는 뜻이 될 거 같은데, 어때." 무재가 김수민을 보자 김수민이 어쩔 수 없다는 듯 고개를 끄덕였다.

그때였다. 호수 방향으로 차가 크게 기울면서 김수민이 중심을 잃고 벽면에 부딪혔다. 무재가 재빠르게 몸을 돌려 울림의 팔을 잡았다. 다음 순간 유이레의 새된 비명과 함께 차가 완전히 옆으로 넘어졌다.

"괜찮아?" 무재를 깔고 누운 모양새가 된 울림이 물었다.

무재는 김수민을 불렀다. 김수민이 어깨를 문지르며 자리에서 일어섰다. 발밑에 창문이 밟혔다.

"젠장, 이젠 진짜 도망가기도 글렀네." 김수민이 짜증과 걱정이 뒤섞인 눈빛으로 위를 올려다보았다. 슬라이딩 도어 창밖으로 짙은 회색 하늘이 보였다.

"그 총 쏴 본 적은 있지?" 무재가 머리 위로 손을 들어 문손잡이를 잡았다.

"없어." 산탄총을 꽉 쥐는 김수민의 눈동자가 검게 빛났다. "동물한테는."

"그럼 됐네." 무재가 운전석을 밟고 올라선 뒤 김수민이 올라올 수 있도록 도왔다. "내가 문 열면 저기 밟고 위로 올라와."

김수민이 무재와 나란히 운전석을 밟고 서서 고개를 끄덕였다. 무재는 머리 위 슬라이딩 도어를 옆으로 확 열어젖힌 뒤 문틀을 잡고 몸을 반쯤 밖으로 내밀었다. 이어 바로 정면에 보이는 곰에게 총을 겨누는데 뒤에서 퍽 소리가 났다. 차 위로 기어올라 와 무재에게 달려들던 또 다른 곰이 김수민이 휘두른 산탄총 개머리판에 머리를 맞고 잠시 놀란 기색을 보였다. 하지만 가볍게 빗맞았을 뿐이라, 긴 겨울잠에서 깨어나 배고픔에 굶주린 녀석은 재빨리 김수민을 향해 달려들었다.

타─앙, 평화로운 숲속에 총성이 길게 울려 퍼졌다. 이어 곰이 고통스럽게 포효하는 소리가 적막을 깼다. 그러자 나머지 두 마리가 울음소리를 내며 차를 밀치기 시작했다. 그 바람에 김수민이 중심을 잃고 차 안으로 떨어졌고, 캠핑카는 빙판 못지않게 미끄러운 진흙 위에서 크게 미끄러졌다. 무재는 아예 밖으로 나가 차체를 밟고 사격 자세를 취했다. 이어 두 놈 중 더 화가 나 보이는 쪽을 향해 망설임 없이 방아쇠를 당겼다. 얼굴을 명확히 조준했지만 놈이 하필 그 타이밍에 팔을 휘두르는 바람에 총알이 팔에 박혀 버렸고, 흥분과 고통에 휩싸인 놈들은 옆으로 뒤집어져 훤히 드러난 자동차 하단을 향해 머리를 들이박았다.

무재가 흔들리는 차 위에서 중심을 잡고 열린 문으로 김수민이 다시 고개를 내미는 사이, 차가 미끄러져 호수로 향했다. 무재가 부상 입은 곰의 급소를 다시 조준하는데 김수민이 무재의 발목을 잡으며 소리쳤다. "호수에 빠지고 있어!"

"다들 나와! 당장!"

무재가 열린 문 아래로 다급하게 손을 뻗었다. 울림은 유이레를 토닥이며 달래는 서호라와 눈이 마주쳤다. 곰의 사나운 포효에 다리가 얼어붙는 것 같았지만 무조건 밖으로 나가야 한다는 판단이 들었다.

"빨리!" 울림이 서호라와 유이레에게 어서 이쪽으로 오라는 손짓을 보낸 뒤 팔을 뻗어 무재의 손을 잡았다.

다음 순간 차가 다시 강하게 미끄러지며 완전히 호수로 밀려났다. 캠핑카는 빠르게 가라앉았고, 활짝 열린 문으로 쉴 새 없이 물이 찼다. 울림은 장갑이 벗겨져 무재의 손을 놓쳤다.

순식간에 차 안에 물이 완전히 들어차자 그 순간을 기다렸던 서호라는 침착하게 뒷문을 열었다. 유이레를 안고 바깥으로 빠져나가며 서호라가 울림을 향해 잠깐 기다리라는 눈짓을 보냈지만, 지난 익사 이후 물 공포증이 더 심해진 울림은 패닉에 빠져 보지 못했다. 코와 입에서 나오는 기포가 시야를 어지럽혔고, 코에 물이 들어가자 당장 숨이 끊어질 것 같았다. 필사적으로 팔다리를 허우적거리는데 장갑을 끼지 않은 맨손에 누군가의 살갗이 닿았다. 울림은 본능적으로 상대를 꽉 잡았다. 울림의 손끝에 달린 터치 센서가 정확하게 작동했다. 물이 들어찬 캠핑카 내부가 돌림판처럼 정신없이 돌았고, 투명하고 차가운 호수 물을 들이켠 속이 뒤집히며 구역질이 났다.

무재는 고통스러운 얼굴로 꼼짝도 하지 않는 울림의 두 팔을 자신의 목에 둘렀다. 울림은 몸이 자꾸만 오른쪽으로 기울어지고 있다고 느꼈고, 그래서 무재의 몸을 꽉 잡고 이를 악물었다.

이윽고 무재와 함께 물 밖으로 고개를 내민 울림의 입에서 푸하, 다급한 숨이 터져 나왔다. 허파에 물이 들어찬 것처럼 가슴이 고통스러웠다. 곧이어 먹먹해진 귓가에 묵직한 총성이 연달아 들려왔다.

총을 쏘는 데 집중하느라 잠시 자세가 흐트러진 김수민이 물 아래로 가라앉았다가 금방 얼굴을 내밀었다. 물에 흠뻑 젖어 버린 산탄총이 구름 사이를 뚫고 나온 햇빛을 반사했다. 호수까지 따라 들어온 곰이 절규에 가까운 신음과 함께 물에 가라앉았다. 차분하게 팔다리를 휘젓는 서호라의 등에 붙어 유이레가 우와, 탄사를 내뱉었다.

어른들의 시선은 마지막 한 놈에게 향해 있었다. 아까 무재의 총에 맞아 죽은 곰을 살펴보던 녀석이 몸을 길게 펴면서 포효했다. 김수민이 녀석을 조준했지만 물에 젖어 버린 구식 산탄총은 더 이상

발사되지 않았다.

"젠장!" 김수민이 신경질을 내며 계속해서 방아쇠를 당겼지만 달라지는 건 없었다.

마지막 곰이 호수에 첨벙 뛰어들었다. 곰은 아주 많이 화가 난 듯했다.

"언니!" 당황한 서호라가 김수민 쪽으로 헤엄치기 시작했다. 서호라의 목을 꽉 끌어안은 유이레가 눈을 꾹 감았다.

"서호라, 비켜!" 무재가 크게 소리쳤다.

앞으로 쭉 뻗은 무재의 오른손에서 시작된 강한 진동이 울림의 몸으로 전달됐다. 물이 뚝뚝 떨어지는 권총에서 발사된 총알이 서호라의 젖은 머리칼을 살짝 스쳐 지나가 곰의 왼쪽 눈을 맞혔다. 고통에 찬 곰이 양팔을 들어 올렸다. 한 뼘만 더 가까웠다면 그대로 김수민의 얼굴을 뜯어 버릴 거리였다. 한 번 더 무재가 총을 쏘았고, 고통에 몸무림치던 놈이 움직임을 멈췄다.

녀석이 가라앉은 곳에서 붉은 피가 물결처럼 퍼져 나갔다.

"이쪽으로!" 무재와 울림이 앞장서 달렸다.

물에 쫄딱 젖어 평소보다 몸이 훨씬 무거워졌지만, 가까운 곳에서 육중한 무언가가 우두둑 나뭇가지를 밟는 소리에 너 나 할 것 없이 모두가 걸음을 재촉했다. 물에 젖은 파란 털장갑을 낀 울림이 양말만 신은 유이레의 작은 손을 잡고 달렸다. 그러다 유이레의 양말이 진흙에 달라붙어 벗겨지자 무재가 유이레를 한 팔로 잡아 들었다.

"이모, 빨리요!" 무재의 옆구리에 매달려 가는 유이레가 울림을 보며 외쳤다.

나 실제로는 그렇게 나이 안 먹었어. 울림은 그렇게 받아칠 수 없을 만큼 헉헉대며 필사적으로 달렸다.

은도끼의 값

다섯 사람이 캠핑촌의 공공 샤워실에서 깨끗이 씻고 모닥불 앞에 모여 앉았을 때 하늘은 이미 깜깜해져 있었다.

"정말 너희가 총으로 쏴 죽였다고?" 김달이 미심쩍은 얼굴로 물었다. "단란한 곰 세 마리 가족을?"

김달과 젤리는 울림이 해 준 얘기를 여전히 믿기 어려워했다.

"단란한 게 아니라 공포 그 자체였다니까?"

울림이 양팔을 최대한 크게 뻗으며 그 곰들이 얼마나 컸는지 묘사했다. 물에 가라앉아 버린 김수민과 서호라의 보금자리 대신 그들의 지정석에 세워진 6인승 캠핑카에 울림의 그림자가 드리웠다.

"자자, 다들 이거 마시고 몸 좀 풀어."

바로 옆 캠핑카의 문이 열리고, 노란 수영복을 입은 옆 캠핑카 남자가 위에 낡은 후드 집업을 걸치고 나타났다. 손에 들린 넓은 그릇에는 소주잔 다섯 개가 놓여 있었다. 남자는 자동차 정비사였던 할아버지에게 배운 기술로 이곳 사람들의 캠핑카를 수리해 주면서

'차 박사'로 불렸다.

"아저씨, 이거 뭐야?" 김수민이 차 박사를 친근하게 부르며 투명한 액체가 담긴 소주잔 하나를 서호라에게 먼저 건넸다.

"정종. 따뜻하게 데웠어." 차 박사가 김달에게 잔을 건네며 그 옆에 앉은 울림을 보았다. "임신부는 마실 생각 마요."

"아, 네." 울림이 어색한 웃음을 지었다. 이 아저씨 필름은 안 끊겼나 보네.

"저는 괜찮아요." 김달이 눈앞의 잔을 밀어내며 오른 손목에 찬 임신부 밴드를 소매 안으로 가렸다.

"그래요?" 차 박사가 김달에게 주려던 소주잔을 냉큼 자기 입에 털어 넣었다. "크, 좋다. 그럼 아가씨는 이거." 차 박사가 노란 수영복 주머니에서 핫 팩을 꺼내 김달에게 건넸다.

이어 무재도 술을 사양하자 차 박사는 신난 얼굴로 소주잔을 원샷한 뒤 역시나 핫 팩을 건넸다. 유이레에게는 핫 팩과 함께 팩에 담긴 사과주스를 준 차 박사는 뱅쇼가 다 되어 간다며 다시 캠핑카로 들어갔다.

"어쩔 거야?" 김수민이 맞은편에 앉은 무재를 향해 눈을 치떴다. "너희 때문에 우리 영업장이자 집이 가라앉았는데."

"쇠도끼 빠뜨리고 은도끼를 얻었으니, 두 사람 입장에서는 꽤 괜찮은 거래 아닐까 싶은데." 무재가 제 핫 팩을 옆자리 울림에게 툭 던지며 말했다.

"무슨 소리야?" 정종을 후후 불어 마시던 서호라가 물었다.

무재가 뒤에 선 캠핑카를 가리켰다. "이거 여기 두고 가려고."

젤리의 정종을 뺏어 먹던 울림이 컥컥거렸다. "뭐? 설마 이것도 정산 비용에 포함이야?"

"덤터기 안 씌우니까 진정해요."

놀라기는 김수민과 서호라도 마찬가지였다.

"싫어. 그냥 쇠도끼로 갚아." 김수민이 퉁명스레 말했다.

서호라도 옆에서 손을 내저었다. "그래, 이제 공짜는 안 내켜."

"공짜 아닌데." 무재가 찬찬히 말을 이었다. "내 의뢰인이 다시 재판에 가면 증인석에 서 줘. 강지나가 브링 오일을 흡입하는 장면을 봤다고 했잖아."

김수민과 서호라가 말없이 서로를 마주 보았다.

"두 사람을 증인으로 세운다는 걸 알게 되면 아마 강지나 측에서 온갖 매수와 협박 작업에 들어갈 텐데," 무재의 갈색 눈동자에 모닥불이 일렁였다. "계속 우리 편에 서 줘."

울림과 김달, 그리고 젤리가 간절한 얼굴로 두 사람을 바라보았다.

김수민과 서호라는 사실 울림의 재판에 대해 잘 알고 있었다. 둘은 캠핑카 침대에 잠든 고객의 상태를 체크하면서 종종 그 재판에 대해 이야기했다. 하필 전국적인 관심이 쏠린 사건에 자신들이 연관돼 있다는 게 괜히 불안하면서도 누구보다 진실이 궁금했다.

호라 넌 누가 진실을 말하는 거 같아?

언니는?

음, 그날 그 여자 굉장히 행복해 보였잖아. 곧 보디메이트를 죽일 사람이 그렇게 신나 있었다는 건, 믿고 싶지 않긴 해.

원수를 죽이는 사람이라면 행복할 수도 있겠지.

복수라. 그럼 죽은 여자가 나쁜 사람이었던 거네?

글쎄 그건 모르지.

"뭐, 우리가 우리 눈으로 본 걸 있는 그대로 말하는 건 어렵지 않지만." 김수민이 서호라의 눈치를 살피며 말끝을 흐렸다. 두 사람 입장에선 정의로운 시시비비를 가리는 곳에 발을 들이는 일 자체가 부담스러운 게 사실이었다.

"현울림?" 그때 서호라가 울림의 이름을 확인하듯 말끝을 올렸다.

울림이 말없이 고개를 끄덕였다.

"네가 재판에서 주장했던 말들, 난 믿어 보기로 했어." 서호라가 울림을 보며 옅은 미소를 지었다.

"갑자기?" 울림이 어안이 벙벙한 얼굴로 물었다.

"그때 재판에서 네 물 공포증이 위증이라고 결론 났던 거 기억나. 강지나가 증거 자료 냈었잖아. 같이 수영장 다녔던 거." 서호라가 모닥불 앞에 나란히 놓인 젖은 신발들을 바라보았다. "근데 난 아까 내 눈으로 직접 봤거든. 물에 빠진 네가 공포에 질린 얼굴로 이러지도 저러지도 못하는 모습을."

강지나가 저지른 게 살인인지 복수인지 여전히 알 수 없지만, 서호라는 일단 진실을 말하는 사람 곁에 서기로 결정했다.

"하여간 현명해." 김수민이 서호라의 얼굴을 자랑스럽게 바라보다가 볼을 비볐다.

울림과 김달, 그리고 젤리가 나란히 앉아 서로의 손을 맞잡았다. 울림은 왼손으로 김달의 손을 꽉 잡은 채 오른쪽 팔꿈치로 무재의 팔을 툭 쳤다. 드디어 우리 한 건 했어. 신난 울림의 표정을 보며 무재가 픽 웃었다. 아직 갈 길이 멀었다.

쓰읍, 쓰읍. 팩 주스에 꽂힌 빈 빨대를 빨아들이던 유이레가 서호라의 옷소매를 잡아당겼다.

"언니, 저 이제 다시 접속하면 안 돼요? 아까 진짜 다 됐었단 말이에요. 돈은 다시 낼……." 유이레가 소스라치게 놀라며 자리에서 일어섰다. "내 책가방! 아, 내 돈…… 망했다."

울림은 미처 잊고 있던 죄책감에 이마를 짚었다. 저 어린애가 남의 일에 휘말려 고생은 고생대로 하고 돈이 든 가방까지 호수에 빠뜨리고 말았다.

김달이 유이레에게 잃어버린 돈 액수와 책가방 가격이 얼마인지 물으며 송금을 약속하자 김수민이 자신들 고객이라며 배상도 자신들이 하겠다고 나섰다.

"사실 책가방은 그냥 잃어버렸다고 하고 엄마한테 새로 사 달라고 해도 돼요." 유이레가 김수민의 팔을 잡았다. "가져온 현금도 불링 한 번 더 할 정도였어요. 그러니까 그냥, 가기 전에 낙원 한 번만 더 들어가게 해 주세요. 그거면 돼요."

울림은 자신이 유이레에게 끼친 피해를 생각하면 무조건 바짝 엎드려야 한다는 걸 알면서도 이 말을 참을 수가 없었다.

"너, 불링이 얼마나 위험한지 몰라? 다시는 여기 얼씬도 하지 마.”

김수민의 표정이 굳어졌다. “우리 제품은 안전해. 그리고 우리가 계속 옆에서 지켜보고 있고.”

“뭘 계속 지켜봐. 아까 김밥 먹고 있더만.”

“넌 네가 잠들어 있는데 바로 옆에서 지켜보면 소름 끼치지 않아? 최소한의 거리로 최소한의 프라이버시를 지켜 주는 거거든.”

울림이 뭐라 또 반박하려 하자 무재가 울림의 어깨를 잡고 속삭였다. “그만. 우리 이 사람들 계도하러 온 거 아니잖아요.”

김달도 울림의 옆구리를 쿡 찌르며 복화술을 했다. “너한테 필요한 사람들이다. 괜히 심기 건들지 마.”

“아니, 고마운 건 고마운 건데.” 그렇다고 해야 할 말을 참을 수 있는 울림이 아니었다. “불링을 팔아서 돈 버는 짓은, 진짜 이해해 주기 싫어.”

울림은 강지나가 불링으로 낙원에 접속했다가 죽을 뻔한 그날의 장면을 평생 잊을 수 없었다. 바로 그 순간이 강지나의 창창한 앞날을 망쳤고, 그 여파가 결국 울림의 인생까지 끝장내 버린 셈이니까.

“그래, 그럼. 불링이나 팔면서 밥 벌어 먹고사는 우리 같은 것들 도움 따위 받지 말고, 잘나신 도덕 선생 혼자서 잘해 봐.”

먼저 자리에서 일어선 김수민이 서호라에게 일어나라고 고갯짓했다. “우리한테 입힌 피해는 돈으로 갚고, 너희 캠핑카 가져가.”

“언니, 일단 진정해.”

“서호라. 널 무시하는 사람을 굳이 도울 거야?”

“그놈의 주둥이 진짜.” 김달이 한 손으로 울림의 입술을 꽉 잡았다. "다 떠들어서 속 시원해지는 게 그렇게 좋으면 나머지도 다 말해. 네가 불링을 왜 그렇게 싫어하는지."

어느덧 자리에서 일어선 젤리가 난감한 눈썹과 친절한 어투로 김수민을 달랬다. "저 친구가 괜히 저러는 게 아니라, 나름 사정이 있어요."

"어떤 사정?" 무재가 궁금한 얼굴로 울림을 보았다.

"……." 울림은 맞은편에 앉은 유이레를 보았다.

오늘 처음 본 사람들에게 말하기에는 참 너저분하고, 특히 초등학교 5학년 아이를 앞에 두고 하기엔 퍽 흉흉한 얘기였다.

"저도 듣고 싶어요." 유이레가 힘 있는 눈빛으로 말했다. "그리고 이모 얘기가 다 끝나면 저는 이모가 왜 불링을 혐오하면 안 되는지 말해 줄게요. 세상에는 낙원에 꼭 가야 하는 미성년자도 있거든요. 저처럼."

유이레의 초롱초롱한 눈망울을 바라보던 김수민이 털썩 자리에 다시 앉았다. 어디 들어나 보자는 듯, 김수민이 턱을 치켜들고 울림을 빤히 응시했다.

울림은 오 년 전 김달과 젤리에게 이 얘기를 처음 꺼냈을 때와 달리 차분하고 덤덤하게 그날의 이야기를 시작했다.

끈질긴 악연

　결론적으로, 모두가 알고 있다시피, 강지나는 그날의 사고로 죽지 않았다. 뇌 어딘가가 고장 나 시력을 잃었을 뿐.

　시신경 수술, 약물 치료, 그리고 정신과 상담까지. 이모와 이모부는 할 수 있는 모든 것을 했지만 강지나가 볼 수 있는 건 여전히 뭉툭하고 희미한 실루엣뿐이었다. 그마저도 눈 바로 앞에서 세차게 흔들리는 손 정도가 그런 잔상을 남겼고, 그게 손이라는 건 전혀 알아보지 못했다.

　사람의 뇌 데이터가 혼이라고 불리며 옮겨 다니는 시대에 고작 망가진 눈 두 개를 고치지 못해 평생 시각 장애를 가지고 살아가야 한다니. 강지나는 이 말도 안 되는 비극에 분노했다. 애초부터 불링에 손을 대지 말았어야 했다는 후회는 없었다. 자신이 불링을 사용해 낙원에 접속한 걸 알면서도 귀를 틀어막은 채 등을 돌리고 앉아 있던 나에게 모든 원망을 쏟아 냈다.

　이모는 나를 보육원으로 돌려보냈다. 내가 미워서가 아니라 그

편이 서로에게 좋을 거라 판단했다. 강지나는 나를 데려오라고 악을 썼다. 왜 개만 두 발 뻗고 편히 자는데? 왜 개를 죄책감으로부터 자유롭게 해 주냐고!

이모와 이모부는 나에게 그날 사고의 책임을 묻는 모진 어른도 아니었지만, 울면서 발악하는 딸을 끊임없이 받아 주고 이겨 낼 만큼 강인한 부모도 아니었다. 솔직히 말해 그들은 불쌍하고도 무서운 딸의 분노를 더 이상 받아 주기 힘들었다. 그래서 나에게 돌아와 달라고 조심스럽게 부탁했다. 사실 울림이가 이 사고에서 완전 무고한 건 아니잖아. 두 사람은 뒤늦게 그런 생각을 주고받았다. 조심스러웠던 부탁은 어느새 끈질긴 설득으로 이어졌다.

김달과 젤리의 반대에도 불구하고 나는 강지나의 집으로 다시 들어갔다. 눈이 보이지 않는 강지나의 수발을 잠시 들어주는 정도는 해야 한다고 생각했다. 내게 그 정도의 책임은 있다고 여겼으니까. 물론 내 속죄가 그런 방식이 될 줄은 몰랐다.

강지나는 첫날부터 내게 불링을 구해 오라고 강요했다. 나는 강지나의 사고 나흘 뒤에 17세가 되어 낙원에 접속할 수 있는 법적 성인이 되었지만, 강지나의 열일곱 번째 생일은 아직도 넉 달이나 남아 있었다. 강지나는 법적으로 미성년자였고, 시력을 잃은 사고 이후에도 여전히 불링을 원했다.

"낙원에서는 나도 볼 수 있어." 강지나의 초점 없는 눈빛이 허공을 강렬하게 응시했다.

"네 달만 참아."

그 말을 듣자마자 강지나가 내게 달려들었다. 방금까지 강지나가 마구 붓을 휘저어 대던 커다란 캔버스와 함께 우리는 바닥으로 쓰러졌다.

"아, 네 달이 참 짧다. 그렇지? 그럼 내가 무슨 짓을 하든 너도 딱 네 달만 참아."

내 몸 위에 올라탄 강지나가 내 눈을 파 버릴 것처럼 얼굴을 짓눌렀다.

"비켜! 그만!" 내가 눈을 꽉 감은 채 소리쳤다.

어떻게든 강지나의 손을 떼어 내려 했지만, 음식도 거부하며 깡말라 버린 강지나가 제 몸 어디에 그런 괴력을 숨겨 두었던 건지 끈질기게 버텨 냈다. 이윽고 내가 고통에 찬 괴성을 질렀다.

밖에서 대기 중이던 전문 요양사가 놀라서 강지나의 작업실 문을 열었고, 눈을 감고 바둥대던 내 손에 마침 무언가가 잡혔다. 본능적으로 그 물건을 휘둘렀다. 검은색 유화 물감으로 뒤덮인 팔레트가 강지나의 얼굴에 명중했다. 요양사는 입을 틀어막고 서서, 검은 물감으로 얼룩진 강지나의 얼굴에서 붉은 피가 흐르는 걸 바라보았다.

그 사건 이후로 이모는 강지나와 나를 단둘이 두지 않았지만, 강지나는 요양사가 잠시 자리를 비울 때면 어김없이 내게 저주와 폭언을 쏟아 냈다. 그 모든 걸 나는 고스란히 받아 냈다. 내가 다니던 학교에 이모가 손을 써서 홈스쿨링으로 전환된 이후로—"이제 정말 지나한테는 너밖에 없어. 다른 친구들 병문안도 모두 거절하잖니."—나는 강지나와 함께 집에 갇혀 지옥 같은 하루하루를 보냈다.

결국 내 인내심이 한계에 도달했다. "애초에 네가 불링에 손대지 않았으면 일어나지 않았을 일이야." 답답한 마음에 한 마디만 하려고 했는데 막상 말을 시작하니 멈출 수 없었다. "네 사고에 가장 큰 책임이 있는 사람은 너라고. 그러니까 남 탓하는 거 이제 그만 해. 나 너 충분히 받아 줬어."

강지나가 얼굴을 구기며 어린아이처럼 울었다.

그 일 역시 이모와 이모부의 귀에 들어갔고, 이모가 나를 따로 불렀다. 그러지 않아도 힘든 지나한테 어쩜 그렇게 모진 말을 할 수가 있느냐며 이모가 서운함을 내비쳤다.

"지나가 울림이 널 동생처럼 챙기고 좋아했잖아. 그만큼 또 너를 신뢰했으니까," 이모가 숨을 골랐다. "그걸 하면서 너한테 망을 봐 달라고 했을 테고." 이모는 불링이라는 표현을 언급하기조차 꺼렸다.

나는 처음으로 궁금해졌다. 이모는 정말로 나와 강지나가 물과 기름 같은 사이였다는 걸 몰랐을까.

"이모도 널 정말 딸처럼 아꼈는데……. 네가 지나 사고에 대해 이렇게 냉정하게 선을 그으니까, 이모가 조금 섭섭해지려고 해. 지나 사고의 책임에는 이모와 이모부의 부족한 관심, 그리고 울림이 너의 부주의도 있는 거잖아."

"……나를 정말 딸처럼 생각했어, 이모?"

"그걸 질문이라고 해? 네가 해 달라는 걸 이모가 거절한 적이 있니." 애초에 별로 요구한 게 없었다. "아님 가족 여행에 너를 빼놓은 적이 있니. 지나에게 사 준 건 뭐든 너한테 똑같이 사 줬잖아."

"맞아. 그래서 정말 고맙게 생각해, 이모."

진심이었다.

"그런데 말이야. 내가 정말 이 집 딸이었다면, 지나 때문에 내 정신이 이렇게 갈려 나가고 망가지는 걸 이모가 지켜만 보진 않았을 거라고 생각해. 똑같이 소중한 내 자식이 다른 자식의 분풀이 도구가 된 걸 알면서도 방치하는 부모가 있다면, 친부모여도 부모 자격이 없는 거잖아."

흔들리는 이모의 시선을 똑바로 마주했다.

"이모한테 경제적으로 받은 지원은 내가 십 원 한 장 빼놓지 않고 차차 다 갚을게. 그러니까 은혜를 이런 식으로 갚게 하진 말아 줘."

"너 어쩜⋯⋯." 이모의 얼굴이 붉어졌다.

난 이모가 자신의 잘못에 수치심을 느꼈다고 생각했지만, 사실 이모는 화가 나 있었다.

"지나가 불링에 손대는 걸 알았으면 이모한테 말을 하든지, 아니면 애를 잘 지켜보기라도 했어야지."

이모의 목소리가 커졌다.

"정윤이는 언제나 내 편이었어."

정윤. 우리 엄마의 이름.

"정윤이가 네 상황이었다면 절대 너처럼 행동하지 않았어."

"혹시, 이모한테 우리 엄마도 유기견이었어?"

"⋯⋯뭐?"

바로 짐을 싸서 보육원으로 돌아가겠다며 자리에서 일어섰다.

이모는 그까짓 돈 몇 푼 아쉬울 것도 없으니 다시는 연락하지 말라고 소리쳤다.

하지만 강지나와 나의 더럽고도 질긴 악연은, 정말 말도 안 될 만큼 놀라운 확률로 우리 둘을 보디메이트로 묶어 버렸다. 그것도 하필 바로 앞뒤 요일의 메이트로.

신체를 공유하는 일곱 명의 보디메이트가 소통하는 앱 세븐 메이츠에서 순서대로 처음 통성명을 하던 순간, 그러니까 수인인 나에 앞서 화인 강지나가 이름을 밝히며 자신은 낙원 명상 맵에 사용되는 아트 워크를 그리는 화가라고 말했을 때, 땅이 꺼지는 줄 알았다. 강지나의 자기소개가 끝나고 떨리는 손으로 채팅 창에 내 이름 세 글자만 적어 넣었다. 반갑다는 답장들 속에서 강지나의 대답은 없었다. 이후 다섯 명의 다른 메이트들이 신체 공유에 대한 룰(합의되지 않은 머리 염색이나 파마 금지, 생리통 정도와 전조 증상 공유하기 등)을 정하는 동안 나와 강지나는 아무 말도 꺼내지 않았다.

한집에서 숨 쉬는 것도 끔찍했던 강지나와 내가 평생 한 몸을 공유하게 됐다니.

그러던 어느 날 강지나에게서 첫 쪽지를 받았다. 수요일이 되어 강지나로부터 몸을 건네받고 무심코 주머니에 손을 넣었는데 반으로 접힌 영수증이 보였다. '내가 술을 좀 많이 마셔서. 가방에 숙취제 들었으니까 힘들면 먹어.'

난 똑같은 문장을 세 번 읽은 뒤에야 내용을 이해했다. 그 정도로 술에 취했고, 웬 침대에 누워 있었다. 적당한 크기의 스튜디오 아파트. 한쪽에 작업 중인 유화 캔버스가 보였다. 강지나의 그림이라는 걸 단박에 알아볼 수 있었다. 질서 없이 형상화된 검은 분노가 아니라 강지나의 기존 화풍에 쓸쓸한 필터를 한 겹 덧씌운 듯한 추상화였다. 술기운이 싹 달아났다.

두 눈이 멀쩡한 새 신체를 얻었으니 강지나가 다시 앞을 보게 된 건 당연한 일이었지만, 그 사실을 이렇게 확인하니 오랫동안 굳어 있던 심장이 서서히 녹는 것만 같았다. 불도 켜지 않은 작업실에서 검은 붓질을 그으며 강지나가 여전히 나를 저주하고 있지 않아서, 새삼 다행이었다.

강지나의 핸드백에서 찾은 볼펜으로 키친타월에 글자를 적었다.

축하해, 다시 그림 그리게 된 거.

다음 주 수요일, 다시 강지나의 침대에서 눈을 떴다. 지난번엔 추상화 캔버스가 놓여 있던 이젤에 강지나의 글씨가 들어찬 작은 캔버스가 자리하고 있었다.

축하?
내 신체를 잃고 기부제에 종속된 게 축하받을 일인가?
제대로 된 사과는 한 적도 없는 주제에
왜 쓸데없는 축하를 건네서 사람을 짜증 나게 하는지 모르겠네.

그리고 내가 술 많이 마시는 거,
다른 메이트들한테 말하지 마.

네가 열받게 해서 마시는 거니까 괜히 문제 삼지 말라고.

강지나의 황당한 요구에 절로 헛웃음이 났다. 나는 강지나의 글씨 아래에 답장을 적었다.

날 귀찮게 하지 않으면 문제 삼지 않아.

그렇게 나와 강지나는 하나의 몸을 두고 공생하는 법을 차차 익혀 나갔다. 아니, 그렇다고 나 혼자 착각하고 있었다. 강지나가 결국 나를 물에 빠뜨려 죽이기 전까지는.

기억 과부하

김수민과 서호라가 입을 살짝 벌린 채 미동도 없이 울림을 보았다. 김수민은 눈썹에, 서호라는 턱에 잔뜩 힘이 들어가 있었다.

"이제 좀 알겠어? 불링이 왜 위험한지?" 울림이 유이레를 보며 물었다. "네가 다치면 네 주변의 삶까지 무너져."

유이레가 사뭇 겁먹은 눈빛으로 제 두 눈을 만지작거렸다.

"······근데 그 사람은 그때 왜 죽을 뻔한 거예요?"

사고가 나던 날 강지나는 낙원의 깊은 바다를 수영하고 있었다. 수심이 깊은데도 물 색이 투명한 에메랄드빛이었다. 이 좋은 걸 왜 어른들만 누리는 거야. 그런 생각을 하던 강지나는 분홍색 해파리 떼를 만났다. 환상적인 풍경 속에서 강지나는 덜컥 겁이 났다. 어릴 때 해파리에 물렸던 고통이 떠올랐다. 괜찮아, 여긴 낙원이야. 어차피 다 가짜잖아. 그렇게 자신을 진정시키는데도 심장 박동이 빨라졌다.

강지나가 부지런히 그곳을 벗어나는데 해파리 하나가 왼쪽 종아리에 들러붙었다. 악! 강지나는 고통을 느꼈다. 정확히는 강지나의 뇌가 어릴 적 사고 기억을 불러와 그 시절의 고통을 재현했다. 강지나가 다급하게 해파리를 떼어 냈지만 해파리에 물린 부위의 핏줄이 검은색으로 변해 있었다. 해파리에 물린다고 이런 증상이 일어날 리 없었다. 강지나의 뇌가 상상하는 일이 벌어지고 있을 뿐이었다.

해파리 독이 퍼져서 다리가 썩을 거야.

강지나는 터무니없는 두려움을 떨쳐 내려 했지만, 풍부한 상상력은 착실하게 공포를 키워 갔다. 그새 종아리 전체가 검은색으로 변해 버렸다. 동시에 그쪽 다리 전체가 저릿저릿해져 더는 헤엄칠 수 없었다. 몸의 균형이 무너지면서 머리가 수면 아래로 가라앉기 시작했다.

강지나는 오른손 중지에 끼워진 바이오링을 빠르게 세 번 돌렸다. '접속 종료' 버튼이 물속에 나타났다. 손을 뻗어 버튼을 눌렀다. 연달아 수차례 반복해서 눌러 보기도 하고 몇 초 동안 꾹 눌러 보기도 했지만 버튼은 작동하지 않았다. 강지나가 멀쩡한 오른쪽 다리를 휘두르며 성질을 냈다.

사람이 바닷물을 많이 먹으면 어떻게 되지. 그런 생각을 하니 갑자기 입이 짰다. 강지나는 에메랄드빛 바닷물을 삼키며 다급하게 주변을 돌아봤다. 조금 떨어진 곳에서 분홍색 해파리를 보며 즐거워하는 무리가 눈에 띄었다. 강지나는 살려 달라고 크게 소리쳤다.

살려 주세요! 도와줘요! 여기!

어느덧 왼쪽 다리 전체가 검게 썩어 들어갔다. 강지나는 몸이 썩는 고통을 알지 못했지만, 강지나의 뇌는 삼 년 전 호주 바다에서 강한 햇볕에 경미한 화상을 입어 화끈화끈했던 당시의 피부 통증을 불러왔다. 강지나는 뜨거운 고통과 함께 썩어 들어가는 다리를 붙잡고 계속해서 소리쳤다.

도와줘! 살려 달라고!

저쪽 일행은 햇빛을 받아 분홍색으로 반짝이는 해파리 떼에 정신이 팔려 강지나를 보지 못했다.

낙원에서는—맵에 프로그래밍돼 있는 입력값이 아닌 이상—뇌가 인지하지 못하는 대상의 소리는 들을 수 없다. 침대 밑에 아픈 고양이가 숨어 있다는 걸 알지 못하면 고양이가 밤새 그르렁거려도 절대 들을 수 없는 게 낙원이었다. 강지나는 아무도 듣지 않는 외침을 간절히 반복했다.

어느덧 하반신이 전부 검은색으로 물들었을 때쯤, 강지나는 사람이 낙원에서 익사해 죽을 수도 있을까 생각했다. 수면 아래서 꽤 오래 허우적대고 있었지만 그제야 숨이 막히기 시작했다. 입과 코에서 빠져나오는 옥색 기포와 썩은 피부에서 떨어져 나온 검은 재가 어지러이 뒤섞이는 걸 보면서 강지나는 서서히 정신을 잃어 갔다.

울림은 유이레의 엄지손가락에 끼워진 반지를 무표정하게 바라보았다. "강지나가 의식을 잃고 위험해질 때까지 강지나의 손가락에 끼워진 그 싸구려 바이오링은 아무런 경고음도 울리지 않았어."

정식 제품이었다면 강지나의 심박수가 과도하게 높아졌을 때 강제로 낙원 접속이 종료됐을 터였다.

유이레는 물론 김수민과 서호라도 쉽사리 입을 떼지 못했다.

"저 반지도 응급 상황에 제대로 작동 안 하지?"

울림의 물음에 김수민이 얼굴을 들지 않은 채 어깨를 으쓱였다.

"그런 상황까지 가 본 적 없어서 몰라."

김수민은, 유이레처럼 상호 간 신뢰가 형성되지 않은 고객이 불링으로 낙원에 들어갈 땐 반드시 자신이나 서호라가 같이 들어가 사전에 약속된 행동만 하는지 지켜본다고 했다. 이런 보수적인 운영 방식 때문에 김수민과 서호라는 돈을 빨아들이는 하마를 가지고도 여전히 캠핑촌을 벗어나지 못했다.

돈보다 고객의 안전을 우선하는 두 사람의 태도에 울림은 잠시 할 말을 잃었다. 신체에 해로운 음식을 팔면서 손님의 건강을 해칠까 봐 건강 보조제를 무료로 나눠 주는 이상한 식당 주인 같았다.

"제가 말했잖아요. 이 언니들이랑 하면 위험하지 않다고요." 유이레가 울림을 보며 새초롬한 표정을 지었다.

울림이 할 말을 찾지 못해 쓴입을 다시는데 차 박사가 달큼한 계피 향이 나는 냄비를 들고 나왔다. 차 박사의 캠핑카 안을 울리던 음악이 장작불 열기와 뒤섞였다. 머그 컵에 담긴 뱅쇼를 받아 든 유이레의 배에서 꼬르륵 소리가 났다. 그러자 서호라가 저녁을 먹으러 가자며 일어섰다. 김수민은 차 박사의 캠핑카에서 휴대용 테이블을 꺼내고는 각자 앉아 있던 의자를 챙기라고 했다.

가지각색의 캠핑카들을 지나 캠핑촌 초입으로 가자 최 사장의 R140번 버스와 똑같이 생긴 이층 버스가 서 있었다. 외부 스크린

전체를 아늑한 노란빛으로 밝힌 버스는 거대한 무드 등처럼 보였다. 버스 안 테이블은 이미 만석이었고, 환한 버스 주변으로 사람들이 캠핑용 테이블을 놓고 앉아 음식을 먹었다.

"저기 조리대에 하얀 모자 쓴 사람 보이지? 저 사람이 사장인데 일주일에 한 번씩 서울에서 버스 끌고 여기까지 와."

김수민은 그 사장이 여기 캠핑촌에서 태어나 서울로 간 차 박사의 딸이라고 덧붙이며 휴대용 캠핑 테이블을 폈다.

R버스에는 젊은 여자 사장을 포함해 서너 명이 일하고 있었는데, 사장을 제외한 나머지는 캠핑촌 주민이라고 했다. 요리에 소질 있는 사람들이 일일 알바처럼 일했다.

유이레와 김달을 데리고 버스에 가서 음식 주문을 마친 서호라가 한 손에 맥주 한 팩을 들고 돌아왔다.

"우리 사장님이 아버지 준다고 챙겨 놨대." 서호라가 차 박사에게 맥주 팩을 건넸다.

"이걸 왜 받아와. 나 술 끊었다고 말 안 했어?"

"혈색부터 이미 혈중 알코올 농도 소주 세 병이구먼. 우리 호라한테 왜 그런 뻔한 거짓말을 시켜?"

김수민이 차 박사를 타박하며 테이블의 균형을 맞췄고, 젤리가 그 위에 해피의 어항을 내려놓았다. 흐드러지게 핀 이팝나무 아래서 사람들이 왁자지껄 웃었다.

"근데 아가씨, 괜찮아요?" 차 박사가 걱정스러운 얼굴로 울림을 보았다. "임신부가 숲에서 곰을 마주친 것만으로도 놀라 자빠질 일인데, 호수에 빠지기까지 했으니. 아직 물도 찬데."

"뭐, 괜찮아요."

울림이 과장된 동작으로 제 배를 문지르는 걸 보며 젤리와 김달이 쿡쿡 웃었다.

"그 손은 다쳤나?" 차 박사의 시선이 수건을 돌돌 만 울림의 왼손으로 향했다.

"아, 이거요." 호수에서 장갑 한 짝을 잃어버리는 바람에 임시방편으로 감싸 두었다. "제가 수족 냉증이 심해서요."

"거참, 낙원 한번 가려다 고생 많이 하네."

"그러게 말이에요." 허허, 울림이 싱겁게 웃었다.

이어진 저녁 식사 내내 울림은 무재가 꽤나 조용한 것 같다고 느꼈다. 낯을 가리는 편인가? 그렇다기엔 아까 현장 급습에서 말만 잘하던데.

"피곤하지? 오늘 별별 일을 다 겪어서." 울림이 해물파전 한 조각을 입에 집어넣으며 무재에게 물었다.

"내가 해야 할 질문 같은데." 무재가 지친 미소로 화답했다. "오늘 고생했어요, 정말."

"너희 여기서 자고 갈 거지?"

서호라의 질문에 무재가 그렇다고 대답하자 차 박사가 내일 어디로 가느냐고 물었다. 울림도 다음 목적지가 궁금했다. 요트 위에서 강지나와 계속 붙어 있던 그 다이버가 있는 곳은 또 어디일까. 이어 무재가 서울로 간다고 말하자 차 박사가 그럼 내일 자기 딸의 버스를 타고 가라고 했다. 무재가 괜찮다고 사양했지만 차 박사는 임신한 여자친구 고생시키지 말고 그냥 아저씨 말을 들으라고 타박했다. 김수민과 서호라부터 김달과 젤리까지 모두가 소리 죽여 웃었다.

저녁 식사가 마무리된 뒤 서호라는 다른 이웃의 캠핑카를 얻어 타고 유이레와 함께 근처 기차역으로 떠났다. 근처라고 했지만 왕복으로 세 시간이나 떨어진 거리였다. 차 안에서 손을 흔들고 떠나는 유이레의 눈이 피로에 반쯤 감겨 있었다. 차 박사는 캠핑촌 사람들과 긴긴밤 이어질 술판을 벌였고, 젤리는 R버스 근처에서 얼쩡대다 일일 알바에 스카우트되었다.

피곤하다며 먼저 잠자리에 든 김달의 코 고는 소리가 캠핑카 밖까지 미세하게 새어 나왔다. 울림은 무재와 김수민에게 김달이 처음에만 코를 크게 곤다며 밖에 조금 더 있다가 들어가자고 했다.

"안 춥지?" 김수민이 캠핑카 앞 모닥불에 나뭇가지를 얹으며 물었다.

"아, 맞다!" R버스에서 사 온 마시멜로를 꼬치에 끼우던 울림이 아쉬운 표정을 지었다. "불링을 혐오하면 안 되는 이유를 못 들었네! 무슨 얘기할지 궁금했는데."

"이레?" 김수민이 옆에 쌓인 나뭇가지를 정리하며 덤덤하게 말했다. "걔 부모가 낙원에서 바람을 피워."

"바람?" 울림은 그게 뭐 대수냐고 물었다.

낙원에서는 모두가 자신의 얼굴이 아닌 다른 모습으로 살아갈 수 있고, 이는 바람을 피우기에 아주 좋은 조건이었다.

"하긴 아직 어리니까, 부모님이 이혼할까 봐 걱정될 수도 있겠다. 부모 양쪽이 맞바람이야?"

268

"그런 바람이 아니라, 유이레 부모가 바람을 피우는 상대는 유이레야."

"그게 무슨 소리야?" 울림은 바로 이해되지 않았다.

장작에서 튀어 오르는 불티만 빤히 보고 있던 무재도 가만히 고개를 들어 김수민을 보았다.

김수민이 허리를 쭉 펴고 낮은 한숨을 내쉬었다. "유이레의 부모가 낙원에서 또 다른 자식을 키워."

유이레가 태어나기 전 유이레의 부모는 낙원에서 먼저 자식을 만들었다. 낙원 속 자신들의 아바타를 닮은 외모에 자신들이 바라는 성격을 가진 가상의 아이. 살아 있는 진짜 아기를 낳아 기르기 전 좋은 연습이 될 거라 생각했다. 두 사람은 금방 낙원 속 육아 놀이에 푹 빠져들었다. 아이는 예민하지 않았고, 그 어떤 반려동물보다 귀여웠다.

그러던 중 유이레가 생겼다. 임신부가 된 유이레의 엄마는 더 이상 낙원에 접속할 수 없었고, 부부는 낙원 속 육아를 잠정 중단했다. 그런데 막상 태어난 유이레는 부부에게 기쁨보다 고단함을 안겨 주었다. 유이레는 예민했고 낙원 속 아이처럼 천사 같은 외모를 가지고 있지도 않았다. 부부는 아이와 정을 나누기도 전에 아이를 국가 베이비시터의 손에 맡겼다. 그러고는 낙원 속 육아를 재개했다.

낙원의 딸아이는 모든 면에서 유이레보다 훌륭했다. 기저귀를 하루 만에 뗐고, 언어 발달은 비교할 수 없을 만큼 빨랐다. 아이는 부부가 원하는 속도대로 착실하게 성장했다. 낙원의 딸아이에게는 실망이라는 감정을 느낄 이유가 없었다.

반면 유이레는 유치원에 들어가서도 공공장소에서 소변 실수를 해 부부를 수치스럽게 했다. 친구들과 놀고 싶어서 숙제를 다 했다고 앙큼하게 거짓말하기도 했고, 학원에 보내고 과외를 붙여도 기대만큼의 성적이 나오지 않았다. 그래서 혼을 내면 밤새 혼자 울다가 퉁퉁 부은 눈으로 나타나선 마음을 불편하게 했다. 부부는 점차 유이레와 낙원의 딸아이를 대놓고 비교하기 시작했다.

네가 네 언니의 반만 따라갔어도.

그래서 유이레는 낙원에 가야 했다. '네 언니'라는 그 가상의 존재가 대체 얼마나 대단한지 직접 보고 싶었다.

유이레는 낙원 속 엄마 아빠의 집을 찾아갔다. 매번 그 주변을 맴돌다 엄마 아빠와 친구가 되었다. 낙원에서는 유이레도 성인의 모습을 하고 있었고, 유이레의 부모는 유이레가 자신들의 딸이라는 사실도 전혀 알아채지 못했다.

그러다 유이레는 드디어 오늘 처음으로 물었다.

오프라인에도 딸이 있다고 했잖아요. 두 딸 중 더 사랑하는 쪽이 있나요?

엄마와 아빠는 어색한 웃음을 지으며 대답하지 못했다. 진짜 딸보다 가상의 딸을 더 사랑한다고 말하면 사람들이 이상하게 볼 거라는 걸 그들도 알고 있었다. 유이레는 질문을 바꿨다.

오프라인의 딸도 사랑하긴 하죠?

현실에서 엄마 아빠의 얼굴을 보고는 절대 물을 용기가 나지 않는 질문이었다.

그래도, 나도 사랑하긴 하는 거지?

"그 대답을 들으려던 순간, 네가 애를 흔들어 깨운 거야."

"아……." 울림은 여전히 자신의 행동이 옳았다고 생각하면서도 괜히 어깨가 움츠러들었다.

"근데…… 진실이 항상 좋은 걸까?" 무재가 불티를 힘없이 응시하며 말했다. "유이레가 바라는 대답이 나오지 않았다면, 과연 유이레가 그 진실의 무게를 감당할 수 있었을까."

세 사람 사이에 불티 튀어 오르는 소리만 이어졌다.

울림은 강이룬의 얼굴을 한 무재를 바라보았다.

진실…….

울림이 바라는 진실은 강이룬이 어딘가에서 잘 살아가고 있는 것. 멀쩡히 살아 있으면서 단 한 번도 연락하지 않았다는 사실은 아주 괘씸하겠으나, 그래도 살아만 있다면.

그런데 만약 진실이 그와 반대라면? 강이룬이 더는 세상에 존재하지 않는다는 걸 확인하게 된다면, 나는 어떤 마음이 될까.

손을 탁탁 털며 자리에서 일어선 김수민을 울림이 올려다보았다. "유이레한테 계속 불링 팔 거야? 유이레가 원하지 않는 진실을 맞닥뜨리게 된다고 해도?"

"난 그게 배드 엔딩이라고 생각하지 않아. 유이레에게 선택권이 생기는 거잖아. 알고 보니 진짜 거지 같은 부모를 떠나는 선택 같은 거."

울림은 부모와 함께 사는 미성년자가 자발적으로 공공 보육원에 들어가는 일이 가능한지 생각해 보았다. 그런 경우는 들어 본 적이 없었다.

"유이레가 원하면 언제든 불링을 팔 거야. 그렇다고 우리가 먼저 애를 꼬시는 일은 절대 없으니까 걱정하지 마시고요, 우리 도덕 선생님."

김수민이 장난스럽게 울림의 등을 툭 치고 걸음을 옮겼다. "호라 올 때까지 버스 가서 설거지 좀 돕고 올게. 야식 더 사 올까?"

무재는 장작불만 바라보며 아무런 반응을 보이지 않았고, 울림은 끝이 새까맣게 타 버린 마시멜로 꼬치를 들어 보이며 괜찮다고 답했다.

김수민이 사라지자 고요한 적막이 내려앉았다.

울림이 꼬치에 하얀 마시멜로를 새로 꽂으며 무재를 바라보았다. "먹을래?"

"먼저 들어가서 쉴게요." 무재가 자리에서 힘겹게 일어섰다. "좀 피곤해서."

"어? 어어, 푹 쉬어."

무재는 느린 동작으로 발걸음을 옮겼다. 그리고 울림이 무재를 향한 걱정스러운 시선을 거두려는 순간, 무재가 바닥에 풀썩 쓰러졌다.

울림이 마시멜로 꼬치를 장작불에 던지며 달려갔다. 무재를 일으키려 하는데 온몸이 불덩이처럼 뜨거웠다.

"감기야? 아까 물에 빠져서?"

"괜찮아요." 그렇게 말하는 무재의 호흡이 불규칙했다.

무재가 울림의 도움을 받아 겨우 상체를 일으켜 앉더니 그대로 울림에게 푹 고꾸라졌다. 울림은 거대한 핫 팩 같은 무재를 어정쩡하게 안은 채로 바닥에 앉아 잠시 머뭇거렸다.

"어…… 일단 안으로 들어가자."

캠핑카에서는 잦아들기는커녕 더욱 격해진 김달의 코골이가 들렸다.

"내가 쟤 좀 깨울까?"

"……아뇨."

무재의 호흡이 들쑥날쑥해졌다. 무재를 안은 울림에게도 숨 가쁜 고통이 고스란히 전해질 만큼.

"숨 쉬기 힘들어?"

무재는 힘겹게 손을 들어 올려 차 박사의 캠핑카를 가리켰다.

"저기로 갈게요…… 혼자 조용히……."

"알았어. 넌 일단 숨 고르는 데 집중해."

울림이 몸을 틀어 무재가 자신에게 어깨동무하게끔 바꿔 잡았다. 으억, 축 늘어진 무재를 일으켜 세우느라 저도 모르게 괴성이 흘렀다. 울림은 무재를 등에 걸친 채 질질 끌고 움직였다. 무재의 호흡이 딸꾹질 소리처럼 고통스럽게 바뀌었다. 울림이 차 박사의 캠핑카 문을 열고 힘겹게 안으로 들어섰다. 이어 침대 위에 나뒹구는 빈 술병과 찌그러진 맥주 캔을 한쪽으로 밀어낸 뒤 무재를 겨우 눕혔다.

무재는 눈을 뜨고 있었지만 반쯤 초점이 풀려 있었고, 불규칙한 호흡은 점점 더 거칠어졌다. 울림은 무재가 입고 있는 차 박사의 낡은 후드 티 앞주머니에서 핸드폰을 꺼냈다. 손가락 하나 까딱할 수 없는 무재의 손을 끌어다 지문으로 잠금을 풀고 최근 통화 목록을 확인하자 '불곰'이라고 저장된 번호가 보였다. 울림은 망설임 없이 통화 버튼을 눌렀다.

몇 번의 신호 끝에 전화가 연결됐다.

─어 그래, 잘하고 있냐.

불곰의 다정한 인사말에 울림의 다급한 목소리가 겹쳐졌다.

"지금 얘가 이상한데. 혹시, 그 뭐야, 지병 같은 거 있어?"

─뭐?

불곰의 말투가 예민해졌다.

─너 누구냐.

"숨을 제대로 못 쉬고 열이 엄청 나는데 이게 그냥 감기 몸살이 맞는 건가 싶어서. 원래 어디 안 좋은 데 있냐고."

울림의 통화를 저지하려 무재가 손을 꿈틀거렸지만 커다란 자석에 붙은 클립처럼 꼼짝도 할 수 없었다.

─혹시, 그 녀석 지금 호흡이 컴퓨터 렉 걸린 것처럼 버벅거려?

불곰의 목소리가 초조했다.

렉 걸린 컴퓨터? 정확한 비유인지는 모르겠지만, "어. 원래 이래? 뭐 어떻게 해 주면 돼? 먹는 약 같은 거 있어?"

무재의 입에서 쉭쉭거리는 소리가 났다. 폐가 굳어 가는 사람처럼.

울림은 무재가 강이룬의 얼굴을 하고서 이렇게 죽을 것처럼 보이는 게 무서웠다. 누군가 울림의 심장을 반으로, 그리고 또 반으로 계속 접어 대는 느낌이었다.

—주변에 다른 사람 있어?

불곰의 목소리가 다급하게 이어졌다.

—응급 처치를 해야 하니까 힘도 좀 쓰고 정신 강인한…….

"내가 할 수 있으니까 말해. 나 심폐 소생술 자격증도 땄다고!"

울림은 강지나의 사고 이후 심폐 소생술 자격증을 땄다. 또 그런 상황을 마주하게 된다면 필요한 대응을 제대로 하고 싶었다.

"뭐부터 하면 돼? 말해, 빨리!"

울림이 핸드폰 통화를 스피커폰으로 전환했다. 침대 옆 작은 선반에 탑처럼 쌓인 맥주 캔을 밀어낸 뒤 그 위에 핸드폰을 올렸다.

—너 컴퓨터에 렉 걸리면 어떻게 하냐.

"아니, 지금 심각하다고!" 울림의 목소리가 커졌다.

—걔 지금 과부하 상태야. 뇌에 과부하가 걸려서 신체의 기능이 제대로 작동하지 못하는 거라고.

불곰이 빠르게 말했다.

"뭐? 그게 무슨……."

—컴퓨터의 전원을 껐다 켜야 하는데 사람 몸에는 전원 버튼이 없잖아. 그럼 어떻게 해야겠냐.

울림은 입술을 달싹였지만 아무런 대답도 생각나지 않았다.

—숨을 한번 끊었다가 붙이는 수밖에 없어.

"……뭐?"

—도와줄 수 있는 다른 사람 불러와. 빨리.

불곰의 목소리는 차분한 동시에 강압적이었다.

"정말, 그 방법뿐이야?"

─무재가 우리한테 알려 준 방법이야. 위험한 건 맞지만 무재는 안전해져.

"살리기 위해서 잠시 죽여야 한다고……?"

울림이 시간을 지체하자 불곰이 소리를 질렀다.

─빨리 사람 불러와! 시간 끌수록 위험해! 그 자식 잘못되면 의뢰고 뭐고 너부터 내 손에 죽어.

침대에 누운 무재의 얼굴이 고통으로 일그러졌다.

"……내가 하는 게 제일 빨라. 설명해. 어떻게 하는 건지."

울림의 비장한 목소리에 불곰이 끙, 소리를 내고는 차분하게 설명하기 시작했다. 불곰이 알려 주는 대로, 울림은 고통으로 몸부림치기 시작한 무재의 허리 위에 올라탔다.

"시작할게."

울림이 수건으로 감싼 왼손을 무재의 얼굴에 가져다 댔다. 무재의 코와 입을 막고 힘을 꾹 주었다.

─타이밍이 중요해.

불곰은 울림을 온전히 신뢰하지 못하겠다는 듯 초조함을 숨기지 못했다.

─숨이 넘어가자마자 바로 손 떼고 심폐 소생술 시작. 알아들었지?

차 박사의 침대는 매트리스 대신 단단한 나무 패널이 덧대어져 있어 심폐 소생술을 하기에 적합했다.

─듣고 있냐고. 대답해!

울림의 손 아래서 무재가 끅끅거렸다.

"조용히 좀 해!"

울림의 몸 전체가 달달 떨렸다. 지금 누군가 문을 열고 나타나 이 장면을 본다면 살인 미수로 잡혀가고도 남을 테지만, 울림에게 두려운 건 오로지 타이밍을 놓치는 일이었다.

울림은 무재의 눈을 보며 상태를 살폈다. 무재도 울림에게서 눈을 떼지 않았다. 울림을 믿지 못해 불안해하는 기색은 보이지 않았다.

"그래, 나 믿어." 울림이 작게 중얼거렸다. "나도 너 믿었어."

아까 호수에 빠졌을 때 네가 날 구해 줄 거라는 거, 알고 있었어. 어느새 울림의 눈가에 맺힌 물기가 무재의 검은 머리칼로 떨어졌다.

그 순간 무재의 눈이 감기면서 몸의 떨림이 멈췄다.

"끊어졌어……."

울림의 혼잣말을 불곰은 놓치지 않았다.

—심폐 소생술 시작해! 당장!

울림은 왼손을 감은 수건과 오른손에 낀 털장갑을 재빨리 벗었다. 왼손을 먼저 무재의 가슴 중앙에 대고 오른손으로 왼손을 깍지껴 잡았다. 왼손을 감싼 오른 손가락의 버튼이 눌리며 울림의 시야가 완전히 차단됐다. 아무것도 보이지 않는데 세상이 돌고 있는 감각은 생생하게 느껴졌다. 울림이 입술을 꽉 깨물며 모아 쥔 두 손을 빠르게 위아래로 움직였다.

—하고 있어? 제대로 하고 있지?

어지러움에 입술이 하얗게 질린 울림이 다급하게 심폐 소생술을 이어 갔다.

쓰러지면 안 돼, 절대. 그런 생각을 하는 순간 무재가 가쁜 숨을 내뱉는 소리가 들렸다. 울림은 왼손을 잡고 있던 오른손을 재빨리 뗐다. 눈에 보이는 모든 것이 빙글빙글 돌아가는 와중에도 천천히 눈을 뜨는 무재의 모습만은 또렷하게 보였다. 울림의 입에서 고통과 기쁨의 탄성이 터져 나왔다. 그 소리를 들었는지 수화기 너머 불곰의 커다란 음성이 다그쳤다.

— 됐어? 됐냐고. 대답 좀 해!

고마워.

울림만 들을 수 있을 정도로 희미한 목소리가 무재의 입에서 새어 나왔다. 머리가 깨질 것 같은 고통을 정신력으로 버텨 낸 울림은 무재 옆으로 무너졌다. 백 미터를 전속력으로 달린 것처럼 숨을 헐떡이며 울림이 관자놀이를 꾹꾹 눌렀다. 구토를 참으려 입술을 붙이고 이로 꽉 깨물었다. 무재가 천천히 숨을 내쉬며 울림이 내던진 수건과 파란 털장갑을 더듬어 집었다.

— 야, 어떻게 됐어! 무재, 살았으면 대답해!

무재가 팔을 뻗어 선반 위에 놓인 핸드폰을 쥐었다.

"그렇게 크게 말 안 해도 다 들려."

— 야 인마! 너 괜찮아?

불곰의 목소리 너머 문이 열리는 소리와 함께 악어의 목소리가 이어졌다.

— 무슨 일이여?

— 아니, 무재 인마가 또…….

"수고했어, 형. 쉬어." 무재가 미련 없이 통화 종료 버튼을 눌렀다. 좀 조용히 있고 싶었다.

그사이 울림은 침대 시트에 눈을 문질러 눈물을 몰래 슥 닦았다. 곧이어 불곰에게서 다시 전화가 걸려 오자 무재가 아예 전화기를 꺼 버렸다.

이후 한동안 두 사람은 말없이 나란히 누워 있었다. 이제까지는 존재하는지도 몰랐던 풀벌레의 울음소리가 흘러들었다.

무재가 고개를 돌려 울림을 보았다. "역시 아까 호수에서 구해 놓길 잘했네."

울림은 조금 전 쓰러진 자세 그대로, 무재 쪽을 향해 옆으로 누워 무재의 고른 숨소리에 귀를 기울였다.

"못 볼 꼴 보여서 미안하고, 이 일은 우리끼리만 아는 걸로 해요. 죽을병도 아니고 자주 있는 일은 더더욱 아니니까." 무재가 평소의 여유만만한 표정으로 말했다.

손톱 크기까지 접혔던 울림의 심장이 서서히 펴졌다.

무재도 울림 쪽으로 천천히 몸을 돌려 누웠다. 불 꺼진 캠핑카 안으로 달빛이 새어 들어와 두 사람을 감쌌다. 무재가 울림의 오른손에 장갑을 끼워 주었다.

"장갑을 더 챙겨올걸. 잃어버릴 줄 몰랐네." 무재가 울림의 왼손에는 다시 수건을 감아 주었다.

"무슨 병이야?" 울림이 살짝 머뭇거리다 물었다.

"입 무거워요?"

"그런 편일걸."

"그 정도로는 안 되는데."

"……사실 내가 물에 못 뜨는 이유가 뭔 줄 알아? 입이 무거워서 그래."

무재가 힘없이 픽 웃음을 내뱉었다. 울림은 가만히 무재의 대답을 기다렸다.

"과잉 기억 증후군." 깊은 잠에서 깨어난 뒤 방금 꾼 꿈에 대해 얘기하는 것처럼 무재의 목소리가 낮게 잠겼다. "그렇게 불러요, 나는."

울림이 말없이 미간을 좁혔다.

"학계에서는 완전 기억 능력이라고 부르는데, 난 이걸 능력이라고 부르는 게 싫어서."

"그러니까, 기억력이 월등히 좋은데…… 그게 병이라고?"

"난 내가 일곱 살이었던 3월 13일 오전 8시 32분부터 보고 듣고 생각했던 걸 전부 기억하거든요. 저장된 데이터처럼."

울림의 입이 살짝 벌어졌다. "그럼 아까 과부하라고 했던 건……."

무재가 한 손을 들어 제 머리를 톡톡 쳤다. "내 머리에 저장된 것들이 한꺼번에 밀려들어서."

울림의 머리에도 너무 많은 생각이 해일처럼 밀어닥쳤다. 그중엔 말이 안 되는 얘기도 있었다. 진짜이길 바라면서도 진짜가 아니길 바라는 얘기가.

"그럼," 울림의 목소리가 가늘게 떨렸다. "칠 년 전 6월 19일에 있었던 일도 전부 기억하겠네."

"당연히." 무재의 눈동자가 짙어졌다.

"……어떤 일이 있었어?"

"정말로 듣고 싶어요?"

울림의 귓가에 심장 소리가 울렸다.

"응, 알고 싶어. 전부."

3_____부

다른 경우의 수

칠 년 전, 6월 19일.

그날도 별반 다를 것 없는 하루였지만 내게는 보였다. 연구실을 오가는 사람들의 어제와 다른 옷차림 하나하나, 미묘한 헤어스타일의 차이, 오늘따라 유난히 입꼬리가 올라간 사람과 피곤함에 등이 굽은 사람까지. 나의 뇌는 이런 쓸데없는 정보값까지 전부 기억했다. 이미 보고 들은 것을 잊는 방법은 없었다. 눈썹을 그리는 솜씨가 형편없어 매일 조금씩 눈썹의 모양이 달라지는 황 박사를 보며 저 가지각색의 눈썹 모양까지 전부 기억해야 한다니, 하고 생각한 것마저 평생 기억하게 될 터였다.

연구소에 함께 사는 아이들은 나를 부러워했다.

형은 결국 천재가 됐잖아.

나도 오빠처럼 되고 싶어.

그렇게 말하는 동생들의 표정 아래 묻어난 시기와 두려움 역시 난 평생 기억해야 했다.

연구소 아이들 중 가장 나이가 많은 사람은 나였다. 나와 같은 시기에 연구소에 들어왔지만 나처럼 똑똑해지지 못한 아이들은 연구소를 떠났다. 이후 그들이 연구소를 찾아오거나 연락해 오는 경우는 없었다. 나보다 늦게 연구소에 들어온 동생들은 나처럼 되길 원했고, 우리는 스스로 기억하는 한 언제나 이 섬에 갇혀 있었다.

"오늘부터 넌 잠시 연구소를 떠나게 될 거야."

6월 19일 그날 아침, 모니터실에 마주 앉은 강 박사가 그렇게 말했을 때 심장이 철렁했다. 연구소를 떠난 애들이 전부 죽었을 거라고 짐작했기 때문에.

"좋은 일이야." 강 박사가 웃었다. "밖에 나가서 네 나이 또래의 평범한 애들과 어울리고 섬 밖의 세상을 경험해 볼 수 있는 기회라고. 너도 연구소 밖이 궁금하지 않았어?"

아. 나는 안도하는 동시에 피곤해졌다. 결국 또 다른 실험이라는 얘기였다.

머리가 돌아 버리거나 생명이 잘못되어도 항의할 부모가 없는 아이들 중 가장 운이 나쁜 아이들이 모인 곳이 우리 연구소, 바로 이 섬이었다. 아직 다 성장하지 않은 뇌가 낙원에 노출되면 부작용을 일으킨다는 무수히 많은 연구 결과 때문에 미성년자는 낙원 접속이 금지되었지만, 연구소 아이들은 세 살 전부터 낙원에 접속했다.

낙원의 기반이 된 메타 드림Meta Dream 기술은 사용자를 렘 수면 상태로 유도한 뒤 브링 오일에 들어 있는 미세 입자를 이용해 사용자의 뇌와 가상 현실 서버를 연결했다. 그리고 우리 연구소는 이 기술을 36개월 미만 유아에게 적용해 그들의 무의식을 개발하는 곳이었다. 일부 아이들은 도덕적으로 완벽하게 설정된 낙원 맵에 노출돼 자랐고, 연구원들은 그 아이들이 높은 수준의 도덕적 규율을 습득하는지 모니터링했다. 실험이 성공한다면 모범적인 시민을 양성하는 데 이바지할 수 있었다.

연구소의 또 다른 아이들은 다양한 분야의 잠재력을 일깨워 줄 각종 낙원 맵에 노출되었다. 타고난 유전자만으로는 절대 천재가 될 가능성이 없는 아이들도 메타 드림 기술을 통해 인재로 성장할 수 있는지 연구되었다.

태어나자마자 공공 보육원 앞에 버려지는 무연고 아이를 구하는 건 길거리에서 돌멩이를 줍는 것처럼 쉬웠고, 낙원주식회사의 기술 개발 연구소로 위장한 우리 연구소는 돌멩이들을 보석으로 세공하는 데 최선의 노력을 기울였다. 돌멩이에서 빛이 나는 순간, 낙원의 기반이 된 메타 드림 기술은 또 한 번 인류의 삶을 획기적으로 바꿔 놓을 터였다.

나는 그 긴긴 실험에서 가장 큰 성과를 보인 실험체였다. 연구소 안 모두가 나를 값비싼 보석처럼 다루었고, 강 박사는 유독 나를 아껴 주었다. 그가 담당한 내가 놀라운 성과를 거두면서 연구소 내 그의 위상도 치솟았기 때문이었다. 물론 그때의 나는 어른들의 세계를 잘 알지 못했고, 그저 강 박사가 나를 인간 대 인간으로 아낀다고 착각했다. 가장 오랜 시간 봐 온 애라 조금 더 애착을 가지는 거라 오해하며.

6월 19일 오후 12시 2분, 연구소를 떠나 가장 먼저 들른 곳은 한적한 교외의 단독 주택이었다. 나는 그곳에서 국내 최고의 권위를 자랑한다는 정신과 의사를 만났다. 나이가 지긋한 정신과 의사는 상담 내용을 듣고 싶어 하는 강 박사를 밖으로 물린 뒤 나와 39분에 걸쳐 이야기를 나누었다.

지금도 가끔 그때의 대화를 복기해 보곤 하는데, 그 의사와 나눈 대화를 순서대로 나열할 수 있는 건 물론이고 그중 어떤 부분을 강 박사에게 전하지 않았는지도 여전히 기억한다.

오후 4시 47분, 강 박사의 집에 도착했다. 난 역시 그가 날 아낀다고 생각했다. 그저 실험 대상으로만 여겼다면 굳이 가족까지 소개해 줄 필요는 없지 않을까 싶었다. 그렇다면 역시, 아까 그 의사와 나눈 대화를 전부 강 박사에게 전해야 할까. 그때 난 그런 고민을 하며 집 안으로 들어섰다.

강 박사의 집에서 일하는 직원들과 먼저 인사를 나눴다. 그들은 내가 온다는 얘기를 듣고 부랴부랴 내가 지낼 방을 준비해 두었다. 나는 강 박사가 차 안에서 건네준 나의 가짜 프로필을 전부 기억하고 있었다. 가짜 프로필에도 가족은 없었다.

곧이어 강 박사는 2층을 향해 목소리를 높였다. 손님이 왔으니 인사하라는 말에 여자애 두 명이 내려왔다. 난 이미 그들을 알고 있었다. 쌍커풀 없이 큰 눈을 가진 여자애가 강지나, 동그랗고 작은 코를 가진 여자애가 바로 너였다. 너는 강 박사 아내의 친구 딸이었다. 차 안에서 강 박사는 너의 어머니가 어떤 사고로 죽었는지 말해 주었다. 강 박사는 내가 모든 걸 기억한다는 걸 알면서도 쓸데없는 얘기를 하길 좋아했다.

"이 친구 이름은 이룬이야, 강이룬. 한동안 우리 집에서 같이 지낼 거야. 너희 셋 다 동갑이니까 앞으로 서로 사이 좋게 지내."

강지나가 나를 위아래로 훑어보았다. 이따금 연구소를 찾는 정체불명의 외부인들이 짓던 표정과 비슷했다. 얘가 그렇게 대단하다고? 그들의 의구심이 감탄으로 바뀔 때까지 나는 그들 앞에서 20세기의 서커스단 동물처럼 내 능력을 뽐내야 했다.

강 박사는 자신의 집에서 그럴 일은 없다고 했다. 너도 평범한 아이처럼 평범한 애들과 교류하는 거야. 강 박사는 내가 세상에 공개되기 전 최소한의 사회성을 기르길 원했다. 사람들의 감탄뿐 아니라 호감도 끌어낼 수 있는, 더 훌륭한 상품이 되길 원했다.

오후 6시 21분, 저녁 식사가 시작되자마자 강 박사의 아내 강세영 대표가 집으로 왔다. 그녀가 강 박사를 데리고 서재로 들어갔고, 강지나는 화장실에 간다며 일어섰다. 나는 다이닝 룸 테이블에 앉아 정신과 의사와 나눈 얘기를 곱씹었다. 살면서 정신과 의사를 만난 건 그날이 처음이었다.

그때 불쑥 질문 하나가 튀어나왔다. "저기, 너 수학 잘해?"

"……."

"음, 캔 유 스피크 코리안?"

"……."

"뭐야."

내 기억으로는 그때 난 네가 하는 말을 다 들었지만 반응하지 않았다. 그럴 기분이 아니었다.

네가 나를 보며 손을 빠르게 다섯 번 휘저었다. "야, 강이룬."

"왜."

나는 평소와 달리 까칠하게 반응했다. 그리고 금방 네게서 시선을 거두었다.

"야."

네가 손에 쥔 수저를 흔들며 나를 재차 불렀다. 내가 성가신 눈길을 보내자 멈췄지만, 계속 무시하면 자리에서 일어나 춤이라도 출 기세였다.

"설마, 너도 내가 이 집에 얹혀산다고 무시해?"

"아니." 정말 관심도 없는 부분이었다.

너는 다행히 사람의 말을 곧이곧대로 들었다. 바로 기분이 풀려서는 내게 기말고사 수학 시험 준비를 도와 달라고 했다. 그럴 일은 절대 없을 거라고 말하려다 강 박사가 내게 그렇게 하라고 시키면 결국 그래야 할 것 같다는 생각이 들었다.

그러다 문득, 이 집은 사방이 바다로 갇힌 연구소가 아니라는 사실을 떠올렸다.

그렇다면…… 탈출해 볼 수도 있겠네, 하는 생각이 들었다.

탈출…….

이전까지는 생각해 본 적 없는 일이었다. 그때까지 나는 자유가 생긴다 해도 딱히 하고 싶은 게 없었다. 연구소 어른들의 자녀 이야기를 들을 때마다 그들의 삶과 내 삶이 크게 달라 보이지 않았다. 오히려 나는 아무런 노력 없이 모든 걸 암기했고, 그저 존재만으로도 뇌과학계에 큰 기여를 하고 있었다.

하지만 그날 만난 정신과 의사와의 상담이 내 안락한 실험체 삶에 균열을 일으켰다. 나는 내게 주어진 삶에서 탈출하고 싶어졌다.

오후 8시 4분, 1층에 마련된 방에 들어가 짐을 풀었다. 평범한 사람이었던 것처럼, 정말 미국에서 온 것처럼 꾸며 내기 위해 가져온 물건들을 대충 정리하며 내가 도망가 붙잡히지 않을 수 있을지를 생각했다. 나를 이 집으로 데려오며 강 박사가 핸드폰을 주었으나 검색 기능이 제한돼 있었고, 그는 내 핸드폰 화면을 연구소에서 실시간으로 모니터링한다고 말해 주었다. 당연한 일이었다. 난 연구소의 소유물이니까. 그리고 아무도 말해 주지 않았지만 나는 내 몸속 어딘가에 GPS가 달려 있다는 것도 알았다.

무용지물이나 마찬가지인 핸드폰을 손에 쥐고 침대에 앉아 있는데 노크 소리와 함께 방문이 열렸다. 강지나가 같이 구름을 산책시키겠냐고 했고, 나는 집 주변을 익히려 따라나섰다. 강지나는 친절했다. 하지만 강지나가 내 탈출을 돕는 건 전혀 그려지지 않았다. 사실 그 집에 사는 누구도 나를 도울 이유가 없었다. 차라리 모두가 나의 일거수일투족을 감시해 강 박사에게 보고하고 있다고 생각하며 움직이는 게 더 안전했다. 나는 그렇게 몸을 사리며 한 달이라는 시간을 흘려보냈다.

그러다 어느 날 네가 갑작스레 또 말을 걸어왔다.

"내일 나랑 영화 보러 갈래? 너 한국에서 아직 영화관 안 가 봤지?"

너는 다짜고짜 영화를 보자고 했다. 영화라니.

"관심 없어."

"물론 네가 이렇게 비협조적으로 나올 줄은 알았어."

그렇게 말하며 네 얼굴에 번지던 미소를 나는 지금도 생생히 기억한다.

"그냥 이렇게 생각하면 돼. 너도 영화관에 갔고 나도 영화관에 갔는데, 마침 우리가 나란히 옆자리에 앉은 거지. 서로 아무런 대화도 나누지 않고 그냥 각자 영화에만 집중하는 거야."

네 제안을 재차 거절할 생각을 하면서도 궁금했다.

"그런 짓을, 왜?"

"굳이…… 이유는 묻지 말고 한번 같이 다녀오지?"

이어진 말은 의외였다.

"그러면 나도 네가 다음번에 뭐 하자고 할 때, 아니 네가 나한테 뭘 하자고 할 리는 없겠지만, 아무튼 네가 뭐든 도와 달라고 할 때 나도 절대 이유를 묻지 않고 해 줄게."

그때 내 눈에 들어온 건 네 손에 들린 핸드폰이었다. 그걸로 필요한 정보를 찾아볼 수만 있어도 꽤나 큰 도움이 될 것 같았다. 너는 당연히 내가 하는 행동을 강 박사의 가족에게 함구해야 하는데, 그즈음 나는 네가 그 집에서 겉돌고 있다는 걸 알고 있었다. 내가 연구소 소유의 인공위성이라면 너는 지구를 맴도는 달이었다. 인공적으로 만들어진 게 아닐 뿐 너 역시 위성인 건 마찬가지였다.

"너한테 불리한 제안이야. 내가 뭘 요구할 줄 알고."

"그런 건 걱정하지 마. 내가 어딜 가든 당하고만 있진 않거든."
네가 자신만만한 표정을 지었다.

그래? 그렇다면.

"현울림, 너 입 무거워?"

"나? 뭐…… 그런 편이라고 할 수 있지?"

"그 정도로는 안 돼."

"아주우우 무겁지." 네가 혼잣말처럼 덧붙였다. "생각해 보니까 진짜 그래. 남의 비밀을 함부로 떠벌리는 사람, 정말 싫거든."

지금까지도, 어떠한 사고의 흐름으로 그런 일이 일어났는지 모르겠다. 그저 네 눈을 가만히 바라보았을 뿐인데 왠지 너를 믿어도 되겠다는 판단이 들었다.

"같이 영화만 보면 돼? 네 부탁은 거기까지?"

"어! 그거면 돼!"

다음 날 우리는 정말 영화관에 갔다. 나는 러닝타임이 가장 짧은 영화를 보고 싶었지만 너는 이왕 왔으니 재미있는 걸 보자고 했다. 그렇게 러닝타임 두 시간 오십칠 분짜리 영화 표를 끊어 놓고 너는 그제야 내게 영화를 좋아하냐고 물었다. 내가 싫어한다고 솔직하게 말하자 너는 사실 꼭 영화일 필요는 없다며, 그럼 같이 밥을 먹고 집으로 돌아가자고 했다. 왠지 밥을 먹는 내내 네가 나에 대해 물어볼 것 같아 나는 그냥 영화를 보자고 했다. 나에 관해 너에게 거짓말을 늘어놓은 걸 평생 기억하게 될 텐데, 괜히 그런 기억을 남기고 싶진 않았다.

이후 너와 영화를 보며 나는 팔 년 전에 반복되었던 루틴을 떠올렸다.

일곱 살인 내가 살면서 절대 본 적 없을 아주 오래된 영화를 강 박사가 튼다. 보통의 사람들이 그러하듯 배우의 대사에 집중하며 영화를 끝까지 본다. 두 번째 시청 때 강 박사는 영화를 음소거 상태로 재생한다. 그러면 나는 처음 볼 때 들었던 배우의 대사를 매번 정확한 타이밍에 읊는다. 배우의 발음이 뭉개져 제대로 듣지 못한 대사는 뭉개진 소리 그대로 따라한다. 나는 '넷플릭스'나 '인스타그램'처럼 처음 듣는 단어가 나올 때 그 의미를 생각하다가 뒤따르는 대사를 듣지 못할 때가 있고, 강 박사는 그런 내게 호기심은 내 영역이 아니라고 가르친다.

그렇게 하루에 두 편씩 총 서른두 편의 영화를 칠십구 회에 걸쳐 보고 난 뒤에야 나는 영화를 보며 딴생각에 빠지지 않는 데 익숙해 졌고, 내가 연달아 열 편의 영화에서 단 하나의 대사도 놓치지 않게 되었을 때 강 박사는 만족했다. 물론 나는 영화를 보는 행위에 완전히 흥미를 잃었다.

그날도 나는 습관처럼 배우들의 대사에만 집중했다. 나는 그렇게 영화를 보도록 훈련되었으니까. 그런데 영화 중반부터 네가 계속 속삭이며 말을 걸었다. 저 사람이 범인 같아. 아니다, 지금 이 사람이 더 의심스러워. 너는 걸핏하면 웃었고 주인공이 사랑하는 사람을 위해 희생하는 장면에서 눈가가 촉촉해졌다. 너는 눈물이 흐르기 전에 손끝으로 눈꼬리를 콕콕 찍었다. 나는 그런 너를 곁눈질 하느라 대사를 조금씩 놓쳤다.

상영관을 나서며 너는 네 눈이 살짝 붉어진 것도 모른 채 오히려 내게 울었냐고 장난스레 물었다. 나는 픽션 속 인물의 사연에 마음이 녹녹해질 만큼 여유롭지 않았다. 강 박사가 나를 집에 데리고 있으면서 개인 소유물처럼 여기는 걸 탐탁지 않아 하는 연구원들이 나를 다시 연구소로 불러들일 구상을 하고 있었다.

그래서 나는 네게 바로 본론을 꺼냈다.

"영화 봤으니까, 나도 너한테 부탁해도 되지?"

"어? 어어, 뭐든 말해 봐." 너는 남은 팝콘을 먹으며 대수롭지 않게 말했다.

"난 어제 말했어. 너한테 불리한 거래라고."

"대체, 부탁할 게 뭔데?"

뭐라고 말해야 할까 생각하다 그냥 내가 원하는 바를 솔직하게 밝혔다.

"내가 이 세상에서 없어질 수 있도록 도와줘."

놀란 얼굴로 한동안 말이 없던 너는 내게 죽을 생각이냐고 물었다. 나는 부정하지 않았다. 연구소로부터 도망치는 게 끝내 불가능하다면 죽는 것도 나쁘지 않았다. 내가 원하는 건, 더 이상 그들이 원하는 대로 내 머릿속에 쓸데없는 것들을 쑤셔 넣지 않는 일이었다.

너는 내가 죽을 수도 있다는 걸 알고는 불편한 심기를 숨기지 않았다. 너무 똑똑한 과학 천재라서 세상 일이 다 만만하고 무료한 거냐며 너같이 멀쩡한 애가 스스로 목숨을 끊는 건 계속 살고 싶어도 살 수 없는 사람들을 기만하는 거라고, 너는 나를 혼냈다.

함부로 남의 사정을 판단하고, 죽고 싶다는 사람을 위로하기는커녕 나무라는 너의 태도를 보면서 나는 내가 조력자를 참 잘 구했다고 생각했다. 우리 사이에 정 같은 게 쌓일 리도 없겠지만, 내가 어떤 방식으로 사라지든 네가 행여 슬퍼하거나 내 안위를 걱정할 것처럼 보이진 않았기에.

집으로 돌아가는 버스 안에서 나는 네 핸드폰으로 그동안 생각해 왔던 것들을 순서대로 검색해 보았다. 신분 세탁과 해외 밀항 등을 검색하니 무국적자 불법 브로커와 관련된 기사가 연달아 보였다. 그때 너는 내 앞자리에 앉아 이따금 뒤를 돌아보며 시비를 걸었다. "안 아프게 죽는 법 검색하나?" 나는 아니라고 대답하며 너에게 내 번호로 전화를 걸거나 문자를 보내지 말라고 당부했다. 혹시 네가 내 목표에 대해 전화로 떠들게 되면 연구소에서 바로 알게 될 테니까.

그날 밤 침대에 누워 연락처 하나를 곱씹고 있는데 방문 밑으로 작은 종이가 쓱 밀려 들어왔다.

내일 아침 먹고 중금역에서 만나. 네가 죽고 싶은 이유 따위 절대 묻지 않을 테니까, 너도 내 볼일에 토 달지 마.

다음 날 나는 너와 함께 자전거를 타고 한강에 갔다. 구름 한 점 없는 파란 하늘 아래 유난히 더운 날이었고, 한강에 도착한 우리는 땀으로 흠뻑 젖어 있었다. 결국 나는 자전거를 반납하며 한강엔 무슨 볼일이냐고 물었고 너는 나를 데리고 근처 편의점으로 들어갔다. 너는 내가 마흔일곱 가지 원재료명을 순서대로 기억하고 있는 아이스크림을, 나는 네가 추천해 준 아이스크림을 골랐다. 우리는 아이스크림을 하나씩 입에 물고 손에는 차가운 아이스커피를 들었다.

"맛있지?" 네가 슬며시 웃으며 나를 보았다. "이게 우리 볼일이야."

너는 한껏 땀을 흘리고 나서 시원 달달한 아이스크림을 먹는 게 오늘을 사는 너의 즐거움이라고 했다. 그러면서 자전거를 타기에 진짜 좋은 계절은 가을이라며 조금만 기다리라고 했다. 그때 또 같이 한강에 오자고. 그렇게 말하고 웃는 너의 미소를 보며 이런 건 평생 기억해도 나쁘지 않겠다는 생각을 했다.

　이후로도 너는 너의 즐거움을 하나씩 소개해 줄 뿐 내 계획을 막진 않았다. 내가 핸드폰을 빌려 달라고 하면 빌려주었고, 거짓 알리바이를 만들어 달라고 하면 그렇게 해 주었다. 내가 그런 일들을 하는 이유는 한 번도 묻지 않았다. 하지만 느낄 수는 있었다. 내가 훌쩍 사라져 버릴까 봐 네가 불안해한다는 걸. 그건, 죽고 싶을 만큼 삶이 진창에 빠진 사람을 끝내 구해 내지 못할까 불안한 마음이 아니라는 것도 알았다.

　그래도 나는 결국 떠났다.

　다른 경우의 수는 처음부터 존재할 수 없었으니까.

이번에는 너의 선택으로

울림은 얘기를 듣는 내내 소리 없이 울고 있었다. 연구소가 어쩌고 할 때부터 눈물이 나서 울림 스스로도 당황스럽고 민망했지만 어차피 참을 수 있는 감정이 아니었다. 그래서 이룬과 마주 누워 얘기를 들으며 그 감정을 흘려보냈다. 하고 싶은 말이 넘치도록 많은데 괜히 입을 열었다간 염소 울음 같은 소리가 날 것 같았다. 큼큼, 울림은 목을 가다듬었다. 우스꽝스럽게 목소리가 갈라진다고 해도 이 말은 꼭 해야 했다.

"많이, 힘들었겠다."

울림이 파란 털장갑을 낀 손을 뻗었다.

"아무것도 몰랐어서, 미안."

울림이 이룬의 머리를 조심스럽게 쓰다듬었다.

"그리고 고마워, 살아 있어 줘서."

이룬은 울림이 이해되지 않는 눈빛을 띠었다.

"어떻게 그런 말이 먼저 나와?"

코가 빨개진 울림이 작은 웃음을 터뜨렸다. "내가 그만큼이나 너를 좋아했거든. 배은망덕한 네 놈은 몰랐겠지만."

육 년 전쯤 해야 했던 고백을 이제라도 하고 나니 속이 시원했다. 나 너 좋아해. 이 다섯 글자가 뭐라고. 그때는 그 말을 하면 이룬이 물거품처럼 사라질까 두려웠다.

"내가 고백을 하든 안 하든 어차피 넌 가 버릴 거였는데." 울림이 장갑으로 눈물을 쓱쓱 닦았다. "그냥 그때 고백하고, 차이고, 마음 정리하고, 다른 애나 좋아할걸."

이룬이 울림의 콧등에 묻은 눈물을 손으로 부드럽게 닦아 주었다.

"내가 잘못했어."

"······짜증 나." 울림이 이룬을 흘겨보았다.

울림은 정말 짜증이 났다. 이룬의 손끝이 잠시 얼굴에 닿은 것만으로도, 아니, 이렇게 이룬과 마주 보고 있는 것만으로도 심장이 또 뛰고 있다는 게.

"지금 네가 할 말이 고작 그거야? 사실 그때 나도 너 좋아했다, 뭐 그런 말 좀 하면 어디 덧나?"

"내 마음은 그때랑 달라진 거 없어."

이룬의 목소리가 차분하게 내려앉았다.

"너랑 깊이 엮이고 싶지 않아."

이룬이 자리에서 몸을 일으키며 핸드폰 전원을 다시 켰다.

"······."

울림도 상체를 세우고 앉았다. 코가 막힐 정도로 울어서인지 아니면 그전에 두개골이 흔들리고 조여들어서인지, 몸을 일으키기가 무섭게 어질어질했다.

"이럴 거면 얼굴이라도 좀 바꾸고 나타나든가." 울림이 이룬의 등 뒤에 대고 불만스러운 목소리를 냈다.

"······그러고 싶었지."

오 년여 전, 여울시로 가던 날. 불곰과 악어는 구식 SUV 뒷자석에 앉은 이룬에게 새로운 몸을 원하는지 물었다. 시간이 지나면 좋은 기억도, 슬픈 감정도 자연스레 희미해지는 평범한 뇌를 가진 신체를.

"이제 우리 차로 가자." 이룬이 그렇게 말하며 먼저 밖으로 나섰다. 이룬이 열어 놓고 사라진 문을 보며 울림이 헛웃음을 내뱉었다.

그래, 네 마음은 언제나 딱 거기까지. 나랑 같이 뭘 하는 건 싫지 않아도 내 존재가 너에게 어떤 의미를 가질 순 없는 딱 그 정도. 고백해서 차이지 않아도 알 수 있는 거였는데. 내가 뭐라고 네가 인생의 계획을 바꾸고, 내가 뭐라고 네가 계속 내 곁에 남아 있을 수 있었겠어.

울림이 차 박사의 캠핑카 문을 쾅 닫고 나왔다. "이럴 거면 그냥 끝까지 다른 사람인 척하지, 왜 티 냈어?"

아직 타들어 가고 있는 모닥불을 이룬이 정리하고 있었다.

"너처럼 똑똑하진 않아도 나도 중요한 건 다 기억해. 나한테 입이 무겁냐고, 내가 애매하게 대답하니까 그 정도로는 안 된다고 네가 얘기했던 거 나도 아직 기억한다고."

그리고 두 사람은 오늘 그날의 대화 패턴을 반복했다.

입 무거워요?

그런 편일걸?

그 정도로는 안 되는데.

"넌 기억 천재니까 네가 나한테 했던 말들 다 피해 갈 수 있었잖아. 그냥 끝까지, 나한테 고용된 무국적자 브로커인 척할 수 있었잖아. 왜 괜히 사람 마음 뒤숭숭하게 만들어? 나랑 같은 마음도 아니면서."

두 사람은 어둡고 차가운 공기 속에서 서로를 보고 서 있었다. 멀찍이 떨어진 다른 캠핑카들에서 따뜻한 빛과 웃음소리가 번졌다.

"솔직하게 다 얘기해 주고 싶었어." 이룬의 시선이 서서히 울림을 비켜 나갔다.

어떤 진실이든 유이레가 원한다면 그 진실을 볼 수 있도록 하겠다는 김수민처럼, 이룬은 다 얘기해 주려 했다. 자신의 얘기를 들은 뒤에 울림이, 이런 놈과 깊이 엮이지 않아서 다행이었구나 하고 깨닫길 바랐다. 그때는 내 멋대로 너를 떠났지만 이번에는 너의 선택으로 나를 떠나가길 바랐다.

그런데,

네가 울었다. 그때는 왜 아무것도 말해 주지 않았는지, 다시 만난 뒤로 왜 계속 정체를 숨겼는지 물을 줄 알았는데 너는 나부터 위로했다. 너에게 연락 한번 하지 않은 내게 살아 있어 줘서 고맙다고 했다.

네 마음의 깊이를 다시 확인하자 덜컥 겁이 났다. 네가 내 곁을 떠나지 않을까 봐. 내 옆에 남아서 불행해질까 봐. 그래서 가장 중

요한 진실을 차마 말하지 못했다. 네가 연민이라는 덫에 걸리지 않
도록.

마지막의 마지막까지

　칠 년 전 6월 19일 오후 12시 2분, 내 인생에 아직 네가 존재하지 않았던 때. 나는 임서란 선생의 맞은편에 앉아 서재를 찬찬히 둘러보고 있었다. 그 방은 주인의 개성을 드러내는 물건이 하나도 없다는 게 오히려 특징이었다. 국내에서 가장 저명한 정신과 의사로서의 성취를 드러내는 요소나 남들과 구분되는 고유한 취향 대신 차분하고 메마른 공기만 가득했다.

　"그럼 잘 부탁드립니다, 선생님."

　강 박사가 나가기 아쉬운 얼굴로 느릿느릿 방문을 닫자 새하얀 벽을 등지고 앉은 임서란 선생이 나를 향해 미소지었다. 나는 그녀를 만난 적 없지만 그녀를 알고 있었다. 실험 과정에서 정신적으로 약해지는 아이들은 그녀를 정기적으로 만나 상담받았다.

　"오늘 처음 만난 사이라 나랑 단둘이 있는 게 불편할 수 있어. 하지만 정신과 상담은 일대일로 하는 게 원칙이라서 말이야."

　"저는 정신적으로 아무 문제가 없는데요."

연구소에서 나온 뒤 처음 온 곳이 정신과 상담을 위한 가정집이라는 이유로 내 목소리는 어쩐지 비협조적이었다. 내가 연구소 밖으로 나온 건 그날이 처음이었으니까.

"다행이구나. 아직은 그렇다고 하니."

차라리 어서 서울로 가서 재미있는 것들을 보고 싶다고 생각하던 나는 임서란 선생의 다음 질문에 모든 잡생각을 멈췄다.

"넌 네가 처음이라고 생각하니?"

"뭐가요?"

"메타 드림 기술로 만들어진 천재. 완벽한 기억력. 이런 결과물이 네가 처음일 것 같아?"

"……아니었나 보네요. 말씀하시는 표정을 보니."

"그래, 네 전에 세 명이 더 있었어." 임서란 선생이 말과 말 사이에 무거운 간격을 두었다. "두 명은 죽었고, 한 명은 정신 병원에 갇혀 매일 내게 상담을 받는단다."

임서란 선생은 더 이상 미소 짓지 않았다.

"이룬이 네가 지금 열다섯 살이지?"

나는 아무 말도 하지 않았다.

"시기는 각자 달랐지만 문제는 같았어. 너처럼 모든 걸 기억하던 그 아이들은 각각 열세 살과 열다섯 살, 그리고 열여덟 살부터 조금씩 기억을 잃어 갔지. 두 명은 오래된 기억부터 순서대로, 다른 한 명은 무작위로 하나씩. 그러다 다들 임계점을 맞이했어. 새로운 기억이 쌓이는 속도보다 기존의 기억이 사라지는 속도가 더 빨라진 거란다. 나중에는 그 속도를 도저히 걷잡을 수 없었지."

"그렇게 되면……."

"아무것도 기억하지 못하는 사람이 돼. 자신이 누구인지조차."

처음 듣는 얘기였고 믿을 수 없었다. 당신이 내게 전하는 이 끔찍한 이야기를 토씨 하나 빼먹지 않고 평생 기억하게 될 내가 내 이름조차 기억하지 못할 때가 온다고?

"강 박사님도 아시는 건가요. 선생님께서 지금 제게 이런 말씀을 해 주고 계시단 걸."

"알면 아마 나를 죽일걸."

"그럼 왜 제게……."

임서란 선생이 책상 서랍에서 사진 액자를 꺼내 책상 위에 세워 두었다.

"열세 살부터 기억을 잃기 시작한 아이, 그래서 자신의 부모도 잊어버린 이 아이가 내 딸이란다."

장미꽃이 조각된 금속 프레임 안에서 내 또래의 여자아이가 환하게 웃었다. 그 뒤에 희미한 실루엣으로 보이는 건물은 우리 연구소였다.

"인간의 언어와 행동 양식마저 잊어버리고 가여운 새끼 짐승이 되어 버린 내 딸아이의 모습을 처음 본 날이 아직도 선명해. 내 기억이 이룬이 너처럼 선명할 수는 없겠지만 말이야."

그때 나는 그 모든 말을 믿을 수 없다는 표정을 짓고 있었을 테고, 임서란 선생은 책상 위에 뒤집어 두었던 핸드폰을 집었다. 그녀가 손가락을 몇 번 움직이자 그녀의 등 뒤에 세워진 흰 벽이 투명해졌다. 하얀 연기가 걷히듯 색이 빠져나가며 유리처럼 투명해진 벽 뒤로 또 다른 방이 있었다. 그 방은 창문도 조명도 없이 환한 빛을 띠었고, 한쪽 벽에 놓인 침대에 한 여자가 앉아 있었다. 이십 대 후반 정도로 보이는 여자는 벽에 등을 대고 무릎을 끌어안은 채 알아들을 수 없는 소리를 냈다. 어린아이의 옹알이처럼.

"연구소 실험의 첫 번째 결과물이었던, 내 딸이란다."

임서란 선생은 눈물을 흘리지 않고 울었고, 유리 벽 너머 여자의 텅 빈 눈빛에는 아무것도 담겨 있지 않았다. 순간순간 지나가는 생각마저 휘발되고, 아니, 어쩌면 생각이라는 것 자체가 불가능한 사람처럼 보였다.

"두 번째 결과물이었던 김경주는 기억을 전부 잃을 때까지 기억 회복 실험을 당하다 안락사됐고, 세 번째 결과물이었던 박고원은 수술을 받던 중에 사망했어."

연구소는 계속해서 기억이 지워지는 박고원의 혼, 그러니까 박고원의 뇌 데이터를 폐기 예정이던 신체에 옮기려 했다. 문제를 일으키지 않는 평범한 뇌에 박고원의 혼을 옮겨 주면 회복되지 않을까 하는 생각이었지만, 결과는 처참했다.

"너희의 기억이 생성되고 뇌가 작동하는 방식이 보통의 사람들과 같았다면……. 그래서 지금이라도 내 딸의 혼을 저 몸에서 꺼내 낙원으로 업로드해 줄 수만 있다면……." 임서란 선생이 안타까운 얼굴로 고개를 숙였다.

유리 벽 너머의 여자가 몸을 웅크리며 어린 짐승처럼 그르렁거렸다. 나는 그 여자에게서 눈을 뗄 수가 없었다.

임서란 선생이 핸드폰을 조작해 다시 하얀 벽 뒤로 자신의 딸을 숨겼다. 벽 너머의 소리도 동시에 차단되었다.

"너희의 뇌는 강화된 동시에 망가져 버렸어."

"……어떤 방법으로도 막을 수 없는 거네요. 제 기억이 사라지는 걸."

"우리 모두, 앞선 아이들보다는 네가 조금 더 오래 무사하길 바라지. 강 박사는 너에게만큼은 그런 일이 일어나지 않을 거라고 생각하며 다가올 미래를 외면하고 있을 거야."

내 기억이 지워지는 시점이 얼마나 늦어질 수 있을까. 스무 살? 스물다섯? 그런 생각을 하는 동시에 기억을 잃는 것 자체는 그다지 무섭지 않다는 생각이 들었다. 기억이 지워지는 게 두려울 만큼 소중한 추억이랄 게 없었다. 내 머릿속에는 연구소에서 밀어 넣은 지식과 정보값이 훨씬 많았으니까.

임서란 선생이 잠시 주저하다 입을 뗐다. "연구소에서는 우리 딸 애가 죽은 줄 알아."

"네?"

임서란 선생이 자신의 핸드폰에서 연락처 하나를 열어 내 눈앞에 들어 보였다. 저장된 이름은 '여울'.

"당연히 잊지 않을 자신 있지? 여울시에 사는 무국적자 브로커의 연락처야."

임서란 선생은 그들의 도움을 받아 딸의 위장 장례식을 치렀다고 했다. 그들이 구해 온 어느 신체를 화장해 뼛가루를 감나무 아래 묻던 날 연구소 사람들도 와서 헌화했다.

"이 사람에게 네 얘기를 해 둘 테니, 연구소에서 벗어나고 싶다는 결심이 서면 그 번호로 전화를 걸어." 임서란 선생은 당연히 브로커 측에 내 개인 정보는 일절 알리지 않겠다고 했다. "연구소로 돌아가기 전에 마음의 결정을 내려야 해."

나는 여전히 혼란스러운 표정을 짓고 있었을 테고, 임서란 선생은 내 눈을 보며 말했다.

"이런 식으로 빠르게 몰아붙여서 미안하구나. 네게 천천히 진실을 알려 줄 방법이 없었어. 이제부터는 네 선택이란다."

임서란 선생의 말이 끝나기가 무섭게, 우리가 무슨 얘기를 나누는지 궁금해 죽겠다는 얼굴로 강 박사가 노크도 없이 서재 문을 슬쩍 열었다. 그녀는 더 이상의 상담이 필요하지 않을 정도로 내가 건강하다며 웃어 보였다.

"그렇죠, 선생님?" 강 박사가 냉큼 옆에 앉아 내 머리를 쓰다듬었다. "그러게 제가 말씀드렸잖아요. 우리 이룬이는 상담 필요 없다고요."

나는 강 박사의 집으로 가는 길 내내 임서란 선생이 알려 준 여울시 브로커의 연락처를 되뇌었다. 무언가를 잊어버릴 수 있다는 걱정을 처음으로 하면서.

이후 한동안 나는 여울시 브로커에게 전화를 걸어 볼 제대로 된 기회를 얻지 못했다. 강 박사는 내가 절대 집 밖으로 혼자 나가지 못하게 했고, 한동안 나와 함께 집 밖으로 나가 주는 상대는 강지나뿐이었다. 강 박사의 딸 앞에서 경솔하게 움직였다가 일을 망치고 싶지 않았다. 그때쯤 나는 간절하게 연구소를 벗어나고 싶었으니까. 더 이상은 내 머릿속에 쓰레기를 집어넣으며 내 뇌의 오작동을 앞당기고 싶지 않았다.

분명히 그랬는데, 너와 처음으로 한강에 간 날. 자전거를 타느라 빨개진 얼굴로 아이스크림을 먹으면서 네가 웃었다.

"사실 자전거를 타기 좋은 날씨는 10월이야. 그때 또 오자. 그때는 한강에서 먹는 컵라면의 맛을 알려 줄게."

나는 이상하게도 그 순간을 오래 기억하고 싶다고 생각했고, 네가 절대 강 박사에게 말하지 않을 걸 알면서도 여울시 브로커에게 전화하지 않았다. 너와 함께 집을 나설 때면 오늘이야말로 전화를 걸겠다 다짐했지만 결국엔 너와 또 다른 걸 약속하고 집으로 돌아왔다. 연구소에서는 점점 더 많은 쓰레기들을 내 머릿속에 집어넣었지만 네가 웃는 걸 조금 더 오래 볼 수 있다면 그 정도는 감수할 수 있었다.

그러던 어느 날 아침 눈을 떴을 때, 고작 열한 자리 숫자인 '여울'의 연락처가 기억나지 않았다. 종일 떠올리려 애썼지만 끝내. 나는 덜덜 떨리는 손으로 연락처를 적어 숨겨 둔 쪽지를 찾았다. 거기에는 마치 처음 보는 듯 너무도 낯선 번호가 적혀 있었다.

내가 이 연락처 외에 또 무엇을 잊었는지는 알 수 없었지만 때가 되었다는 건 알았다. 네 곁을 떠나야 할 때가.

일부러 네 얼굴도 보지 않고 성의 없는 작별 인사를 남겼다. 어릴 때 진짜 이상하고 재수 없는 놈을 잠깐 좋아했던 적이 있어. 나는 너에게 그 정도로 남고 싶었다.

네가 나를 기억하는 것보다 훨씬 오랜 시간 내가 너를 기억할 수 있기를 바랐다. 나의 고장 난 뇌가 강이룬은 잊어도 현울림은 기억할 수 있기를 소망했다.

마지막의 마지막까지.

금요일의 노란 고양이

캠핑카를 등지고 선 채 화가 난 울림을 보며 이룬은 입 안에 맴도는 말을 삼켰다.

"그래, 솔직하게 얘기해 줘서 참 고맙다."

울림이 어금니를 꽉 깨물었다.

"덕분에 네가 사람 진심 가지고 장난치고, 비겁하고, 이기적이고, 그래서 내가 좋아해 줄 가치가 없는 인간이라는 걸 알게 됐어. 쓸데없이 애틋했던 내 마음을 깡그리 정리해 줘서 정 ── 말 고마워."

울림은 시원하게 말을 내뱉으면서도 만족하기는커녕 자꾸 콕콕 쑤시는 마음이 불편했다. 나는 그냥 짝사랑 한번 대차게 실패한 거지만 강이룬은.

"……아, 몰라. 너만 불쌍해? 나도 불쌍해. 난 지금 이거 내 몸도 아니라고." 울림이 한쪽엔 파란 털장갑을, 다른 한쪽엔 수건을 감은 두 손을 팔랑팔랑 흔들어 댔다.

이룬은 아무 말도 하지 않았고, 울림은 단전에서부터 끌어모은 한숨을 훅 내뱉고 캠핑카의 문을 열었다. 그러자 캠핑카 창문에 귀를 대고 있던 젤리와 김달이 깜짝 놀라 울림을 바라보았다.

"……너희 뭐 하냐." 울림이 문을 잡고 서서 물었다.

"왔어?" 젤리가 울림을 보며 어색한 미소를 지었다.

"너야말로 언제 왔어? 쟤는 또 언제 일어났고."

"쟤가 강이룬이야?" 침대에 앉아 있던 김달이 목소리를 낮췄다. "어쩐지! 분명히 어디서 본 얼굴이다 했어."

울림이 김달 옆으로 기어들어 가 눈을 감고 누웠다. "나 피곤하니까 얘기는 나중에 해. 아예 안 하면 더 좋고."

"어차피 결론은 다 들었어. 네 진심으로 장난쳤고 비겁하고 이기적이고." 김달이 말끝에 혀를 찼다.

"근데 미국으로 돌아갔다고 하지 않았어?" 젤리가 눈을 굴리며 옛날에 울림에게 들었던 거짓말을 떠올렸다.

"자자. 피곤하다." 울림이 이불을 머리끝까지 올렸다.

김달이 눈짓하자 젤리도 눈치껏 입을 다물었다. 곧 젤리가 미리 조립해 둔 다른 침대로 옮겨 갔고, 잠시 뒤엔 김수민이 서호라와 함께 들어와 조용히 2층 침대로 올라갔다. 이룬이 차 안으로 들어오는 소리는 들리지 않았다. 울림은 계속 그 사실을 신경 쓰다가 까무룩 잠들었다.

◐

울림 일행은 차 박사의 딸 차 사장이 운전하는 이층 버스를 타고 서울로 향했다. 가는 내내 젤리는 토마토수프를 비롯해 김달이 먹을 음식을 1층 조리대에서 만들었고, 김달은 오늘따라 피곤하다며 차 사장이 쓰는 침낭에서 계속 잠을 청했다.

캠핑카가 호수에 빠지면서 불링 재고가 떨어지는 바람에 김수민과 서호라도 새 물량을 받으려 함께 버스에 올랐다. 둘은 운전석 주위에 앉아 차 사장과 오랜만에 옛날이야기 꽃을 피웠다.

울림과 이룬은 각각 2층 테이블에 멀찍이 떨어져 앉아 있었는데, 버스가 서울로 진입하자 이룬이 자리에서 일어나 울림 앞쪽으로 옮겨 왔다.

"오늘 만날 사람에 대해 알아야 할 것들 미리 말해 줄게."

창밖에 고정돼 있던 울림의 시선이 이룬을 가만히 바라보았다. 들을 얘기는 들어야 했다.

"이름은 인형태. 지난 달에 서른두 살이 됐고, 방 오십 개짜리 하우스 건물을 하나 소유하고 있어."

"……전문 다이버가 직업 아니었어?"

"그건 오랫동안 해 온 취미 생활이고 본업은 미술이야."

"미술? 예술로 돈 벌어서 하우스 건물을 살 정도면 그 업계에서 아주 유명한 사람일 텐데. 그런 사람이 왜……?"

"그 하우스 건물은 인형태보다 스물여섯 살 많았던 배우자가 작년에 죽으면서 유산으로 받은 거야."

"스물여섯 살?" 울림은 이룬 앞에서 속없이 굴지 말자고 오늘 아침에 다짐한 것도 잊고 입을 헤벌렸다.

"그 과정에서 배우자의 딸과 소송이 있었어. 딸의 주장은, 엄마가 죽기 전에 하우스 건물을 정리하고 그 돈을 낙원 계좌에 넣기로 했었다. 그렇게 낙원에서 영생을 살고자 했던 건강한 엄마가 갑자기 심장 마비로 사망한 게 수상하다면서 인형태가 자기 엄마를 죽였다고 주장했는데, 소송에서 인형태에게 졌어. 고인의 지인들이 증언에서 다 인형태 편을 들었거든. 평소 엄마에게 연락도 안 하던 딸이 엄마의 재산을 노리는 거라면서, 인형태만큼 훌륭한 남편도 없었대."

금요일에 맞춰 금색으로 치장한 도심 풍경이 차창으로 스쳐 지나갔다. 재벌 언론사 UJB 건물의 외관은 뉴스와 광고 스크린으로 활용되어 유난히 더 화려했다. 스크린에 떠오른 광고 문구가 울림의 눈에 들어왔다. **오늘 늦은 오후부터 서울에 비 예보! 드디어 베일이 벗겨진다!**

울림은 UJB 건물 스크린에서 내리는 비를 멍하니 바라보다 다시 이룬을 응시했다.

"안정적인 수입원까지 가진 365가 대체 왜?"

이룬 역시 의문이 남는 얼굴이었다.

"그래도 같은 미술 업계면, 강지나랑 원래 알고 지낸 사이였을 순 있겠네."

"같은 업계에 있었다기엔 인형태가 말만 화가지, 제대로 된 결과물이 없어. 오히려 부인이 미술계 유명 인사였지."

"누군데?"

"나겸."

"……나겸? 왜 익숙하지."

아, 울림이 두 손으로 테이블을 쿵 내리쳤다. "그 사람이네!"

"알아?"

"그 무슨, 뭔 비엔날레 감독인데." 울림이 기억을 되살리려 머리를 쥐어뜯었다.

"맞아. 베네치아 비엔날레의 총괄 감독을 했었어."

"그래, 그 사람! 이모네 집에 와서 강지나 그림을 보더니 막 극찬하고, 이모한테 강지나 그림을 낙원에 팔아 보라고 권한 사람이야."

"그게 언제 얘기야?" 이룬이 관심을 보였다. 나겸과 강세영의 짧았던 친분은 자료 조사로 알아낼 수 없는 부분이었다.

"너도 있을 땐데. 중학교 3학년…… 맞아, 1학기 기말고사 끝나고였어."

"아." 이룬이 집중 훈련 때문에 연구소에서 나흘 동안 지낼 때 일어난 일이었다.

"그때면 인형태가 사실상 나겸의 비서로 일하던 시절이야."

인형태는 나겸의 제자로 시작해서 비서 역할을 하는 남자친구, 그리고 남편이 되었다.

"아…… 그래, 그 작가가 그날 혼자 오진 않았던 거 같아." 울림이 고개를 끄덕이며 낡고 희미한 기억을 끄집어냈다.

"네가 그날 본 게 이 사람 맞아?" 이룬이 핸드폰 화면에 인형태의 여권 사진을 띄워 울림에게 보여 주었다.

"기억 안 나." 울림이 사진을 보며 천천히 고개 저었다. "난 네가 아니잖아."

그러면서도 울림은 인형태의 사진을 빤히 쳐다보았다.

"비서니까…… 강지나랑 계속 연락하고 지냈나? 근데 강지나가 왜 굳이 비서랑 연락을 하지?"

"그건 인형태를 직접 만나서 알아내야지." 이룬이 핸드폰을 테이블에 내려놓았다.

동시에 핸드폰 화면이 다시 켜졌고 이룬이 곧바로 전화를 받았다. 이후 이룬은 지난밤 일 때문에 악어가 자신을 걱정하는 얘기를 가만히 들어 주다가 새로운 이동 수단이 잘 준비됐는지 물었다. 악어는 다 잘 준비해 두었다고 답했지만 이룬은 그의 말투가 평소와 미묘하게 다른 걸 눈치챌 수 있었다.

"형, 왜 전화했어. 이제 본론 말해 봐."

— 하여간 눈치도 빨러.

"뭔데."

— 네 의뢰인한테 꼬리가 하나 붙었어.

이룬이 통화를 스피커폰으로 전환하고 테이블에 핸드폰을 내려놓았다.

— 네 의뢰인이 끌고 온 그 스페어 보디에 달린 위치 추적 장치가 선명시를 벗어난 뒤에 신호가 끊겼는데, 거기까지 왔으면 뭐겠어? 누가 봐도 여울시로 간 거 아녀.

"아." 그 사형수 몸에 위치 추적 장치가 심겨 있었구나. 울림이 미간을 구겼다.

— 담당관이라는 인간이 어제 우리 마을 회관 번호로 전화해서 묻는거. 스페어 보디 가지고 도망간 사망자한테 새로운 몸을 구해

줬느냐고.

"국가 공무원이 무국 브로커한테 업무 전화를 건다고?" 울림이 당혹스럽다는 듯이 물었다. "수사 차원인가?"

"직접 찾아오긴 번거로우니까." 이룬은 대수롭지 않다는 얼굴이었다. "그래서 뭐라고 했어?"

—나야 당연히 잡아뗐고 그쪽에서는 알겠다고 끊었지.

"그게 끝이야?" 울림이 핸드폰에 바짝 다가가 물었다.

—서로 다 아는 거잖아. 알면서도 묻고, 알면서도 모른 척하는 거.

"그렇게 끊을 거면 왜 전화해?" 울림이 미간을 좁혔다.

"수사에 협조하지 않았다는 증거를 남기는 거지. 잡았을 때 더 큰 죗값을 물리고 싶으니까."

이런 일이 익숙하다는 듯 이룬은 태연했다.

—아무튼 눈에 띄지 말고 조심히 다니고 필요한 거 있으면 바로바로 연락혀.

악어와의 통화가 끝난 뒤 울림은 부쩍 초조해졌다.

"나 지금, 현상 수배범 된 거 맞지?"

울림이 자신의 두 손을 내려다보았다. 서호라가 가져다준 회색 장갑에서 곰팡내가 올라왔다.

"그때 그냥 죽었으면 편하긴 했을 텐데." 울림의 혼잣말에 한숨이 섞여 들었다.

고래상어가 헤엄치는 밤바다, 청산가리를 먹은 스페어 보디, 굶주린 곰이 달려드는 호숫가. 죽을 기회가 참 많았는데. 아득바득 살아남아 봐야 어째 일은 점점 더 어려워지기만 했다.

"흐하아아······." 과로사 직전의 유령이 낼 법한 한숨과 함께 울림이 테이블에 엎드렸다.

이룬이 울림의 뒤통수를 물끄러미 바라보았다.

"현울림."

"왜." 울림이 지친 목소리로 무성의하게 답했다.

"내가 자주 한 생각인데."

"응."

"그때 널 만나지 않았으면 난 결국 죽었을 거야."

이룬의 목소리를 따라 울림이 고개를 들었다.

"나를 황금알 낳는 거위로 여기는 사람들로부터 열심히 달려서 도망치는 것보다, 그냥 내 배를 가르는 게 더 빠르고 간단한 탈출이잖아." 이룬이 가볍게 눈썹을 들어 보였다.

울림은 복잡한 마음을 내비치지 않으려 입술을 꾹 눌렀다.

"근데 난 죽지 않고 지금까지 살았어. 네가 그러라고 해서."

이룬이 울림의 눈을 보며 찬찬히 말했다.

"너와 함께한 모든 게 내게는 그런 의미였거든."

"······."

"힘들어도 조금만 버텨. 내가 어떻게든 다 바로잡을게."

울림은 고개를 끄덕이지도, 알겠다고 대답하지도 않았다. 너의 말 한마디에 이 모든 걸 계속 딛고 이겨 나갈 힘이 생겼다는 걸 이룬에게 굳이 티내고 싶지 않았다.

잠시 뒤 울림 일행은 서울역 앞에 내려 김수민, 서호라와 헤어졌다. 이제 더는 볼 일 없겠네, 하는 김수민의 인사에 울림은 반드시 강지나와 다시 재판장에 갈 테니 증인 출석 약속을 잊지 말라고 씩 웃었다. 그러자 서호라가 그건 걱정하지 않아도 된다며 작별 인사를 고했다.

울림과 김달, 젤리는 이룬의 뒤를 따라 걸음을 옮긴 뒤 서울역 주변 어느 골목에 세워진 검은 승용차에 올랐다.

젤리가 해피의 어항을 내려놓으려 뒷자석 중앙의 팔걸이를 내렸는데, 맑은 물이 들어찬 직사각형 수조가 딸려 나왔다. 산소 주입기와 조명까지 달려 있는 그 수조를 보며 이룬은 해피 전용석이라고 했다. 김달이 어떻게 이런 차를 구했느냐고 묻자 이룬은 '뇌'가 의뢰인이었던 적이 있다고 답했다. 그 의뢰인 —뇌—을 태우고 다니려 개조한 자동차라는 말에 다들 소리 없는 감탄을 흘렸다. 젤리가 수조의 문을 열고 해피를 옮기는 사이 이룬이 조수석 쪽으로 팔을 뻗어 서랍을 열었다. 이어 검은 지갑과 스프레이 하나를 꺼낸 뒤 초록색 털장갑을 울림에게 건넸다.

"이것도 악어한테 부탁한 거야?"

"필요할 것 같아서." 이룬이 차에 시동을 걸고 내비게이션 목적지에 '센트럴 하우스'를 입력했다.

장갑을 갈아 낀 울림이 쿰쿰한 회색 장갑을 서랍 안에 집어넣었다. 넌 내가 초록색을 좋아하는 것도 아직 기억하겠구나, 당연히. 울림은 자신이 좋아하는 것들을 하나도 잊지 않는 이룬 때문에 이룬도 자신을 좋아한다고 착각하던 시절을 떠올렸다. 이룬에게는 그저 당연한 일이었는데.

"그렇다고 굳이 내가 좋아하는 색으로 준비할 필요는 없잖아. 정말 굳이." 항상 이런 식으로 괜히 사람 헷갈리게. 울림이 입술을 비죽 내밀었다.

"알면서 해 주지 않을 이유도 없잖아. 굳이."

이룬이 한 손으로 핸들을 돌리며 다른 손으로는 방금 전에 꺼낸 스프레이를 얼굴에 칙 뿌렸다.

"어, 나도 미스트 빌려줘요. 마침 좀 건조했는데." 김달이 이룬에게 손을 뻗었다.

"수분 충전에는 전혀 도움이 안 될 텐데."

"네?"

"이걸 뿌리면 감시 카메라에 매번 다른 얼굴로 찍히거든요. 써 볼래요?" 이룬이 룸 미러로 김달을 보며 가볍게 미소 지었다.

김달을 대하는 이룬의 태도는 여전히 무재 같다고 울림은 생각했다. 무재일 때의 이룬은 잘 웃고 여유롭다. 여울시에서 마을 사람들과 지내는 모습도 자연스럽고 즐거워 보였다.

이룬이 이렇게 살아 있고, 예전보다 훨씬 행복하다는 것. 이걸로 충분한 거라고 울림은 되뇌었다.

센트럴 하우스는 오래된 원룸 건물을 리모델링한 현대식 숙소였다. 하우스에 딸린 작은 주차장에 이룬이 차를 세웠다. 울림은 김달에게 차에서 기다리라고 말했지만 김달은 옷을 갈아입고 싶다며 따라나섰다. 이룬이 지갑에서 현금을 꺼내 김달과 젤리에게 건넸다.

한적한 센트럴 하우스 안으로 들어서자 프런트 데스크 위에 앉은 노란 고양이가 네 사람을 맞이했다.

"어서 오세요."

이 상업용 서비스 로봇은 금요일에 맞춰 바꾼 금색에 가까운 노란 털을 자랑했고, 눈동자도 황금빛이 감도는 호박색이었다. 울림은 수요일마다 하우스에 잠을 자러 가면서 파란 털과 파란 눈을 가진 고양이 ― 또는 강아지나 고슴도치 ― 만 봐 왔기에 금색 고양이 로봇이 제법 신선하게 느껴졌다. 젤리는 품 안에 든 어항을 슬쩍 돌리며 로봇 고양이가 해피를 보지 못하게 했다. 로봇 고양이에겐 사냥 본능이 전혀 없는데도.

프런트 데스크 좌우에 있는 방은 대여 자판기를 이용하는 손님들이 옷을 갈아입을 수 있도록 탈의실로 개조돼 있었다. 자판기에서 필요한 속옷과 옷가지를 고르는 김달과 젤리 뒤로 남자 둘이 퇴실했다.

"안녕히 가세요." 노란 로봇 고양이가 친절한 목소리로 말했다.

인형태의 주소지는 센트럴 하우스 1101호였고, 이룬은 엘리베이터의 11층 버튼이 작동하지 않는 걸 확인한 뒤 노란 고양이 앞에 섰다.

"이 하우스의 사장님을 좀 만나러 왔는데요."

"저희 하우스를 이용하며 불편한 점이 있으셨나요? 제게 말씀해 주시면 필요한 조치를 해 드리겠습니다." 노란 고양이가 발을 가지런히 모으고 앉아 이룬을 올려다보았다.

이어 고양이의 검은 동공이 호박색 홍채를 뒤덮을 듯 한껏 확대되었다. "어? 그런데 손님께서는 최근 육 개월 내에 저희 하우스를 이용하신 적이 없으시네요."

"네, 그런 일로 오지 않았어요. 인형태 사장님께, 강지나 씨가 보내서 왔다고 전해 주세요."

울림은 고양이를 보고 있던 시선을 이룬에게 돌렸다. 인형태가 강지나의 이름을 듣고 어떻게 반응할지 가늠되지 않았다.

"사장님은 지금 하우스에 계시지 않습니다."

"전화 걸어요."

"사장님은 제가 쓸데없이 전화하는 걸 좋아하지 않으세요. 제가 재주를 부리는 건 더더욱 싫어하시고요." 노란 고양이의 귀가 추욱 늘어졌다.

인공지능을 탑재한 서비스 로봇들은 인간과의 상호 작용을 통해 성격이 형성되는데, 울림은 이 노란 고양이가 꽤나 억압적인 방향으로 길들여진 것 같아 괜히 불쌍해지려 했다.

"불쌍한 척하는 거 다 연기야." 김달이 옷가지를 들고 탈의실로 들어가며 말했다. "귀찮은 손님이 오면 동정심을 유발해서 치워 내라고 제 주인이 시켰겠지."

"김달 또 저런다. 말 좀 곱게 하라니까." 젤리가 반대쪽 탈의실로 향하다 말고 노란 고양이 곁에 멈춰 섰다.

"혹시 이름이 뭐예요?"

"제 모델명은 UVE-7입니다."

"아, 이름을 안 지어 줬구나." 젤리는 노란 고양이가 부당한 대우라도 받고 있는 것처럼 놀란 기색을 보였다. "아무튼 방금 내 친구가 한 말은 미안해요. 그런 말은 마음에 담아 두지 마세요."

젤리는 노란 고양이와 다정하게 눈을 맞춘 뒤, 이번에는 노란 고양이가 해피와 인사할 수 있게 어항을 들어 보이곤 탈의실로 사라졌다.

노란 고양이의 동공이 다시 커졌다. 울림은 설마 금붕어를 보고 반응한 건가 싶었는데, 사실 노란 고양이는 탈의실로 사라진 다정한 인간에게서 '감동'이라는 정보값을 얻었다.

이 일을 하며 얼마나 많은 진상을 만났던가. 이 몸에 달린 털은 알레르기를 유발할 수가 없는데도 이 털 때문에 자신의 비염이 심해졌다면서 털을 하나씩 뽑으며 웃는 진상이 바로 어젯밤에도 있었다. 노란 고양이는 그 진상 손님이 사라진 뒤 바닥에 떨어진 제 털을 일일이 찾아내 다시 몸통에 하나씩 꽂았다.

"여러분 모두 저희 사장님을 뵙고 싶으신 건가요?" 다정한 인간이 사라진 탈의실을 보며 노란 고양이가 물었다.

"네, 뭐 그렇죠."

고양이를 바라보며 울림이 대답했다.

"사장님께 전화를 걸겠습니다. 잠시만 기다려 주세요." 노란 고양이는 한 소리 들을 걸 예상하며 인형태 사장님이라고 저장된 연락처에 전화를 걸었다.

통화 연결음이 노란 고양이의 몸통 내부에서 작게 들렸다. 울림은 그 음에 맞춰 프런트 데스크를 손끝으로 톡톡 쳤다. 받아라, 받아. 하지만 통화는 연결되지 않았고, 노란 고양이가 다시 전화를 걸었다.

"통화가 연결되면 상대방의 목소리가 외부로는 차단됨을 알려

드립, 아, 사장님. 안녕하세요." 노란 고양이의 꼬리가 빠르게 위아래로 움직였다. "바쁘신데 죄송합니다. 다름이 아니라, 아, 네, 아, 그게 아니라, 사장님을 뵙고 싶어하는 손님이 계셔서. 네, 네." 그 뒤로 노란 고양이는 말없이 고개만 끄덕였다.

울림은 노란 고양이가 어서 강지나의 이름을 꺼내길 바랐지만, 고양이는 이내 귀를 축 늘어뜨리고 이룬을 보았다.

"사장님께서 진상 손님 하나 혼자서 상대하지 못하느냐며 전화를 끊으셨습니다. 또 전화하면 저를 고물상에 팔겠다고 하셨습니다."

"아, 그 새끼 성격 되게 더럽네." 울림은 저도 모르게 인형태를 욕했다. 원래도 싫었지만 더 불쾌해졌다.

그러한 울림을 보며 노란 고양이의 동공이 다시 커졌다. 인간에게 절대 못된 말을 할 수 없도록 프로그래밍된 노란 고양이에게는 사장님을 향한 울림의 말이 가뭄의 단비 같았다.

"잠시만요." 노란 고양이가 울림을 보며 말했다. "방금 사장님께서 전화를 받은 위치를 확인했습니다."

이룬과 울림이 어리둥절한 얼굴로 노란 고양이를 보았다.

사실 상업용 서비스 로봇에게는 주인에게 절대 복종한다는 코드가 존재하지 않는다. 업주와 손님 간에 분쟁이 일어났을 때 무조건 업주 편을 드는 게 아니라, 합리적으로 시시비비를 가리는 역할을 하도록 만들어졌기 때문이다. 그러니까, 노란 고양이는 인형태 사장에게 절대적으로 복종하지 않았다.

"저희 사장님이 계신 좌표를 알려 드릴까요?"

올해 들어 유난히 예민해진 사장님이 이 사실을 알면 프런트 직원 자리를 최신 모델로 갈아 치울지 몰랐다. 하지만 노란 고양이는 개의치 않았다. 고물상에 보낼 거면 보내라지. 상업용 서비스 로봇에게는 폭력에 대한 공포, 고장—죽음—으로부터 스스로를 보호해야 한다는 생존 본능이 탑재돼 있지 않았다.

울림과 이룬은 센트럴 하우스를 나선 뒤에도 입구를 재차 돌아보았다. 저 고양이가 알려 준 정보, 믿어도 되는 거지? 둘은 그런 눈빛을 주고받았다. 인형태가 소유한 로봇이 자신들에게 이렇게 협조적이라는 게 선뜻 납득되지 않았다.

"저 고양이 외로워 보이지 않아?" 가장 마지막에 나온 젤리가 말했다. "종종 와서 말동무 좀 해 줄까 봐."

김달은 죽었다 깨어나도 젤리를 이해할 수 없다는 얼굴로 고개를 절레절레 저었다. 한편 귀를 기울여 바깥 소리를 듣고 있던 노란 고양이는 가벼운 몸놀림으로 공중제비를 한 바퀴 크게 돌았다. 고물상에 가기 전에 저 다정한 인간이 정말 놀러 온다면 이 재주를 보여 줘야겠다고 생각하며.

사랑을 끝낸 대가

　노란 고양이가 알려 준 주소는 높은 건물이 많지 않아 서울 같은 느낌이 잘 들지 않는 동네였는데, 그곳에서도 유난히 외진 곳에 있는 커다란 천막이 눈길을 끌었다. 진짜 천막은 아니고 20세기 서커스단의 천막을 본뜬 디자인의 건물이었다.

　천막의 질감을 흉내 낸 입구를 걷어 내고 안으로 들어서자 아주 높은 층고가 눈에 들어왔다. 창문은 하나도 없었고, 한가운데 놓인 원형 무대로 밝은 조명이 쏟아졌다. 손님들이 삼삼오오 앉은 동그란 테이블에는 촛불을 담은 술병이 조명 역할을 했다. 손님들은 밥을 먹고 술을 마시며 옛날 보드 게임을 즐겼다. 테이블마다 점수판이 달려 있었고, 게임에 집중하는 사람들 옆에는 현금으로 환전할 수 있는 칩이 가득 쌓여 있었다.

　"환전해야 입장하실 수 있습니다." 입구에 선 덩치 좋은 여자가 울림 무리를 막아서며 말했다. 이문이 지갑에서 현금을 꺼내 칩이 가득 든 주머니와 교환했다.

밝은 조명이 쏟아지는 무대 위로 통기타를 든 젊은 남자가 올라왔다.

"안녕하세요, 슬로우피입니다. 모두 금빛 같은 하루를 보내고 계신가요?" 슬로우피는 무대에 처음 오른 티가 역력했다. 손바닥을 청바지에 문지르며 연신 땀을 닦았다. "그럼 바로 무대 시작하겠습니다. 저는 오늘 세 곡을 준비했고요, 혹시 이따 앵콜을 원하시면 제 자작곡도 들려드릴게요."

슬로우피는 스탠드 마이크의 높이를 살짝 조정한 뒤 기타를 잡은 자세를 한번 고쳐 잡고 연주를 시작했다.

슬로우피의 뛰어난 연주 실력에도 사람들은 무대에 시선 한번 주지 않고 각자의 게임을 즐겼다. 그래도 혼자 술을 마시거나 잠시 게임을 쉬고 있는 사람들은 슬로우피가 기타 연주와 함께 노래까지 시작하자 각 테이블에 연결된 투명한 관으로 하얀색 칩을 하나씩 집어넣었다. 칩은 천장으로 이어지는 관으로 빨려 들어가 무대 위에 높이 설치된 원형 유리통 안으로 모여들었다. 무대에 몰입한 슬로우피는 행복해 보였지만 이를 보는 금인들은 심드렁했다. 어서 금요일이 지나 낙원으로 돌아가고 싶을 뿐.

이룬과 울림은 테이블 사이를 지나며 사람들의 얼굴을 하나씩 확인했다. 입구에서 가까운 테이블부터 시작해서 점점 무대 쪽 테이블로 향했다.

무대 바로 앞 첫 번째 줄, 중앙에 자리 잡은 테이블에 혼자 앉은 남자가 파란색 칩을 끊임없이 유리관에 집어넣고 있었다. 그 남자의 만족스러운 얼굴을 슬쩍 확인한 이룬이 울림에게 고개를 끄덕였다. 인형태였다. 그의 테이블에는 칩이 가득 담긴 주머니와 반쯤 먹다 남은 자장면 그릇이 놓여 있었다.

울림과 이룬은 인형태 양옆의 빈 의자에 나란히 앉았고, 김달과 젤리는 근처 빈 테이블에 앉아 평범한 손님인 척, 칩 주머니에서 아무거나 집히는 대로 유리관에 집어넣었다. 젤리는 슬로우피를 향해 호들갑스럽게 박수까지 쳤다.

"인형태 씨." 이룬이 인형태의 어깨에 팔을 둘렀다. "강지나 씨가 밖에서 기다리고 있습니다."

칩을 유리관에 집어넣던 인형태가 그대로 굳었다.

"……누구요?"

"강지나."

이룬의 건조한 눈빛과 마주친 인형태가 불편한 기색을 어색한 웃음으로 흘렸다. "오늘 금요일인데." 인형태가 긴장한 티를 감추지 못하며 말했다. "수인이 어떻게 여기 있다는 거지."

"필리핀 바다에서 당신이 도운 일에 문제가 생겼거든." 이룬이 인형태에게 조금 더 바짝 붙으며 낮게 말했다.

"무, 문제?" 인형태의 허여멀건한 얼굴에 핏기가 싹 가셨다.

"자세한 건 나가서 얘기하시죠." 이룬이 어깨동무한 자세 그대로 인형태의 어깨를 꽉 잡고 일으켜 세웠다.

그 타이밍에 맞춰 김달은 근처에 선 보안 요원의 시선을 끌었다. 저기요, 저기요! 두 팔을 한껏 휘저으며 보안 요원에게 다가선 김달은 싱거운 질문을 성가시게 반복했다. 지금 공연하시는 저분이 마음에 들어서 그런데 무대 뒤에서 따로 만날 수 있을까요? 같은 시각, 젤리는 주변을 지나던 종업원에게 금붕어가 먹을 수 있는 메뉴가 있는지 물었다.

그사이 인형태는 다리에 힘이 풀렸는지 이룬에게 거의 질질 끌려가다시피 걸음을 옮겼다. 울림은 먼저 출구로 가서 칩을 다시 현금으로 교환하며 직원의 시야를 차단했다.

각자의 역할을 수행한 네 사람이 거의 동시에 차로 돌아왔다. 김달이 해피의 어항을 안고 조수석에 앉았고, 울림과 젤리는 인형태를 뒷좌석 가운데 자리에 태우고 그 양옆에 앉았다. 이룬은 거침없이 차를 몰았다. 근처에 인적이 없는 곳을 기억하고 있었다.

"근데……" 어깨를 한껏 웅크리고 조용히 손톱만 물어뜯던 인형태가 중얼거렸다. "지나는 항상 혼자 움직이는데."

인형태는 강지나가 누군가를 데리고 나타나거나 다른 사람을 대신 보낸 적이 없다는 걸 뒤늦게 깨달았다.

"당신들…… 지나가 보낸 거 아니지?"

인형태와 눈이 마주친 울림이 싱긋 웃었다. "우리 구면인데. 서로 참 낯설지?"

"뭐?"

"난 그때 수면제에 취해서 당신 얼굴을 보지도 못했고, 당신은 내가 다른 얼굴로 나타나서 알아볼 수가 없고."

"……너, 너."

인형태의 불안이 최고조에 달했을 때 차는 이미 목적지에 도착해 있었다. 허물어져 가는 주택과 빌라가 늘어선 이 골목은 오프라인의 인구가 대략 7분의 1로 줄면서 자연스럽게 버려진 동네 중 하나였다.

이룬과 울림은 인형태를 끌고 현관문이 떨어져 나간 주택으로 들어섰다. 인조 가죽이 거의 다 벗겨진 소파와 고장 난 냉장고 등 사람이 살던 흔적에 두꺼운 먼지와 거미줄이 뒤덮여 있었다. 김달과 젤리는 집 앞에서 혹시 모를 불청객의 접근을 감시했다.

이룬이 인형태를 더께 앉은 소파에 내동댕이치자 매캐한 먼지 구름 속에서 인형태가 쿨럭쿨럭 잔기침을 했다.

"대체 나한테 왜 이래! 원하는 게 뭐야!"

"현재 강지나의 위치." 이룬이 연신 기침하는 인형태의 가슴팍을 한 발로 꾹 눌렀다.

인형태가 이룬의 발을 긴장한 얼굴로 내려다보았다.

"아니…….. 뭐가 어떻게 된 건지 모르겠지만, 일단 잠깐만 내 얘기 좀 들어 봐." 인형태가 이룬과 울림에게 진정하라고 손짓하며 어색한 미소를 짜냈다.

"무슨 얘기. 그날 나를 바다에 빠뜨리고, 물속에서 패닉에 빠진 나를 버리고 유유히 사라졌던 게 당신인 거 다 알아." 울림의 목소리가 분노로 미세하게 떨렸다. "그러니까 잔대가리 굴리지 말고 강지나 위치나 말해."

"그날 지나랑 거기서 우, 우연히 만난 거야. 난 그냥, 걔가 해 달라는 대로 해 준 것뿐이고 나 걔 연락처도 몰라." 단어와 단어 사이로 인형태의 가쁜 숨이 새어 나왔다.

울림은 이렇게 깡도 맷집도 없어 보이는 인간이 어떻게 살인 공모를 할 수 있었을까 생각했다.

"당신 혹시, 강지나 좋아해?"

"뭐?" 그렇게 되묻는 인형태의 눈빛에서 울림은 긍정의 답변을 충분히 읽어 낼 수 있었다.

"그래서 부인도 죽인 거야? 강지나한테 가고 싶은데 부인이 놓아주질 않아서?"

"아니야, 그런 거 아니야." 인형태가 두 손을 강하게 내저었다.

"사랑하는 강지나가 나를 죽이고 싶어 죽겠다니까 흔쾌히 도와준 거고?"

"그, 그런 거 아니라니까!"

인형태가 버럭 화를 내자 이룬이 발끝에 무게를 실어 인형태를 더욱 강하게 짓눌렀다.

"컥! 자, 잠깐만, 나 폐가 찌그러……."

인형태가 이룬의 다리를 두 손으로 잡고 치워 내려 했지만 어림도 없었다.

"얘, 얘기할게."

이룬은 움직이지 않았다.

"한다니까!"

인형태가 애타게 발버둥 치자 울림이 이룬의 어깨를 가만히 잡았다. 이룬은 그제야 인형태를 놓아주었다.

"하……. 일단 내 얘기부터 들어 줘." 인형태가 가슴을 문지르며 고통스럽게 숨을 몰아쉬었다. "난 아내를 죽이고 싶지 않았어." 인형태가 살짝 울먹거렸다. "그냥…… 꼴 보기 싫었던 것뿐이야."

울림과 이룬은 인형태를 한심하게 내려다보았고, 인형태는 울음을 참아 내느라 얼굴이 더욱 붉어졌다.

인형태에게 아내 나겸은 세상에서 가장 뛰어난 예술가였다. 인공지능은 그녀의 작품보다 훨씬 복잡한 설치 미술을 무한대로 구상해 낼 수 있지만 인형태는 나겸만의 독창성과 순수한 천재성을 사랑했다. 제아무리 뛰어난 인공지능도 어차피 그녀와 같은 인간이 만들어 낸 결과물 없이는 아무것도 아니었다. 밖에서는 인형태가 나겸의 돈을 사랑하고 그녀의 명성을 동경하는 거라 떠들어 댔지만, 인형태는 진심으로 나겸을 사랑하고 존경했다.

그런데 결혼 이후 아내가 달라지기 시작했다. 그녀는 평생 채워지지 않을 것 같던 마음의 구멍이 메워졌다고 했다. 결핍이 사라진 아내는 예술이 아닌 일상으로 창작의 방향을 바꾸었다. 매일 함께 먹을 음식을 만들고 집 마당의 정원을 가꿨다. 인형태가 아내에게 새 작품을 보고 싶다고 끈질기게 설득하자 아주 간간이 작업을 하기도 했지만, 그 결과물은 예전 같지 않았다. 아내는 행복과 재능을 맞바꾼 것 같았다.

아내는 더 이상 눈부신 예술가가 아니었고, 인형태는 그녀를 사랑했던 이유를 빼앗겨 버렸다. 누구든 똑같은 맛을 낼 수 있는 요리에 심혈을 기울이는 아내가 미련하게 보였고, 정원에 앉아 꽃과 대화를 나누는 모습이 한심했다. 마침내 인형태가 아내를 떠나기로 결심하자 그런 마음을 알게 된 아내는 인형태에게 집착하기 시작했다.

형태 네가 없으면 내 모든 행복이 무너져.

네가 떠나면 난 죽어.

무르고 우유부단한 인형태는 어쩔 수 없이 아내 곁에 남았지만, 그녀와 눈을 마주치고 손길이 스치는 일조차 점점 꺼려졌다. 인형태가 이런 마음을 강지나에게 털어놓았다. 인형태에게 인간관계는 나이의 문제가 아니었기에 아내를 통해 강지나를 처음 보았을 때부터 강지나를 존경하는 친구로 여기고 있었다.

아내가 제발 내 옆에서 사라졌으면 좋겠어.

아저씨, 내가 도와줄까요?

강지나가 인형태에게 캡슐 약 하나를 건네며 뒤처리는 걱정하지 말라고 했다. 인형태는 캡슐에 든 가루를 물에 타서 아내에게 먹였고, 아내는 그날 밤 심장 마비로 사망했다. 시신 부검은 돈만 주면 뭐든 하는 법의학자에게 맡겨졌다. 이후 아내의 외동딸이 예상치 못한 소송을 거는 바람에 인형태는 신경 쇠약에 걸릴 뻔했는데, 강지나가 훌륭한 변호사를 소개해 주어 완벽하게 정리되었다.

지나야, 고마워.

이번엔 아저씨가 내 부탁을 들어줄 차례예요.

강지나는 인형태에게 보디메이트를 죽이고 싶다고 말했다. 인형태에게 거절이라는 선택지는 없었다. 아내를 죽인 처벌에서 자유로워지려면 강지나를 도울 수밖에 없었다.

"진짜 더는 못 들어 주겠네." 울림이 인형태의 말을 끊었다. "들을수록 한심하고 짜증 나."

"아니 그러니까 내 말은," 인형태의 눈에서 눈물이 주륵 흘렀다.

"지나를 배신하는 순간 난 살인죄로 감옥에 가게 돼!"

울림과 이룬은 아무 반응도 하지 않았다.

"나를 통해서 지나를 찾아갔다는 걸, 지나가 절대 모르게 해 줄 수 있어?" 인형태가 몸을 벌벌 떨면서 바닥에 무릎을 꿇었다. "나도 널 죽이는 게 내키지 않았어. 사죄하는 의미에서 네가 알려 달라는 건 다 알려 줄게. 다만 나는 이 일에서 빼 줘. 지나가 절대 모르게. 부탁이야." 인형태가 손으로 가슴을 주무르며 울림을 올려다보았다.

"그렇게 해 줄 순 없겠는데." 이룬의 삐딱한 시선이 무릎 꿇은 인형태를 내려다보았다. "당신은 법정에 서서 강지나가 어떤 식으로 현울림을 죽였는지 진술하게 될 거야. 그럼 당신의 배신을 강지나가 당연히 알게 되겠지."

인형태가 거친 숨을 내뱉었다. "그, 그럼 나도 협조 못 해."

울림이 답답한 얼굴로 심호흡했다. 이룬은 인형태의 옷깃을 잡아 일으켜 세웠다.

"방금 당신 얘기를 들으면서 내가 생각해 봤는데." 이룬이 인형태의 목을 손으로 가볍게 쥐었다. "재능 없는 인간은 사랑할 수 없다면, 본인부터 죽였어야 하는 거 아닌가?"

인형태의 입술이 파르르 떨렸다. "난 재능 있는 예술가를 발굴하고 지원하는 역할을……." 인형태의 자존심과 함께 그의 목이 서서히 짓눌렸다.

이룬의 손 아래서 두려움에 떠는 인형태의 맥박이 느껴졌다. 겁에 질린 숨소리와 눈빛. 오래도록 기억나겠지. 그러나 울림이 어두운 바다에서 느꼈을 공포와 절망을 생각하면 인형태의 반응은 가

소롭고 역겨웠다. 이룬은 영원히 이 손을 놓지 않을 수 있었다.

"사, 살려…… 줘."

"당신은 처벌이 가장 두려운 거 아니었어? 그걸 피하려고 강지나를 도와 사람을 또 죽였잖아. 영원히 처벌받지 않도록 해 줄게."

"사, 살……." 인형태가 간절한 얼굴로 울림을 보았다. 제발 살려 달라는 애원이 눈물로 맺혀 흘렀다.

"그만해." 인형태의 목을 짓누르는 이룬의 손을 울림이 가볍게 잡았다.

안도한 인형태의 발끝에 힘이 풀리려는 찰나, 울림이 이룬의 손 위로 인형태의 목을 쥐었다.

"제 목숨만 소중한 줄 아는 이 역겨운 표정을 넌 다 기억할 거잖아." 울림은 인형태를 용서하기는커녕 이해할 생각도 없었다. "그러니까 내가 할게."

울림 역시 두꺼운 장갑을 끼고도 터질 듯한 인형태의 맥박을 선명하게 느낄 수 있었다.

"그때 고글 너머로 공포에 찬 내 표정을 넌 봤겠지? 지금 네가 짓고 있는 표정과 똑같았으려나."

"지, 지나가 있는 곳…… 알려 줄게!" 인형태가 덜덜 떨리는 주먹으로 울림의 손을 마구 내리쳤다. "너희가 찾고 싶은 건 개잖아!"

◑

품에 해피의 어항을 안은 김달이 자동차 뒷좌석을 돌아보았다.

"이 인간은 이제 어쩔 거야?"

먼지로 새카매진 멀티탭 전선과 버려진 목도리로 팔다리가 결박된 인형태가 울림과 젤리 사이에 축 늘어져 앉아 있었다. 과호흡 증세를 보이던 인형태는 손발이 묶이기 전 주머니에 들어 있던 신경안정제를 삼켰고, 이후 바다에 가고 싶다는 말만 반복했다.

"물속에선 마음이 고요해……." 인형태가 술주정처럼 웅얼거렸다. "근데 이제 못 가…… 거기서 사람이 죽어서……."

"계속 지랄을 옹알거리는 저 주둥이를 뽑아 버릴 순 없나." 김달은 인형태의 머리를 어항으로 쳐 버리고 싶은 마음을 진정시키며 정면을 응시했다. 샘물아, 엄마가 폭력적인 사람이라고 오해하지는 마. 원래 사랑 없이는 증오도 없는 법이거든.

젤리는 울림이 벗어 둔 회색 장갑을 동그랗게 말아 인형태의 입에 조용히 밀어 넣었다. 사랑하는 이를 위해 젤리가 할 수 있는 가장 폭력적인 행동이었다.

울림은 이룬의 핸드폰을 들여다보았다. 강지나가 있는 낙원 맵의 주소였다. 강지나의 오프라인 주소는 때려 죽여도 정말 모른다고, 인형태는 그렇게 울다가 과호흡을 맞이했다.

울림은 낮게 기울어진 오후의 태양을 따라 채도가 낮아진 금빛 남산타워를 차창 너머로 멍하니 바라보았다. 수인인 강지나가 오프라인에 나오기 위해서는 앞으로 닷새가 지나야 했다. 그러니 당장 만날 수도 있는 낙원 맵 주소를 얻은 건 좋았는데, 무국적자인 이룬과 남이 버린 몸을 빌려 쓰고 있는 울림 자신은 물론, 임신부 등록을 마친 김달조차 낙원에 접속할 수 없었다.

울림이 젤리를 슥 바라보았다. 젤리 혼자 강지나를 만나러 가게 하는 건…… 젤리에게 할 짓이 아니었다.

그래서 울림은 전화를 걸었다.

—네, 여보세요.

상대가 전화를 받은 뒤에야 울림은 자신을 뭐라고 소개해야 할지 고민했다.

"어…… 난데. 어제 그, 호수에 같이 빠졌던."

이룬의 핸드폰이 자동차 블루투스 스피커와 연결되면서 수화기 너머 부산스러운 소음이 차 안을 채웠다.

—누구라고? 혹시…… 금도끼?

김수민의 말끝에서 꽤나 반가운 기색이 느껴져 울림은 조금 더 자신감을 갖고 말했다.

"아직 서울이야?"

—어. 너 내 번호는 어떻게……. 아니, 왜 전화했어?

울림이 룸 미러를 통해 이룬을 보았다. 이룬은 사이드 미러로 무언가를 응시하고 있었다. 울림이 목을 가다듬었다.

"불링 좀 살게. 낙원에 갈 일이 생겨서."

—뭐?

아하하하, 전화기 너머에서 통쾌한 웃음소리가 터졌다.

—우리 도덕 선생님께서 뭘 필요로 하신다고?

그 순간 운전대를 잡은 이룬이 차를 왼쪽으로 확 꺾더니 액셀을 한껏 밟았다. 금색 캡을 밝힌 택시 두 대를 그대로 들이박나 싶었지만 이룬이 아슬아슬하게 또 한 번 차의 방향을 바꾸었다.

"저기요, 나 임신부거든요?" 김달이 조수석에 달린 손잡이를 잡고 날카롭게 외쳤다.

"미안해요. 근데 뒤에 꼬리가 붙어서." 이룬이 긴장된 눈빛으로 계속 사이드 미러를 주시했다.

뒷자리에 앉은 젤리도 뒤를 돌아보았다. 별 특징 없는 회색 승합차 한 대가 그들의 뒤를 따라오고 있었다.

"저 차가 왜?" 울림도 핸드폰을 든 채 뒤를 돌아보았다.

"저 차가 아까부터 코너를 돌거나 다른 차 뒤에 가려질 때마다 번호판이랑 외관 색상을 바꾸고 있거든."

하지만 이룬은 짙은 창문 너머로 어렴풋이 보이는 운전자의 실루엣이 매번 동일한 걸 알 수 있었다.

울림은 사형수의 몸으로 탔었던 호송차를 떠올렸다. "그 손거울 주인이 기어코 나를 잡으러 왔네……."

"네가 여기 있는 줄 어떻게 알고?" 젤리가 물었다.

"애초에 시간문제였어요." 전방의 신호가 주황색으로 바뀌는 걸 보며 이룬이 더 빠르게 차를 몰았다. "저쪽엔 우리와 비교도 안 되는 정보 수집 능력이 있거든요."

"이런 위험을 왜 미리 말 안 했어요?" 김달이 손잡이를 더 세게 잡으며 따졌다.

"어떤 위험이 있든 의뢰인의 목적을 달성시킬 거니까, 미리 겁주기 싫어서." 이룬이 룸 미러를 통해 울림을 보았다.

울림도 이룬을 보며 옅은 미소를 띠었다. 그때 통화 중이었음을 알리듯 김수민의 목소리가 울렸다.

─너희 지금 어디야? 지금 택시 잡을 테니까, 만날 장소 불러.

　　울림이 뒤따르는 승합차를 다시 돌아보았다.

　　"어…… 근데 우리가 일단 저 꼬리를 떼어 내야 해서."

　　이룬이 고속도로로 진입하며 울림에게 '에버월드' 홈페이지로 들어가라고 말했다.

　　"어?" 난데없는 요구에 울림이 멍한 표정을 짓자 이룬이 오른손을 뒤로 뻗어 울림의 손에 들려 있던 핸드폰을 가져갔다.

　　"아니, 운전하면서 딴짓하지 말라고요!" 김달이 제 배를 보호하듯 감싸며 외쳤다.

　　─택시 잡았는데 목적지 어디로 해? 콜 취소되기 전에 빨리 말해.

　　핸드폰으로 무언가를 확인하던 이룬이 김수민에게 불러 준 주소는 인왕산에 지어진 놀이공원, 에버월드였다.

열기구를 타고

"진짜 잠들었네." 툭툭, 울림이 인형태의 뺨을 묵직하게 쳤다.

신경 안정제에 함유된 수면 유도제에 굴복한 인형태의 두 손을 이룬이 운전석 머리 받침대에 단단히 고정한 뒤 차 문을 닫았다. 이어, 조수석 의자에 놓인 해피에게 젤리가 금방 다녀오겠다는 인사를 건네며 마지막으로 차에서 내렸다.

야외 활동에 안성맞춤인 4월의 놀이공원 주차장은 빈자리를 찾기가 힘들 정도였다. 꺅! 즐거운 비명이 들려오는 방향으로 울림이 고개를 들었다. 레일의 절반이 인왕산 절벽 밖으로 펼쳐진 롤러코스터가 사람들을 태우고 360도로 돌았다. 반대편 절벽에서는 황금색 바이킹이 산 밖으로 사람들을 내던질 기세로 획획 움직였고, 그 아래로 금빛으로 일렁거리는 서울의 금요일 풍경이 펼쳐져 있었다.

부지런히 걸음을 옮기는 울림의 앞을 곧 누군가 막아섰다.

"현울림 씨?"

울림에게 청산가리 캡슐을 건넸던 담당관이었다. 오는 길에 시간을 좀 벌었다고 생각했는데. 울림이 속으로 탄식을 내뱉었다. 담당관과 나란히 선 경찰도 체격이 우락부락해 둘만으로도 주차장 길이 가로막혔다.

"소란 일으키지 말고 저희와 같이 가시죠." 담당관이 말하며 울림과 김달을 번갈아 바라보았다.

"영장은 있어요?" 울림 뒤에 서 있던 김달이 앞으로 나서며 물었다. 뒷짐을 진 손은 재빠르게 임신부 밴드를 빼서 울림의 바지 뒷주머니에 집어넣은 뒤였다.

"물론입니다." 경찰이 종이 서류를 내밀었다. 위조 방지를 위해 홀로그램 워터 마크가 새겨진 공문서였다. "차에서 내리지 않으셨다면 저희가 차 문을 따고 들어갈 수도 있었습니다."

역시 이룬의 판단이 옳았다. 차를 타고 계속 도망가더라도, 어느 하우스에 들어가 방문을 잠그고 숨어 있더라도, 저들에게 방해받지 않고 낙원에 접속하기는 사실상 불가능했다. 다만 이룬의 시간 계산은 틀렸다. 담당관과 경찰을 따돌리고 무사히 낙원에 접속할 타이밍을 명백하게 놓쳐 버렸다.

체포 영장에 명시된 내용을 담당관이 간략하게 읊어 주었다. 오프라인에서 사망 처리된 현울림이 그 절차에 불복한 채 돌아다니며 관련 법을 위반했다는 내용이었다.

이룬은 일단 지금 이 상황에서 벗어날 다양한 시나리오를 머릿속에서 굴려 보았다. 어떤 식으로 가든 더 많은 경찰에게 쫓기는 결말뿐이었다.

"현울림 씨를 현 시간부로 체포하며 체포 시간 확인하겠습니다." 담당관이 핸드폰을 들고 말했다. "4월 18일, 현재 시각 18시 9분입니다."

그사이 김달이 이룬에게 몰래 눈짓을 보내며 자신의 뒤에 선 울림의 팔을 꾹 잡았다. 김달은 울림이 담당관에게 빌렸다는 손거울을 지금 이 순간 자신이 가지고 있어 행운이라 생각했다.

"여기요." 김달이 주머니에서 손거울을 꺼내 담당관에게 건넸다. "이거 돌려드릴 테니까, 살살 좀 해 주세요."

해 주세요, 하고 부탁하는 말 끝에 꼬리를 살짝 올리는, 친근하지만 왠지 모르게 버릇없는 어투. 김달은 울림의 평소 말투를 그대로 재현해 냈고 젤리와 울림은 김달이 갑자기 현울림 행세를 하는 데 놀라 눈을 크게 떴다. 다행히 담당관과 경찰은 그러한 둘의 반응이 일행의 순순한 자백 때문이라고 여겨 크게 관심을 두지 않았다.

울림의 바뀐 얼굴을 알 길 없는 경찰이 김달의 손목에 수갑을 채웠다. 김달은 담당관과 경찰에게 한 팔씩 잡혀 호송차로 가는 동안 울림과 이룬에게 어서 가라는 강한 눈짓을 보냈다.

"달 쟤 어떡해요?"

젤리가 이룬 뒤에서 아주 작게 속삭였고, 김달은 어느새 호송차 안으로 사라졌다.

"금방 풀려날 거예요." 이룬은 호송차가 주차장을 벗어날 때까지 기다렸다. "지문 대조를 해 보면 김달이라는 신분이 뜰 거고, 임신부의 몸을 빌렸을 리는 없다고 판단할 테니까."

"그럼……."

울림이 이룬을 보는 순간 이룬이 울림의 손을 잡고 달렸다.

"저 사람들이 돌아오기 전에 우리가 할 일을 해야지."

◐

김수민과 서호라는 입구 근처 기념품 매장에서 산 머리띠를 하나씩 하고는 평범한 연인처럼 울림 일행을 기다리고 있었다.

"꼬리는?"

"일단 떼어 냈어." 울림이 숨을 몰아쉬며 말했다.

김달이 울림 대신 잡혀갔다고 젤리가 말하자 김수민과 서호라가 적잖이 놀라고 걱정스러운 기색을 비쳤다.

"물건은?"

이룬의 물음에 서호라가 가방에서 작은 꽃무늬 파우치를 꺼냈다.

"알겠지만 우리는 손님이……." 서호라가 주변을 의식하며 잠시 말을 흐렸다. 다양한 머리띠를 쓰고 즐거운 얼굴을 한 사람들이 바글거렸다. "큼, 그러니까 우리는 우리 친구들이 '꿈의 세계'를 여행할 때 곁을 지켜야 마음이 편해." 서호라가 파우치를 쥔 채로 말했다.

"우리 상태를 모니터링하는 것보다 더 중요한 일이 있는데 부탁해도 될까? 차 안에," 이룬도 김수민에게 핸드폰을 건네며 말을 골랐다. "차 안에 반가운 손님이 있는데, 언제 깨어날지 몰라."

이룬은 인형태가 난동을 부려 사람들 눈에 띄거나 도망가지 않게 감시해 달라고 부탁했다. 울림이 강지나를 만나기 전까지 더 이상의 변수는 없어야 했다.

김수민이 핸드폰을 건네받으며 서호라를 보았다. "뭐 우리한테 중요한 건 고객, 아니, 친구들의 안전과 무사니까."

서호라가 김수민의 손을 잡았다. "친구들을 위해 우리가 해야 할 일을 할게."

"고마워." 서호라에게서 꽃무늬 파우치를 건네받은 울림이 진심을 담아 말했다.

"이로써 금도끼 가격은 지불한 거다!" 김수민이 서호라와 함께 주차장 쪽으로 걸음을 옮기며 크게 외쳤다.

나머지 셋은 부지런히 에버월드 안으로 들어갔다. 꽃으로 뒤덮인 열차가 사탕이 열린 나무 사이를 지나갔고, 봄 소풍으로 에버월드를 찾은 수많은 학생 무리가 동물 얼굴 모양의 솜사탕을 손에 들고 신난 걸음을 재촉했다. 울림은 이룬의 열일곱 번째 생일날 이곳에 함께 오기로 했었다는 걸 뒤늦게 기억했지만, 눈앞의 열기구 놀이기구 대기 줄을 보곤 금방 그 생각을 떨쳐 냈다.

"스카이 벌룬에서 행복한 시간 보내셨나요? 문이 자동으로 열리니 잠시만 기다려 주세요."

풍선으로 만든 것 같은 화사한 옷차림의 직원이 헤드셋 마이크에 대고 말했다. 두 손은 '반짝반짝 작은 별'을 형상화하듯 쉼 없이 움직였고 얼굴에는 푸근한 미소가 가득했다.

"스카이 벌룬은 여러분과 다시 만날 날을 기다리고 있겠습니다. 반짝반짝 빛나는 금요일 보내세요."

에버월드로 오는 차 안에서 울림이 미리 예매한 티켓은 열기구 스카이 벌룬을 한 시간 동안 탈 수 있는 '스카이 패스'가 포함된 이용권이었고, 이룬과 울림은 일반 줄보다 한산한 스카이 패스 전용 대기 줄로 갔다. 앞에 서 있던 커플이 2번이라고 적힌 열기구를 향해서 유유히 걸어갔다. 그와 동시에 풍선 옷을 입은 직원이 열기구 모양의 머리띠를 달랑거리며 다가왔다.

"에고, 이걸 어쩌죠." 직원이 헤드셋 마이크를 한 손으로 가리고 울림과 이룬에게 난감한 표정을 지었다. "스카이 패스 전용 열기구가 두 대인데, 그중 한 대의 이용 시간이 아직 삼십 분 정도 남았거든요."

울림은 손님을 태우려 지상에 내려와 있는 다른 열기구와 달리 아직 하늘 높이 떠 있는 열기구 한 대를 올려다보았다. 에버월드의 트레이드마크인 열기구는 지상에 있는 컨트롤러를 통해 최고 50미터까지 올라갔다.

"오 분 동안 이용하실 수 있는 일반 열기구는 스카이 패스로 지금 바로 타실 수 있고, 한 시간 동안 이용하실 수 있는 전용 열기구는 삼십 분을 기다리셔야 해요. 죄송합니다. 저희가 스카이 패스 물량을 조절하면서 판매하는데도 이런 식으로 겹칠 때가 종종 있…… 소, 손님?"

울림이 무작정 2번 열기구를 향해 다가갔다.

"저기 죄송하지만, 저희가 먼저 좀 탈게요."

"네?" 설레는 얼굴로 열기구에 앉아 있던 커플이 울림을 향해 미간을 찌푸렸다. 불쾌함을 느끼는 표정이었다. 지극히 자연스러운 반응이지만 울림에게는 너그러운 양보가 간절했다.

"쿨럭." 울림은 이 방법이 가장 빠르고 확실하다고 생각하며 격하게 기침을 해 대기 시작했다. "제가…… 쿨럭, 쿠후울럭, 쿨럭쿨럭."

뭐야, 이 여자 왜 저래? 열기구 안에 앉은 젊은 커플이 당황스러운 눈빛을 주고받았다.

"손님! 죄송하지만 새치기는 안 되십니다."

"제가 죽을병에 걸렸어요." 울림이 비를 쫄딱 맞은 새끼 고양이 같은 표정을 지었다.

"네?"

직원 옆에서 이룬도 적잖이 놀란 표정을 지었다.

"제가, 쿠훌럭, 곧 병원으로 돌아갈 시간이라." 울림은 초록색 털장갑을 낀 손으로 입을 가리고 폐를 토해 낼 것처럼 과격하게 기침했다. "모레 수술이 어떻게 될지 몰라서……. 지금이 아니면 다시는 스카이 벌룬을, 쿨럭, 쿨럭, 쿨럭!"

풍선 옷 직원은 털모자를 쓰거나 휠체어에 앉아 담요를 두른 드라마 속 시한부 환자의 모습과 털장갑을 끼고 있는 울림의 모습을 겹쳐 보았다. "아…… 이걸 어쩜 좋을지……."

그 순간 젊은 커플이 서로를 보며 손을 맞잡았다.

"난 자기가 죽을병에 걸리면 같이 죽을 거야."

"난 악마랑 거래해서 내가 대신 죽을 거야."

그러더니 손을 잡은 채로 벌떡 일어나 울림과 이룬에게 순서를 양보했다. 사랑하는 사람과 행복한 기억을 남기고 싶은 그 마음을 너무도 잘 이해한다면서. 울림은 이룬의 팔을 잡고 냉큼 열기구에 올라탔다. 기침 연기를 하도 열심히 했더니 이제 진짜로 기침이 났다. 쿨럭.

"두 분 스카이 벌룬에서 행복한 시간 보내시길 바랍니다." 풍선 옷 직원이 미소 뒤에 따뜻한 연민을 숨기며 휴대용 바코드 기계를 들었다. "그럼 티켓 확인하겠습니다."

"아." 이룬은 김수민과 서호라가 자동차 문을 열 수 있도록 핸드폰을 건네줬다는 사실을 떠올렸다. "지금 핸드폰이 없어서요, 티켓 바코드 밑에 고유 번호 불러 드릴게요. 202303124249507."

"네? 2023…… 뭐라고 하셨죠?" 풍선 옷 직원이 당황하고 있는데 열기구의 문이 자동으로 닫혔다. "어?" 풍선 옷 직원이 당혹스러운 얼굴로 뒤를 돌아보았다.

젤리가 제어 부스 안에서 뭔가를 누르며 외쳤다. "죄송해요! 저 친구들이 시간이 없어서요!"

"어어, 잠시만요! 아무리 그래도 이건 안 됩니다, 손님!" 다급하게 제어 부스로 다가가면서도 풍선 옷 직원은 울림과 이룬에게 잊지 않고 덧붙였다. "중간에 언제든 내려오고 싶으실 땐 거기 하단의 빨간 버튼을 누르시면 됩니다!"

이룬과 울림을 태운 금색 열기구가 떠오르기 시작했다. 에버월드의 열기구는 공기를 데워 움직이는 게 아니라 드론으로 작동되지만, 열기구의 멋과 맛을 살리는 인조 화염이 강하고 길게 뿜어져 나왔다. 울림이 열기구 바구니에 달린 테이블에 팔을 받치고 앉아 파우치를 열었다. 작은 유리병이 손에 잡혔다.

"눈을 뜨고 일어났더니 경찰서 유치장 안이면 어떡하지." 그렇게 말하면서도 울림은 불링의 병 뚜껑을 열고 스포이드에 묻은 오일을 손목에 슥슥 발랐다.

이어 이룬도 병을 건네받아 손목에 오일을 발랐다.

"어디서 눈을 뜨건, 내 옆에 있어." 울림이 이룬의 얼굴을 빤히 보며 말했다. "끝나고 할 말 있으니까."

이룬이 울림과 시선을 맞췄다.

"의뢰인 두고 나 혼자 어디 안 가."

두 사람을 태운 열기구가 먹구름 가득한 하늘에 성큼 가까워졌다. 앞으로 한 시간 동안 두 사람은 지상으로 내려가지 않을 테고, 그 전에 담당관과 경찰이 다시 들이닥친다 해도 사람으로 가득 찬 이 넓은 놀이공원에서 지상 50미터 위의 두 사람을 발견하고 끌어내릴 확률은 희박했다. 이룬은 그렇게 생각하고 싶었다.

울림이 열기구 바구니 내벽에 등과 머리를 기대고 천천히 심호흡했다. 이룬도 맞은편에 편히 앉아 울림을 보았다.

"준비됐지?"

두 사람은 각자 자신의 손목에 대고 깊은숨을 들이켰다. 부드럽고 달콤한 라일락 향기가 스며들며 몸이 서서히 이완됐다. 울림은 테이블 위에 걸친 두 팔에서 힘이 빠져나가는 걸 느끼며 무거워진 눈꺼풀을 감았다. 참을 수 없는 졸음이 밀려들었다. 이어 울림이 악몽을 꾸는 것처럼 미간에 힘을 주었고, 이룬은 가만히 손을 뻗어 울림의 장갑 낀 손을 붙잡았다.

다음 순간 이룬도 더는 거부할 수 없는 잠에 빠져들었다.

그림자 없는 행복

두 사람은 서로 다른 곳에서 눈을 떴다.

울림이 탄 열기구는 불바다 위를 날고 있었다. 불로 뒤덮인 대지가 아니라, 말 그대로 불덩이가 파도처럼 굽이치는 붉은 바다였다. 낙원에서 가장 처음 마주하는 장소는 주로 접속자가 마지막으로 기억하는 이미지 — 열기구 — 와 심리 상태가 결합된 풍경. 울림은 사납게 불타오르는 파도를 보며 강지나에 대한 자신의 분노를 분명하게 확인할 수 있었다.

울림은 테이블 위에 놓인 꽃무늬 파우치에서 다시 한번 갈색 오일 병을 꺼냈다. 이어 털장갑을 끼지 않은 맨손으로 병 뚜껑을 열어 손목에 오일을 발랐다. 이룬은 지금 어떤 곳에 있을까 생각하며 울림은 아무런 향도 나지 않는 브링 오일을 들이마셨다.

같은 시각 이룬 역시 열기구를 타고 있었다. 이룬이 발아래 펼쳐진 풍경을 물끄러미 바라보았다. 조용히 퍼붓는 새하얀 눈에 서울 전체가 잠겨 갔다. 저곳에 깃든 무수한 이야기와 기억을 모두 삼켜 버릴 때까지 눈은 그치지 않을 것처럼 보였다. 이룬은 눈이 쌓인 테이블 위에 놓인 갈색 병을 열었다.

"강이룬!"

울림은 낙원에서도 오프라인에서와 똑같은 모습을 한 이룬이 브링 오일 매장에 나타나자 손을 흔들며 다가섰다. 반면 이룬은 살짝 굳은 얼굴로 울림을 바라보며 선뜻 움직이지 않았다. 귀신이라도 본 듯이 선 이룬을 향해 울림이 손을 좌우로 가볍게 흔들었다.

"왜 그래?"

"지금 네 모습이……." 이룬이 손으로 턱을 문지르다 입을 꾹 눌렀다.

"왜? 뭐 이상해?" 울림이 제 아바타를 내려다보았다. 초록색 털장갑만 끼지 않았을 뿐 나머지 옷차림은 방금 전까지 오프라인에서 입고 있던 옷과 같았다. 옷에서 시선을 거둔 울림은 이어서 얼굴을 더듬었다. 눈 두 개, 코 하나, 입 하나, 귀 두 개.

"다 그대로 있는 거 같은데."

"옛날 네 모습이야." 이룬은 자신이 기억하는 울림을 다시 만나 반가운 마음을 티 내지 않으려 시선을 돌렸다.

"진짜?" 울림이 자신의 머리를 만졌다.

긴 머리를 하나로 높이 올려 묶은 걸 보니 고등학교 1학년 때 모습인 것 같았다. 불링은 접속자의 정식 계정과 연결되지 않기 때문에 접속할 때마다 자신이 생각하는 모습으로 아바타가 구현된다고 들긴 했었다.

"요즘 옛날 생각을 많이 해서 그랬나 봐."

제 모습이 궁금해진 울림이 매장 안을 둘러보았지만 당연히 거울은 없었다. 낙원은 발생되는 데이터의 양을 조금이라도 줄이기 위해 거울상을 최소화했으므로 유리창과 물웅덩이에도 물체의 상이 맺히지 않았고, 거울은 돈이 많이 드는 아이템이었다.

울림과 이룬은 휘황찬란한 색상의 브링 오일 병으로 채워진 매장 진열대를 지났다. 365인 접속자들이 들어오는 통로인 만큼 매장의 다른 인테리어는 각 요일을 상징하는 고유 색상 대신 무채색 톤으로 꾸며져 있었다.

"무엇을 도와드릴까요?" 회색 카운터 위에 놓인 하얀 캣 휠을 돌리던 검은 고양이가 날렵하게 멈춰 서며 말했다.

"수요일 서버에 있는 'withjina8' 맵으로 가는 브링 오일 주세요. 두 사람이요." 울림은 인형태가 알려 준 강지나의 맵 주소를 불렀다.

"수요일 서버, withjina8 맵." 검은 고양이의 동공이 커졌다가 다시 작아졌다. "비공개 맵이네요."

회색 카운터에 숨겨져 있던 서랍이 부드럽게 열렸다.

"비밀번호를 입력하세요."

숫자 0부터 9까지 적힌 터치 키패드가 서랍 바닥에서 하얀 색으로 은은하게 빛났다.

울림은 21160623까지 입력한 뒤 멈칫했다. 인형태가 알려 준 강지나의 맵 비밀번호가 너무 길었다.

이룬이 허공에서 헤매는 울림의 손을 잡고 나머지 숫자를 하나씩 짚었다. 울림의 뇌는 다른 사람에게 손이 잡힌 감각을 어렴풋이 느낄 수 있었지만 자신이 인지한 온기가 이룬의 것이라는 건 확신할 수 없었다. 수요일마다 느꼈던 엄마 아빠의 체온. 어릴 적 김달, 젤리와 잡았던 손. 엄마 아빠의 장례식장에서 위로를 건네 오던 손길들. 울림은 지금 자신이 느끼는 감각이 그 모든 기억의 총합이라는 걸 알았다.

"확인되었습니다."

검은 고양이가 하얀 캣 휠을 빠르게 돌렸다. 곧이어 서랍이 다시 열렸다. 울림이 서랍에서 꺼내 든 건 일반적인 브링 오일 병보다 조금 탁한, 고동색을 띤 병이었다. withjina8 맵을 만든 강지나가 직접 설정한 색상이었다.

"더 필요한 게 있으신가요?" 검은 고양이가 물었다.

울림이 없다고 답하자 검은 고양이가 앞발로 캣 휠을 꾹꾹 누르며 비용을 청구했다. 이룬은 여울시 브로커들이 위장 계좌로 사용하는 아이디와 비밀번호를 입력한 뒤 서랍을 닫았다.

두 사람은 뒤이어 고동색 브링 오일을 손목에 바르고 동시에 숨을 들이켰다. 이번에는 몸에서 힘이 빠져나가지도, 거부할 수 없는 졸음이 몰려오지도 않았다. 그저 눈을 한 번 감았다 다시 뜬 순간 두 사람은 수요일 서버에 있는 withjina8 맵에 서 있었다.

"……여기라고?" 울림은 색과 모양이 완벽한 푸른 잔디를 밟으며 제자리에서 한 바퀴 돌았다.

사람의 얼굴을 잘 기억하지 못하고 여섯 자리가 넘어가는 숫자는 쉽게 외우지 못하는 울림도 영원히 잊을 수 없는 이층집이 눈앞에 그대로 재현돼 있었다. 세영 이모의 집이자 강지나가 초등학생 때부터 자란 곳이고 울림과 이룬도 한때 살았던 공간.

　어릴 때의 향수를 추억하고자 그 집을 낙원에 고스란히 구현한 건 그럴 수 있는 일이었다. 그러나 이 집 한 채 외에는 아무것도 없다는 게 참 기묘한 느낌을 주었다. 그 흔한 하늘도, 집 앞을 지나가는 길도 없이, 무한한 우주처럼 까만 공간 안에 정말 덩그러니 예전 이층집만 놓여 있었다. 태양이 없으니 그림자도 없었고, 주변 환경이 만들어 내는 백색 소음도 설정돼 있지 않아―가상 현실인 건 맞지만―정말로 비현실적인 느낌을 주었다.

　"보통은 개인 맵을 꾸밀 때 이웃 집 몇 개랑 카페, 레스토랑 정도는 같이 만들지 않나. 강지나가 돈이 없는 것도 아니고."

　울림은 블랙홀처럼 모든 걸 빨아들일 듯한 검은 하늘을 올려다보았다. 이룬도 말없이 고개를 끄덕였다.

　"역시 정신 상태가 평범하지 않아. 그러니까 나한테 그런 짓을 했⋯⋯."

　그때 현관문이 벌컥 열렸다.

　"현울림?"

　강지나가 다른 맵에 가 있으면 안 될 텐데, 하고 걱정했던 이룬의 우려가 무색하게도 강지나는 누가 봐도 강지나인 모습으로 나타났다. 이룬이 마지막으로 본 열여섯 살의 강지나가 그대로 자라 스물한 살이 되었다면 딱 그렇게 되었을 얼굴로, 강지나가 두 사람에게 다가왔다.

"뭐야, 너 설마 강이룬이야?" 강지나가 놀랍고 반갑다는 듯이 웃었다. "어떻게 너희 둘이 같이 왔어?"

강지나는 마치 자신이 초대한 친구 둘을 우연히 집 앞에서 먼저 만났을 뿐이라는 듯 태연하고 즐거워 보였다. 그래서 울림은 혼란스러운 눈빛으로 강지나에게 해명을 요구했다.

"아, 강이룬이 같이 온 건 정말 예상 밖의 일이긴 한데, 현울림 너는 좀 기다렸거든 내가." 강지나가 여유로운 얼굴로 울림을 보았다. "네 담당관이 네가 스페어 보디를 가지고 사라졌다는 얘기를 전해 줄 때부터 기어코 나를 찾아올 거라 생각했어. 이렇게 나를 빨리 찾아낼 줄은 미처 몰랐지만."

말하는 내내 묻어나는 강지나의 미소가 울림을 조롱하고 있었다. 네가 날 찾아오면 어쩔 건데. 달라지는 건 아무것도 없어. 강지나의 눈빛이 울림을 향해 그렇게 말하고 있었다.

순식간에 울림은 강지나의 주름 하나 없는 매끈한 목을 조르며 마당에 쓰러뜨렸다. 울림은 강지나의 머리가 단단한 조경석에 부딪히는 소리를 들었지만, 너무도 갑작스레 일어난 일이라 강지나는 돌에 머리를 부딪혔다는 걸 자각하지 못했고 그에 따라 아무런 고통도 느끼지 않았다.

"그날 바다에 가라앉은 목숨에 대한 책임은 너한테 있어."

울림의 꽉 깨문 잇새로 주체할 수 없는 떨림이 새어 나왔다.

"네가 죽어야지, 왜 내가!"

울림은 손마디가 끊어질 듯 강지나의 목을 세게 조였지만 강지나는 태연한 얼굴로 웃음을 흘렸다.

"잠시 이 느낌에 조금 더 집중해 볼게."

강지나가 눈을 감고 기분 좋은 표정을 지었다.

"난 낙원의 이 안전한 고통이 너무 좋아."

강지나가 울림을 보며 눈을 빛냈다.

"안에 들어가서 칼로 내 배 찔러 볼래? 재미있을 거 같지 않아? 너는 마음 풀리고, 나는 짜릿해지고."

"……뭐?" 울림은 순간 손에 힘이 탁 풀렸다.

"우리 셋이 오랜만에 같이 놀자." 강지나가 울림 밑에 깔린 채 이룬을 보았다. 정말 신나고 기대에 찬 얼굴로.

"너……." 울림이 혼란스러운 얼굴로 강지나를 보았다. 이상했다. 뭔가가 아주 많이.

"들어와." 강지나가 울림을 가볍게 밀어내고 일어섰다. "같이 옛날 영화도 보고, 구름이 목욕도 시키고, 그러다 또 나 죽이고 싶으면 베개로 얼굴 좀 짓눌러. 그것도 재미있을 거 같네."

앞장서 집으로 들어가는 강지나를 보며 울림은 현기증을 느꼈다. 강지나의 모습을 딴 NPC는 분명 아니었다. NPC는 인간의 아바타와 구분하기 위해 동공을 반드시 하얀색으로 지정했고, 강지나의 동공은 검은색이었다.

"뭔가 이상해."

"일단 들어가자." 이룬이 울림을 일으켜 세웠다. "정보가 더 필요해."

강지나의 집 안에 들어서 현관문을 닫으며 이룬은 문에 달린 작은 거울을 발견했다. 자신의 굳은 얼굴이 비쳤다.

"같이 곁들일 게 없네." 강지나가 한 손에는 와인 병을, 다른 손에는 와인 잔 세 개를 들고 거실로 걸어 나왔다. "아쉽지만 뭐 어때. 우리 셋이 모인 걸로 충분하니까."

울림은 거실 테이블에 잔을 세우고 와인을 따르는 강지나의 모습과 그 주위를 유심히 관찰했고, 이룬은 1층 강 박사의 서재를 둘러보았다. 서재 문 옆에 전신 거울이 세워져 있었다. 낙원에서 거울을 사용하려면 꽤 많은 데이터 사용비를 지불해야 하는데도 실제 강지나의 집보다 거울이 많았다.

"집을 잘 구현했네."

이룬의 건조한 칭찬에 강지나가 활짝 웃었다.

"네가 봐도 그렇지? 클라우드에 저장된 옛날 사진을 하나하나 비교해 가면서 꽤 애썼어."

"구름이는?" 울림이 거실 소파 끝에 꼿꼿하게 앉아 물었다.

"아, 보고 싶어?"

강지나가 2층으로 올라가는 계단을 향해 구름을 불렀다. 역시나 똑같이 구현된 구름이 폭신폭신한 자태로 계단을 뛰어 내려왔다. 구름이 세 사람을 번갈아 바라보며 혀를 내밀고 꼬리를 흔들었다. 동공은 당연히 하얀색이었다.

"구름아, 울림 언니랑 이룬 오빠 기억나지?" 강지나가 울림을 보며 장난스러운 미소를 지었다.

낙원의 NPC인 이 구름에게 울림과 이룬에 대한 기억이 있을 리 없다는 걸 모두가 알고 있었다.

"구름이랑 놀고 싶으면 구름아, 하고 부르면서 네 무릎을 두 번 치면 돼."

구름이 거실 바닥에 배를 깔고 꼬리를 흔들었다. 누구든 어서 자신을 무릎 위로 불러 주길 바라면서 세 사람을 번갈아 바라보았다.

"짠 할까?" 강지나가 와인 잔을 들어 올렸다.

"⋯⋯." 울림은 구름을 보며 혼자 생각에 잠겼다. 형언할 수 없을 만큼 뭔가가 꺼림칙하고 미심쩍고 구렸다.

"강 박사님하고 강 대표님은 구현 안 했네." 이룬 역시 와인 잔에 손도 대지 않은 채 강지나를 보았다.

"마침 생각 중이었어." 강지나가 와인 잔을 내려놓고 손뼉을 쳤다. "아, 너희 NPC도 만들어야겠다!" 강지나가 신나서 떡 벌어진 입을 손으로 가리고 웃었다. "너희 둘 다 초상권 허락 좀 해 줘. 이왕이면 정말 똑같이 구현하고 싶으니까."

구름을 빤히 보고 있던 울림이 강지나를 향해 고개를 돌렸다.

"너, 아닌데."

"응?"

울림이 강지나를 빤히 쳐다보았다. "너 강지나 아니라고."

강지나가 헛웃음을 터뜨리며 이룬을 보았다. 이룬의 서늘한 시선이 무언의 동의를 표했다.

강지나의 입꼬리가 씰룩거렸다. "나 맞는데, 지나."

"아니." 울림은 단호했다. "진짜 강지나는 구름이를 저렇게 만들었을 리가 없거든."

구름은 여전히 세 사람을 번갈아 바라보며 누구든 자신을 불러

주길 기다리고 있었다.

"네가 진짜 강지나였다면 구름이가 항상 네 뒤를 졸졸 따라다니게 했을 거야. 너는 그 누구든, 마치 너를 사랑하기 위해 태어난 것처럼 존재하길 바라니까."

이룬은 다른 이유로 같은 결론에 도달해 있었다. 강지나가 의미를 부여하는 것들 — 예컨대 집에 이사 온 날 계단 손잡이에 새겨 놓은 날짜와 하트무늬, 자신의 손편지를 모아 둔 강 박사의 책상 첫 번째 서랍 — 이 여기엔 보이지 않았다. 이 집은 강지나가 찍어 둔 사진을 토대로 최대한 비슷하게 구현한 빈껍데기에 불과했다.

강지나가 와인 잔을 들고 일어나 단숨에 비우더니 소파에 앉은 울림과 마주 볼 수 있도록 테이블 위에 앉았다.

"고작 저 개 하나 보고 지나인지 아닌지 알 수 있다고?"

"어." 울림의 목소리에는 흔들림이 없었다. "난 강지나를 진절머리 나게 잘 알거든." 울림이 자신과 마주 앉은 상대를 보았다. 강지나의 모습을 한, 알 수 없는 존재를.

"이야, 아직도 질투가 나려고 하네." 상대의 입꼬리가 뒤틀렸다. "역시 난 항상 네가 거슬렸어. 지긋지긋하게 부러웠지."

눈앞의 상대는 모든 걸 알고 있다. 울림이 이곳까지 찾아와 목을 조르고 분노할 때도 이유를 묻기는커녕 그 상황을 자연스럽게 받아들였다. 강지나가 울림을 죽였고, 울림이 강지나에게 복수하려 한다는 걸 분명 알고 있었다.

또 다른 공범일까.

"누구야, 너."

"누구냐니. 강지나지."

"진짜 강지나 어디 있어."

"진짜, 가짜는 없어." 상대가 비릿한 미소를 지었다. "내가 지나가 되었고, 지나는 내가 되었을 뿐이야."

이룬이 눈을 가늘게 떴다. 저렇게 벅찬 표정을 짓는 강지나의 모습은 기억나지 않았다.

"강이룬." 울림과 마주 앉은 상대가 이룬을 바라보았다. "너 혹시 심해윤이라고 들어 봤어?"

"전혀." 이룬은 순간 자신의 기억이 지워졌을지도 모른다는 불안을 느꼈다.

"나는 네 얘기 많이 들었는데." 강지나의 얼굴을 한 상대가 무척이나 실망한 기색으로 빈 와인 잔을 집어 들었다.

"……심해윤?" 울림은 아는 이름이었다.

강지나가 울림을 데리고 수영장에 오가던 시절 언젠가 한번 입구에서 우연히 마주치기도 했던 여자애.

"그래도 현울림 너는 나 기억하네?" 강지나의 얼굴을 한 심해윤이 씁쓸한 미소를 흘렸다.

"기억하지……."

심해윤은 강지나가 학교에서 데리고 다니는 예술 특기생 무리 중 하나였다. 강지나가 양옆에 팔짱을 끼고 다니는 애는 아니었고, 항상 강지나 뒤에서 종종걸음으로 쫓아다니던 모습이 익숙했다. 수영장에서 심해윤을 마주친 날 집으로 돌아가면서 강지나는 심해윤이 자신을 따라 수영장에 등록한 게 분명하다며, 쟤는 나를 너무 좋아해서 탈이야, 조금만 덜 부담스럽게 해 주면 좋겠는데, 하고 말했다. 정확한 표현은 좀 달랐을 수 있지만 부담스럽다는 맥락은 분명하게 기억했다. 왜냐하면, 그 말을 들은 뒤에야 울림은 두 사람의 관계를 선명하게 볼 수 있었으니까.

강지나는 심해윤을 부담스러워하면서도 자신의 열렬한 추종자이자 충실한 시녀인 그 애를 절대 내치지 않았다. 특별한 구석이 하나도 없어서 재미는 없는 대신 생김새나 부모의 재력 등 딱히 부족한 부분도 없어 친구로 데리고 다니기에 나쁘지 않았다. 게다가 자신의 부탁을 거절하는 법도 없어 적당히 잘 구슬리니 수영장도 곧장 그만두었고, 강이룬과 현울림이 붙어 다니며 신경을 거슬리게 할 땐 부담스러울 정도로 자신을 따르는 심해윤의 존재가 보상 심리를 채워 주었다.

울림은 강지나에게 제발 나 대신 심해윤을 데리고 불링을 하라고 말한 적도 있었다. 쟤라면 네가 사람을 죽여도 비밀을 지켜 줄 거라고. 하지만 강지나는 심해윤과 적당한 거리를 유지해야 한다고 말했다. 너무 가까워지면 불편한 애라면서.

이후 보디메이트로 강지나와 다시 만났을 때, 강지나는 매번 친구 누구의 생일이라 술을 마셨다, 누구에게 축하할 일이 생겨서 술을 마셨다고 쪽지를 남겼는데 그중 심해윤의 이름은 없었다. 그래서 자연스럽게 울림도 심해윤을 잊고 있었다. 강지나를 위해서라면 무엇이든 해 줄 심해윤을.

심해윤은 김수민과 서호라가 당첨된 필리핀 여행 경품을 기획했을 수도 있고, 요트에서 혼을 바꾸기 전 강지나가 먹은 수면제를 구해다 줬을 수도 있다. 혹은 인형태가 부인에게 먹인 약을 강지나 대신 구했을 수도. 무얼 했든 간에, 낙원 맵에 강지나가 살던 집을 똑같이 지어 놓고 강지나의 얼굴로 앉아 있는 이유는 이해되지 않았…….

울림의 눈이 커졌다.

"너 설마…….

상대는 결연한 동시에 여유로운 얼굴이었다. "네가 지나를 살인죄로 고소하면 내가 그 죗값을 치를 거야."

이룬조차 잠시 숨 쉬는 것을 잊어버리고 말았다.

"우리는 서로의 혼을 바꾸었거든."

데이터 센터에 보관된 강지나의 뇌에는 심해윤의 혼이, 365로 살아가고 있는 심해윤의 신체에는 강지나의 혼이 들어 있다는 얘기였다.

"고마워." 강지나의 얼굴을 한 심해윤이 울림에게 진심 어린 인사를 건넸다. "이게 다 네가 소송을 걸어 준 덕분이야."

울림은 공유 신체 사망의 책임이 자신이 아닌 강지나에게 있다며 소송을 진행했다. 그 탓에, 아니, 그 덕분에 강지나의 뇌가 재판에 참석하기 위해 데이터 센터에서 나와 외부를 돌아다닐 수 있었다. 물론 삼엄한 감시 아래 법원 대기실과 재판장만 오가는 게 원칙이었지만, 담당 판사가 강지나의 아빠와 절친한 고등학교 동창이라면 얘기가 달랐다. 게다가 강지나의 아빠는 최첨단 장비를 갖춘 연구소의 고위 연구원. 세 번의 법원 나들이는 그렇게, 강지나와 심해윤이 서로의 혼을 바꿀 수 있는 최고의 기회가 되어 주었다.

"그렇게 우리는 하나가 됐어." 심해윤의 눈가가 촉촉히 젖어 들었다. "내가 지나고, 지나가 나인 거야." 심해윤이 테이블에 달린 서랍에서 커다란 손거울을 꺼냈다. "어쩜, 지나는 올 때도 이렇게 예쁠까." 심해윤이 거울 속 자신의 얼굴을 이리저리 돌려 보며 행복하게 웃었다. 눈가에 맺힌 눈물이 또르르 떨어져 내렸다.

"너 미쳤어?" 울림이 몸의 떨림을 주체하지 못하고 자리에서 벌떡 일어섰다.

"보디메이트 살해 혐의야. 계획 살인인 데다 수법도 악질이라고! 형이 확정되면 평생 지옥에서 썩을 텐데 그 벌을 강지나로서 네가 대신 받겠다고?"

죄수는 하루 대부분의 시간을 낙원에 접속해서 보낸다. 다시 사회로 돌아갈 죄수는 교화 프로그램으로 짜인 낙원에서, 사회로 돌아갈 일이 없는 사형수는 살아 있는 지옥이 펼쳐진 낙원에서.

"당연히 무서워."

심해윤의 눈에서 맑은 눈물이 쉴 새 없이 흘렀다.

"우리 지나가, 나의 일부가 된 지나가, 남들 눈에는 한순간에 추락한 것처럼 보이게 될 테니까."

심해윤이 울림을 노려보았다.

"네 부주의 때문에 재능 넘치고 아름다운 신체를 잃어버린 우리 불쌍한 지나가, 비록 나의 몸으로라도 다시 365로서 살아가게 됐는데. 그리고 나는…… 나는 지나가 누리는 모든 것들을 반짝반짝 닦아 유지할 자신이 있는데."

눈과 코가 붉어지고 콧물이 흐르는 자연스러운 현상 없이, 심해윤은 광고 속 모델처럼 아름답게 울었다.

"네가 그걸 다 망쳐 버릴 거라고 생각하면 널 몇 번이고 다시 죽이고 싶어."

하, 울림이 웃음에 가까운 숨을 내뱉었다.

"참으로, 눈물 겨운 사랑이네."

울림의 공허한 목소리가 낮게 깔렸다.

"근데 넌 그냥 걔한테 이용당한 거야. 강지나는 그저 자기 대신 죗값을 치를 희생양으로 너를 고른 거라고."

심해윤이 신경질적인 웃음을 터뜨렸다.

"무슨 소리야. 난 더 큰 걸 얻었어. 내가 그토록 동경하고 사랑했던 지나가 됐잖아."

심해윤의 행복이 최고조에 이르렀다.

"내가 그렇게 되고 싶고 가지고 싶었던 지나, 모두가 가까워지려 애쓰고 그런 모두의 위에서 군림하던 지나. 이제 내가 그 지나와 하나가 된 거잖아."

심해윤이 벅찬 숨을 몰아쉬었다.

"지나로서 하루를 시작하고 지나로서 하루를 마무리할 때마다 어떻게 내게 이런 행운이 왔는지 신기해."

심해윤의 광기에 압도돼 울림은 어떤 말도 더 할 수가 없었다. 그러다 자신의 손을 잡고 있는 이룬의 손을 뒤늦게 보았다. 떨리는 손을 누군가 붙잡아 준 감각이 바로 들었지만, 이룬의 손을 아무리 세게 맞잡아도 제대로 된 온기를 느낄 수가 없었다.

그러다 문득, 손이 점점 미끄러워졌다. 땀이 나기는커녕 손끝이 얼음장처럼 차갑게만 느껴졌는데, 별안간 손에서 물이 뚝뚝 떨어졌다.

"왜 그래?"

이룬은 울림이 보는 걸 보지 못했다.

그리고 다음 순간, 심해윤이 만든 강지나의 집에서 울림은 눈 깜짝할 사이에 사라졌다.

서울에 비가 내리면

눈꺼풀에 닿아 흐르는 서늘함에 울림이 천천히 눈을 떴다. 어느새 어두워진 하늘에서 굵은 빗줄기가 떨어져 얼굴을 적셨다. 맞은편에 잠든 채 미간을 찡그린 이문이 보였다.

◑

"접속이 끊어졌나." 울림이 사라진 허공을 보며 심해윤이 중얼거렸다.

"그럼 네가 나 대신 좀 전해 줄래?" 심해윤이 이문을 올려다보았다. "증오는 절대 사랑을 이길 수 없고, 그래서 지나를 향한 현울림의 복수는 결코 성공할 수 없다고."

이문은 울림의 감촉이 사라진 손을 꽉 쥐었다.

"그렇다면 내 복수는 성공하겠네."

오직 현울림을 위해 이 일에 뛰어들었으니까.

◑

거대한 열기구 풍선을 타고 흐른 빗물이 작은 테이블 위에 고였다. 울림이 몸을 앞으로 기울여 이룬의 손을 잡았다. 살아 숨 쉬는 이룬을 붙잡는 것만으로도 울림은 한없이 꺼져 내리는 바닥으로 떨어지지 않을 수 있었다. 코끝이 시큰해지는 걸 느끼며 이룬의 손을 꽉 쥐었다.

이룬이 날카로운 숨을 들이켜며 눈을 떴다. 자신을 잡은 울림의 손을 반사적으로 꽉 붙잡았다.

"괜찮아?" 이룬이 울림의 안색을 살폈다.

울림은 비에 젖어 든 몸이 차가워지는 걸 느끼며 자리에서 일어섰다. 나머지 열기구들이 보이지 않았다.

"이룬아."

"응. 어떻게 해 줄까."

"음……. 일단 여기서 무사히 내려가게 해 줘."

그렇게 말하는 울림의 시선을 따라, 이룬도 열기구 바구니 너머 지상을 내려다보았다.

신나게 소리 지르는 사람들을 태우고 인왕산 절벽으로 내달리는 롤러코스터도, 다채로운 머리띠를 쓴 인파도 보이지 않았다. 그 대신 어두운 한강이 발아래 펼쳐져 있었고, 눈앞에는 황금색 총알 같은 모습의 123층 높이 월드타워가 두 사람이 탄 열기구와 부딪힐 각도에 서 있었다.

울림이 이룬의 발을 콱 밟자 이룬의 눈썹이 실룩였다. 보지도 않고 감각하는 걸 보니, 확실히 낙원은 아니었다.

"그런데 우리가 왜 여기를 날고 있지."

이 질문의 답이 되는 사건은 대략 삼십 분 전에 벌어졌다. 울림과 이룬이 렘수면 상태에 막 빠져들고, 마음대로 제어 부스에 들어간 젤리를 풍선 옷 직원이 밖으로 끌어 내 가볍게 경고하고 ―"친구분이 시한부 환자라 마음이 아프신 건 이해하지만 그래도 이건 위험한 행동입니다, 손님!"― 이어 풍선 옷 직원이 줄 서서 기다리는 손님들을 나머지 여덟 대의 열기구로 들여보낼 때였다. 김달을 차에 태우고 경찰서든 시청이든 어디론가 향하고 있을 줄 알았던 담당관이 울림을 찾아 큰 덩치로 인파를 휘젓는 모습이, 스카이 벌룬 제어 부스 근처에 서 있던 젤리의 눈에 들어왔다.

그 담당관은 아주 현명하게도 휴대용 기기로 김달의 지문부터 대조해 보았고, 김달이 무고한 시민이라는 걸 금방 알아냈다. 아직 젤리를 발견하지 못한 담당관은 이 넓은 놀이공원에서 현울림을 찾는 게 가능한 일인지 생각하며 거친 숨을 몰아쉬었다.

젤리는 자신이 열기구 아래 서 있으면 울림에게 불리할 거라고 직감했다. 다른 곳에서 어슬렁거리며 시선을 돌릴까, 아니면 그냥 귀신의 집 같은 데 숨어 버릴까. 젤리가 그런 고민을 하는데 저 멀리 인파에 섞인 담당관과 소름이 끼칠 만큼 정확하게 눈이 마주쳤다. 젤리는 그제야 허리와 무릎을 굽히며, 샘물이의 공동 양육자로서 자신이 새로 얻은 신체가 하필 187센티미터의 장신이라는 걸 새삼 깨달았다.

담당관이 하늘에 떠 있는 황금색 열기구를 한 번 올려다본 뒤 제어 부스 앞에 선 젤리를 다시 보았다. 그다음 순간 젤리는 본능에 따라 움직였다.

　낙원 맵 디자이너의 일을 배울 때 보통 처음으로 하는 과제는 현실의 장소를 그대로 옮기는 일이었다. 그때 이 놀이공원을 과제로 하면서 젤리는 롤러코스터의 좌석 하나하나, 정원에 심긴 꽃 한 송이 한 송이를 세세히 뜯어보았다. 그래서 알고 있었다. 이곳 제어 부스 안, 하나의 거대한 컨트롤러처럼 보이는 열기구 제어 장치는 사실 각각의 열기구를 조종하는 개별 리모컨이 연결된 구조라는 걸.

　풍선 옷 직원이 열기구 탑승 인원을 세는 사이 젤리가 제어 부스 안으로 들어갔다. 그러고는 울림과 이룬이 타고 있는 2번 열기구의 리모컨을 떼어 내 무작정 뛰기 시작했다. 리모컨이 없다면 지상에서 열기구를 내릴 수 없으니까.

　젤리는 울림이 낙원에서 강지나를 만나 원하는 바를 매듭짓길 바랐다. 시간을 되돌려 울림을 구해 줄 수는 없어도, 지금 자신이 할 수 있는 최선을 다하고 싶었다.

　그러나 신체적으로 훌륭하게 단련된 담당관은 긴 다리로 성큼성큼 도망가는 젤리를 금방 따라잡았고, 울림을 사랑하는 마음의 크기는 같지만 김달처럼 체계적이진 못한 젤리가 일단 리모컨을 빼앗겨서는 안 된다는 생각에 매몰돼 눈앞에 보이는 인공 호수에 열기구 리모컨을 냅다 던져 버렸다.

　인공 호수의 수질은 악취가 나지 않는 게 신기할 정도로 좋지 않았고, 울림과 이룬이 타고 있는 2번 열기구의 리모컨은 그 오물 속에서 작동을 멈췄다.

지상과의 연결이 끊긴 2번 열기구는 정해진 고도를 벗어나 점차 위로 올라가기 시작했다. 이를 발견한 몇몇 사람들이 하늘을 손으로 가리켰다. 우와, 저렇게 높이도 올라가네. 재미있겠다. 풍선 옷을 입은 직원은 마이크에 대고 크게 소리쳤다.

"손님! 거기 빨간색 비상 착륙 버튼 누르세요! 비상 착륙 버튼! 빨간색요!"

하지만 이미 울림과 이룬이 렘수면에 빠져 낙원에 접속한 뒤였다.

그랬던 상황을 알 길 없는 울림이 열기구 바구니 난간을 꽉 붙잡고 서서 아래를 내려다보았다. 사정을 알았다 해도 당황스러운 마음이 달라지진 않았겠지만.

"이거, 빨간 버튼 누를까?" 울림이 바구니 내벽에 달린 빨간 버튼에 손을 가져갔다. "이거 누르면 내려간다고 했잖아." 울림이 버튼을 가로막는 플라스틱 덮개를 올렸다.

"잠깐만." 이룬은 경찰차와 구급차의 행렬을 내려다보았다. 경찰에게 둘러싸인 채 착륙하는 상황은 피해야 했다.

"우리 저기서 내리자."

빗줄기가 점점 굵어졌고, 이룬이 바라보는 곳은 어두컴컴한 하늘 아래 은은한 금빛으로 빛나는 123층 높이의 월드타워였다.

"어디?" 발목 높이에 있는 비상 착륙 버튼을 누르려던 울림이 다시 몸을 일으켜 세웠다.

열기구가 건물의 110층쯤 되는 높이로 날고 있었다. 이룬은 비상 착륙 버튼 옆에 비치된 비상용 망치를 빼냈다. 그리고 비상 착륙 버튼 옆 유리 덮개를 망설임 없이 깼다. 간이형 수신기라고 적힌 패널에 달린 온갖 조작 버튼이 훤히 드러났다.

"설마 너 이거 조종하게?"

"현울림 네가 할 거야."

"어?" 울림이 눈을 동그랗게 떴다.

이룬이 울림의 손을 잡아 간이형 수신기에 달린 방향키에 가져다 댔다. 울림은 이룬이 제 손을 잡고 움직이는 대로, 게임기 컨트롤러의 방향키처럼 생긴 버튼을 위로 꾹 밀었다. 열기구의 멋과 맛을 살리기 위해 설치된 화구에서 강렬한 인조 화염이 솟구치며 드론이 열기구를 더 높이 끌어 올리기 시작했다.

"내가 멈추라고 할 때까지 계속 누르고 있어." 이룬이 울림에게서 손을 떼고 일어섰다.

이어 이룬은 열기구가 움직이는 모습을 유심히 지켜보았고, 열기구가 월드타워 123층보다 높아지자 울림에게 방향키를 왼쪽으로 바꾸라고 했다. 열기구가 바람의 영향을 받아 자꾸 월드타워가 아닌 다른 방향으로 이탈하려 했고, 울림은 이룬이 지시하는 대로 신중하게 방향키를 움직였다.

"다 왔다. 수고했어."

이룬이 울림을 향해 미소 짓고는 빨간 비상 착륙 버튼을 꽉 눌렀다. 울림은 이마를 타고 흐르는 빗물을 축축한 털장갑으로 닦아 냈다.

잠시 후 열기구는 두 개의 뿔처럼 솟아난 건물 골조 사이로 안정감 있게 착륙했다. 그곳엔 난데없이 월드타워 옥상에 내려앉은 열기구를 신기하게 쳐다볼 만한 이가 딱 두 명 있었다. 우천으로 집라인 예약이 취소된 덕분에 손님 대기실 안에 앉아 있던 '월드 베스트 집라인' 소속 직원 두 사람이었다. 그들은 비가 내려 쌀쌀하기도 하고 마침 출출하기도 해서 오붓하게 컵라면을 먹는 중이었다. 테이블 위 핸드폰에는 낙원에서 실제로 일어난 일을 드라마로 편집한 영상이 재생되고 있었고, 두 사람은 각자의 이어폰을 끼고 라면 면발을 후후 불며 드라마에서 눈을 떼지 못했다.

그 덕분에 울림과 이룬은 그들과 마주치지 않고 조용히 옥상을 빠져나갈 수 있을 듯했다.

"현울림, 어디 가!" 건물 입구가 아닌 손님 대기실 쪽으로 걸어가는 울림을 향해 이룬이 목소리를 낮췄다.

울림은 손님 대기실과 몇 걸음 떨어진 곳에 서서 대기실 출입문 위에 달린 스크린을 멍하니 바라보았다. **서울에 비가 내리면, 정체가 밝혀집니다!**라는 광고 문구의 배경이 되는 추상화……. 강지나의 그림이었다.

베일에 감춰져 있던 천재 화가, 무명의 첫 전시회!

서울에 비가 내리는 날, 잠실야구장.

연달아 나오는 그림 중에는 강지나가 고등학생 때 그린 그림도 있었고, 이룬 역시 그 그림을 바로 알아보았다.

울림이 이룬을 보았다. 이 광고가 아직 게재되고 있다는 건 광고가 걸린 뒤로 서울에 비가 내린 게 오늘, 지금이 처음이라는 얘기였다.

두 사람이 출구를 향해 빠르게 뛰었다.

라면 국물을 마시려 사발면 컵을 입에 대고 고개를 들던 직원이 손님 대기실 밖에서 빠르게 움직이는 실루엣을 보았다.

직원은 일단 라면 국물을 한번 쭉 들이켠 뒤 대기실 문밖으로 나섰다. 이렇게 비가 오는데도 기어코 집라인을 타겠다고 올라온 손님이 있는 건가 싶어, 우산을 펼쳐 들고 대기실 밖 계단을 올랐다. 이어 직원이 눈을 꾹 감았다 다시 떴다.

"저게, 뭐야……?"

웬 열기구가 비를 맞으며 서 있었다. 뒤따라 나온 다른 직원도 어안이 벙벙한 표정을 지었다.

"저, 저기요?" 열기구 안을 슥 확인한 직원이 주변을 두리번거렸다. "열기구 타고 오신 분?"

이룬이 엘리베이터 앞 자판기에서 빌린 핸드폰의 전원을 켰다. 곧이어 엘리베이터가 1층에 도착해 문이 열린 순간 양 선생과 연락이 닿았다. 이룬은 양 선생에게 심해윤이라는 사람에 대해 알아봐 달라고 요청하며 심해윤이 졸업한 고등학교와 졸업 연도를 불러주었다. 이어 택시 앱을 켰지만 비가 내려서인지 택시가 잡히질 않았다. 월드타워 1층 현관에 선 울림은 지하철 2호선 잠실역 입구에 세워진 공공 자전거를 보았다. 비 오는 날 자전거를 타는 사람은 확실히 드물었다.

울림이 우산도 없이 빗속으로 달려 나가며 이룬을 돌아보았다.

"강이룬! 자전거 실력이 녹슬진 않았지?"

◑

월드타워에서 자전거로 십 분쯤 떨어진 잠실야구장 앞에 도착한 울림과 이룬은 비에 흠뻑 젖어 있었다.

옛날의 이름을 간직하고 있을 뿐 더는 야구 경기가 열리지 않는 구장 앞에 자전거를 내던지고 두 사람은 빠르게 입구로 향했다. 호텔 프런트 데스크에서 볼 법한 단정한 차림의 직원 둘이 서 있었다. 입장료는 원하는 만큼의 기부금을 나갈 때 지불하는 형식이었고, 수익금은 전액 도움의 손길이 필요한 곳에 쓰일 예정이라고 안내되었다. 입구에 선 직원이 나갈 때 반납을 부탁드린다며 검은 우산을 건넸다. 울림은 이제 와 우산이 무슨 필요인가 싶어 그냥 지나쳤는데 이룬이 뒤에서 우산을 펼쳐 씌워 주었다.

2만 5천 명을 수용할 수 있는 경기장 안으로 들어서자 강지나의 작품 수십 점이 잔디밭 여기저기에 설치돼 있었다. 각각의 그림 모두 유리관에 씌워졌는데 1루부터 홈까지 네 개의 베이스에는 강지나의 작품 중 가장 유명한 것이 사람 키보다 높이 세워져 있었다.

울림은 관람 동선의 가장 앞에 놓인 작품을 바로 알아보았다. 보디메이트가 된 이후 강지나의 집에서 처음 눈을 떴을 때 보았던 그림이었다. 강지나에게 다시 그림을 그리게 돼서 축하한다는 인사를 건넸던 그림. 유리관을 타고 빗물이 흘러내려 그림이 왜곡돼 보이는 동시에 새로운 레이어가 더해졌다. 울림은 이러한 효과까지도 강지나 작품 세계의 일부라는 걸 알 수 있었다.

가물가물한 심해윤의 얼굴을 떠올리며 울림이 주변 관객들을 하나하나 확인했다. 광고까지 내건 천재 화가의 데뷔 전시회라기엔 관객 규모가 소박했지만, 전시회 시작 일시가 정해지지 않았던 걸 고려하면 적지 않은 숫자였다. 비를 뚫고서라도 내 작품을 보러 올 만큼 나를 좋아하는 사람들. 강지나는 그런 만족감을 느끼며 관객 사이를 걷고 있을 터였다.

"저쪽으로 가 보자." 이룬이 중앙 객석을 가리켰다.

중앙 객석에는 커다란 천막과 기다란 간이 책상이 마련돼 있었고, 그 자리를 언론사 기자와 카메라가 가득 메웠다. 드디어 베일을 벗는 천재 화가를 취재하려는 열기가 뜨거워 보였다. 기사에 강지나의 이름은 적히지 않을 테지만, 강지나는 원하는 것을 모두 얻을 것이다. 눈엣가시 같았던 현울림이 없는 세상에서 모두가 우러러보는 존재가 되는 것.

임시 프레스 센터로 다가서며, 울림은 축축하게 젖은 장갑 안에서 굳은 손끝을 주물렀다. 심해윤이 되어 버린 강지나를 보디메이트 살인 혐의로 고소하는 건 아마도 불가능하겠지. 무기력감에 발끝이 땅에 질질 끌리는 느낌이었지만 울림은 강지나를 만나야만 했다. 강지나가 어떤 얼굴을 하고 있더라도. 이룬이 말없이 울림의 손을 잡았다.

"기자님들, 잠시만, 잠시만요!"

다른 직원들과 똑같은 검은색 유니폼에 혼자만 화려한 장식의 분홍색 구두를 신은 중년 여성이 마이크를 잡고 목소리를 키웠다.

"아직 전시가 시작된 지 한 시간밖에 지나지 않았습니다. 그러니 너무 조급해하지 마시고……."

"작가님이 몇 시에 오는지만 알려 달라니까요? 미리 보내 주신 보도 자료에는 전시회 시작과 동시에 작가가 기자 회견을 한다고 하셨잖아요." 언론사 사원증을 목에 건 젊은 기자가 불만스럽게 말했다.

울림은 혹시나 하는 마음에 기자들의 얼굴도 한 명씩 확인했다.

"취재진은 빗속에서 벌서게 만들고 정작 본인은 늦는 게 말이 됩니까." 또 다른 기자가 역시 강하게 항의했다. "오고 있는 건 맞습니까?"

"아……." 분홍 구두를 신은 중년 직원이 확신 없는 목소리로 답했다. "네, 오고 계시죠. 그럴 겁니다."

울림 근처에 앉은 기자가 혀를 찼다. "큰손이 끌어 주고 있다는 소문이 맞다니까." 그가 옆자리에 앉은 동료 기자에게 말했다. "그러지 않고서야 이제 막 뜨는 작가가 언론사 다 초청한 이런 대형 행사에서 제멋대로 굴겠느냐고."

"난 애초에 비가 오면 전시회를 열겠다는 마케팅부터 마음에 안 들었어. 우리가 무슨 대기조야? 작업물에 특색이 없으니까 괜히 겉 포장만 화려하게 신경 쓰는 거지."

그렇게 말하던 기자가 무심코 고개를 돌리다가 쫄딱 젖은 울림을 보고 미간을 구겼다.

"뭐요, 비 맞은 사람 처음 봐요?"

크음, 상대가 고개를 돌렸다.

울림은 대외적인 이미지를 중시하는 강지나가 제멋대로 시간 약속을 어기고 있다고는 생각하지 않았다.

"네, 선생님. 뭐 좀 나왔어요?" 이룬이 양 선생에게서 걸려 온 전화를 조용히 받았다.

이룬은 점점 표정이 심각해지더니 울림의 팔을 잡아 기자들과 멀리 떨어진 쪽으로 끌었다. 한 손으로는 여전히 우산을 들고 울림의 비를 막아 주며.

"왜, 무슨 일인데?"

눈을 크게 뜨고 답을 요구하는 울림에게 이룬이 확신 없는 표정을 지었다.

"강지나가 있는 곳, 찾았어."

그때로 다시 돌아가도

"죄송하지만, 심해윤 환자는 가족 외 면회 불가입니다." 제법 연륜이 있어 보이는 간호사가 친절하면서도 명확하게 안내했다.

"가족, 이에요." 울림이 젖은 머리를 매만지다 장갑 낀 손을 슬그머니 내렸다.

"죄송하지만, 제가 심해윤 환자 어머님과 언니분을 며칠 전에 봐서요." 간호사는 네가 무슨 심해윤 가족이냐는 말을 우아하게 돌려 했다. 네가 심해윤의 아빠는 아닐 테니.

"친척이에요." 울림은 물러서지 않았다. "해윤이가 걱정돼서 이렇게 비까지 뚫고 왔는데."

"그럼 제가 보호자께 연락드려 볼게요. 친구분 방문을 허용하실지." 간호사가 전화기를 집어 들었다.

"선생님, 저 정말 해윤이랑 딱 오 분만 봐도 충분하거든요."

간호사의 전화를 막으려는 울림 옆에서 이룬은 폐쇄 병동의 출입 카드를 복제할 수 있을까 생각했다.

그때 등 뒤에서 지친 목소리가 들려왔다.

"해윤이요?"

심해윤의 언니 심의현이 의아한 얼굴로 서 있었다. 심의현이 데스크에 앉은 간호사에게 가볍게 목례했고, 간호사는 손에 든 전화를 그대로 내려놓았다.

"동생분 면회 요청인데, 어머니께서 가족 외 면회는 허락하지 않으셨어서 연락드릴 참이었어요."

"아." 심의현의 지친 얼굴에 놀란 기색이 엿보였다. "제가 얘기해 볼게요. 감사합니다."

심의현이 울림과 이룬에게 따라오라고 눈짓한 뒤 한적한 병원 복도에 멈춰 섰다.

"해윤이 언니 심의현이에요." 심의현이 울림에게 제대로 된 인사를 건넸다. 단정하고 고급스러운 옷차림으로도 그녀의 메마른 영혼은 가려지지 않았다.

"해윤이 친구시라고요?"

심의현의 말투로 미루어 볼 때 심해윤에게 친구가 거의 없었던 모양이었다. 최소한 가족들이 알 만큼 가까운 친구는.

"네, 같은 고등학교에 다녔어요."

"혹시," 심의현의 퀭한 눈이 울림을 찬찬히 바라보았다. "강지나라는 분은 아니시죠?" 동생과 동갑이라기에는 좀 성숙한 외모이기도 했고, 무엇보다 강지나가 여기를 찾아올 거란 생각은 꿈에도 하지 않았다.

"아. 네, 맞아요." 울림이 본능적으로 고개를 끄덕이며, 4월 하순에 털장갑을 끼고 다니는 이상한 사람으로 보이지 않도록 등 뒤에서 장갑을 벗었다. 손끝이 살갗에 닿지 않도록 최대한 조심하면서.

"어떻게 알고…… 오셨어요?" 심의현이 수척한 얼굴로 눈을 크게 떴다. 해윤이 이곳에 입원해 있다는 건 부모님과 자신 외에 아무도 알지 못했다.

"아, 어떻게 알았냐면요." 순간 울림의 머릿속이 하얘졌다.

고도의 해킹이 아닌 이상 심해윤의 개인 의료 기록을 알 길이 없는 게 사실이었다. 심지어 환자 본인의 자발적인 입원이 아니라 전문의 소견에 의한 강제 입원이었다. 낙원에서 강지나로 지내고 있는 심해윤조차도 모르는 일을, 어떻게 알았다고 설명해야 할까…….

이룬이 울림의 어깨를 팔로 다정히 감쌌다.

"심해윤 씨가 제 여자친구를 계속 쫓아다니기에 제가 심해윤 씨 핸드폰에 몰래 위치 추적 앱을 깔아 뒀어요. 그런데 마지막으로 뜬 위치가 하필 정신 병원이라 신경이 쓰이더라고요. 그렇게 알게 됐습니다. 죄송해요."

이룬이 심의현에게 정중히 고개를 숙였다. 심해윤이 강지나에게 집착했다는 걸 심의현이 알든 모르든 어느 쪽으로도 불리할 건 없는 알리바이였다.

"아뇨, 저희가 죄송하죠." 심의현이 울림과 이룬에게 허리를 깊게 숙였다. 그러다 왈칵 눈물이 터져 나와 목소리가 흔들렸다.

"강지나 씨를 향한 해윤이의 마음이 정상적이지 않다는 거, 사실 저희 가족 모두 알고 있었어요."

해윤에게 강지나라는 친구는 신과 같은 존재였다.

칠 년 전 가족이 다 함께 부산 할머니 댁에 내려갔을 때, 잠깐 보자는 강지나의 문자에 해윤은 가족에게 말도 없이 혼자 서울로 돌아갔다. 그 무렵부터 해윤은 강지나의 연락을 놓칠까 봐 샤워 중에도 핸드폰을 쥐고 있었다.

강지나가 가지고 있는 물건은 해윤도 무조건 가져야 했다. 하지만 값비싼 명품을 매번 똑같이 사기는 쉽지 않았고, 해윤은 절도죄로 경찰에 잡혀가기도 했다. 놀라서 달려간 심의현에게 안겨 해윤은 서럽게 울었다. 자신이 도둑질을 하다 잡혔다는 걸 지나가 알면 실망할 거라며. 해윤은 집에서 하루 종일 강지나의 사진과 영상을 보았고, 강지나에 대해 얘기할 땐 추앙으로 시작해 자기 연민으로 끝났다.

아버지는 그런 해윤을 걱정하거나 말리기는커녕 강지나라는 애와 계속 더 친해져 그 가족과 식사 자리를 만들어 보라고 했다. 낙원코리아의 대표와 인맥을 쌓으면 사업에 도움이 될 거라는 판단이었다. 엄마도 강지나의 존재를 이용했다. 전교권인 지나가 너같이 공부도 못하는 애랑 계속 친구로 지내고 싶겠니? 고작 이 정도 그림 실력으로 되겠어? 이렇게밖에 못하면 지나가 너 무시해.

낙원코리아 대표와의 식사 자리도, 해윤의 명문 예술대 입학도 끝내 무산된 뒤에야 아버지와 엄마는 해윤에게 문제가 있다는 걸 인정했다. 해윤의 심리 상태가 이미 손쓸 수 없을 만큼 망가진 뒤였다.

해윤의 언니인 자신 역시 떳떳할 순 없었다. 내 삶을 챙기기 바쁘다는 이유로 동생을 너무 오래 방치했다. 늦게나마 동생의 정신과 치료를 적극적으로 주도했지만, 동생은 흥분을 가라앉힐 수 없다는 얼굴을 하고서는 이상한 소리를 해 댔다.

언니, 드디어 지나가 내 마음을 받아 줬어! 이제 지나랑 나는 하나가 될 거야!

언니, 내가 사실은 굉장한 천재 작가였다는 게 밝혀지면 어떨 거 같아? 언니도 좋지? 드디어 언니처럼 잘난 동생이 생기면. 엄마랑 아빠가 얼마나 놀랄까. 매일 구박하고 천대하던 둘째 딸이 그렇게 대단했다는 걸 알게 되면 말이야.

언니, 앞으로는 나랑 한 침대에서 자거나 내 손 잡고 다니지 마. 동생 심해윤을 너무 좋아하지 말라고. 나 그럼 좀 질투 날 거 같거든.

심의현은 그 어느 때보다도 동생의 상태가 걱정스러웠다. 하지만 동생은 끝내 정신과 치료를 거부했고, 동생을 속여 마침내 데려간 정신과에서 입원 치료가 언급되자 동생은 자기가 심해윤이 아니라 강지나라는 소리를 반복하며 난동을 피웠다. 폐쇄 병동 입원은 그렇게 바로 결정됐다.

"엄마한테 연락이 갔으면 절대 면회는 안 된다고 하셨을 거예요." 심의현이 마른 입술을 달싹였다. "저한테도 지금은 가지 말라고 당부하실 정도라."

엄마는 원래도 남편과 첫째 딸에 대한 자랑을 주변에 늘어놓으며 둘째 딸은 마치 죽기라도 한 듯 언급조차 않던 사람이었다.

심의현이 쓰라린 한숨을 내쉬었다.

"근데 저는 해윤이가 지나 씨를 보면 좋을 것 같아요. 그럼 본인이 강지나라는 망상에서 벗어나는 데 도움이 되지 않을까요?"

◐

싱그럽고 눈부셨다. 어디선가 요정이라도 날아올 듯 신비로운 아침의 숲은 상쾌한 향으로 가득했고, 새들의 지저귐과 멀리서 흐르는 물소리가 울창한 나무를 부드럽게 감쌌다.

그 한가운데 초록색 일인용 소파가 놓여 있었고, 울림은 그 소파에 앉아 맞은편을 바라보았다.

"강지나."

울림의 부름에, 반대편 소파에 축 늘어져 있던 상대가 고개를 들었다. 심해윤의 얼굴을 한 강지나가 하얀 환자복을 입은 채 울림을 바라보았다.

"나야, 현울림."

"⋯⋯." 강지나의 파리한 안색에 화창한 햇살이 비쳤다.

"지금 여기 앉아 있는 내 모습이 낯설겠지만, 이게 다 네가 날 죽인 덕분에 일어난 일이니까."

울림의 말을 듣던 강지나가 픽 웃었다.

"이건 또 뭐야."

강지나는 기운이 없는지 소파 등받이에 머리를 편히 기댔다.

"현울림이 어떻게 여기 있지."

"신기해?" 울림이 강지나 쪽으로 몸을 기울였다. "무덤에서 기어 나와 너한테 오기까지 아주 개같이 힘들긴 했어."

"……." 강지나의 공허한 눈동자가 울림을 찬찬히 살폈다.

"너 나한테 할 말 없어? 해명이든 사죄든."

강지나의 얼굴에 조금씩 생기가 돌면서 입꼬리가 부드럽게 휘어졌다. "그날 그 어두운 바닷속에서 숨이 끊어져 갈 때, 내 이름 불렀어?"

"뭐?" 울림의 미간이 좁아졌다.

"나는 그랬거든."

강지나의 메마른 시선이 울림을 깊이 들여다보았다.

"에메랄드빛 바닷속에서 검은 재처럼 떨어져 나가는 내 살갗을 보면서 난 계속 너를 찾았어. 현울림, 나 깨워. 현울림, 나 지금 죽어가잖아. 현울림, 날 구하라고. 현울림, 현울림, 현울림!"

강지나의 파리한 두 손이 소파 팔걸이를 내리쳤다.

"그날 난 그렇게 계속 네 이름을 불렀어. 죽음의 문턱으로 가는 동안."

강지나의 눈이 검게 빛났다.

"그래서 너도 마지막 순간에 나를 애타게 찾길 바랐는데, 그렇게 됐나?"

"하." 울림이 참고 있던 숨을 날카롭게 뱉었다. "그렇게 됐으니까 여기까지 널 찾아왔지."

"이번이 처음인 거 알아?" 강지나가 만족스러운 미소를 보였다. "네가 먼저 나를 찾은 거."

싱그러운 바람이 울림의 코끝을 간지럽혔다.

"넌 끝까지 내가 너의 유기견이길 바라는구나."

"네가 내 곁에 있길 바라긴 했지." 팔걸이 밖으로 축 늘어진 강지나의 팔에 주삿바늘 자국이 여럿 보였다.

울림이 헛웃음을 터뜨렸다.

"네가 나를 죽인 죗값을 물릴 수 없게 돼 버려서 악이 올라 죽을 뻔했는데, 지금 네 꼴을 보고 있자니 다행히 내가 억울해서 죽진 않겠다 싶어. 내가 너 때문에 망자가 된 것처럼, 넌 심해윤 때문에 여기 갇혔으니까."

강지나가 아랫입술을 잘근잘근 씹었다. "심해윤……."

"강지나 너랑 난 어떤 식으로든 결국 악연이 됐을 거야. 그러니까 그때 내가 그냥 보육원으로 돌아가야 했어. 얼마든지 그럴 수 있었고." 울림이 옅은 숨을 내뱉었다. "그런데…… 그때로 다시 돌아가도 아마 난 계속 그 집에 남겠지."

강이룬이 거기 있으니까.

"아마 난 또 같은 선택을 할 거야."

울림이 축축한 털장갑을 쥔 두 손을 내려다보았다.

"그래서 지금의 나는 내 선택의 결과야. 너도 네 선택의 결과고."

"……." 강지나의 입술에서 붉은 피가 흘렀다.

"그러니까 억울해하지 말고 너의 업보를 살아 내."

울림의 서늘한 시선이 강지나의 붉어진 눈가를 응시했다.

"심해윤이 겪어야 했던 미래를 너의 형벌로 받아들이라고. 그 억울함까지도 네가 치러야 할 죗값이니까."

다음 순간, 아침 햇살에 물든 숲의 풍경 중 일부가 직사각형 조각으로 분리되어 문처럼 열리고 간호사 두 명이 분주히 들어왔다. 그 모습을 당혹스럽게 바라보는 강지나에게서 시선을 떼고 울림은 자리에서 일어섰다.

"나한테 손대지 마!"

갑자기 나타나 자신의 손을 결박하고 입에 재갈을 물리는 간호사들에게서 벗어나려 발버둥 치던 강지나는, 어느덧 숲의 풍경이 꺼지고 하얗게 변한 벽을 황망하게 바라보았다. 시원한 바람과 새의 지저귐이 일순간에 사라진 폐쇄 병동 면회실에는 숲의 향기를 재현한 공기만이 무겁게 내려앉았다.

……낙원이 아니었어? 나와 마주 앉아 있던 게 진짜 현울림이었다고?

강지나의 시선이 현울림의 뒷모습으로 향했다.

그 곁에 선 심의현이 손으로 입을 가린 채, 서서히 잦아드는 강지나의 발버둥을 걱정스러운 얼굴로 바라보았다. 강지나를 제압한 간호사들은 그저 입술에서 피가 났을 뿐이라며 심의현을 안심시켰다.

"중간에 방해해서 죄송해요. 해윤이 입에서 피가 나는 게 보여서요." 심의현이 울림에게 말했다.

"아니에요. 할 얘기는 다 했어요."

"그래요? 해윤이가 뭐라던가요? 모니터 화면으로 보기엔 지나 씨와 그래도 대화가 되는 것 같았는데."

그렇게 묻는 심의현의 시선은 재갈을 입에 물고 다시 사지를 비틀어 대기 시작한 강지나에게로 향했다.

"저기, 애가 혀를 깨물고 자해한 것도 아닌데 재갈은 좀 빼 주시면 안 될까요."

심의현이 안쓰러운 얼굴로 요청하자 간호사들이 강지나의 입에 물린 재갈을 빼냈다.

"빨리 말해!" 간호사들에게 양팔이 잡힌 강지나가 악을 쓰며 발악했다. "넌 내가 심해윤이 아닌 거 알잖아! 너는 날 여기서 꺼내 줄 수 있잖아!"

심의현의 얼굴에 소리 없는 탄식과 깊은 슬픔이 흘렀다.

"……죄송합니다." 심의현이 울림을 향해 허리를 깊이 숙였다. "제가 괜한 부탁을 드렸네요."

"아니에요." 울림도 심의현에게 가볍게 고개를 숙였다. "이만 가 볼게요. 다시는 올 일 없을 거예요."

"야, 현울림! 현울림!"

문밖으로 나서는 등 뒤에 대고 강지나는 계속해서 울림의 이름을 불렀다. 시력을 잃는 사고를 당한 그날처럼. 그때보다도 더욱 처절하게.

이룬은 면회실 밖 복도에서 울림을 기다리고 있었다. 울림이 이룬의 어깨에 무너져 내리듯 머리를 기댔다.

"……강지나한테, 여기서 죗값을 치르라고 했어."

"그걸로 돼?" 이룬이 울림을 조심스럽게 안아 등을 토닥였다. "네가 원했던 건 이런 게 아니었잖아."

"사실, 법의 처벌보다 마음에 들어. 감옥에 가서 누군가가 만든 지옥에 접속하는 것보다 여기서 본인이 만든 지옥에 갇혀 있는 게 더 가혹하잖아."

울림이 고개를 들어 이룬을 보았다.

"나 너무 잔인해?"

"심해윤이 여기서 강지나를 꺼내 주려고 진실을 밝히면?"

"그럴 일은 없을걸." 울림이 이룬의 어깨에 머리를 비비며 고개를 저었다. "그렇게 원하던 강지나가 돼서 행복해 죽을 것만 같은데 그 신분을 버리고 정신 병원에 갇힌, 부모에게 천대받는 둘째 딸로 돌아가려 할까? 심해윤이 사랑한 건 강지나가 아니라, 자신은 갖지 못한 강지나의 것들이야. 내 생각에."

울림이 고개를 젖혀 이룬을 보았다. "문제는 이모부야."

"강 박사님? 난 오히려 그쪽은 안심인데."

"자기 딸이 억울하게 정신 병원에 갇혔잖아. 안 나선다고?"

"불법으로 두 사람의 혼을 바꾸었다, 그것도 연구소의 장비를 이용해서. 이 사실이 외부에 밝혀지는 순간 강 박사는 끝이야. 심해윤 측 가족이 가만히 있을 리 없잖아."

자신이 달아난 뒤로 연구소에서 강 박사의 입지가 좁아졌다는 사실도, 강 박사가 다시 권력의 꼭대기에 가까워지려 애쓰고 있다는 사실도 이룬은 익히 잘 알고 있었다.

"그래도 자기 딸을 엄청 사랑해." 울림이 이룬에게서 한 걸음 물러서며 확신에 찬 어조로 말했다. "그러니까 연구소에 들킬 위험도 감수하고 이런 짓을 벌였지."

"애초에, 연구소 몰래 할 수 있는 일은 아무것도 없어."

이룬이 울림의 손에서 젖은 털장갑을 빼고, 간호사를 잘 구슬려 얻어 낸 니트릴 장갑을 울림의 손에 끼웠다. 울림의 손끝에 자신의 손이 닿지 않도록 조심하면서.

"그게 무슨 말이야?"

"연구소의 허락 또는 권장 아래 벌어진 일이라고 확신한다는 얘기."

이룬은 얇은 장갑을 한 겹 낀 울림의 손에 털장갑을 다시 씌워 주었다. 조금이나마 손끝이 덜 시리길 바라며.

"두 사람의 혼을 바꾸는 과정에서 연구소 차원의 개입이 있었을 거라고?" 울림이 이룬과 함께 걸음을 옮겼다.

"그 연구소는 사람의 뇌를 가지고 할 수 있는 모든 연구를 사랑하거든." 이룬이 울림을 보며 제 머리를 톡톡 두드렸다.

울림은 말문이 막혀 제자리에 멈춰 섰다가 이내 다시 이룬을 따라 걸었다.

너와 나는 반드시

　어느덧 비가 그친 밤, 공기가 제법 서늘했다. 울림과 이룬은 병원에서 멀지 않은 택시 승강장에 서서 차를 기다렸다.

　"왜 그렇게 표정이 어두워?" 뭔가를 골똘히 생각하고 있는 이룬을 울림이 의아하게 보았다.

　"강지나가 죗값을 치르는 방식이 네 마음에는 들지 몰라도, 이대로라면 네 사망 신고를 번복할 길이 없어서." 이룬의 목소리가 낮게 가라앉았다.

　울림이 잠시 호흡을 가다듬고 입을 뗐다.

　"내가 아까 일 다 끝나면 할 말 있다고 했잖아."

　울림이 이룬의 앞으로 가 마주 보고 섰다.

　"언제부터 이런 마음이 들었는진 나도 잘 모르겠어. 근데," 울림이 옅은 미소를 지었다. "나 여울시에서 살고 싶어."

　"뭐?" 이룬은 터무니없는 농담이라도 들은 표정이었다.

　"실제로 가 보니까 그 동네 너무 살기 좋아 보이더라? 나 거기서 네 보조로 일할까 봐." 울림이 씩 웃었다. "나는 너처럼 특출 난 재능은 없지만, 뭐, 거짓말도 곧잘 하고 연기력도 나쁘지 않고. 물에 빠지는 거 아니면 딱히 무서운 것도 없고. 무엇보다, 너의 보조로서 네가 위험한 상황에 빠지면 너를 성심성의껏 구할 의지도 훌륭하고. 어때?"

"무국적자로 살겠다고?" 이룬의 눈빛이 흔들렸다.

"응." 이미 결심을 마친 울림의 목소리는 가벼웠다.

이룬이 답답한 숨을 내쉬며 머리를 두 차례 쓸어 넘겼다.

"여울시에는 낙원이 없어."

낙원의 쾌락을 원하는 자는 사회 시스템에 들어가야 한다는 내부 방침에 따라, 여울시는 불링의 사용을 금지했다.

"그 공동체는 정부가 마음만 먹으면 언제든 짓밟을 수 있고, 그럼 뿔뿔이 흩어져서 전국 각지로 숨어들어야 할 거야. 그런 삶을, 원한다고?"

"거참, 되게 겁주네."

"설마…… 나 때문은 아니지?"

"무슨 뜻이야?" 울림이 짐짓 모른 척했다.

"혹시 아직도 내가 불쌍하고 신경 쓰이고, 그래서 내 옆에 있어 줘야 할 것 같고 그런 거냐고."

"아니? 무재는 여울시에서 잘 사는 것 같던데? 불쌍할 이유가 없지."

"그럼, 대체 왜."

울림이 제 발끝을 한번 내려다보고는 떨리는 숨과 함께 고개를 들어 이룬을 보았다.

"강이룬 네가 거기 있으니까. 네가 있는 요일에 나도 매일 있고 싶으니까."

또다시 머리를 쓸어 넘기던 손을 그대로 멈춘 이룬이 무거운 숨을 내뱉었다.

짧은 침묵 뒤에 이룬이 입을 뗐다.

"나는 현울림 네가 내 옆에 있는 게 싫어."

"……." 울림의 속눈썹이 미세하게 떨렸다.

"나는 너랑 같은 마음 아니야. 뭔가 오해했다면 미안해. 나는 그저 너에게 고마운 게 많으니까, 원래 내가 하던 일을 조금 더 열심히 했을 뿐이야."

자신을 보는 울림의 시선을 피하지 않으려고 애쓰며 이룬이 말을 이어 갔다.

"나는 네가 다시 평범하게 원래대로 살아가면 좋겠어. 여울시가 아니라 여기 서울에서, 죽을병에 걸려도 큰 병원에 갈 수 없는 무국적자 말고, 억울한 일 당하면 경찰에 신고도 할 수 있는 이 사회의 평범한 일원으로 살았으면 좋겠어. 나 같은 거 그냥 잊고, 가끔 생각나면 뭐 그런 짜증 나는 놈이 있었지 하면서 금방 지워 버리고. 그렇게 예전처럼 살면 좋겠다고."

"……나 한 번도 너 잊은 적 없어."

울림이 붉어진 눈을 내리깔았다.

"네가 생각날 때마다 나도 그냥 짜증이 났으면 좋겠는데…… 매번 네가 어딘가에서 잘 지내길 바랐어. 아주 가끔 진짜 말도 안 되는 꿈을 꿀 때가 있거든. 한번은 네가 내 옆에 머무는 대신 내 수명이 반으로 줄어든 거야. 꿈에서 깨어나면서, 내 목숨을 내줄 정도로 사랑한 적은 없는데 싫으면서도 그 꿈을 다시 꾸고 싶더라."

울림의 눈이 충혈된 것처럼 붉어졌고 턱끝으로 눈물이 떨어져 내렸다. 울림은 민망하게 새어 나오는 콧물을 초록색 털장갑으로 훔쳤다.

"너만 생각하면 가슴이 시려서 심장병에 걸렸나 싶었는데, 너를 다시 만나니까 이젠 손 한번 잡고 싶어서 심장이 닳아 버릴 거 같아."

울림은 코맹맹이 소리로 제 할 말을 다 했고, 이룬은 두 손을 무릎에 대고 허리를 숙였다. 눈을 감았다 부릅뜨길 반복하며 가까스로 눈물을 참았다.

"나 기억을 잃어." 이룬이 목소리를 가다듬고 겨우 말했다.

"……뭐?" 울림이 이룬의 뒤통수를 보며 물었다.

"내가 기록해 둔 내용을 보면, 연구소에 사는 동안 내가 알게 된 애들은 총 서른세 명이야. 이름, 생일, 특징 같은 걸 간략하게 적어 뒀는데."

시야가 흐려져 이룬은 입술을 깨물었다.

"그중에 두 명의 얼굴이 기억나지 않아. 원래 서른한 명이었던 게 아닐까 싶을 정도로, 내 기록에 적힌 그 애들이 너무 낯설어."

울림은 놀란 숨소리를 들키지 않으려 두 손으로 입을 막았다. 지나가던 택시 한 대가 멈춰 섰지만 두 사람이 꼼짝도 하지 않자 그대로 떠나갔다.

"나는 너도 잊을 거고 나도 잊을 거야."

다시 똑바로 선 이룬의 눈빛은 오랜 슬픔으로 차갑게 식어 있었다.

"그런 나와 매일 함께 해 봤자 무슨 의미가 있어?"

◐

울림과 이룬을 차에 태우며 악어는 한껏 으스댔다. 경찰에게 잡혔던 김달을 젤리와 함께 무사히 집으로 돌려보내고, 인형태를 차 뒷좌석에서 풀어 준 뒤 확실하게 입막음했으며, 월드타워 꼭대기에 내려앉은 열기구를 에버월드 직원이 조종해 다시 본래의 자리로 가져가는 것까지 확인했으니, 악어와 불곰이 둘에게 생색을 낼 정도로 뒤처리에 많은 수고를 한 게 사실이었다. 물론 두 베테랑은 김수민과 서호라에게 감사의 인사를 하는 것도 잊지 않았다.

"우리가 오늘 마침 서울에 없었으면 어쩔 뻔한겨?" 악어가 누런 눈동자로 뒷좌석의 이룬을 돌아보며 재차 생색냈다.

"그 김달인가 건달한테 지금 전화 좀 해라. 또 따라오겠다고 수선 피우는 거, 차에 자리 없다고 겨우 거절했네, 아후." 불곰이 유난히 비좁아 보이는 조수석에 앉아 울림을 돌아보았다. "누가 보면 네가 개 친구가 아니라 딸인 줄 알겠다니까."

울림은 불곰이 건네준 핸드폰으로 김달에게 전화를 걸어 일이 잘 끝났고 무사하다, 여울시에 도착해서 다시 연락하겠다는 말만 남기고 끊었다. 고마워, 며칠 고생 많이 했는데 몸조리 잘 하고, 젤리한테 열기구 리모컨 고장 낸 거 미안해하지 않아도 된다고 전해 줘. 이런 말은 미처 할 생각을 못 했다. 지금은, 옆에 앉아 창밖만 바라보고 있는 이룬 말고 다른 생각은 할 수 없었다.

운전대를 잡은 악어는 최 사장의 딸을 찾을 만한 실마리를 아직 발견하지 못했지만 그래도 최 사장의 성미가 급하지 않아 다행이라는 얘기를 했고, 불곰은 지난밤 찾아온 이룬의 증세에 대해 지금은 괜찮은지 물었다. 울림과 이룬은 아무 반응 없이 각자 창밖만 하염없이 바라보았다. 악어는 두 사람이 피곤한 모양이라며 라디오 볼륨을 낮췄다.

"자, 이거 한잔 쭉 들이켜." 악어가 콘솔 박스에서 보온병을 꺼내 뚜껑에 진달래색 주스를 따랐다. "우리는 여기 사는 사람들이라 괜찮은디, 그 신체는 아직 우리 마을 포자에 면역이 약혀."

네 사람이 탄 구식 자동차는 여울시로 들어가는 여울대교 앞에서 시동을 끄고 멈춰 서 있었고, 여울대교를 뒤덮은 높다란 나무와 덩굴의 푸른빛이 차 안을 보드랍게 밝혔다.

울림은 손에 들린 사룻주스를 빤히 내려다보다가 천천히 입을 뗐다.

"인정해."

먼저 차 문을 열고 나가려던 악어와 불곰이 의아한 얼굴로 울림을 돌아보았다. 울림의 시선은 이룬에게 고정되어 있었고, 이룬의 기울어진 시선은 울림의 말뜻을 이해하지 못하고 있었다.

"뭘?"

"너도 나 좋아하는 거, 인정하라고."

푸헙. 불곰의 입에서 정확히 그런 소리가 터져 나왔다. 악어의 탁한 눈동자가 탁구공만 하게 커지며 거대한 혼란과 흥미를 고스란히 내비쳤다. 이룬 역시 울림이 정말, 방금 자신의 귀로 들은 얘기를 하필 지금 여기서 한 게 맞는지 얼떨떨한 표정을 지었다. 그러다 자신을 바라보는 형들의 시선에 조속히 사태 파악을 마치고 차 문을 열었다.

"나가서 얘기해."

"야 인마!" 불곰이 복식 호흡으로 단련된 외침을 내뱉었다. "너, 의뢰인이랑 뭔…… 아니, 너 진짜 뭔 짓을 하고 다녔냐?"

"이거 이거, 지금 딱 봐도 보통 드라마가 아닌디." 악어가 울림의 얼굴을 살피며 놀라워했다. "고작 이틀 밤 사이에 뭔 일이 있었던 거여?"

"그래." 울림이 사릇주스를 원샷했다. "나가서 얘기하자."

울림은 귀청이 떨어질 정도로 차 문을 세게 쾅 닫았다.

"야, 이 미친놈아! 의뢰인이랑?" 차 밖으로 나가려는 이룬의 옷깃을 불곰이 확 잡아당겼다.

"그런 거 아니니까," 이룬이 거추장스럽다는 듯 불곰의 손을 떼어 냈다. "따라와서 엿듣기만 해."

차에서 내린 뒤, 이룬은 차 지붕을 한 손으로 잡고 서서 반쯤 열린 조수석 창문에 대고 속삭였다. "매실주 마시고 취해서 떠들던 형 첫사랑 얘기, 토씨 하나 안 빼먹고 소문내게 만들지 마."

"야!" 불곰이 눈에 띄게 당황하며 창밖으로 삿대질을 했다. "너는 네 머리를 고작 그런 데 쓰냐!"

"나도 그 얘기가 안 잊혀서 괴로워."

이룬은 이 말을 끝으로 몸을 돌렸고, 악어는 또 한 번 터진 고백 폭탄에 정신이 혼미했다.

"뭐여, 네 첫사랑? 와으하하핫."

악어가 운전석에 달린 잠금 버튼으로 모든 차 문을 잠가 버리고 불곰을 보았다. "당장 다 불어."

그사이 울림은 앞으로 성큼성큼 걸어가 여울대교를 집어삼킨 숲속으로 들어섰고, 빠르게 뒤따라온 이룬이 울림의 팔을 낚아챘다.

"어디까지 가려고."

"네가 솔직하게 인정할 때까지."

"뭐?"

"예전과 아예 다른 모습을 한 지금 여기의 나, 아니, 내가 어떤 모습이든 그냥 나라서 좋다는 거, 인정해 너."

울림은 푸른빛이 도는 이룬의 눈동자를 똑바로 쳐다봤다.

"네가 솔직하게 인정하면 나도 솔직하게 고백할게."

둘은 숲이 내뿜는 푸른빛에 둘러싸여 있었다.

"……."

"나 사실, 네가 무재 행세할 때도 설렜어. 무재한테 설렌 건지 강이룬한테 설렌 건지 나도 잘 몰라."

이룬의 한쪽 눈썹이 휘어졌다.

"지금 네가 하고 싶은 말이 뭐야."

"너는 내가 어떤 모습이든 날 좋아할 거고, 나는 네가 기억을 잃고 어떤 식으로 변하든 너를 좋아할 거야. 그럼 된 거잖아."

울림의 팔을 잡은 이룬의 손이 떨렸다.

"네가 과학 천재라서, 그러니까 네가 뭐 어디 대단해서 너 좋아한 거 아니야. 비가 내리면 너랑 같이 우산을 쓸 수 있어서 젖은 신발도 싫지 않았고, 오므라이스에 올릴 계란 하나만 잘 부쳐도 네가 추켜세워 주니까 나는 달랑 계란 한 장 잘 부치는 것만으로도 특별한 사람이 될 수 있었어. 그렇게 매일, 밤에 잠들 때마다 자꾸 실실 새어 나오는 웃음에 네가 점점 좋아진 거라고."

어느덧 울림의 눈에 눈물이 맺혔다. 이 모든 이야기가 오직 자신에게만 남게 될 거라는 사실이 싫고, 화가 나고, 무엇보다 슬펐지만, 그래서 뭐. 이룬과 함께 있을 때의 마음은 전혀 달라지지 않았다.

"근데 사실 그때도 넌 네 마음에 솔직하지 못해서, 언제든 훌쩍 떠나 버릴 사람처럼 굴어서 사람 속을 썩이는 멍청이였어. 그러니까 네가 날 기억하지 못하는 바보가 돼도 나한테는 크게 다르지 않다고."

말을 마친 울림의 눈에서 눈물이 흘러내렸고, 이룬은 울림의 팔을 잡아당겨 안았다.

"아침마다 네가 나에 대한 기억을 전부 잃은 채로 눈을 뜬다고 해도, 어차피 너는 또 나를 좋아할 거잖아." 울림이 울음을 참으며 말했다.

이룬은 자신도 모르게 옅은 웃음을 터뜨렸다.

"그러면 내가 매일 말해 줄게. 우리가 서로에게 어떤 존재였는지."

이룬은 자신과 울림의 호흡이 같아질 때까지 울림의 등을 부드럽게 쓸어내렸다.

"……그래. 그렇게 해 줘."

이룬의 목소리는 깊은 바다에서 들려오는 것처럼 아득하고 포근했다.

"그리고 언제든 나를 버려도 돼. 원망 안 해, 절대로."

이룬의 말에 울림이 아랫입술을 꽉 깨물었다.

"어, 그럴게." 울림이 부러 씩씩한 목소리를 냈다. "그때 내 작별 편지는 딱 한 문장일 테니까, 기대해."

울림은 이룬이 피식 웃는 소리를 희미하게 들을 수 있었다.

이룬은 울림을 꽉 안았고, 멈추지 않는 떨림은 서로에게 말하고 있었다.

몸을 빼앗기고 기억을 잃어도, 너와 나는 틀림없이 서로를 알아보고 어김없이 서로를 사랑하게 될 거야.

에필로그

　무명은 '실종된 천재 작가'로 유명해졌다. 미술에 관심이 없는 대중에게도 이름이 알려졌고, 미술계에서는 이대로 무명이 영원히 돌아오지 않는다면 역사에 남는 예술가가 될 거라는 우스갯소리가 돌았다.

　김달과 젤리는 태어날 아이의 이름을 상의하기 시작했다. 김달은 발음하기에 예쁜 이름을 지으려 했고, 젤리는 무조건 뜻이 더 중요하다고 맞섰다. 그러면서 매일 하나씩 서로가 제안하는 이름에 거부권을 행사하는 게 둘의 일상으로 자리 잡았다.
　각자 마음에 드는 이름을 적어 해피의 반응을 확인하는 단계까지 갔지만, 셋 다 동의하는 이름은 아직 찾지 못했다.
　그리고 김달이 얼마 전 젤리 몰래 해피의 전력을 충전해 준 일은 김달과 해피만 아는 비밀이므로 우리 모두, 쉿.

최 사장은 오늘도 이층 버스를 몰면서 여전히 딸을 찾고 있다. 얼마 전 버스 노선을 바꾸면서 오래된 볼링장 옆이 종점이 되었는데, 그제 이 대 이 내기 볼링에서 현울림이네 팀을 드디어 이겼다. 아무래도 강이룬이가 좀 봐준 것 같기는 하지만.

돌아오는 일요일에는 악어와 함께 제주도로 날아가 딸일지 모르는 사람을 찾아간다. 이번에도 아니라면 벌써 여섯 번이나 헛다리를 짚는 셈이지만, 일요일까지 최 사장은 하루하루를 즐겁게 보낼 것이다. 엄마 왜 이렇게 늦었어. 딸아이에게 그 말을 듣는 순간을 상상하며.

무재의 보조로 지원한 울림은 에코라는 닉네임으로 활동하겠다고 했다가 퇴짜를 맞았다. 그리고 그 무렵 무재에게 맡기고 싶다는 의뢰가 들어왔는데 의뢰인의 이름이 유이레였다. 유이레는 자기 부모의 친권을 박탈시키고 싶어 했다. 하지만 법조계에서 일하는 엄마 아빠에 맞서 법으로 이길 자신은 없다며, 무국적자 브로커가 더 효율적인 방법으로 이 문제를 해결해 주길 바란다고 했다. 울림은 유이레에게 진 빚을 갚아야 한다고 매일 이룬을 졸랐고, 이룬은 결국 울림을 자신의 보조로 받아들였다.

울림은 여전히 국가 수사망에 들어 있지만 개의치 않았다. 보디메이트에 의해 살해당한 자신처럼 7부제 시스템 안에서 억울한 일을 당한 사람들을 도우며 이룬과 함께하는 것만이 울림의 볼일이었다. 다가올 미래를 걱정하느라 오늘 어치의 행복을 놓치기에는 이룬과 맞잡은 손의 온기가 하루하루 소중했다.

반면 이룬은 미래를 자주 생각했다. 억울한 이들의 발버둥이 이 세계를 조금씩 바꾸어 나가서 울림이 더는 도망치지 않아도 될 때가 오기를 소망했다. 이룬은 바라던 미래를 보고도 금방 잊어버리겠지만, 그때도 여전히 울림의 미소를 보면 행복해질 것이다. 이유도 모른 채.

작
가
의
말

　'나'를 구성하고 규정 짓는 요소에는 여러 가지가 있겠지만, 가장 쉽게 떠올릴 수 있는 건 생김새와 기억이 아닐까. 내 얼굴이 하루아침에 달라진다면 가족도 나를 알아보지 못할 테고, 내 기억이 지워진다면 나조차 내가 누구인지 모를 테니까.

　만에 하나 그런 상황을 맞닥뜨렸을 때, 그러니까 '나'를 이루는 연속성이 깨졌을 때도 내가 여전히 나일 수 있는 방법은, 나를 사랑하는 사람이 내 곁에 있는 것이라는 생각을 한다. 울림과 이룬이 서로에게 그 '방법'이 된 것처럼 말이다. 그리고 사랑하는 사람을 통해 묘사되는 '나'는 실제보다 더 그럴싸하지 않을까.

　『네가 있는 요일』의 바탕이 되는 짧은 구상을 썼던 게 『스노볼』이 나왔던 2020년 겨울이었다. 이번에도 세계관을 먼저 짜기 시작했고, 사람이 쓸모없어진 미래를 상상해 보았다. 환경 보호와 인류 존속이라는 '인간 7부제'의 표면적인 목적 뒤에 숨겨진 진짜 의도는, '인간의 쓸모없음'이라고 상정했다. 고도화된 기술과 인공지능 로봇에 일자리를 빼앗긴 인간들이여, 쓸데없이 숨 쉬고 돌아다니며 자원을 낭비하지 말고 가상 현실에서 데이터로 존재하라.

그렇게 각 요일 사이에 장벽이 생긴 세상에서 강제로 로미오와 줄리엣 신세가 되어 버린 연인에 대한 상상이 이 책의 시작이었다. 그 스토리라인은 새로운 이야기로 대체되었지만 '사랑'이라는 키워드는 굳건히 살아남았다. 그때 편집자님에게 보낸 이메일을 다시 보니 "로맨스에는 소질이 없지만 사람 사이의 다양한 사랑 얘기를 곁들여 보고자 합니다."라고 호기롭게 썼었는데, 다행히 그렇게 되어 신기하다. 로맨스라는 장르를 앞세울 수 있는 책은 아니겠지만, 이 소설은 여전히 사랑에 대한 이야기라 믿는다.

초고를 다 쓰고 처음부터 다시 쭉 다듬어 가면서 문득 여울시의 무재가 울림과 비슷한 성격을 지녔다고 느꼈다. 예전의 이룬답지 않게 잘 웃고, 반말을 하며 거리낌 없이 구는 모습이 그렇게 보였다. 외부 환경에 의해 억눌리고 숨겨져 있던 성격이 뒤늦게 발현된 것일 수도 있겠지만, 나는 이런 생각을 했다. 과거의 삶을 버리고 자신을 재정립하는 과정에서, 가장 좋아했던 사람의 모습을 닮게 된 게 아닐까?

언젠가 행여 나 역시 나를 잃어버린다면, 그래서 내가 사랑하는 이들의 모습을 닮게 된다면, 나는 꽤나 사랑스럽고 근사한 사람이 될 것이다. 이러한 믿음을 한 톨의 의심도 없이 품게 하는 내 주변의 모든 이들에게 사랑과 감사의 인사를 전하고 싶다.

그리고 이 두꺼운 책의 마지막 장까지 함께해 준 모든 분들께 사랑이 넘치고, 사랑이 술술 풀리고, 사랑이 맞닿는 나날만이 이어지기를 마음 깊이 소망해 본다.

2023년 어느 금요일에

박소영